Lorraine Heath

VERBOTEN SÜNDIG

Roman

Aus dem amerikanischen Englisch von
Christiane

BASTEI
LÜBBE
TASCHENBUCH

BASTEI LÜBBE TASCHENBUCH
Band 17 406

Dieser Titel ist auch als E-Book erschienen

FSC
www.fsc.org
MIX
Papier aus verantwortungsvollen Quellen
FSC® C014496

Vollständige Taschenbuchausgabe

Deutsche Erstausgabe

Titel der amerikanischen Originalausgabe: »Surrender to the Devil«
Originalverlag: Avon Books
Published by arrangement with Avon,
an imprint of HarperCollins Publishers, LLC

Textredaktion: Anita Hirtreiter
Titelillustration: © Hot Damn Stock
Umschlaggestaltung: Guter Punkt, München
Satz: Urban SatzKonzept, Düsseldorf
Gesetzt aus der Palatino
Druck und Verarbeitung: GGP Media GmbH, Pößneck
Printed in Germany
ISBN 978-3-404-17406-5

5 4 3 2 1

Für Eileen,
eine der stilvollsten,
elegantesten Frauen,
die ich kenne.

Prolog

Aus dem Tagebuch von Frannie Darling

Das Erste, woran ich mich erinnern kann, ist Feagan, der mit seinem starken Cockney-Akzent zu mir sagt: »Frannie, Darling, komm und setz dich auf meinen Schoß.«

Für ihn war ich immer nur »Frannie, Darling«.

»Frannie, Darling, hol mir 'nen Gin.«

»Frannie, Darling, reib mir die schmerzenden Füße.«

»Frannie, Darling, lass mich dir 'ne Geschichte erzählen.«

Und so kam es, dass ich immer, wenn mich jemand nach meinem Namen fragte, wie selbstverständlich antwortete: »Frannie Darling.«

Ich lebte in einem kleinen Zimmer bei Feagan und seiner berüchtigten Kinderbande, die für ihre Diebstähle bekannt waren. Ich kann mich nicht daran erinnern, dass Feagan nicht Teil meines Lebens gewesen wäre. Manchmal stellte ich mir vor, er wäre mein echter Vater. Sein Haar war genauso feuerrot und genauso unbändig wie meines. Doch er hatte nie behauptet, ich wäre seine Tochter. Ich war immer nur eines von seinen Kindern. Das Kind, das auf seinem Schoß saß und ihm half, die feinen Taschentücher und die Münzen zu zählen, die die anderen nach Hause brachten.

Ich war das Kind, das vorsichtig die gestickten Monogramme aus der edlen Seide löste. Viele Buchstaben lernte ich durch diese mühsame Arbeit. Die kunstvollen Schwünge der Schriftzeichen faszinierten mich, und ich fragte Feagan immer nach der Bedeutung, bevor ich anfing, sämtliche Beweise zu vernichten, dass sie je auf dem Stoff existiert hatten. Rückblickend bin ich oft erstaunt, wie ein kleines Stück Stoff so wertvoll sein konnte. Und dennoch war es so.

Ich glaube, Feagan war in einem früheren Leben vielleicht einmal Lehrer. In einer Schule, in der er Lesen, Schreiben und Rechnen unterrichtete und von seinen Schülern bewundert wurde. Möglicherweise lag es aber auch nur daran, dass ich mir wünschte, er wäre – falls er mein Vater war – mehr als nur ein gewöhnlicher Krimineller.

Er sprach nie von seiner Vergangenheit, und ich fragte ihn nie nach meiner.

Ich akzeptierte mein Leben in den trostlosen Elendsvierteln einfach als das, was mir nun einmal zustand. Feagans Burschen behandelten mich immer so, als wäre ich etwas Besonderes. Vielleicht lag es daran, dass ich für viele von ihnen instinktiv die Mutterrolle übernahm. Ich flickte ihre Kleider. Ich kuschelte mich an sie, wenn ich mich nachts schlafen legte. Als ich dann älter wurde, kochte ich für sie und kümmerte mich um sie, wenn sie verletzt oder krank waren. Und manchmal half ich ihnen sogar bei ihren Diebstählen.

Doch nichts von alledem konnte mich auf das Entsetzen und die Angst vorbereiten, die ich verspürte, als ich im Alter von gerade einmal zwölf Jahren verschleppt und an ein Bordell verkauft wurde. Luke und Jack – damals die ältesten von Feagans Burschen – retteten mich aus diesem nicht enden wollenden Albtraum.

Aber leider nicht rechtzeitig genug. Luke tötete den Mann, der mir so brutal meine Unschuld geraubt hatte.

Während Luke darauf wartete, dass ihm der Prozess gemacht wurde, bekam er Besuch vom Vater des Mannes – dem Earl of Claybourne. Claybourne erkannte in Luke seinen seit langer

Zeit vermissten Enkelsohn wieder, und von dem einen auf den anderen Moment nahm unser Leben eine drastische Wendung. Die Krone sprach Luke frei und übergab ihn in die Obhut seines Großvaters. Der Earl nahm auch mich bei sich auf.

Er war entschlossen, uns alle Vorteile und Annehmlichkeiten zu verschaffen, die wir in unserem bisherigen Leben nicht hatten genießen können. Er stellte Lehrer ein, und ich lernte schnell, zu lesen, zu schreiben und Rechenaufgaben zu meistern, die komplizierter als alles andere waren, was ich bis zu dem Zeitpunkt kennengelernt hatte. Ich lernte Etikette und richtiges Benehmen. Aber in dem großen Haus in St. James fühlte ich mich nie wohl.

Und als Luke anfing, sich in der Welt der Aristokratie zu bewegen, fing ich an, mich in seiner Gegenwart unbehaglich zu fühlen. In Jacks Nähe fühlte ich mich sicherer. Als ihm dann das Glück hold war und er einen Herrenclub eröffnete, bot er mir an, mir ein anständiges Gehalt zu zahlen, wenn ich mich um seine Buchhaltung kümmern würde. Ich dankte dem Earl für alles, was er für mich getan hatte. Ich wusste zu schätzen, dass mein Leben durch seine Bemühungen und sein Interesse an meinem Wohlergehen reicher geworden war. Dennoch erfüllte mich Erleichterung, als ich dem Anwesen in St. James den Rücken kehrte und ging.

Tief in meinem Inneren wusste ich, dass das Leben bei Claybourne viel mehr gewesen war, als ich verdient hatte. Ich gehörte nicht dem Adel an, und einen Platz in den Reihen der Aristokraten bekam man nur selten durch Anstrengungen oder durch Leistung – für gewöhnlich wurde man in diesen Stand hineingeboren. Es war einem durch die Blutlinie bestimmt, und ich hatte keinen Zweifel daran, dass meine Blutlinie absolut verdorben war. Ich war froh, dass ich ihre Blicke, ihr Gerede oder ihre geflüsterten Mutmaßungen nicht länger ertragen musste.

Ich redete mir ein, dass ich glücklich werden würde, wenn ich nur nie wieder etwas mit den Lords und Ladys des Adels zu tun haben würde.

Also verbannte ich sie vollständig aus meinem Leben. Ich arbeitete mit Hochdruck daran, mir einen sicheren Zufluchtsort zu schaffen, an dem ich glücklich und zufrieden war. Ich wusste, dass das, was ich hatte, genau das war, was ich wollte. Und ich wusste, dass ich mir nicht mehr wünschte, als ich besaß.

Doch dann trat er *in meine geschützte kleine Welt … Und einmal mehr wurde meine Welt zu einem äußerst gefährlichen Ort.*

Kapitel 1

London
1851

Sterling Mabry, der achte Duke of Greystone, war sich nicht sicher, warum sie ihm überhaupt auffiel.

Später würde er sich an diesen Moment erinnern und sich fragen, ob es das lebhafte Feuerrot ihrer Haare gewesen war, das seine Aufmerksamkeit erregt hatte. Oder vielleicht war es auch einfach die Tatsache gewesen, dass sie neben seiner Schwester Catherine am Altar gestanden hatte, als diese Lucian Langdon, den Earl of Claybourne, geheiratet hatte. Oder vielleicht lag es auch an der Art, wie nun auf dem Empfang, der auf dem Anwesen seines neu gewonnenen Schwagers stattfand, drei Männer auf sie zukamen, wie sie sie umkreisten, wie sie alle drei Anspruch auf sie zu erheben schienen und wie sie ihr Revier verteidigten. Unweigerlich musste Sterling an die wilden Löwen denken, die er in Afrika beobachtet hatte. Er war erstaunt, dass keiner der drei Männer laut brüllte.

Sterling stand am Fenster im Gesellschaftszimmer, hielt sein Champagnerglas in der Hand und wartete darauf, den obligatorischen Toast auf das Brautpaar auszubringen, um endlich nach Hause gehen zu können. Versonnen beobachtete er, wie die Frau jedem der Männer ein beinahe schüchternes Lächeln zuwarf. Während sie sprach, hielt sie den Kopf leicht geneigt, als würde sie über ein skandalöses Geheimnis reden, und Sterling wollte nur zu gern wissen, was es sein mochte. Sie war zu weit entfernt, um ihre Stimme hören zu können, doch er stellte sich vor, dass sie den lieblichen Klang eines Engels hätte. Oder aber ihre Stimme war so verführerisch wie die einer Sirene, denn es war offensichtlich, dass jeder Mann durch ihre bloße Anwesenheit so gefesselt zu sein schien, wie er selbst es auch war.

Anscheinend teilten sie irgendetwas Besonderes miteinander. Selbst aus der Entfernung konnte Sterling in ihrem so wundervoll ausdrucksstarken Gesicht die Zuneigung erkennen, die sie für jeden der drei Männer empfand. Er fragte sich, ob sie irgendwann einmal mit jedem dieser Männer liiert gewesen sein mochte, weil zwischen ihnen eine Vertrautheit herrschte, die weit über bloße Freundschaft hinausging.

Die drei Männer interessierten ihn weniger – bis auf die Frage, wie sie ihre Rolle im Leben dieser Dame definierten. Den ersten von ihnen kannte er sehr gut. Es war Jack Dodger, Besitzer des berühmt-berüchtigten Herrenclubs, den Sterling seit seiner Rückkehr nach London regelmäßig besuchte. Dem zweiten Mann mit dem braunen Jackett, der noch größer und muskulöser wirkte als die anderen beiden, wollte Sterling lieber nicht im Dunkeln begegnen – allerdings auch nicht bei Tageslicht. Der dritte Gentleman war der Arzt William Graves, nach dem Claybourne hatte schicken lassen, als Catherine während der Trauerfeier für ihren Vater ohnmächtig geworden war.

Sterling sah neugierig zu, wie sein Schwager sich nun der kleinen Gruppe näherte. Die drei Männer begrüßten ihn wie einen Bruder, lächelten und klopften ihm auf die Schulter, schüttelten ihm die Hand und neckten ihn vermutlich. Die Dame umarmte ihn zwar nicht, schenkte ihm jedoch ein warmherziges Lächeln, das Bände sprach. Sie bewunderte ihn, sie freute sich für ihn, und sie wünschte ihm das Allerbeste. Aber vor allem liebte sie ihn.

Jetzt standen die fünf zusammen. Ohne Zweifel waren diese

Menschen durch die Straße geprägt worden. Sie waren Räuber, Taschendiebe, Mörder – er wollte gar nicht so genau wissen, was sie sonst noch zusammengeschweißt hatte. Diese Erkenntnis hätte das Interesse Sterlings an der Dame eigentlich dämpfen müssen. Doch stattdessen fesselte sie ihn nur noch mehr.

Er hörte leise, vertraute Schritte, bemerkte, dass sie sich ihm näherten, drehte sich seiner Schwester aber erst zu, als sie schon fast neben ihm und es offensichtlich war, dass sie zu ihm wollte. Ihr blondes Haar war kunstvoll frisiert, ihre Wangen waren vor Aufregung und vor Freude über ihre Hochzeit zart errötet, und ihre blauen Augen funkelten wie die teuersten Juwelen.

»Du bist fasziniert von ihnen, oder?«, tadelte sie ihn sanft. Ihm wurde bewusst, dass seine Blicke in Richtung der kleinen Gruppe nicht nur unhöflich, sondern auch offensichtlich gewesen sein mussten. Andererseits war er sich ziemlich sicher, dass die anderen Gäste die fünf ebenso beobachteten.

Es hätte ihn nicht wundern sollen, dass so viele Adlige auf dem Fest erschienen waren. Die Neuigkeit über die eilig arrangierte Hochzeit zwischen dem »Teufels-Earl« und Catherine war in London das Gesprächsthema schlechthin. Die Neugierigen unter den oberen Zehntausend waren in der kleinen Kapelle zusammengekommen, in der die Zeremonie stattgefunden hatte. Und jetzt hieß man sie in Claybournes Haus willkommen. Selbst Marcus Langdon, der ursprünglich einmal den Titel der Claybournes hatte erben sollen, war anwesend. Es schien, als hätte er sein Schicksal als Nachfolger, der er nie sein würde, akzeptiert und angenommen. Es gab keinen Zweifel, dass alle äußerst neugierig waren und gespannt darauf warteten, ob es einen Skandal geben würde.

»Ich bin einfach nur an meiner Umwelt interessiert. Das ist alles«, entgegnete Sterling lakonisch. »Sie gehören eben nicht zu der Sorte Mensch, die für gewöhnlich auf unseren Festen auftaucht. Diese Frau … Sie hat neben dir am Altar gestanden.«

»Frannie. Ja, wir haben uns angefreundet. Wenn du am Festbankett teilgenommen hättest, das wir gestern gegeben haben, oder wenn du heute Morgen früh genug in der Kirche gewesen wärst, dann hätte ich euch einander gern vorgestellt.«

Sterling wusste, dass er sich bei dem Festbankett nicht wohlgefühlt hätte und dass es seiner Schwester letzten Endes doch nicht so angenehm gewesen wäre, ihn dabeizuhaben. Also beachtete er ihre tadelnden Worte nicht weiter, sondern dachte über den Namen nach, den sie ihm genannt hatte. *Frannie.* Er hätte etwas Exotischeres erwartet – oder es sich vielleicht auch nur erhofft. Dennoch passte der Name zu der jungen Frau. »Sie kleidet sich ziemlich schlicht.«

Das einfache blaue Gewand, das sie trug, wirkte auf dieser Feierlichkeit fast genauso fehl am Platze wie sie selbst. Er stellte sie sich in einem violetten oder roten Kleid vor und malte sich aus, wie die Seide über ihre Haut glitt und zu Boden fiel …

»Ich habe in letzter Zeit gelernt, niemanden nach dem Äußeren zu beurteilen«, riss Catherine ihn aus seinen Grübeleien.

Er nahm die Kritik, die in ihren Worten mitschwang, durchaus wahr, denn Catherine wusste genau, dass er Menschen sehr wohl nach ihrem Äußeren und nach ihrem gesellschaftlichen Rang beurteilte. Er erkannte die Elite an – und danach erst die anderen, mit denen er sich nicht abgab, solange es nicht unbedingt nötig war. Bisher hatte er weder den Wunsch verspürt noch die Veranlassung gesehen, sich mit ehemaligen Kriminellen abzugeben.

»Unterstützen sie sie?«, fragte er.

»Wie bitte?«

»Die Herren, die um sie herumstehen. Stehen sie in einer besonderen Beziehung? Wie bestreitet sie ihren Lebensunterhalt?«

»Das sind wohl kaum angebrachte Erkundigungen«, erwiderte Catherine.

Sterling sah sie eindringlich an. »Na gut. Ist sie die Geliebte von irgendeinem der Herren?«

Er stellte die Frage, obwohl er sich nicht vorstellen konnte, dass Catherine sich mit einer Frau von fragwürdigem Ruf abgeben, geschweige denn sie zu ihrer Hochzeit einladen würde. Doch wenn diese Frau mit Claybourne befreundet war und ehemals von der Straße kam …

Catherine schnaubte entrüstet. »Wie kommst du denn darauf? Sie kümmert sich in *Dodger's Drawing Room* um die Buchhaltung.«

Ein vornehmer Name für einen Ort, der alles andere als vornehm war. Durch den Namen wirkte der Herrenclub beinahe seriös – und genau das war Sterlings Meinung nach auch der Grund für diese Wahl. »Ungewöhnlich.«

»Ich finde es bewundernswert. Nicht jede Frau hat das Glück, einen Vater zu haben, der für ihren Lebensunterhalt sorgt.«

»Zieh deine Krallen wieder ein, Catherine. Ich wollte sie nicht beleidigen. Aber du musst doch zugeben, dass Frauen meistens im Haushalt und nicht so oft in Unternehmen tätig sind.«

Sie berührte ihn am Arm. »Es tut mir leid. Ich schätze, ich will Claybournes Freunde in Schutz nehmen. Während du fort warst, haben sie mir öfter einmal geholfen.«

Also hatte Sterlings Abwesenheit sie dazu gezwungen, sich Hilfe suchend an berüchtigte Persönlichkeiten zu wenden. Das hatte ihrem Vater bestimmt nicht gefallen und war ein Grund mehr für ihn gewesen, um von seinem Erben enttäuscht zu sein – der in seinen Augen schon immer ein Taugenichts gewesen war.

Sterling gab zu, dass er sein Leben genossen und seine eigenen Bedürfnisse und sein Vergnügen über alles andere gestellt hatte. Doch sein Vater, mit dem er oft über seine Entscheidungen gestritten hatte, hatte nie verstanden, wie es sich anfühlte, über irgendetwas nicht die Kontrolle zu haben und ohnmächtig zu sein. Er wusste nicht, wie es sich anfühlte, wenn die Angst einen packte. Er begriff nicht, wie es war, in die Zukunft zu blicken und zu wissen, dass es dunkel und einsam werden würde.

»Ich sollte euch einander vorstellen«, sagte Catherine fröhlich. Es schien fast, als hätte sie bemerkt, dass Sterlings Gedanken eine traurige, düstere Richtung eingeschlagen hatten.

»Das ist nicht nötig.« Sterling zweifelte daran, dass die Herren es gutheißen würden, wenn er sich in ihr Territorium drängte.

»Du hast dich verändert, Sterling.«

»Das hast du schon einmal gesagt«, entgegnete er. »Wir verändern uns alle, Catherine. Ich könnte das Gleiche über dich sagen.«

»Aber ich habe mich nicht in dem Ausmaß verändert, wie du es getan hast. Du bist ein zutiefst zynischer Mensch geworden.«

»Ich bin nicht zynisch, sondern realistisch. Jetzt geh zu deinem Mann, damit ich meinen Toast ausbringen und es hinter mich bringen kann.«

Schmerz blitzte in ihren Augen auf, die genauso blau waren wie seine. Er ergriff ihre Hand, bevor Catherine davongehen konnte. »Entschuldige bitte. Ich wünsche dir von Herzen alles

Glück, das du so sehr verdient hast – das weißt du auch. Nachdem ich so lange fort war und die meiste Zeit im Freien verbracht habe, fühle ich mich in überfüllten Räumen einfach nicht mehr so wohl.« Und sich durch eine Menschenmenge zu schlängeln, ohne dabei jemanden anzurempeln, war zu einer mühsamen Angelegenheit geworden. Wenn er gewusst hätte, dass Catherine und Claybourne so vielen Menschen die Tür öffnen würden, dann hätte er sich schon nach der kirchlichen Trauung verabschiedet.

»Ist das der Grund, warum du dich die ganze Zeit in der Nähe des Fensters herumdrückst, als wolltest du jeden Moment hinausspringen?«

»Bei diesem Sturm?« Er warf einen flüchtigen Blick zum Fenster und sah den Regen, der gegen die Scheiben prasselte. Die Wolken hingen so tief und waren so dunkel und schwer, dass es selbst jetzt am Vormittag fast so düster war wie in der Nacht. Und die Nacht war zu seinem Feind geworden. »Es ist ein ziemlich trister Tag.«

»Ich finde ihn überhaupt nicht trist. Es ist der schönste Tag meines Lebens.«

Sterling wurde bewusst, dass er der reinste Griesgram war, und er legte ein bisschen Reue in seine folgenden Worte. »Ich glaube, es wird der erste von ganz vielen wunderschönen Tagen in deinem Leben.«

»Ich weiß, dass du nicht unbedingt begeistert davon gewesen bist, als ich mich für Claybourne als meinen zukünftigen Ehemann entschieden habe. Genau wie so viele andere trägst du ihm seine außergewöhnliche Vergangenheit noch nach. Aber ich hoffe, dass du ihn im Laufe der Zeit als den Menschen kennenlernen wirst, den ich liebe, und dass du seine Qualitäten irgendwann erkennen und schätzen wirst.«

Das war eher unwahrscheinlich – doch er wollte ihre Freude durch die Wahrheit nicht weiter dämpfen. Als hätte sie erkannt, dass er dazu nichts sagen würde, fuhr sie fort: »Ich schätze, du richtest, nachdem du nun von deiner Weltreise zurück bist, deine Aufmerksamkeit darauf, eine Ehefrau zu finden?«

»Irgendwann bestimmt. Im Augenblick sind wir noch in Trauer. Deshalb hätte ich auch nicht gedacht, dass der Empfang so groß und aufwendig wird.«

»Er ist nicht groß und aufwendig. Es sind vielleicht ein paar Gäste mehr, als angebracht wären, aber sie werden Claybourne den Weg in die Gesellschaft ebnen, nachdem er jahrelang nur ein geduldeter Zuschauer war. Im Übrigen müssen Männer sich nicht so streng an die Einhaltung der Trauerzeit halten wie wir Frauen. Du könntest heute Abend auf einen Ball gehen, und niemand würde dich dafür kritisieren.«

»Ach, das sind die Vorteile, die die Herzogswürde mit sich bringt.«

»Gab es jemanden, an den du während deiner Reisen gedacht hast?«, hakte Catherine nach.

»Spielst du jetzt schon die Kupplerin?«, fragte Sterling. »Ihr habt doch sicherlich geplant, eine Hochzeitsreise zu machen, oder?«

»Nein, wir haben in London noch einiges zu erledigen«, antwortete seine Schwester.

»Trotzdem nehme ich an, dass dein Ehemann zumindest eine Zeit lang deine ungeteilte Aufmerksamkeit haben möchte. Ich bin sehr wohl in der Lage, mir eine Frau zu suchen, ohne dich zu bemühen.«

»Was heißt denn hier ›bemühen‹? Ich würde dir gern helfen.« Sie drückte seinen Arm. »Ich habe dich vermisst, Sterling. Ich freue mich sehr, dass du gekommen bist. Und jetzt entschuldige mich bitte. Ich werde zu Claybourne gehen, damit du deinen Toast ausbringen kannst.«

Als sie nun davonging, hatte er ein schlechtes Gewissen. Doch er verdrängte die unwillkommenen Emotionen schnell wieder. Im Augenblick wäre er überall auf der Welt lieber gewesen als hier. Hastig trank er seinen Champagner aus, gab einem der Diener ein Zeichen und nahm sich ein neues Glas. Nahm das hier denn niemals ein Ende?

Catherine trat zu ihrem Mann. Claybourne blickte sie mit unverhohlener Liebe an. Warum sollte er sie auch nicht über alles lieben? Sie war die Tochter eines Dukes und entstammte einer der angesehensten und ältesten Familien des britischen Adels. Sie wusste, wo ihr Platz war, und füllte diesen auch aus. Das konnte Sterling für sich selbst nicht mehr unbedingt behaupten. Der Wunsch zu flüchten erfasste ihn, und er war mit seiner Geduld am Ende. Vorsichtig klopfte er gegen sein Glas, und das Gemurmel im Raum verstummte. Er erhob sein Glas. »Auf meine Schwester Catherine, die neue Countess of Claybourne, und auf ihren glücklichen Ehemann. Möge die Sonne immer für euch scheinen, meine Liebe – selbst an den dunkelsten Tagen.«

Er trank das perlende Getränk aus, während um ihn herum Jubel losbrach und die Gäste fröhlich applaudierten. Claybourne und Catherine tranken ebenfalls ihren Champagner aus und gaben sich dann einen flüchtigen Kuss. Die Gäste lachten, jubelten wieder und wünschten dem Brautpaar das Beste.

Sterling griff erneut nach einem vollen Champagnerglas. Wenn er nur genug trank, dann könnte er vielleicht den Schmerz über die Gewissheit vertreiben, dass er niemals haben würde, was dieses frisch vermählte Paar offensichtlich besaß: wahre Liebe und Glück.

Er war der gefährlichste Mann im Raum.

Frannie Darling wurde bewusst, dass diese Aussage ziemlich gewagt war – immerhin stand sie hier mit Männern zusammen, die keine Skrupel hatten, das Gesetz zu brechen, wenn es ihren Interessen diente. Doch während ihre Freunde für alle Leute außer für sie gefährlich waren, konnte dieser Mann nur ihr allein gefährlich werden.

Sie wusste es, so wie sie auch wusste, welche Taschen lohnenswert waren, bevor sie überhaupt hineingegriffen hatte, um herauszuholen, was sich in ihnen verbarg. Sie wusste es, so wie sie auch wusste, dass eine Zahlenreihe nicht aufging, noch bevor sie die Zahlen zusammengerechnet hatte. Sie wusste es, so wie sie auch wusste, dass es in diesem Raum nur drei Menschen gab, zu denen sie wirklich gehörte: Jack, Jim und Bill.

Erst kürzlich hatte sie herausgefunden, dass Luke immer daran gezweifelt hatte, der echte Earl of Claybourne zu sein. Doch in letzter Zeit hatten sich Umstände und Veränderungen ergeben, die ihn von der Wahrheit überzeugt hatten, sodass er inzwischen keine Bedenken mehr hatte, der rechtmäßige Erbe des Titels zu sein. Selbstsicher bewegte er sich zwischen seinen Gästen durch den Raum, fühlte sich wohl in seiner Haut und hatte keine Angst mehr, dass er das Leben eines anderen führen würde.

Sie fühlte sich hingegen nicht so wohl, war nicht so entspannt. Diese Welt war einfach nicht die ihre. Es war alles so unglaublich groß und so unglaublich bedeutend. Ihre kleine Welt verblasste dagegen – trotzdem fühlte sie sich darin zu Hause und war zufrieden. Vielleicht lag es gerade an diesem Unbehagen, dass sie ihn bemerkte – den Mann, der am Fenster stand und diesem Ort anscheinend genauso gern entfliehen wollte wie sie. Sie wusste, wer er war. Catherines Bruder. Der vor Kurzem zu seinem Titel gekommene Duke of Greystone.

Ein paarmal glaubte sie, ihn dabei ertappt zu haben, wie er sie beobachtete. Sie hatte daraufhin versucht, ihn genauso verstohlen zu betrachten. Seine Haut hatte einen bronzefarbenen Ton; es schien beinahe, als wäre er ein Mensch, der sich gern draußen an der frischen Luft aufhielt. Seine Haare waren dunkelblond und extra für diesen Anlass gebändigt worden. Keine Strähne lag falsch. Dennoch konnte sie sich vorstellen, wie das Haar vom Wind zerzaust wurde, während er über die gleichen Straßen galoppierte, die Marco Polo vor ihm erkundet hatte. Greystone war ein Abenteurer, ein Mann, der keine Angst kannte. Als einige der anderen Gäste sich zuvor mit ihm unterhalten hatten, hatte seine Körperhaltung Höflichkeit und möglicherweise Toleranz gezeigt, aber auch Ungeduld. Es wirkte so, als wünschte er sich, wieder unterwegs zu sein und ein neues Abenteuer zu erleben.

»Glaubst du, dass sie glücklich werden?«, fragte Jack und reichte ihr ein neues Glas Champagner. Seine Geste und seine Worte zwangen sie, den Blick von dem Mann zu wenden, der sie so neugierig machte und so faszinierte. Dieser Mann war außergewöhnlich und überlebensgroß – und sie bevorzugte normalerweise das Kleine, das Alltägliche.

Jim und Bill standen dicht bei ihr – beinahe zu dicht –, so als könnten sie sie vor ihrem eigenen Unbehagen gegenüber der eleganten Elite beschützen.

»Da bin ich mir ganz sicher«, erwiderte sie. »Catherine ist die Richtige für Luke, und sie tut ihm gut.«

»Was hältst du von ihrem Bruder?«

Sie glaubte, dass er so stark war wie der Sturm, der draußen tobte. Sie glaubte, dass eine Frau in seinen Armen eine Lust erleben konnte, wie sie sie nie zuvor erfahren hatte. Hitze durchströmte sie, als sie sich mit der Zungenspitze über die Lippen fuhr. Sie griff zu einer kleinen Notlüge. »Ich weiß es nicht so genau.«

»Er hat uns beobachtet«, sagte Jim.

»Ziemlich viele der anderen Gäste beobachten uns«, murmelte Bill.

»Und haben ein Auge auf ihre Taschen«, fügte Jack hinzu. »Ich bin fast versucht, mich durch die Reihen zu schleichen und zuzugreifen.«

Frannie funkelte ihn wütend an. Lukes Großvater hatte sie aus den Elendsvierteln geholt, doch es war ihm nicht gelungen, ihnen die alten Gewohnheiten auszutreiben – zumindest nicht ganz. »Tut nichts, wofür Luke, der uns eingeladen hat, sich schämen müsste. Endlich ist er im Kreise der Adeligen akzeptiert worden. Es war ein kleiner Akt der Rebellion von ihm, uns überhaupt eingeladen zu haben.« Sie, die Gauner, die er noch aus seiner Jugend kannte, die er jedoch, wie sie wusste, nie ganz hinter sich lassen würde. Ihre gemeinsame Vergangenheit war ein Band, das sie unauflöslich miteinander verknüpfte.

»Achtest du immer noch auf ihn?«, fragte Jack.

»Genau so, wie ich auf euch alle achte.« Sie warf ihm ein neckisches Lächeln zu. »Und so, wie ihr auch auf mich achtet.«

Obwohl es Momente gab, in denen sie einfach zu sehr auf sie aufpassten und ein bisschen zu fürsorglich waren. Sie liebte sie von Herzen, aber manchmal sehnte sie sich nach mehr, nach etwas, das sie nicht genau benennen konnte. Vielleicht war das der Grund, warum sie plötzlich den Wunsch verspürte, eine Revolte zu entfachen, mutig und aufsässig zu sein. Sie warf einen Blick zu dem Gentleman am Fenster. »Ich glaube, ich werde mich selbst vorstellen.«

»Er ist ein verdammter Duke«, rief Jack ihr in Erinnerung.

»Ja, das ist mir bewusst«, murmelte sie, ehe sie Jack ihr Glas in die Hand drückte, einmal tief durchatmete und dann den Raum durchquerte.

Üblicherweise mied Frannie die Menschen, die einen Titel trugen, weil sie sie auf unliebsame Art an ihre eigene bescheidene Herkunft erinnerten. Doch irgendetwas an diesem Mann weckte ihr Interesse, und aus ihrem Verlangen entstand ein Moment des Muts. Sie hatte sich so angestrengt, um sich vor allem zu schützen, das ihr schaden oder gefährlich werden konnte – aber das Einzige, was sie dadurch erreicht hatte, war, dass sie ein langweiliges Leben führte. Dieser Mann hingegen schien alles andere als langweilig zu sein.

Sie fühlte die Blicke der anderen Gäste auf sich, die bemerkten, dass sie etwas vorhatte. Weil ihr die prüfenden Blicke anderer Menschen eigentlich schon immer egal gewesen waren, hätte das wachsende Interesse an ihr sie normalerweise nicht aus der Fassung bringen dürfen. Aber der Mann wählte genau diesen Moment, um sie anzusehen, und sie spürte seinen Blick wie eine zarte Berührung, wie ein Streicheln, das über ihren ganzen Körper ging. Beinahe wäre sie stehen geblieben. Feagans Burschen hatten sie noch nie mit einer solchen Begierde in den Augen angeschaut. Vielleicht war das der Grund, warum Greystone so gefährlich für sie war: weil sie sich durch einen einzigen Blick von ihm nicht mehr wie das unsichere Mädchen, sondern wie eine attraktive Frau fühlte, die die Macht hatte, einen Mann zu einem sündhaften Abenteuer zu verführen.

Noch erstaunlicher war die Anziehungskraft, die er auf sie ausübte. Sie war noch nie einem Mann begegnet, der die Leidenschaft in ihr entfacht hatte, der in ihr das Verlangen geweckt hatte, von ihm geküsst, von ihm berührt zu werden.

Frannie rang den Impuls nieder, auf dem Absatz kehrtzumachen und sich auf sicheres Terrain zurückzuziehen, und trat zu ihm. Seine Augen hatten das Blau der funkelnden Saphire, die in das Collier eingearbeitet gewesen waren, das sie einst einer aufgeblasenen Dame direkt vom Hals entwendet hatte. Feagan hatte sich so über dieses Stück gefreut, dass er ihr eine Erdbeere gekauft hatte. Sie konnte keine dieser süßen Früchte mehr essen, ohne daran denken zu müssen, dass sie einmal ihre Belohnung für eine sehr sündhafte Tat gewesen waren. Ein Abend mit Greystone würde darin enden, dass sie eine ganze Schüssel voll von köstlichen Erdbeeren essen würde – dessen war sie sich sicher.

»Ich glaube, wir wurden einander noch nicht vorgestellt. Mein Name ist Frannie Darling.«

»Ach ja, Sie sind die Buchhalterin des *Dodger's*.«

Sie wusste, dass ihre Augen bei seinen Worten größer geworden waren. Sie kam nur selten in den Bereich, wo die Spiele stattfanden. Ihre Arbeit passierte hinter verschlossenen Türen, und nur einige wenige hatten die Schlüssel zu diesen Türen. »Ich glaube, mich daran erinnern zu können, dass Sie Mitglied sind.«

»Und ich glaube, mich daran erinnern zu können, dass Ihre Freunde«, mit einem Kopfnicken wies er auf Jack, Jim und Bill, die gespannt auf ihre Rückkehr warteten, »allesamt Diebe sind.«

Die Enttäuschung traf sie wie ein Schlag in die Magengrube, denn er gehörte offensichtlich zu denjenigen, die nicht daran glaubten, dass ein Mensch sich ändern und über den Platz, den das Schicksal ihm ursprünglich zugewiesen hatte, hinauswachsen konnte. Er war einer von denjenigen, die ihr das Leben schwer gemacht hatten, als sie noch bei Claybourne gelebt hatte. Sie hätte ihn seiner Engstirnigkeit überlassen und einfach gehen sollen, aber irgendetwas zwang sie dazu zu bleiben. Vielleicht wollte sie ihm die Möglichkeit geben, seine Worte wiedergutzumachen.

»Da es eigentlich üblich ist, dass das Hochzeitsessen im Hause der Brautfamilie stattfindet, nehme ich wohl an, dass Ihnen die Gästeliste nicht zugesagt hat?«

»Sie können annehmen, was Sie wollen. Ich schätze einfach mein Eigentum und ziehe es vor, keine Langfinger zu mir nach Hause einzuladen.«

»Ich verstehe.« Sie hatte eine exzellente Menschenkenntnis, und sie hatte das Gefühl, dass dieser Mann seinen wahren Charakter nicht zeigte. Die talentiertesten Schauspieler der Welt waren Bettler. Mit einem einzigen geübten Blick konnten sie ein Herz für sich gewinnen, Mitgefühl auslösen und einen Menschen dazu bringen, seine letzte Münze zu spenden. Greystone benahm sich anscheinend absichtlich so griesgrämig, um erst gar keine freundliche Beachtung auf sich zu lenken. Sie fragte sich, was seine Gründe dafür sein mochten.

Er blickte in Richtung der anderen Gäste. »Wird er sie glücklich machen?«

»Luke?«

»Claybourne.«

Sie rechnete es ihm hoch an, dass er Luke bei seinem Titel nannte. Das war zumindest ein Anfang. Und es war offensichtlich, dass ihm viel an seiner Schwester lag. »Er wird sie unermesslich glücklich machen.«

Er nickte knapp. »Dann ist das alles, was zählt. Wenn Sie mich jetzt entschuldigen möchten …«

Er war schon drei Schritte gegangen, als sie ihm hinterherrief: »Euer Gnaden?«

Er wandte sich zu ihr um. Sie lächelte verschmitzt und wusste selbst nicht genau, warum sie so entschlossen war, ihn zu ärgern. Er schien ein Mensch zu sein, den man einfach ärgern musste. Im Übrigen hatte sie nicht vor, ihm die Beleidigung ihrer Freunde ungestraft durchgehen zu lassen. Und sie wollte etwas klarstellen: Ihre Freunde waren nicht die einzigen Diebe vor Ort. Sie hob die Hand. An einer schweren Kette baumelte eine goldene Taschenuhr herab. »Sie haben Ihre Uhr vergessen.«

Er starrte auf seine Weste und klopfte die Taschen ab, als könnte er seinen eigenen Augen nicht trauen. Langsam hob er den Blick und sah Frannie an. Mit einem gefährlichen Funkeln in den Augen streckte er die Hand aus. Sie ließ die Uhr hineinfallen, und bevor sie ihre Hand in dem feinen Handschuh wieder zurückziehen konnte, schloss er die Finger um ihr Handgelenk und beugte sich vor. »Vorsicht, Miss Darling«, sagte er, und seine Stimme war nicht mehr als ein raues Flüstern, das ihr Schauer über den Rücken jagte, »ich war eine Weile in der Welt unterwegs, und ich bin längst nicht mehr so zivilisiert wie noch vor meiner Abreise.«

Das war so offensichtlich, dass ihr Herz wie wahnsinnig pochte und ihre Beine weich wurden. Er blickte sie an, als würde er mit dem Gedanken spielen, sie zu verschlingen.

Mit einer abrupten Verbeugung ließ er sie los, drehte sich um und ging davon. Sie sah ihm hinterher, bis er durch die Tür verschwunden war – offenbar, um nach Hause zu gehen. Erstaunlich, wie schnell sich das Blatt gewendet und sie die Oberhand und die Kontrolle über die Situation verloren hatte. Ganz sicher hätte sie niemals damit gerechnet, dass diese Begegnung ihr den Atem rauben würde. Doch es gab noch mehr, das sie beunruhigte: Sie hatte den fremden, aber unglaublich drängenden Wunsch verspürt, dass er nicht gehen möge.

Sterling wünschte sich nichts mehr, als aus dem Haus zu stürmen, doch er riss sich zusammen und achtete darauf, gemessenen Schrittes zu gehen und den Gästen auszuweichen, um niemanden unsanft anzurempeln. Zu gehen war nicht annähernd so schwierig, wie er gedacht hätte. Vielleicht weil seine finstere Miene die Menschen dazu brachte, schnell aus dem Weg zu gehen und ihn nicht etwa in eine Unterhaltung verwickeln zu wollen.

Er wusste, dass sein Verhalten Miss Darling gegenüber abscheulich gewesen war, aber seine Reaktion auf ihre Nähe hatte ihn überrascht. Sie hatte nicht die Stimme eines Engels. Ihre Stimme weckte Leidenschaften in Schlafgemächern. Sie klang heißblütig, sinnlich und atemlos – fast so, als hätten sie schon gemeinsam Lust erlebt und als wäre sie begierig auf eine Zugabe.

Ihre Augen ... Bei der Erinnerung an diese Augen hätte er beinahe laut aufgestöhnt. Sie waren unglaublich grün. Aber das, was *nicht* in ihnen gestanden hatte, hatte ihn gefesselt. Er hatte keine Unschuld darin gesehen – der Ausdruck war alles andere als unschuldig gewesen. Das Leben hatte sie geprägt. Sie war vollkommen anders als all die jungen Damen, die er kannte. Sie hatte Dinge gesehen – und wahrscheinlich auch getan –, bei denen andere junge Frauen in Ohnmacht gefallen wären.

Zwar war er kein Mensch, der schnell die Selbstbeherrschung verlor, doch wenn er sich nicht zurückgezogen hätte, dann hätte er diese Frau wahrscheinlich in die Arme geschlossen. Zum Teufel mit allen, die Widerspruch erhoben hätten.

Dann hatte sie – zur Hölle mit ihr – seine Taschenuhr stibitzt, und er hatte es nicht einmal bemerkt. Aber, verdammt, er wollte ihre Hände spüren. Und als er nun mit langen Schritten davonging, weg von ihr, verzehrte er sich nur noch mehr nach ihr.

Kapitel 2

Die Begegnung mit Greystone hatte Frannie verunsichert. Feagans Burschen – auch wenn sie längst Männer waren, würde sie in ihnen wohl immer seine Burschen sehen – hüteten sich davor, sie mit Fragen zu bedrängen. Dennoch brauchte sie Zeit für sich, um sich zu sammeln. Für gewöhnlich hätte sie einen Spaziergang im Park gemacht, aber der heftige Regen sprach dagegen. Also würde Claybournes riesiges Anwesen ausreichen müssen. Weil die Dienerschaft sie kannte, würde wahrscheinlich niemand sie daran hindern, durch die Flure und Zimmer zu streifen, zu denen die Gäste eigentlich keinen Zutritt hatten. Seit sie aus dem großen Haus ausgezogen war, war sie ein paarmal zu Besuch hier gewesen. Obwohl sie sich in dem alten Gemäuer nicht besonders wohlfühlte, rief doch eines der Gemächer wunderbare Erinnerungen in ihr wach.

Ohne zu zögern, öffnete sie die Tür zu der umfangreichen Bibliothek des Anwesens und ging hinein. Für einen Moment schloss sie die Augen und atmete tief den wundersamen Duft der alten Bücher ein. Kontobücher hatten diesen einzigartigen Geruch nicht. Nachdem sie die Tür geschlossen hatte, um ungestört zu sein, durchquerte sie den Raum und lief zwischen den Sesseln und kleinen Tischen hindurch, die gemütliche Sitzecken bildeten. Sie ging zu einer Wand, an der riesige Bücherregale standen, und strich mit den Fingerspitzen versonnen über die Rücken der Bücher, die der ehemalige Earl im Laufe der Jahre gesammelt hatte. Der alte Herr hatte unglaublich viel gelesen und sie – unter anderem – mit den Werken von Jane Austen und Charles Dickens bekannt gemacht. In diesem Raum hatte sie die Welt erkundet.

Dieser Gedanke brachte sie zurück zu Greystone. Durch Catherine wusste sie, dass er die Welt und all die Wunder, die sie zu bieten hatte, selbst erforscht hatte. Sie konnte sich nicht vorstellen, welchen Mut und welche Tapferkeit ein solches Unterfangen erforderte: an Bord eines Schiffes zu gehen, auf den unermesslich großen Ozean hinauszufahren und darauf zu vertrauen, dass man unversehrt am Ziel angelangen würde. Was hatte er getan, dass er nun ein bisschen weniger zivilisiert war als vor seiner Reise? Und warum konnte sie selbst jetzt nicht aufhören, an ihn zu denken? Seine Gleichgültigkeit hätte eigentlich jedes Interesse, das sie vielleicht an ihm gehabt hatte, im Keim ersticken müssen. Doch stattdessen ertappte sie sich dabei, wie sie sich fragte, was ihm solche Angst machte – denn sie war sich sicher, dass er vor irgendetwas Angst hatte.

Als er bemerkt hatte, dass sie seine Uhr an sich genommen hatte, war die Angst noch für einen Moment in den Tiefen seiner Augen zu lesen gewesen, bevor sie angefangen hatten, gefährlich zu funkeln. In ihrer Welt hatte sie so viele verängstigte Seelen kennengelernt – sie selbst eingeschlossen. Sie hätte verstehen können, wenn er einfach verärgert reagiert hätte. Aber warum hatte es ihn so gestört, dass er nicht gesehen hatte, wie sie seine Taschenuhr an sich genommen hatte? Oder missverstand sie die gesamte Situation? Es war nicht so, als wäre er ein Buch, in dem sie lesen konnte.

Innerlich schalt sie sich selbst dafür, seine Uhr an sich genommen zu haben. Sie war doch eigentlich über ihre Herkunft hinausgewachsen und hatte ihre Vergangenheit hinter sich gelassen. Es ärgerte sie, dass dieser Mann sie dazu gebracht hatte, dorthin zurückzukehren. Warum hatte sie den Drang verspürt zu beweisen, was für eine talentierte Diebin in ihr steckte?

Warum war es ihr überhaupt wichtig gewesen, was er über sie oder über ihre Freunde dachte? Unhöflich und arrogant repräsentierte er alles, was sie an der Aristokratie so verachtete. Selbst Lukes Großvater, der so viel Gutes für sie getan hatte, hatte auf die Gassenkinder hinabgeschaut, die sein Enkel Freunde genannt hatte. Trotzdem musste Frannie ab und zu voller Liebe an den alten Herrn zurückdenken.

Sie ging zum Schreibtisch und nahm Platz. Mit der Hand strich sie über die feine, glatt polierte Holzmaserung und erinnerte sich daran, wie imposant Lukes Großvater gewirkt hatte, wenn er an diesem Schreibtisch gesessen hatte. Bis zu dem Tag, an dem sie seine Schwäche für Zitronenbonbons entdeckt hatte. Ab dem Moment hatte sich ihre Meinung über ihn ein bisschen verändert – er hatte einen menschlichen Zug bekommen. Vor allem, wenn er gelegentlich seine Bonbons mit ihr geteilt hatte. Sie öffnete die Schreibtischschublade, in der er seine Süßigkeiten aufbewahrt hatte.

»Haben Sie vor, etwas zu stehlen?«

Mit einem kleinen Aufschrei presste Frannie die Hand auf ihre Brust. Ihr Herz hämmerte, als sie sich im Schreibtischsessel umdrehte, um ihren Ankläger anzusehen.

Die Arme vor der Brust verschränkt, lehnte Greystone an der Wand in der dunklen Ecke. Er wich dem spärlichen Tageslicht, das durch das Fenster in den Raum drang, scheinbar bewusst aus. Donner grollte, und der Regen wurde immer stärker. Sie wusste nicht, warum er ihr nicht schon längst aufgefallen war, denn er schien mit seiner Präsenz die Ecke auszufüllen. »Sie haben mich erschreckt, Euer Gnaden.«

Sie hatte immer geglaubt, dass von Luke und Jack eine große Ausstrahlung ausging. Doch ihr Charisma verblasste gegen das des Dukes of Greystone. Er war kein Mann, der es gewohnt war, zurückgewiesen zu werden, und die Anziehungskraft, die er schon im Gesellschaftszimmer auf sie ausgeübt hatte, machte sich unbestreitbar wieder in ihr breit. Sie weigerte sich jedoch, diesem Gefühl nachzugeben. Sie würde nicht zulassen, dass er sich über sie, ihre zärtliche Betrachtung oder ihre Freunde lustig machte. Dennoch war sie nicht so kindisch, einfach aus dem Zimmer zu stürmen. Sie schluckte und war entschlossen, sich gegen ihn zu behaupten.

»Hier bewahrte er immer seine Bonbons auf«, sagte sie, um das drückende Schweigen zu durchbrechen. Greystone starrte sie nur wortlos an. »Der ehemalige Earl«, erklärte sie. »Lukes Großvater.«

Noch immer schwieg er. Sie schloss die Schublade und erhob sich aus dem Sessel. Sie wollte sich auf keinen Fall von diesem Mann einschüchtern lassen. Obwohl ihr Herz fast genauso laut pochte wie der Donner grollte, ging sie mit entschlossenen Schritten zum Fenster und blickte in den grauen Regen hinaus. »Ich habe hier früher gelebt. Der alte Herr saß immer in diesem Sessel hier«, sie wies auf einen dunkelgrünen Polstersessel am Fenster, »und hat sich jeden Nachmittag eine Geschichte von mir vorlesen lassen. Es ist seltsam. In meiner Jugend habe ich mit einem Kidsman zusammengelebt, der nicht nur Kinder ›gesammelt‹ und zum Stehlen ausgebildet, sondern mit Sicherheit in seinem Leben schon einmal jemanden getötet hat. Trotzdem habe ich mich nie vor ihm gefürchtet. Dieser alte Earl jedoch hat mir Angst gemacht.«

»Warum?«

Aha, endlich ein Wort. Sie sah ihn an und war überrascht zu sehen, dass sie viel dichter beieinanderstanden, als ihr klar gewesen war. Sie vermutete, dass seine Frage vielmehr ein Trick war, um sie davon abzuhalten, einfach zu gehen. Warum fesselte, warum erregte sie der Gedanke, dass er sich wünschte, sie würde noch bleiben?

»Weil er so ... groß war.« Sie schüttelte den Kopf und ärgerte sich darüber, dass sie nicht in der Lage war, Lukes Großvater angemessen zu beschreiben. Ihr lag der Umgang mit Zahlen mehr als der Umgang mit Worten. »Nicht körperlich natürlich. Er war hochgewachsen wie Luke, aber etwas knochiger, nicht so muskulös und auch schon ein wenig vom Alter gebeugt. Ich meine damit, dass er eine so starke Ausstrahlung hatte. Alles an ihm war irgendwie erhaben und stattlich. Die Häuser, in denen er lebte – hier und auf dem Land. Die Kutsche, in der er reiste. Manchmal, wenn er sich mit jemandem treffen musste, nahm er mich mit nach London. Durch die Hochachtung, die ihm entgegengebracht wurde, war ich mir sicher, dass er ein sehr mächtiger Mann sein musste. Genau wie Sie, Euer Gnaden.«

»Und mächtige Männer machen Ihnen Angst?«

»Sie machen mich nachdenklich. Aber ich bin längst kein Kind mehr, das sich durch sie einschüchtern lässt. Ich wage zu behaupten, dass mit dem Alter die Neigung kommt, nicht mehr viel darauf zu geben, was andere Menschen über einen denken.«

Ganz leicht hob sich einer seiner Mundwinkel, und sie verspürte mit einem Mal den verrückten Wunsch, ihm ein richtiges Lächeln ins Gesicht zu zaubern, auch wenn sie fürchtete, er könnte die kleine Lüge in ihren Worten herausgehört haben. Sie konnte nicht leugnen, dass die schlechte Meinung des Adels über sie und über ihre Freunde ihr wehtat. Jeder von ihren Freunden tat auf seine Weise etwas für die weniger Glücklichen, und alle waren unglaublich loyal und treu. Sie würden füreinander sterben. Dass andere Menschen das Gute in ihnen nicht sehen wollten und immer nur das Schlechteste von ihnen erwarteten, schmerzte auf Dauer.

»Aus Ihrem Mund klingt das, als wären Sie schon uralt«, bemerkte er.

»Ich gehe auf die dreißig zu.« Sie wusste nicht, warum sie den Drang hatte, ihm ihr Alter zu verraten. Vielleicht wollte sie damit sicherstellen, dass er sich darüber im Klaren war, hier nicht mit einer unschuldigen jungen Frau zu sprechen, sondern vielmehr mit einer Frau, die wusste, was sie wollte. Zumindest hatte sie es gewusst, bis sie ihm begegnet war. In diesem Augenblick wusste sie nämlich nicht genau, ob sie sich wünschte, dass er blieb und sie verführte, oder ob sie wollte, dass er verschwand, ehe ihr die Situation komplett entglitt und sie die Kontrolle verlor. Denn in seiner Nähe war sie sich nicht sicher, ob sie noch Herrin der Lage war oder nicht. Sie wollte ihm das Haar zerzausen und diese unzivilisierte Seite von ihm hervorlocken, von der er zuvor gesprochen hatte.

»Schon ziemlich alt, wenn man bedenkt, dass Sie noch nicht verheiratet sind und keine Kinder haben, die an Ihrem Rockzipfel hängen«, bemerkte er.

»Oh, ich habe Kinder.« Sie sah die Verachtung, die in seinen blauen Augen aufblitzte. Es ärgerte sie, dass er direkt das Schlimmste annahm. Fast wollte sie sich ihm gar nicht mehr näher erklären, doch irgendwie fühlte sie sich dazu gezwungen. Einerseits durfte er ruhig das Schlimmste von ihr annehmen, aber andererseits wollte sie, dass er sie für würdig hielt ... wofür wusste sie allerdings selbst nicht so genau. »Ich nehme Waisenkinder bei mir auf. Verstärkt werde ich das tun, sobald mein Kinderheim errichtet ist.«

»Ach, dann sind Sie eine Reformerin.«

»Sie sind dagegen? Glauben Sie nicht an gute Taten, Euer Gnaden?«

»Sie haben ihre Berechtigung. Aber mit Waisenkindern zu

arbeiten scheint mir für eine Frau, die so reizend ist wie Sie, die reinste Verschwendung zu sein.«

Bei diesem Kompliment fühlte sie, wie Hitze durch ihren ganzen Körper strömte. Sie hatte sich selbst immer für ein bisschen schlicht und unscheinbar gehalten. Vielleicht war es auch nur der Wunsch gewesen, schlicht und unscheinbar zu wirken. Denn sie wollte nicht die Gunst der Männer gewinnen, also gab sie sich die größte Mühe, nicht so reizend auszusehen. Selbst das Kleid, das sie zu diesem wunderbaren Anlass – nämlich der Hochzeit ihrer besten Freundin – angezogen hatte, war nicht geschneidert, um die Blicke der Herren auf sie zu ziehen. Und dennoch hatte sie *seine* Blicke damit auf sich gezogen. »Ich weiß nicht genau, ob ich beleidigt sein oder mich geschmeichelt fühlen sollte.«

»Fühlen Sie sich geschmeichelt, schließlich war es so gemeint. Ich fürchte, wir haben einen sehr unglücklichen gemeinsamen Start erwischt. Oder besser gesagt: Es war gar kein richtiger Start. Ich habe mich in diese Räumlichkeiten zurückgezogen, um etwas Trost und Ruhe zu finden und mir zu überlegen, wie ich am besten Wiedergutmachung leisten kann. Normalerweise bin ich nicht so … unfreundlich.« Er blickte aus dem Fenster. »Der Herr in dem braunen Jackett, der vorhin bei Ihnen stand und mit dem Sie sich unterhalten haben … Wer ist er?«

Dieser abrupte Themenwechsel und die Frage überraschten sie. »James Swindler. Er ist Inspektor bei Scotland Yard.«

Für einen winzigen Moment hätte sie schwören können, dass sein Mund zuckte, als ob er ein Lächeln unterdrücken müsste.

»Ich wollte nicht wissen, womit er seinen Lebensunterhalt bestreitet, sondern wer er für Sie ist?«

Oh. Was für eine seltsame Aussage. Was sollte er denn anderes sein, außer dem, was er war? »Ein Freund. Möchten Sie, dass ich Sie beide miteinander bekannt mache?«

Ein unterdrücktes Lachen erklang, bevor der Duke die Lippen wieder aufeinanderpresste und den Kopf schüttelte. »Nein, das ist schon in Ordnung. Er schien sich nur sehr um Ihre Sicherheit zu sorgen.«

»Sie sind alle sehr fürsorglich.«

»Sie?«

»Feagans Burschen.«

»Und Feagan ist ...«

»Der Kidsman, der uns alle zu sich genommen hat.« Sie dachte an Feagan, der als sogenannter Kidsman Straßenkinder um sich versammelt und diese zu geschickten Taschendieben ausgebildet hatte.

»Derjenige, der Ihnen auch beigebracht hat, wie man Taschen plündert?«

»Unter anderem.«

»Sie waren eine talentierte Schülerin, Miss Darling. Ich habe nichts bemerkt. Das Problem ist allerdings, dass ich sehr gern Ihre Finger auf mir spüren und wissen würde, wie es sich anfühlt.«

Ganz langsam wandte er den Blick wieder zu ihr. In seinen Augen stand ein einladender Ausdruck. Und sie las auch ein Versprechen darin. Wie sollte sie darauf reagieren? Sollte sie zugeben, dass sie sich ebenfalls fragte, wie seine Berührung sich anfühlen mochte? Von dem Moment an, als sie mit zwölf Jahren ihre Unschuld verloren hatte, hatte sie kein sexuelles Interesse mehr an Männern gehabt. Sie machten ihr keine Angst. Sie hatte von Feagans Burschen gelernt, dass nicht alle Männer brutal und grausam waren. Dennoch hatte sie sich zu Männern nicht hingezogen gefühlt und hatte auch nie einen Mann in dieser Art auf sich aufmerksam machen wollen. Sie hatte nie dieses seltsame Flattern in der Magengegend verspürt, wenn sie einen Mann sah, hatte nie dieses wilde Herzklopfen gehabt, wenn er in ihrer Nähe war, hatte nie das Gefühl gehabt, nicht mehr richtig durchatmen zu können, wenn sie in seine Augen blickte oder wenn sie den fesselnden Schwung seiner Lippen betrachtete.

»Keine Erwiderung? Kein Leugnen, keine Beteuerung, dass Sie *nicht* wissen wollen, wie sich meine Berührung anfühlt?«, fragte er.

»Ich habe kein Talent für die neckischen Spielchen, die Männer und Frauen miteinander spielen.« Sie wusste nicht, warum sie sich dazu gezwungen fühlte, dieses Detail über sich zu erzählen. Sie hatte sich den Jungs gegenüber immer behauptet, wenn es darum gegangen war, etwas zu stehlen, eine List anzuwenden oder Maßnahmen zu ergreifen, um jemanden auszunehmen. Sie fragten sie oft nach ihrer Meinung, wenn es ums Geschäft ging. Doch das alles war so weit entfernt von dem, was hier gerade passierte. Sie war wie eine unerfahrene Abenteurerin, die unbekanntes Terrain erkundete.

»Es ist kein Spiel, Miss Darling«, erwiderte Greystone mit leiser Stimme, die in ihr widerhallte und sich irgendwo in der Nähe ihres Herzens festsetzte.

»Und mit Berührung meinen Sie wahrscheinlich ...«

»Einfach eine Berührung.«

Sie war sich ihrer Umgebung immer so bewusst und hatte stets alles im Blick. Sie ließ die Leute um sich herum nicht aus den Augen, damit sie den perfekten Moment erwischte, um zuzugreifen und dann unauffällig zu verschwinden. Und gerade ihr war entgangen, dass er sich näher zu ihr gebeugt hatte. In seinen blauen Augen schien die Glut des Verlangens zu schwelen. Unglaublich sacht und behutsam strich er mit den Fingerspitzen über ihr Gesicht – von ihrer Schläfe über ihre Wange bis hinunter zu ihrem Kinn.

»So zart«, flüsterte er, als er mit dem Daumen über ihre Unterlippe fuhr. Seine Augen folgten seinen Bewegungen, als hätte er noch nie etwas so Faszinierendes gesehen oder als wäre sie eine sehr, sehr seltene Spezies. »Die Herren, die bei Ihnen im Gesellschaftszimmer gestanden haben ... Ist einer von ihnen Ihr Liebhaber?«

»Nein!« Diese Unterstellung kränkte sie. Sie hätte einen Schritt nach hinten gemacht, wenn das Gefühl seines Daumens auf ihrer Unterlippe sie nicht davon abgehalten hätte. Sie war wie versteinert.

»Haben Sie denn einen Liebhaber?«

»Ich wüsste nicht, was Sie das angehen sollte ...«, erwiderte sie.

»Haben Sie?«, wiederholte er mit einer Eindringlichkeit, die keinen Zweifel daran ließ, dass er nicht zulassen würde, keine Antwort auf seine Frage zu bekommen.

»Nein.«

»Gut.«

Er hielt ihrem Blick stand. Und noch immer hatte er dieses Funkeln in den Augen. Wenn überhaupt, so war aus der Glut ein Feuer geworden, das sie zu versengen drohte. Sie hatte das Gefühl dahinzuschmelzen. In ihr wuchs der verrückte Wunsch, ein paar ihrer Knöpfe zu öffnen, damit er seinen kühlen Atem über ihre erhitzte Haut pusten konnte.

»Warum soll das gut sein?«, wollte sie wissen. Sie erkannte ihre eigene Stimme kaum wieder. Sie klang viel zu ... sinnlich.

»Weil ich Sie sehr gern küssen würde, Miss Darling. Und anders als Sie habe ich es mir nicht zur Gewohnheit gemacht, mir einfach zu nehmen, was eigentlich jemand anders gehört.«

Wieder spürte sie seine Finger auf ihrer Wange. Sanft hielt er ihr Kinn fest. Langsam kam er ihr näher, als wollte er ihr die Zeit lassen zurückzuweichen oder die Möglichkeit geben, Einspruch zu erheben. Doch sie tat nichts von beidem. Stattdessen ertappte sie sich dabei, wie sie sich unwillkürlich vorbeugte, ihm entgegen, und die Augen schloss. Im nächsten Moment fühlte sie seine Lippen auf ihrem Mund.

Sie hatte Küsse erlebt, zu denen sie brutal gezwungen worden war, und sie hatte Küsse erlebt, die keusch, fast schüchtern gewesen waren. Aber noch nie hatte ein Mann so sanft und doch so bestimmt ihre Lippen auseinandergedrängt, um seine Zunge in ihren Mund tauchen zu können. Noch nie hatte sie den Wunsch gehabt, sich ganz bereitwillig zu fügen. Er schmeckte nach Champagner, köstlich, geschmacksintensiv. Er schmeckte nach Begierde.

Er legte einen Arm um sie und zog sie an sich. Als Frau war sie einem Mann noch nie so nahe gewesen. Sie hatte nie gespürt, wie ihre Brust an den Oberkörper eines Mannes gepresst wurde. Sie hatte nie den Duft eines Mannes so tief eingeatmet, dass er ein Teil von ihr wurde. Sie hatte nie erlebt, wie die Zunge eines Mannes mit ihrer spielte, und sie hatte ganz sicher noch nie ihre Zunge in den Mund eines Mannes gedrängt, um ihn schmecken zu können. Alles, was zu erleben sie sich nie hatte vorstellen können, wünschte sie sich plötzlich mit einer Macht, die ihr hätte Angst machen sollen.

Doch sie hatte keine Angst. Er verführte sie dazu, ihre Arme um seinen Hals zu schlingen und sich auf die Zehenspitzen zu stellen, damit sie leichter erreichen konnte, wonach sie sich so sehr sehnte. Mit einem leisen Aufstöhnen neigte er den Kopf, um noch tiefer in sie dringen zu können, den Kuss noch intensiver zu machen und ihren Mund bedächtig zu erforschen. Die Hitze wurde größer, und ihr Körper wurde weich, als würde sie dahinschmelzen. War dies die Leidenschaft, die allumfassende Empfindung, die die beiden eins werden lassen konnte?

Er zog sich ein Stück zurück, und sie blickte in das tiefe Blau seiner Augen.

»Da Sie keinen Liebhaber haben, Miss Darling, würde ich Ihnen gern meine Dienste anbieten. Denn wie wir gerade bewiesen haben, passen wir sehr gut zusammen.«

Kapitel 3

»Geht es dir gut?«

In der Kutsche, die Luke ihnen geliehen hatte, um damit zurück zum *Dodger's* zu fahren, wandte Frannie den Blick vom Fenster ab, aus dem sie geschaut, aber dank des Regens sowieso nichts hatte erkennen können, und sah Jack an. »Natürlich. Warum fragst du?«

»Du wirkst gerade besonders gedankenverloren.«

Das war sie auch. Und zwar waren ihre Gedanken bei Greystones skandalösem Vorschlag und bei ihrer noch viel skandalöseren Erwiderung: *»Ich werde über Ihren Vorschlag nachdenken.«*

Was genau bedeutete das? Dachte sie ernsthaft darüber nach, oder hatte sie einfach nicht gewusst, was sie hatte sagen sollen? Würde er, wenn sie Nein sagte, nie wieder fragen? Würde sie ihn je wiedersehen? Würde sie, wenn sie Ja sagte, ihre Meinung doch noch ändern? Würde sie es bereuen?

Nachdem sie sich einen Handschuh ausgezogen hatte, legte sie die bloßen Finger an die Wange, über die Greystone gestreichelt hatte. Das Gefühl war nicht mit der Sinnlichkeit zu vergleichen, die er entfesselt hatte. Ihre Berührung brachte nicht die unglaubliche Hitze hervor, die sich in ihrem Inneren ausgebreitet hatte und dann herausgeströmt war, bis sie sich wie geschmolzenes Wachs gefühlt hatte. Sie fuhr mit den Fingern sacht über ihre Lippen und ließ sie einen Moment lang dort liegen. Wieder war das Gefühl nicht mit dem zu vergleichen, das seine Lippen auf ihrem Mund ausgelöst hatten, als er sie sanft dazu gebracht hatte, sich ihm zu öffnen …

Einmal hatte Luke sie geküsst, und es hatte sich so leicht und sacht angefühlt wie ein Schmetterling, der auf einer Rosenblüte gelandet war. An Greystones Kuss war nichts leicht und sacht gewesen, aber er war auch nicht rau oder brutal gewesen. Es war ein ... gieriger Kuss gewesen – als wäre er ein hungriger Mann und sie allein wäre die Nahrung, die ihn am Leben halten konnte. Woher kamen diese verrückten Gedanken? Waren sie eine Reflexion ihrer eigenen Begierde, ihr eigenes Verlangen, noch einmal all das zu kosten, was er zu bieten hatte?

Den Blick wieder aus dem Fenster gerichtet, fragte sie: »Jack, hast du dir je eine Geliebte genommen?«

»Ich glaube, das kommt darauf an.«

Sie sah ihn wieder an. Eigentlich war es eine ganz einfache Frage gewesen. Entweder hatte er oder er hatte eben nicht. Oder steckte hinter der Sache mit einem Geliebten doch mehr, als sie gedacht hätte? »Worauf kommt es denn genau an?«

»Darauf, ob man eine gekaufte Frau als Geliebte bezeichnen möchte oder nicht.« Er verschränkte die Arme vor der Brust und starrte an die Decke der Kutsche, als ob die Antwort auf das Rätsel dort zu finden wäre. »Ich glaube, man kann es nicht. Eine Geliebte sollte meiner Meinung nach freiwillig bei einem sein und nicht, weil sie sich Geld erhofft. Wenn man es so betrachtet, hatte ich noch nie eine Geliebte.« Er senkte den Blick und sah sie an. »Das ist eine sehr seltsame Frage, die du da stellst.«

Zum ersten Mal in ihrem Leben fühlte sie sich in seiner Gegenwart unsicher. Sie konnte ihm nicht sagen, dass ihre sehr stürmische Begegnung mit Greystone diese Frage aufgeworfen hatte. Woher bekam eine Frau Antworten, wenn sie selbst nicht weiter wusste? Denn ihr war klar, dass sie noch heute Abend an Greystones Tür klopfen würde, wenn sie auf ihre eigene Sehnsucht hören würde. »Ich bin nur neugierig. Ich bin mir nicht sicher, was für Erwartungen man an einen Liebhaber oder eine Liebhaberin hat und was die Situation nach sich zieht. Würde eine Liebhaberin ihren Liebhaber … lieben? Und würde er sie lieben?«

»Verflucht, Frannie. Liebe hat damit gar nichts zu tun. Es ist einfach die höfliche Art eines Mannes zu sagen, dass er einer Dame unter die Röcke will.«

Mit einem Nicken blickte sie wieder aus dem Fenster. Das war bestimmt alles, was der Gentleman von ihr wollte. Sie war gut genug, um sie ins Bett zu locken, aber nicht gut genug, um mit ihr vor den Traualtar zu treten. Er sah in ihr nicht mehr als eine Prostituierte. Seine Währung waren diese sündhaften Lippen und keine Münzen – und sie war beinahe bereit gewesen, die Bedingungen zu akzeptieren.

»Ach, Frannie. Ich hätte nicht so grob sein dürfen.« Jack beugte sich vor und stützte sich mit den Ellbogen auf seinen Schenkeln ab. »Woher kommt deine plötzliche Neugierde?«

Hitze stieg ihr in die Wangen. War es Verlegenheit oder Scham? Sie war jedenfalls erleichtert, dass Jack im schummrigen Licht in der Kutsche die Röte in ihrem Gesicht nicht erkennen konnte. Ihre Kindheit hatte ein Band zwischen ihnen geschmiedet, das es ihnen erlaubte, die intimsten Gedanken miteinander zu teilen und sich sicher sein zu können, dass ihnen keine Prüfung oder Verurteilung drohte. Sie warf ihm einen Blick zu und richtete ihre Augen dann auf ihre Hände. »Ich habe ein Angebot bekommen.«

»Ein Angebot?«

Frannie sammelte sich, nahm ihren ganzen Mut zusammen und sah ihm in die Augen. »Jemand möchte mein Liebhaber werden.«

Für einen winzigen Moment verengte Jack die Augen zu

schmalen Schlitzen. Diesen Blick hatte sie schon mal an ihm bemerkt. Dieser Ausdruck huschte immer über sein Gesicht, bevor er jemandem eine ordentliche Abreibung verpasste. »Wer ist der Schuft?«

O Gott, sie wünschte sich, sie hätte nichts gesagt. Aber Jack war nun einmal einer ihrer besten Freunde. Leider wurde ihr mit einem Mal klar, dass man nicht unbedingt alles miteinander teilen musste und einige Dinge besser für sich behalten sollte. Doch wen sollte sie sonst um Rat fragen? Catherine konnte sie auf keinen Fall fragen, da es ja ihr Bruder war, der sie in dieses Dilemma gebracht hatte. »Ich möchte es nicht sagen. Vergiss einfach, dass ich überhaupt davon angefangen habe.«

Er lehnte sich auf der Sitzbank zurück. »Greystone, der Bastard.«

»Was? Nein! Wie kommst du ausgerechnet auf ihn?«

Jack beugte sich wieder vor und ergriff Frannies Hände. »Frannie, Darling, ich bin ein Mann. Ich habe gesehen, wie er dich angeschaut hat – als wärst du ein köstliches Häppchen, das den Hunger eines Mannes stillen könnte. Er war eine ganze Weile verschwunden. Du warst ebenfalls ziemlich lange fort. Ich glaube, er hat die Gelegenheit beim Schopfe gepackt und dir in einem ungestörten Moment dieses unanständige Angebot unterbreitet.«

Es war ihr nicht unanständig vorgekommen. Tatsächlich hatte sie sich geschmeichelt gefühlt – allerdings war ihr nach seinem stürmischen Kuss auch schwindelig gewesen, und ein Nebel der Leidenschaft hatte ihren Blick verklärt. Doch was sie wirklich erstaunte, war Jacks Beschreibung, wie Greystone sie angeblickt hätte: mit einem Hunger, den nur sie stillen könnte. Es hatte schon Männer gegeben, die sie anzüglich angeblickt hatten, oder andere, die sie angesehen hatten, als wäre sie ein Kristall, der sehr zerbrechlich war. Aber nie hatte ein Mann sie mit einem solchen Hunger, einem solchen Begehren in den Augen angeschaut. Es war beglückend. Sie drückte Jacks Finger. »Wäre es denn so verkehrt, die Vorstellung in Erwägung zu ziehen, die Geliebte eines Mannes zu werden? Ich war schon eine Diebin, eine Hure …«

»Es war nicht deine Entscheidung, eine Hure zu sein«, erwiderte er.

»Ein Mann hat für mich bezahlt, Jack. Nenn es, wie du willst. Ich habe mich noch nie freiwillig einem Mann hingegeben. Ich bin fast dreißig und damit viel älter als andere Frauen, wenn sie heiraten. Bis Luke damals um meine Hand angehalten hat, habe ich nie einen Gedanken daran verschwendet, eine Ehefrau zu sein. Ich sehe mich einfach nicht in einer Ehe.«

»Warum denn nicht?«, entgegnete Jack. »Jim würde dich vom Fleck weg heiraten. Ich übrigens auch – wenn ich nicht der Meinung wäre, dass du etwas Besseres verdient hast als mich.«

Sie warf ihm ein schiefes Lächeln zu. »Jack Dodger und die Ehe? Das sehe ich auch nicht.«

Als wollte er seine Meinung noch untermauern, fügte er hinzu: »Er ist ein Duke.«

Jack wusste, wie unwohl sie sich im Kreise der Adeligen gefühlt hatte. Sie alle hatten sich dort nie heimisch gefühlt. Das war der Grund, warum sie ihr bei Lukes Hochzeitsessen nicht von der Seite gewichen waren. »Das wäre ein Problem, wenn ich vorhätte, ihn zu heiraten – und nichts liegt mir ferner als das. Geliebte sind unter sich. Eine geheime Sünde, von der sonst niemand erfährt, oder? Ich würde mich also nicht in seiner Welt bewegen müssen.«

»Die Antwort auf deine Frage lautet: Nein. Zwischen Geliebten gibt es keine Liebe. Er wird dir wahrscheinlich verdammt wehtun, Frannie, und ich würde mich dafür verantwortlich fühlen, weil du durch deine Arbeit im *Dodger's* eine verzerrte Wahrnehmung der Welt bekommen hast. Ich biete Männern einen sicheren Ort, um sich der Sünde hinzugeben. Aber ich will nicht, dass sie diese Sünde mit dir begehen. Im Übrigen könnte sich jeder anständige Mann glücklich schätzen, dich als Ehefrau zu haben. Du solltest dich nicht mit weniger zufriedengeben.«

Mit einem Nicken löste sie ihre Hände aus seinem Griff und lehnte sich auf der Bank zurück. »Ich schätze, es war kein Kompliment, dass er mich gefragt hat.«

»Nein, das war es nicht«, entgegnete er scharf.

»Ich wage zu behaupten, dass er dafür wahrscheinlich sogar eine Ohrfeige von mir verdient hätte.«

»Absolut.«

Sie seufzte und sah wieder aus dem Fenster. Das Problem war allerdings, dass sie sich nichts mehr wünschte, als ihn wieder zu küssen. Der Wunsch, einem Mann so nahe zu sein, war etwas vollkommen Neues und Aufregendes für sie. Ein Jammer, dass sie nicht aufhören konnte, daran zu denken, und je länger sie darüber nachgrübelte, desto mehr wollte sie es.

Sterling wusste, dass der Zeitpunkt nahte, zu dem alles, was zum Greifen nahe gewesen war, außer Reichweite rücken würde. Er saß in seiner Bibliothek, trank seinen Brandy, lauschte der unaufhörlich tickenden Uhr auf dem Kaminsims, die seine Lebenszeit zählte, und unterdrückte den Zorn, der aus ihm herauszubrechen drohte. Zorn erforderte Energie, die zu verschwenden er sich nicht leisten konnte. Nicht im Augenblick. Später vielleicht, wenn er nichts Besseres zu tun hätte, als darüber nachzugrübeln, wie viel besser das Leben hätte sein können, wenn doch nur …

Er war entschlossen gewesen, nichts zu bereuen. Doch die Reue ließ sich nicht verdrängen, machte sich in ihm breit und wartete nur darauf, sich bemerkbar zu machen. Auch darüber würde er später nachdenken.

In der Zwischenzeit war er davon besessen, sein Gedächtnis mit Erinnerungen zu füllen. Eine Erinnerung wollte er unbedingt noch zu seiner Schatztruhe hinzufügen. Eine Nacht mit *ihr* wäre die Krönung, sein letzter Luxus, das letzte bisschen Sündhaftigkeit, bevor er seine Aufmerksamkeit auf seine Pflicht richten würde. Er hatte keinen Zweifel, dass sie es wert sein würde, den Weg, den sein Leben unweigerlich einschlagen würde, noch einmal kurz zu verlassen.

Frannie Darling.

Sie war schlank, aber irgendetwas an ihr ließ sie größer erscheinen, als sie war – fast so, als hätte sie die Enttäuschungen des Lebens bekämpft und den Geschmack des Triumphes kennengelernt. Als Bürgerliche war sie keine Frau, die ein Mann wie er für gewöhnlich ehelichte. Doch als Geliebte würde sie sich wahrscheinlich selbst übertreffen.

Er schloss die Augen und rief sich die Bilder ihrer Begegnung in der Bibliothek wieder in Erinnerung. Sie war ihm mit den Fingern durchs Haar gefahren. Mit ihren Lippen hatte sie gewandt die seinen verwöhnt. Ihr wundervoller Rosenduft hatte ihn eingehüllt, und selbst jetzt konnte er ihren Duft noch immer an seiner Kleidung wahrnehmen. Er wünschte sich, er könnte ihren Duft in seinem Bett wahrnehmen. Es war lange her, dass er überhaupt in Erwägung gezogen, ja, dass er tatsächlich gehofft hatte, eine Frau im Arm zu halten, und sie hatte ihn nicht enttäuscht.

Er konnte kaum begreifen, dass er ihr ernsthaft diesen Vorschlag gemacht, dass er wirklich angeregt hatte, sie könnte seine Geliebte werden. Die freche Antwort, die sie ihm gegeben hatte, bevor sie auf dem Absatz kehrtgemacht hatte, hatte ihn erstaunt.

»Ich werde über Ihren Vorschlag nachdenken.«

War es ihr Ernst? Oder wollte sie ihn nur ärgern? Es war ein seltsames Spielchen, das sie beide da spielten. Sie war der Teufel in der Verkleidung der Verführerin. Zumindest war sie eine Hexe, denn sie hatte ihn mit einem Zauber belegt, dem er nicht entkommen konnte. Er war besessen von der Zartheit ihrer Haut, vom Grün ihrer Augen, vom lebhaften Feuerrot ihrer Haare. Er wollte sie wieder küssen, wollte ihr ganz langsam die Kleider vom Leib streifen und die darunter verborgenen Schätze enthüllen. Während seiner Reisen hatte er viel gesehen, aber nichts von alledem hatte seine Neugierde so geweckt, wie diese Frau es tat. Würde sie nachgeben? Würde ihre Antwort am Ende Ja lauten? Wie könnte sie einem Duke einen Wunsch abschlagen?

Doch es würde eine Zeit kommen, in der nicht einmal sein Titel ihm mehr einen Vorteil bringen würde. Auch sie würde dann kein Interesse mehr an ihm haben. Keine Frau würde ihn wollen. Hatte sein Vater ihm das nicht unmissverständlich klargemacht?

Es war der Grund, warum sein Vater dagegen gewesen war, dass Sterling die Welt bereiste, und warum er darauf bestanden hatte, dass sein Sohn sich zuerst eine Ehefrau suchen sollte. Aber er hätte die Welt – und die Frauen – nicht erkunden können, wenn er schon verheiratet gewesen wäre. Er hatte die Absicht, seiner Ehefrau treu zu sein, auch wenn er bezweifelte, dass sie ihm die gleiche Rücksichtnahme entgegenbringen würde, wenn sie von seinem Zustand erfuhr. Und er hatte schmerzhaft erfahren müssen, dass es besser war, seine Schwäche so lange für sich zu behalten, wie es nur irgend möglich war. Lady Angelina hatte ihn verschmäht, zurückgewiesen, und sie hatte ihn gelehrt, dass Liebe nur eine Illusion war, die durch die Wahrheit leicht zerstört werden konnte.

Diesen Fehler würde er nicht noch einmal begehen. Er würde seine Geheimnisse, würde die Wahrheit bis nach der Hochzeit für sich behalten. Doch bevor er sich ernsthaft auf die Suche nach einer Ehefrau machte, wollte er noch eine Nacht voller hemmungsloser Leidenschaft erleben. Und dafür kam nur eine einzige Frau infrage.

Frannie Darling.

Er konnte sie noch immer auf seinen Lippen schmecken. Er sehnte sich danach, jeden Knopf zu öffnen, der ihm den Blick auf ihre Haut verwehrte. Wenn er die glatte zarte Haut ihres Gesichts betrachtete, hatte er keinen Zweifel daran, dass sie auch unter ihren Kleidern perfekt war. Ihre Brüste wären bestimmt eine hübsche Hand voll, und ihre Nippel würden sich unter seiner Zunge begierig aufrichten. Er wollte mit den Lippen über ihren ...

»Noch Brandy, Sir?«

Die unerwartete Ansprache hätte ihn eigentlich zusammenzucken lassen müssen. Aber in die Gedanken an Miss Darling versunken und durch die stattliche Menge an Brandy, die er bereits getrunken hatte, war er träge geworden. Er hatte das Gefühl zu treiben und wusste, dass er ablehnen sollte. Er hatte nicht einmal gehört, wie sein Butler den Raum betreten hatte. Andererseits war das nicht ungewöhnlich: Seine Dienerschaft zeigte immer äußersten Anstand und absolute Höflichkeit und schien über den Boden zu schweben, ohne das geringste Geräusch zu verursachen.

Als Antwort auf die Frage hob Sterling nur leicht sein Glas an. Er war in der Stimmung, sich zu betrinken. Vielleicht würde es ihm dann gelingen, Miss Darling aus seinem Kopf zu vertreiben, sodass er Schlaf finden würde. Vielleicht wäre es aber auch besser, sie in seine Träume zu locken, wo sie ihn genauso begehrte wie er sie …

Der Brandy schwappte über den Rand des Glases hinweg und landete auf seinem Oberschenkel und auf seinem Hemd. »Pass doch auf, Mann!«

Wankend erhob er sich aus seinem Sessel, drehte sich um und …

Verdutzt bemerkte er, dass es kein Diener war, der seinen Rückzugsort betreten hatte. Wahrlich nicht. Es waren Jack Dodger und James Swindler, die hier eingedrungen waren. Vermutlich musste er froh sein, dass nur zwei und nicht vier der Rüpel sich an ihn herangeschlichen hatten.

Swindler stellte mit einer Vorsicht, die für einen Mann seiner Größe und Statur außergewöhnlich war, den Dekanter zurück auf den Tisch.

»Wie sind Sie hier hereingekommen?«, fragte Sterling und wünschte, seine Worte würden nicht so verwaschen klingen. Es bereitete ihm noch mehr Schwierigkeiten als sonst, sich auf seine allmählich dunkler werdende Welt zu fokussieren. Verflixt und zugenäht, warum hatte er nicht mehr Lampen anzünden lassen oder weniger Brandy getrunken?

»Das ist nicht so wichtig«, erwiderte Jack Dodger. »Es ist nur wichtig, dass Sie eines begreifen: Wenn wir irgendwo hineinwollen, gibt es nichts, was Sie tun könnten, um uns daran zu hindern.«

»Ich würde Ihnen ja mit der Polizei drohen, aber ich fürchte, das bringt mir nicht wirklich viel. Denn immerhin ist unter denjenigen, die in mein Anwesen eingedrungen sind, ein Inspektor von Scotland Yard.«

»Das wird Ihnen in der Tat nichts bringen, Euer Gnaden.« Swindlers spöttisches Grinsen ließ keinen Zweifel an seiner Meinung über Sterlings Titel. Offensichtlich hielt er ihn für genauso sinnlos wie Sterling auch.

»Kann ich den Herren einen Drink anbieten?«

»Halten Sie sich von Frannie fern«, erklärte Swindler knapp.

Also keinen Drink.

»Sonst passiert was?«, fragte Sterling.

»Sonst kann ich Sie verschwinden lassen.«

Ach, es geht doch nichts über eine unverhohlene Drohung, um eine Sache klarzustellen. Leider schätzte Sterling es nicht, wenn man ihm drohte. Wenn überhaupt erreichte man mit Drohungen bei ihm nur, dass er noch sturer wurde und sich durch nichts von seinem Standpunkt abbringen ließ. »Tatsächlich? Und wissen Ihre Vorgesetzten von diesem ungewöhnlichen Talent, das Sie anscheinend perfektioniert haben?«

»Frannie liegt uns sehr am Herzen, Greystone«, meldete Jack Dodger sich zu Wort. »Wir lassen nicht zu, dass irgendjemand ihr wehtut.«

»Tja, da sind wir schon zu dritt, da ich auch nicht vorhabe, sie in irgendeiner Form zu verletzen.«

»Sie haben es vielleicht nicht vor, aber wenn Sie sie zur Geliebten nehmen, würde genau das am Ende dabei herauskommen.«

Sterling biss die Zähne zusammen und verengte die Augen zu schmalen Schlitzen. Hatte er sich so offensichtlich verhalten?

»Sie hat es uns erzählt«, sagte Dodger, als wäre Sterlings Frage laut ausgesprochen worden. »So unschuldig und treuherzig ist sie.«

»Sie küsst aber nicht so, als wäre sie unschuldig.«

Unwillkürlich ballte Swindler die fleischigen Hände zu Fäusten und machte drohend einen Schritt auf Sterling zu. Dodger packte ihn am Jackett und hielt ihn fest. »Warte, Swindler.«

Der Ton der Worte war so streng und bestimmt, dass Swindler stehen blieb. Die Einmischung missfiel ihm, das konnte man ihm dennoch ansehen. Für Sterling dagegen war die Störung durchaus willkommen. Falls es zu einer körperlichen Auseinandersetzung kommen sollte, würde Sterling natürlich sein Bestes geben, aber ihm war klar, dass er keine Chance hätte. Nicht, dass er sich zu prügeln pflegte, doch Swindler sah so aus, als wäre das bei ihm etwas anderes. Und außerdem sah es so aus, als pflegte er immer zu gewinnen.

Dodger stellte sich nun zwar zwischen Swindler und Sterling, aber Swindler war riesig genug, dass Sterling noch immer den Zorn in seinen grünen Augen aufblitzen sah. Von den beiden war er ohne Zweifel der gefährlichere – doch Sterling hütete sich davor, Jack Dodger zu unterschätzen.

»Die Sache ist die, Greystone«, begann Dodger. »Swindler, Graves, Claybourne und ich betrachten uns als Frannies Brüder. Jeder von uns würde freiwillig für sie zum Schafott gehen.«

»Ich habe schon gehört, dass Sie zu verteidigen wissen, was Sie als Ihr Eigentum betrachten.«

»Das stimmt. Übrigens fürchte ich, dass ich Ihre Mitgliedschaft im *Dodger's* beenden musste. Sie werden Ihr Vergnügen zukünftig woanders suchen müssen.«

»Meine Herren, wenn ich etwas wirklich will, steht es nicht in Ihrer Macht, mich daran zu hindern, es mir auch zu holen«, erklärte Sterling.

Der Schmerz, der vollkommen unvermittelt sein Gesicht durchzuckte, war beinahe genauso heftig wie der Schmerz, der sich schlagartig in seinem Schädel ausbreitete, als er mit dem Hinterkopf auf den Fußboden krachte. Er hatte nicht gesehen, wie Swindler ausgeholt hatte, und er hatte ganz bestimmt nicht mitbekommen, wie Swindlers Faust von der Seite auf ihn zugerast war. Die Seite – seine Achillesferse. Plötzlich kniete Swindler neben ihm. Mit seiner Pranke packte er Sterlings Hemd und zog ihn hoch, bis er fast aufrecht saß.

»Wenn Sie ihr wehtun, dann werde ich Sie umbringen!«, knurrte er.

»Ich schätze einen Mann, der kein Blatt vor den Mund nimmt«, entgegnete Sterling.

Swindler ließ abrupt los, worauf Sterling wieder schmerzhafte Bekanntschaft mit dem harten Fußboden machte, erhob sich und stürmte aus dem Zimmer. Seine schweren Schritte hallten laut wider, und die Erschütterungen waren durch den Boden hindurch zu spüren.

Dodger hockte sich neben Sterling. »Greystone, Sie müssen begreifen, dass wir von der Straße kommen. Als Frannie noch ein junges Mädchen war, konnten wir jemanden nicht davon abhalten, ihr sehr, sehr wehzutun. Wir vier haben einen Eid geschworen, eher zu sterben als zuzulassen, dass ihr wieder jemand so wehtut. Es ist ein Schwur, den wir unter keinen Umständen brechen werden.«

Lange nachdem Dodger gegangen war, lag Sterling noch immer auf dem Boden. In einem Punkt hatte er sich nicht getäuscht: Sie liebten sie wirklich.

Leider war es nur ein schwacher Trost, sich nicht geirrt zu haben. Er war nun mehr denn je entschlossen, sie zu bekommen.

Kapitel 4

Nachdem sie den letzten nötigen Eintrag ins Kontobuch gemacht hatte, blies Frannie behutsam über die noch feuchte Tinte, damit sie schneller trocknete. Die Zahlen waren erstaunlich. Da sie schon seit zehn Jahren für Dodger arbeitete und seit fünf Jahren seine Geschäftspartnerin war, sollte sie eigentlich daran gewöhnt sein, wie viel Geld Männer für das Glücksspiel verschwendeten.

»Das Haus gewinnt am Ende immer, Frannie«, hatte Jack ihr erklärt, als sie am Anfang an seiner Entscheidung gezweifelt hatte, ein Glücksspieletablissement zu eröffnen. »Und das Ende ist alles, was zählt.«

Mit einem Seufzen legte sie ihren Füller mit der goldenen Spitze zur Seite – es war ein Geschenk von Jack, der Gefallen an hübschen Dingen fand und wusste, dass sie sich selbst etwas so Wertvolles nie leisten würde. Vorsichtig schloss sie das Buch, um die Tinte nicht zu verwischen. Jack mochte es, wenn alles sauber und ordentlich war. Genau wie sie selbst auch. Das lag vermutlich daran, dass sie in erbärmlichen Verhältnissen aufgewachsen waren.

Ihr Büro war nur spärlich möbliert. Es gab einen Schreibtisch, ein paar Stühle, eine Couch, auf der sie sich manchmal kurz ausruhen konnte, und Regale, in denen die Kontobücher standen, die die Geschichte des Etablissements erzählten.

Es war fast zwei Uhr morgens. Obwohl sie müde war, kam ihr die späte Stunde sehr gelegen. Am Abend an der Buchführung zu arbeiten erlaubte es ihr, sich um das Waisenhaus zu kümmern, das sie eröffnen wollte. Die Möbel sollten Anfang der kommenden Woche geliefert werden. Nun musste sie nur noch Personal einstellen. Doch das würde sie am nächsten Tag in Angriff nehmen. Heute Abend gab es noch ein paar andere Dinge, die sie erledigen musste, ehe sie sich zur Ruhe begeben konnte.

Sie schlug die Bücher mit den Konten der Mitglieder auf und machte sich Notizen, wessen Mitgliedsbeiträge fällig wurden. Als ihr unterer Rücken zu schmerzen begann, setzte sie sich auf, gähnte und streckte sich.

Plötzlich stand eine dunkle Gestalt in der Tür.

Mit einem verlegenen Lachen nahm sie eine etwas schicklichere Position ein.

»Lass dich von mir nicht davon abhalten, dich zu entspannen«, sagte Jim und machte einen Schritt ins Zimmer. Sein braunes Jackett war nicht besonders schick, doch es passte zu seinem unaufdringlichen Auftreten. Er hatte dichtes dunkelbraunes Haar und grüne Augen. Sein Äußeres ließ vermuten, dass er harmlos und in vielerlei Hinsicht schlicht und einfach war. In Wirklichkeit jedoch war er ihrer Meinung nach viel klüger und viel gefährlicher als alle anderen.

»Ich musste mich nur einen kurzen Moment entspannen, bevor ich mich den Kundenkonten widmen wollte«, erklärte sie.

»Du arbeitest zu seltsamen Zeiten.«

»Das sagt der Richtige. Bist du gerade im Dienst?«

»Jack hat mich gebeten, ein paar persönliche Dinge wegen der Erbschaft zu recherchieren, zu der er gekommen ist. Ich habe ihm gerade mitgeteilt, was ich herausgefunden habe. Und ich dachte, wenn ich schon einmal hier bin, dann kann ich auch gleich mal sehen, wie es dir so geht.«

»Mir geht es gut, Jim.«

Er nickte, schob die Hände in die Taschen seines Mantels und zog sie dann wieder heraus. »Hat irgendjemand dich vielleicht belästigt?«

Was für eine komische Frage.

»Dachtest du da an jemand Bestimmten?«, erkundigte sie sich.

»Nein. Ich bin einfach nur neugierig.« Er machte einen Schritt nach vorn, dachte dann anscheinend, er könnte ihr möglicherweise Angst einjagen, und trat wieder einen Schritt zurück. »Ich wollte dir nur sagen, dass ich immer für dich da bin, falls du irgendwas brauchst.«

»Ich brauche vielleicht Hilfe dabei, die Waisenkinder zusammenzuholen, wenn es so weit ist.«

»Das ist doch selbstverständlich. Ich habe eine Liste der Jungs gemacht, die ins Gefängnis gesperrt worden sind, und notiert, wann sie wieder entlassen werden. Die jüngeren, also die Jungs, die noch bekehrt und auf den richtigen Weg zurückgebracht werden können, werde ich abholen und zu dir bringen.«

Sie warf ihm ein warmherziges Lächeln zu. »Das bedeutet mir unglaublich viel, Jim. Die Möbel sollten nächste Woche ankommen. Hast du dann Zeit, um uns zu unterstützen?«

»Ja, klar.«

»Danke. Ich habe ein schlechtes Gewissen, weil auf den Straßen Londons Kinder herumlaufen, die dringend ein Zuhause brauchen. Ich könnte ihnen dieses Zuhause bieten. Aber leider bin ich immer noch nicht fertig, sondern auch jetzt noch damit beschäftigt, verschiedene Dinge zu regeln.«

»Du nimmst einiges auf dich, Frannie.«

»Aber ich möchte es ja gar nicht anders. Ich denke schon so lange darüber nach, plane dieses Heim und jetzt wird es endlich

Wirklichkeit. Ich werde eine Nachricht zu dir nach Hause schicken, wenn ich den genauen Tag und die Zeit weiß.«

»Sehr gut.« Er lächelte strahlend – etwas, das Jim für gewöhnlich selten tat. »Ich freue mich schon darauf, dir helfen zu können.« Er wollte sich an den Hut tippen, bemerkte dann aber, dass er gar keinen trug, und machte eine unsichere kleine Verbeugung. »Wir sehen uns dann bald.«

Mit einer Geschwindigkeit, die sie verblüffte, war er verschwunden. Sie wusste nicht, warum er in ihrer Nähe manchmal so verlegen und unsicher wirkte, denn in der Gegenwart der anderen war er das überhaupt nicht. Vielleicht lag es daran, dass er zwei Jahre jünger war und dass sie ihn früher mehr bemuttert hatte als die anderen. Sie konnte sich noch genau an den Tag erinnern, als Luke und Jack ihn mit in Feagans Unterkunft gebracht hatten. Es war unmittelbar nach der Hinrichtung von Jims Vater am Galgen gewesen. Er war so still gewesen, dass sie schon befürchtet hatte, er würde nie wieder ein Wort sagen. Wahrscheinlich hatte er noch unter Schock gestanden. In jener Nacht hatte sie, nachdem sie alle zu Bett gegangen waren, sein Weinen gehört. Sie hatte Lukes tröstliche Umarmung verlassen, war aufgestanden und hatte Jim im Arm gehalten, während er geweint hatte. Schon damals hatte sie den Schmerz des Verlusts verstanden.

Und in der Zeit, die sie bei Feagan verbracht hatten, hatte jeder von ihnen etwas Kostbares verloren. Einige von ihnen, so nahm sie an, suchten noch immer danach. Nicht so Luke. Sie lächelte leicht. Seit er geheiratet hatte, wirkte er glücklicher als je zuvor. Sie hatte ihn noch nie so erlebt. Der Gedanke an Catherine brachte sie jedoch wieder dazu, an ihren Bruder Sterling zu denken.

Seit der Hochzeit war eine gute Woche vergangen, und zu

Frannies grenzenloser Wut beherrschte Greystone sehr oft ihre Gedanken. Über eine Hintertreppe, zu der die Gäste des Hauses keinen Zugang hatten, konnten Jack und sie auf die versteckten Balkone gelangen. Von dort aus konnten sie, ohne selbst gesehen zu werden, einige Bereiche des Clubs überblicken, in denen ihre Gäste sich unterhalten ließen. Zweimal hatte sie von dort Ausschau nach Greystone gehalten, ohne ihn allerdings entdeckt zu haben. Nicht, dass sie gewusst hätte, was zu tun gewesen wäre, wenn sie ihn erblickt hätte. Die Enttäuschung, ihn nicht gesehen zu haben, konnte sie allerdings auch nicht abstreiten. Ob er so gut aussehend war, wie sie es in Erinnerung hatte? Ob er noch genauso düster und gefährlich wirkte?

Ob er ungeduldig darauf wartete, dass sie auf seinen Vorschlag reagierte? Würde ihm klar sein, dass ihre Antwort Nein lautete, wenn er nie mehr von ihr hören würde? Sollte sie es ihm persönlich sagen, falls er eines Abends hier sein sollte? Sollte sie ihm besser einen Brief schicken? Oder sollte sie einfach schweigen?

Sie grübelte genauso oft über diese Fragen nach wie über ihre Antwort. Sie wusste, dass Jack recht hatte und dass die Antwort auf Greystones Angebot nur ein schallendes Nein sein konnte. Doch andererseits fesselte Greystone sie. Sie konnte es nicht logisch begründen. Sie hätten nicht unterschiedlicher sein können. Aber warum hatte unter all den Menschen in Lukes Gesellschaftszimmer ausgerechnet er ihre Aufmerksamkeit erregt? Und was noch wichtiger war: Warum hatte sie seine Aufmerksamkeit erregt?

Und warum war es zulässig und akzeptabel, dass Männer viele Frauen kannten, während die Frauen nur mit einem Mann zusammenkommen sollten? In der Gegend Londons, in der sie aufgewachsen waren, lernte ein Mädchen einen Jungen kennen, blieb einige Zeit bei ihm und wechselte dann zum nächsten. Ihre Freundin Nancy hatte es so gemacht, und niemand hatte sie deswegen geächtet. Doch Frannie nahm an, dass der Preis, von der feinen Gesellschaft akzeptiert zu werden, der war, ihre Regeln für anständiges Verhalten zu befolgen. Und die Damen sollten ihre Reinheit und Unschuld wertschätzen. Das war für sie ein bisschen schwierig umzusetzen, denn immerhin hatte sie ihre Unschuld bereits verloren.

Es war beinahe achtzehn Jahre her. Im Laufe der Jahre waren die Albträume, die sie wegen jener Nacht plagten, ein wenig verblasst. Sie wusste jedoch, dass sie niemals ganz aufhören würden. Aber sie hatte keine Angst vor Männern. Sie kannte die Leidenschaft und die Zärtlichkeit, die auch zwischen Mann und Frau herrschen konnten.

Vor einigen Jahren hatte Jim es ihr bewiesen. Im *Dodger's* existierte ein Raum, in dem die Herren, die ihre Fähigkeiten demonstrieren wollten, mit einer Dame ihrer Wahl Geschlechtsverkehr hatten, während die anderen Gäste sie aus dunklen Ecken oder durch versteckte Gucklöcher dabei beobachten konnten. Jim hatte sie eingeladen, dabei zuzusehen, wie er mit einem der Mädchen Liebe gemacht hatte. *Liebe machen.* Das waren exakt seine Worte gewesen. Er hatte ihr zeigen wollen, wie es auch sein konnte. In der Nacht hatte er ihr ein außergewöhnliches Geschenk gemacht. Die Begegnung war unglaublich sinnlich und erotisch gewesen.

Frannie war immer bewusst gewesen, dass es zwischen Mann und Frau normalerweise nicht so sein sollte, wie sie es mit zwölf Jahren hatte erleben müssen. Und in der Nacht, als Jim mit Prudence geschlafen hatte, hatte sie einige von ihren Zweifeln verloren, die sie bei dem Gedanken gehabt hatte, mit einem Mann zusammen zu sein. Trotzdem hatte sie nie einen Mann kennengelernt, mit dem sie das hatte erleben wollen ... Bis sie Greystone über den Weg gelaufen war – auch wenn er ein Duke und so ziemlich der letzte Mann war, den sie begehren sollte.

Vielleicht war es der Reiz des Verbotenen, der sie zu ihm zog. Oder steckte mehr dahinter?

Sie würde wahrscheinlich noch den Verstand verlieren, wenn sie weiter über all das nachdachte. Außerdem hatte sie noch Bilanzen zu prüfen, Mitgliedsbeiträge wurden fällig ...

Ihr Blick fiel auf eine Randnotiz, die Jack mit seiner fast nicht zu entziffernden Handschrift in das Buch geschrieben hatte. Zur Hölle mit ihm!

Sie schnappte sich das Kontobuch, stürmte aus ihrem Büro und rannte in seines. Er saß ebenfalls noch spät an seinem Schreibtisch. Gerade studierte er ein aufgeschlagenes Kontobuch.

»Was soll das hier bedeuten?«, fragte sie scharf und hielt ihr eigenes Kontobuch in die Höhe.

Mit gerunzelter Stirn und einem ernsten Ausdruck in den dunklen Augen blickte er auf. »Was meinst du?«

Sie warf das Buch auf seinen Schreibtisch. »Hier steht, dass Greystones Mitgliedschaft gekündigt wurde.«

Jack griff hinter sich, nahm eine der zahlreichen Flaschen, die er in Reichweite stehen hatte, und füllte das Glas auf seinem Schreibtisch wieder auf. »Ich habe beschlossen, dass ich ihn nicht mag.«

»Jack ...«

»Frannie.« Er trank seinen Whiskey in einem Zug aus und schenkte sich gleich wieder nach. Kurzerhand nahm sie ihm das Glas weg.

»Verdammt noch mal, Frannie!« Er rutschte mit seinem Stuhl zurück, nahm ein Stück Papier und versuchte, den verschütteten Drink aufzuwischen. »Das ist mein bester Schnaps. Warum verschwenden?«

»Alle deine Schnäpse sind dir lieb und teuer. Ich werde die Kündigung der Mitgliedschaft wieder zurücknehmen.«

Jack hielt in seinem wilden Getupfe inne, sah sie an, und ein missmutiger Ausdruck trat in seinen Blick. »Dann werde ich sie wieder beenden.«

»Du kannst nicht die Mitgliedschaft jedes Mannes kündigen, der Interesse an mir bekundet.« Nicht, dass bisher schon einmal ein Mann sein Interesse an ihr bekundet hätte, doch sie wollte einfach ihren Standpunkt verdeutlichen.

»Er hat mehr getan, als nur sein Interesse zu bekunden«, knurrte Jack.

»Ich weiß, dass du mich beschützen willst – und ich liebe dich dafür. Aber es ist nicht richtig. Und ich kann mich sehr gut allein um die Angelegenheit kümmern.«

Einen Moment lang musterte er sie. Sie wusste und konnte ihm ansehen, dass er noch etwas erwidern wollte. Doch stattdessen ließ er seine Finger knacken. »Gib mir mein Glas zurück.«

Sie reichte ihm das Glas. Ihr war bewusst, dass er niemals zugeben würde, in dieser Sache falschzuliegen, aber nachdem er das Thema gewechselt hatte, war sie geneigt, es als Sieg zu ihren Gunsten abzuhaken. Im Übrigen wusste sie, dass es im Augenblick Wichtigeres gab, das ihn beschäftigte. Einer von Jacks Kunden, der Duke of Lovingdon, hatte ihm all sein Fideikommiss, also sein unteilbares und unveräußerliches Vermögen, vermacht. Und Jack, der nicht aus seiner Haut konnte, traute seinem Glück natürlich nicht und prüfte akribisch jeden Aspekt dieser Vereinbarung.

»Möchtest du Greystone eine Nachricht überbringen lassen oder soll ich das übernehmen?«, fragte Frannie.

Er blickte ihr vielsagend in die Augen.

»Ich nehme an, dass ich das besser übernehmen sollte«, erklärte sie. »Er würde sowieso nicht entziffern können, was du ihm schreibst. Du hast ihm doch nicht noch irgendetwas angetan, oder?«

»Nein, das habe ich nicht.«

»Schwöre es.«

»Gott, Frannie, ich habe dir gesagt, dass ich nichts weiter gemacht habe, also habe ich nichts weiter gemacht.« Einen Moment lang sah er sie an. »Hast du eigentlich noch immer den Dolch bei dir, den ich dir gegeben habe?«

Sie klopfte sich auf die Hüfte. Den Dolch trug sie in einer Scheide und sicher unter ihren Röcken versteckt stets bei sich. »Immer dabei.«

»Es ist schon eine ganze Weile her, dass wir zusammen trainiert haben. Vielleicht sollten wir das nachholen. Morgen. Um sicherzugehen, dass du immer noch weißt, wie du ihn benutzen musst.«

»Ich weiß, wie man damit umgehen muss.«

»Vergiss nicht, dass der Angreifer nicht zu verwunden, sondern zu töten ist. Und habe keine Bedenken, wenn es ein verdammter Lord sein sollte. Jim wird sich dann um die Ermittlungen kümmern.«

Damit wollte er ihr also nahelegen, Greystone zu töten? Wie überaus reizend. »Wenn er wirklich vorgehabt hätte, mich zu überwältigen, dann hätte er es mit Sicherheit in der Bibliothek versucht, als er ...« Sie bemerkte gerade noch rechtzeitig, dass sie einen Weg eingeschlagen hatte, den sie mit ihm lieber nicht gehen sollte.

»In Lukes Bibliothek? Was hat er getan?«

»Geredet.«

»Was hat er gesagt?«

»Dass ich interessant wäre.« Sie nahm ihr Kontobuch vom Schreibtisch und drückte es an die Brust. »Soll ich dich auch über deine kleine Begegnung mit der Duchess of Lovingdon aushorchen?«

»Das ist etwas vollkommen anderes. Die Witwe hat in keinster Weise vor, mich auszunutzen.«

Sie nickte. Das Seltsame war, dass sie nicht den Eindruck hatte, Greystone hätte vor, sie auszunutzen. Vielmehr schwebte ihm ein Geben und Nehmen vor, das möglicherweise für sie beide sehr schön werden würde.

»Gute Nacht, Jack.« Sie machte auf dem Absatz kehrt und ging ...

»Ich habe das Herz am rechten Fleck und wollte nur das Beste für dich, Frannie«, rief er ihr hinterher.

Es war so gut wie unmöglich, lange wütend auf die Jungs zu sein. »Ich weiß.«

Sie kehrte in ihr Büro zurück und schrieb acht Briefe an Greystone, bis sie schließlich ein Schreiben aufsetzte, in dem nicht zu viel, aber auch nicht zu wenig stand und das nicht verriet, wie sie selbst zu der ganzen Situation stand. Der Brief enthielt nur die geschäftlichen Fakten. Das würde reichen.

Sie erhob sich von ihrem Schreibtisch und durchquerte das Zimmer. Sie nahm den Umhang vom Haken neben der Tür und legte ihn sich um die Schultern, ehe sie aus ihrem Büro in den Flur trat, in dem es nie ganz ruhig war. Die ausgelassenen Aktivitäten, die hinter der geschlossenen Tür am Ende des Korridors, der in den Spielbereich führte, stattfanden, hallten immer durch das gesamte Gebäude. Sie hatte sich längst daran gewöhnt und nahm die Geräusche kaum noch wahr. Auf der anderen Seite des Flurs war die Tür, die nach draußen führte.

Sie schloss auf und ging hinaus auf die Treppe, wo eine Laterne geisterhaftes Licht auf die dunkle Straße warf. Eilig verriegelte sie die Tür wieder. Sie ließ die Laterne hängen, da sie die Gegend wie ihre Westentasche kannte und sich im Schutz der Dunkelheit sicher fühlte. Um zu ihrem Apartment zu gelangen, musste sie eine Treppe zu ihrer Linken hinaufgehen. Sie steckte einen weiteren Schlüssel in das Schlüsselloch ihrer Tür. Jacks Apartment befand sich direkt neben ihrem. Doch seit er ein schickes Anwesen in St. James geerbt hatte, übernachtete er nur noch selten in seinen Räumlichkeiten hier.

Frannie schloss die Tür hinter sich und verriegelte sie. Dann ging sie zu einem Tischchen, das in der Nähe stand, und machte die Lampe an. Mit einem Seufzen hängte sie ihren Umhang auf. Während sie das Zimmer zu ihrem Bett durchquerte, zog sie sich schon mal aus. Die kleinen Räume der Wohnung waren genauso spärlich möbliert wie ihr Büro. Es gab ein Sofa, ein Bett, einen Toilettentisch, ein paar nicht zusammenpassende Polstersessel und ein paar kleine Tische. Sie brauchte nicht viele Besitztümer, um glücklich zu sein.

Nachdem sie sich gewaschen hatte und in ihr Nachthemd geschlüpft war, setzte sie sich an ihren Toilettentisch und fing an, ihre Haare zu bürsten. Sie hasste die Farbe ihrer Haare und die wilden Locken, die es so schwierig machten, sie zu bändigen. Unwillkürlich fragte sie sich, ob Greystone ihr Haar unattraktiv gefunden haben mochte. Sie beugte sich zum Spiegel vor. Ihre grünen Augen waren das Beste an ihr. Sie erinnerte sich daran, wie oft er direkt in diese Augen geblickt hatte. Ob er sich in ihnen verlieren könnte? Ob sie irgendetwas tun könnte, um sicherzustellen, dass genau das passierte?

Doch sie wünschte sich, dass er sich nicht nur in ihren Augen verlor. Sie wünschte sich vielmehr, dass er sich in ihr verlieren würde. Was für ein gefährliches, gefährliches Verlangen.

Mit einem leisen Aufstöhnen stand sie auf und trug die Lampe zu dem Tischchen neben ihrem Bett. Nachdem sie unter die Decke gekrochen war, blies sie die Flamme in der Lampe aus und starrte in die Dunkelheit, die sie nun umgab. Ohne große Anstrengung gelang es ihr, sich Greystone vorzustellen, der vor ihrem Bett stand. Er würde nackt zu ihr kommen, sich auf sie legen, und jede noch so kleine Stelle seiner Haut, die sie berühren würde, wäre von der Sonne geküsst und leicht gebräunt.

Wieder stöhnte sie auf und rollte auf die Seite. Als sie schließlich einschlief, träumte sie, dass sie ihm einen ganz anderen Brief geschrieben hätte als den, den sie tatsächlich geschrieben hatte. Einen Brief, in dem nur ein einziges Wort stand.

Ja.

Kapitel 5

Als Catherine in der Bibliothek ihres Bruders saß – der Bibliothek, die einst ihrem Vater gehört hatte –, bemerkte sie nach und nach die Veränderungen an Sterling. Er stand am Fenster. Sie konnte ihn nur im Profil sehen, da er hinausblickte. Bedächtig nippte er an seinem Brandy, während die Spätnachmittagssonne einen leichten Schimmer auf ihn warf. Sein früher fast goldenes Haar war merklich dunkler geworden, wodurch er älter wirkte als achtundzwanzig. Seine Schultern waren viel breiter geworden, als hätte er selbst und nicht die Diener einen Großteil der körperlich schweren Arbeit auf seiner Weltreise erledigt. Auf seiner linken Wange, knapp unterhalb seines Auges, erkannte sie eine verblasste Narbe. Sein Lächeln hatte er verloren.

Von allen Veränderungen, die er im Laufe der Jahre, in denen er fort gewesen war, ohne Zweifel durchgemacht hatte, war die Tatsache, dass er sein Lächeln verloren hatte, für Catherine besonders schmerzvoll.

»Also, wirst du dich darum kümmern?«, fragte sie ihren Bruder. Während Catherine geredet hatte, war er aus dem Stuhl hinter seinem Schreibtisch aufgestanden. Nachdem sie ihr Anliegen vorgebracht hatte, hatte er sich einen Schluck Brandy eingeschenkt und war zum Fenster gegangen. Seine Reaktion auf ihre Worte hatte verstörend seltsam gewirkt.

Jetzt drehte er sich leicht um, und der Blick aus seinen blauen Augen fiel auf sie, als würde er nun sie ganz genau mustern, weil er vermutete, dass sie nicht mehr ganz zurechnungsfähig sein konnte. »Lass mich nur sichergehen, dass ich dich auch wirklich richtig verstanden habe. Du willst, dass ich die zweihundert Pfund, die ich dir laut Vaters Testament jeden Monat aushändigen soll, stattdessen an Miss Frannie Darling auszahle?«

»Ganz genau.«

»Erpresst sie dich?«

»Sei nicht albern. Es ist für ihr Waisenhaus. Ich sehe ein, dass ich ihr das Geld auch einfach selbst geben könnte, aber auf diese Weise erscheint es mir effizienter. Sie kann sich dann sicher sein, dass sie das Geld zuverlässig an jedem Monatsersten bekommt.« Außerdem sollte ihr Wunsch als Ausrede dienen, um sich regelmäßig mit Sterling zu treffen und ihn vielleicht wieder zurück in die feine Gesellschaft zu locken. Die Tatsache, dass Catherine eine Entschuldigung brauchte, um sich mit ihrem Bruder zu treffen, zeigte deutlich, wie angespannt das Verhältnis der beiden Geschwister im Augenblick war. Er war ihr Bruder, verdammt noch mal, und trotzdem hatte sie ihn in den zwei Wochen, die seit ihrer Hochzeit vergangen waren, nicht ein einziges Mal zu Gesicht bekommen. Andererseits ging es allen anderen Leuten, soweit sie wusste, nicht anders.

»Vater wollte, dass du das Geld bekommst, um dir ein gewisses Maß an Unabhängigkeit zu bewahren«, erklärte Sterling ihr.

»Ich bin mit einem der wohlhabendsten Lords in ganz England verheiratet ...«

»Das garantiert dir aber nicht deine Unabhängigkeit«, erwiderte er.

Sie wusste, wie recht er damit hatte. Ihr Wunsch, der Duchess of Avendale zu helfen, ihrer fürchterlichen Ehe zu entfliehen, hatte Catherine überhaupt erst zu Claybourne geführt.

»Es tut mir leid, Catherine, aber ich fürchte, ich kann Vaters letzten Willen nicht einfach ändern – auch nicht, wenn du es möchtest. Es kommt vielleicht einmal eine Zeit, in der du dir wünschst, du hättest dein eigenes Geld und wärst nicht von anderen abhängig. Bis dahin kannst du Miss Darling das Geld selbst schicken, wenn du es nicht benötigst.«

»Warum bist du so unnachgiebig in der Sache?«, wollte sie wissen. »Es ist immerhin mein Geld, und ich kann damit machen, was ich möchte.«

»Ich betrachte es nicht als klugen Schritt. Als dein Bruder ist es meine Aufgabe, mich um dein Wohlergehen zu kümmern und dich davor zu bewahren, schreckliche Fehlentscheidungen zu treffen.«

»Nicht mehr. Ich bin verheiratet. Und was ist mit deiner Liebe zu mir, Sterling? Was ist mit deiner Liebe zu irgendeinem anderen Menschen? Ich habe erfahren, dass du schon seit mindestens vier Monaten in London bist. Warum hast du Vater nicht besucht? Du musst doch gewusst haben, wie krank er ist. Es war schließlich kein Geheimnis.«

»Du hast Erkundigungen über mich eingezogen?«

Nicht absichtlich. Doch seit sie in letzter Zeit eher mit Leuten befreundet war, die mit der dunklen Seite Londons liebäugelten, schnappte sie hier und da manchmal ein paar interessante Informationen auf. »Ich versuche zu verstehen, was mit meinem Bruder passiert ist. Dem Bruder, der mir nach dem Tod von Mutter einen Zauberstein geschenkt hat, der mich vor den nächtlichen Albträumen beschützen sollte, aus denen ich weinend aufgeschreckt bin. Ich bin mir nicht sicher, ob ich dich überhaupt noch kenne.«

»Sei dankbar dafür.«

»Was zum Teufel soll das denn heißen?«

Er ging zu einem Tisch, auf dem eine ganze Reihe Dekanter standen, und füllte seinen Schwenker wieder mit Brandy auf. »Sind wir dann fertig?«

Noch lange nicht.

Anmutig erhob sie sich aus dem Sessel und beschloss, eine neue Strategie zu verfolgen. Zwar war er ihr Bruder, aber sein Titel war einer der mächtigsten und einflussreichsten in England. Der Titel bedeutete Ansehen und Geltung. Ihr Vater wäre sehr enttäuscht, wenn Sterling die Erwartungen nicht erfüllen und sein Potenzial nicht ausschöpfen würde. »Vielleicht solltest du darüber nachdenken, uns morgen zu begleiten. Claybourne und ich besuchen das Waisenhaus, um Frannie mit den Möbeln zu helfen, die dann geliefert werden. Wir können jede Hand gebrauchen.«

»Du willst damit nicht ernsthaft vorschlagen, dass ich mich dazu herablasse, mich körperlich zu betätigen und mit anzufassen, oder?«

»Ich möchte dir nur ans Herz legen, dich vielleicht für eine Sache zu engagieren, die viele Leute berührt. Frannie hat vor, eine Unterkunft, ein Heim für hundert Kinder zu schaffen.«

»Ich verstehe immer noch nicht genau, warum mich das interessieren sollte.«

»Wenn du das wirklich nicht verstehst, dann kann ich dir leider auch nicht helfen.« Ohne sich von seinem gleichgültigen Tonfall von ihrem Vorhaben abbringen und entmutigen zu lassen, ging sie um den Schreibtisch herum, zog eine der Schubladen auf und nahm einen Bogen Briefpapier heraus.

»Was machst du da?«, wollte er wissen.

Aha, endlich zeigt er mal ein bisschen Interesse. Vielleicht war doch noch nicht alles verloren.

»Ich schreibe dir die Adresse trotz allem auf und hoffe einfach, dass du deine Meinung noch änderst und zu uns stößt. Ich habe gelernt, Sterling, dass die Beteiligung an einer so bedeutenden Sache die Perspektive eines Menschen auf das Leben verändern kann.«

»Meine Perspektive aufs Leben muss aber überhaupt nicht verändert werden.«

Aber sie spürte, dass etwas mit ihm nicht stimmte, dass ihm etwas fehlte. Er brauchte etwas. Irgendetwas. Da war sie sich sicher. Sie legte den Stift zur Seite und ging zu ihrem Bruder. »Ich wünschte, du würdest mir erzählen, worüber du dich mit Vater gestritten hast.«

Sie konnte sich nicht helfen: Sie glaubte, dass seine derzeitige Haltung irgendwie mit den Streitigkeiten zu tun hatte, die vor seiner Abreise zwischen ihm und ihrem Vater geherrscht hatten. Er und ihr Vater hatten sich eines Abends furchtbar gestritten. Sie hatte die wütenden Stimmen durch die Wände hindurch hören können, hatte allerdings nicht verstanden, worum es ging. Am nächsten Morgen hatte sie eine Nachricht von Sterling erhalten, in der stand, dass sie sich keine Sorgen machen solle, doch dass er sich dazu entschlossen habe, die Welt zu bereisen. Sie hatte ihn erst nach dem Tod ihres Vaters wiedergesehen.

Sterling wandte den Blick ab. »Wie ich dir schon gesagt habe, Catherine, ging es in keinster Weise um dich.«

»Worum ging es denn dann?« Sie bemerkte, wie ein Muskel in seinem Kiefer zuckte. Behutsam berührte sie seinen Arm und spürte, wie er sich unwillkürlich anspannte. »Ich liebe dich, Sterling. Wenn es irgendetwas gibt, das ich tun kann …«

»Lass mich in Frieden.«

»Hast du denn keinen Frieden?«

Er seufzte schwer. »Du hast dich zu einer sehr nervigen Frau entwickelt.«

Sie lächelte und hoffte, dass sie die Stelle in seinem Innersten berührt hatte, wo einmal sein Herz gewesen war. »Ach, du hast ja keine Ahnung.«

»Noch ein Grund mehr für mich, deine Bitte *nicht* zu akzeptieren und *nicht* zu veranlassen, dass dein Geld an andere Stelle geleitet wird. Claybourne wird deiner ohne Zweifel schon sehr bald überdrüssig sein.«

Sie lachte leise. »Er schätzt es, dass ich so eigensinnig und entschlossen bin. Ich würde mir wünschen, dass du ihn besser kennenlernst.«

»Den ›Teufels-Earl‹? Er ist ein Mörder, Catherine.«

»Ja, er hat einen Menschen umgebracht ...«

»Seinen Onkel.«

»... aber aus einem guten Grund. An meinem Ehemann gibt es nichts, das ich nicht bewundern würde. Ich glaube, ihr beide würdet euch ganz wunderbar verstehen, wenn du ihm nur eine Chance geben würdest.«

»Im Gegenteil – ich glaube, dass er mich genauso wenig leiden könnte, wie seine Freunde es tun.«

Verwirrt runzelte sie die Stirn. »Wann hast du denn den Eindruck von seinen Freunden gewonnen?«

Ohne darauf zu antworten, ging Sterling wieder zurück zum Fenster. Sein Schwenker war erneut gefüllt.

»Falls du irgendwann einmal meine Hilfe brauchen solltest, lass es mich wissen«, sagte Catherine. Sie nahm ihre kleine Damenhandtasche von dem Tischchen neben dem Sessel, in dem sie gesessen hatte.

»Leb dein Leben, Catherine. Ich brauche dich nicht«, knurrte Sterling.

»Wir alle brauchen jemanden, Sterling.«

»Ich will verdammt noch mal hoffen, dass du damit falschliegst.«

Ja, ihr Bruder brauchte definitiv irgendetwas – oder irgendjemanden.

Frannie Darling.

In dem Moment, als Catherine den Namen der Frau ausgesprochen hatte, hatte Sterling sich gewünscht, sie würde gehen. Er genoss die Bilder, die bei dem Gedanken an Miss Darling durch seinen Kopf gingen, und trotz der bösen Drohungen, die er erhalten hatte, war er noch nicht bereit, die Vorstellung, mit ihr intim zu werden, einfach so aufzugeben.

Nachdem Catherine gegangen war – zum Glück war sie erst zu ihm zu Besuch gekommen, nachdem alle Beweise für seine unschöne Begegnung mit Swindler verschwunden waren –, tauschte Sterling seinen edlen Brandy gegen eine Flasche Whiskey und wechselte von seinem Arbeitszimmer in den Garten.

Frannie Darling.

Er erlaubte es dem Namen, durch seinen Kopf zu spuken und die wenigen Erinnerungen von ihr wachzurufen, die er tief in seinem Inneren versteckt hatte.

Sterling wünschte sich nur eine Nacht mit ihr, verdammt noch mal. Was für ein Wahnsinn hatte Besitz von ihm ergriffen, seit er ihr zum ersten Mal begegnet war? Ihr Haar war so wild und unbändig, wie er sich Frannie im Bett vorstellte. Ihre Augen waren so grün wie der Frühling. Ihre Lippen waren voll und üppig. Ihren Geschmack hatte er schon fast vergessen – er war ersetzt worden durch den Brandy, den er getrunken hatte, um so vielleicht die Ungeduld zu zügeln, die ihn quälte, während sie noch über seinen Vorschlag nachdachte.

Gerade eben war ein Schreiben von ihr gebracht worden, und

diese gespannte Erwartung, die ihn fest im Griff hatte, hatte er so noch nie erlebt. Bis er den Brief öffnete.

Euer Gnaden,
Ihre Mitgliedschaft im Dodger's *ist erneuert worden.*
Hochachtungsvoll
Frannie Darling

So verdammt formell. Nicht einmal einen winzigen Hinweis darauf, in welche Richtung sie wegen seines Vorschlags tendierte. Und er hatte, seit er ihr das Angebot gemacht hatte, nicht aufhören können, an sie zu denken.

Er ließ sich auf die Bank in der hintersten Ecke des Gartens fallen und nahm einen großen Schluck aus der Flasche. Es war keine besonders kultivierte Art, Schnaps zu trinken, doch in letzter Zeit fühlte er sich sowieso nicht sonderlich kultiviert oder anständig.

Er hatte die vergangenen zwei Wochen auf seinem Anwesen verbracht und darauf gewartet, dass die Blutergüsse unter seinem Auge und auf seiner Wange sich komplett zurückbildeten. In seiner Position wollte er nicht unbedingt herausfordern, dass Fragen oder Gerüchte aufkamen, er wäre in irgendeine Art von Prügelei verstrickt gewesen – vor allem nicht, wenn er so aussah, als wäre er der Unterlegene gewesen. Gütiger Himmel, in Afrika wäre er beinahe von einem Gorilla angegriffen und in Indien war er tatsächlich von einem Tiger attackiert worden – doch keine dieser Kreaturen war ihm so gefährlich vorgekommen wie Swindler.

Wenn er den Schlag doch nur hätte kommen sehen, dann hätte er ihn vielleicht abwehren oder sogar mit einem Faustschlag kontern können. *Zum Teufel!* In seiner späten Pubertät hatte sich sein Sehvermögen drastisch verschlechtert. Zuerst hatte er sich nichts weiter bei der harmlos erscheinenden Verschlechterung gedacht. Er hatte Schwierigkeiten bekommen, in der Nacht etwas zu erkennen. Eine Brille hatte ihm nicht geholfen. Dann hatte sein peripheres Sehen langsam nachgelassen. Inzwischen fühlte es sich für ihn so an, als würde er ständig Scheuklappen tragen. Auf seinen Reisen hatte er seine Grenzen ausgetestet, wie er es in London oder auf seinem Anwesen nicht hätte tun können. Mittlerweile musste er zugeben, dass er einige Bereiche seines Lebens einfach nicht mehr unter Kontrolle hatte – und das fiel ihm ausgesprochen schwer.

Möglicherweise lag dort auch ein Grund dafür, dass er sich weigerte, das Geld, das Catherine monatlich zustand, Miss Darling zu geben. Sterling wollte unbedingt verhindern, dass die reizende Dame durch die Regelung gerade jetzt finanzielle Unabhängigkeit erlangen würde, weil es die Wahrscheinlichkeit, dass sie auf sein Angebot eingehen würde, verringern könnte. Er musste ihr einen überzeugenden Grund dafür bieten, mit ihm zusammen sein zu wollen, so wie er mit ihr zusammen sein wollte. Geld war für viele ein unwiderstehlicher Anreiz. Vielleicht würde er morgen diesem Waisenhaus einen Besuch abstatten und die Gelegenheit nutzen, um Miss Darling noch einmal an sein Angebot zu erinnern. Vielleicht würde er ihr sogar den Vorschlag unterbreiten, für ihre Waisenkinder zu sorgen …

Oder würde sie sich durch diese Wendung beleidigt fühlen? Würde sie es als unter ihrer Würde betrachten, im Austausch gegen eine Nacht voller Leidenschaft in ihren Armen ein Geschenk von ihm anzunehmen? Er würde sich wahrscheinlich ein bisschen mehr Zeit für diese Verführung nehmen müssen, als er geplant hatte, aber er würde sie am Ende verführen. Es würde bald eine Zeit kommen, in der er nicht mehr alles bekommen würde, was er sich wünschte – doch bis jetzt war es noch nicht so weit.

Ungeheuer zufrieden mit der Richtung, die sein Plan nehmen würde, trank er den letzten Schluck aus der Flasche und lehnte sich zurück. Ein Moment der Panik ergriff ihn, als ihm bewusst wurde, dass die Dunkelheit hereingebrochen war. *Verflixt und zugenäht.* Es war dumm von ihm gewesen, so kurz vor der Dämmerung und so versunken in die Gedanken an Miss Darling hierherzukommen. Ihm war nicht einmal aufgefallen, wie dunkel es inzwischen geworden war.

Er stand auf und konzentrierte sich auf das Licht, das aus den Fenstern seines Anwesens fiel. Doch das Licht war gedämpft, kaum zu sehen. Abends und nachts war es für ihn noch schwieriger, seine Umgebung zu erkennen – aber wenn er langsam ging …

In letzter Zeit schien es, als würde er ständig langsam gehen. Das war allerdings ein Luxus, den er sich, was Miss Darling betraf, nicht leisten konnte. Er musste sich eine Ehefrau nehmen, solange er noch immer den Anschein aufrechterhalten konnte, dass mit seinem Sehvermögen alles in Ordnung war – und das bedeutete im Umkehrschluss, dass er seine Begierde stillen und jede sinnliche Seite von Frannie Darling genießen musste.

Kapitel 6

Sterling hätte nicht mit der langen Reihe von Wagen gerechnet, an denen sein Fahrer so einfach vorbeigezogen war, um durch das Tor zum Waisenhaus zu fahren. Er hätte nicht erwartet, dass dieses Heim für Waisenkinder am Stadtrand von London so riesengroß und so architektonisch kunstvoll gebaut sein würde. Und er hätte nicht gedacht, dass so viele Menschen herumlaufen und die gelieferten Möbel hereintragen würden.

Während sein Fahrer die Kutsche zum Stehen brachte, wünschte Sterling sich plötzlich, er wäre nicht hier. Menschenmengen waren für ihn, der nicht mehr genau erkennen konnte, wer in seiner Nähe stand, zu einem Fluch geworden.

Der Diener öffnete die Tür der Kutsche. Sterling wollte ihm gerade auftragen, den Fahrer zu bitten, ihn wieder nach Hause zu bringen, als er Catherine sah. Und – *verflixt und zugenäht* – sie sah auch ihn. Die Freude, die bei seinem Anblick auf ihrem Gesicht erstrahlte, verstärkte sein Unbehagen nur noch.

»Sterling, du bist gekommen!«

Als sie nun zu ihm eilte, wurde Sterling klar, dass er keine andere Wahl hatte, als zumindest ein bisschen Zeit mit all diesen Menschen zu verbringen und all diese Geschäftigkeit um sich herum zu ertragen. Während er behände aus der Kutsche kletterte, wandte er den Kopf und sah, dass seine Diener bereits aus ihrem Wagen gestiegen waren und nun bereitstanden, um seine Befehle entgegenzunehmen. Er hatte geglaubt, Miss Darling würde dankbar sein und sich über seine Großzügigkeit freuen, weil er seine eigenen Diener mitgebracht hatte, die ihr helfen sollten …

Dumm. Warum verspürte er diesen verrückten Drang, eine Frau von der Straße beeindrucken zu wollen? Es sollte doch reichen, dass er sie begehrte. Die meisten Frauen, die er begehrte, fühlten sich durch seine Aufmerksamkeit schon geschmeichelt. Sie verlangten gar nicht mehr von ihm.

Catherine blieb vor ihm stehen. Sie war noch immer – wie es sich schickte – in Schwarz gekleidet, weil sie in Trauer um ihren Vater war. Doch abgesehen davon wirkte ihr Kleid, als wäre es einst von einem Waschweib getragen worden. Auf ihrer Nase und einer Wange waren Schmutzspuren zu erkennen, und ihr Haar drohte sich jeden Moment aus den Klammern zu lösen und ihr über die Schultern zu fallen. Er konnte sich nicht daran erinnern, sie jemals glücklicher gesehen zu haben.

»Ich habe meine Diener mitgebracht, damit sie helfen«, sagte er schroff.

»Ich sehe es. Frannie wird sich sehr darüber freuen. Komm mit hinein, dann sage ich ihr schnell Bescheid, dass du jetzt da bist.«

»Du hast ihr schon gesagt, dass sie mich erwarten kann?« Was, wenn er es sich doch noch anders überlegt hätte? Wäre sie dann enttäuscht gewesen?

»Nein, natürlich nicht. Aber sie ist Buchhalterin, und sie führt über alles Buch. Also wird sie wissen und notieren wollen, dass du hier bist, um zu helfen.«

Während sie ihn zum Eingang des Waisenhauses brachte, erzählte Catherine davon, wie viel Arbeit noch zu erledigen wäre. Er verstand nun, warum Catherine sich wünschte, dass ihr Geld in diese Aufgabe floss. Der Unterhalt würde ein Vermögen verschlingen. Miss Darling würde für ihr Unternehmen eine Finanzierung benötigen. Buchhalter verdienten für gewöhnlich keine Reichtümer.

Als sie nun durch die Tür in das Gebäude traten, wollte Claybourne gerade mit großen Schritten hinausgehen. Abrupt blieb er stehen. »Euer Gnaden, was für eine unerwartete Überraschung.«

»Eine Überraschung ist von Natur aus unerwartet«, erwiderte Sterling knapp. Er war verärgert, dass Claybourne sich in dieser Umgebung so wohlzufühlen schien, während er selbst das Gefühl hatte, sich auf vollkommen unbekanntem Terrain zu bewegen.

»Erwischt. Sie können Ihr Jackett ins Eckbüro legen, die Ärmel hochkrempeln …«

»Ich habe ein paar meiner Diener mitgebracht.«

»Frannie wird sich über zusätzliche helfende Hände bestimmt freuen.«

»Wo ist sie?«, wollte Catherine wissen.

»Als ich sie zuletzt sah, war sie oben. Sie sollte jeden Moment herunterkommen.«

»Ich möchte ihr Bescheid geben, dass Sterling gekommen ist.«

Claybourne verengte die Augen zu schmalen Schlitzen. »Uns allen liegt sehr viel an ihr, wissen Sie?«

Noch eine Warnung? Weiß er nicht, dass eine Drohung schon unmissverständlich übermittelt worden ist? »So, wie mir sehr viel an meiner Schwester liegt«, entgegnete er.

Catherine seufzte. »Ich verstehe nicht, warum ihr beide so viel Misstrauen gegeneinander hegen müsst.«

Vielleicht, weil sie wussten, wie Männer dachten. Sterling verlor allmählich das Interesse an dieser Begegnung. Er sollte einfach gehen. Missmutig blickte er die Treppe hinauf – und mit einem Mal gab es nur noch eines, was ihn interessierte. *Sie* war da, war die Treppe zur Hälfte heruntergekommen. Swindler stand eine Stufe unter ihr und blickte zurück, als wären sie beide gemeinsam hinuntergegangen und sie wäre unerwartet stehen geblieben.

Seine Erinnerung an sie wurde ihr nicht gerecht. Was in seinem Gedächtnis ein lebhaftes Rot gewesen war, entpuppte sich als fades, verwaschenes Bild von dem, was er jetzt tatsächlich sah. In Wirklichkeit war ihr Haar feuerrot, und er wusste, dass ihre Augen von einem noch verführerischeren Grün waren, als er gedacht hatte. Ihr Kleid, das bis zu ihrem Kinn zugeknöpft war, überließ alles der männlichen Fantasie, beflügelte sie, und er fragte sich unwillkürlich, ob das, was er sich vorgestellt hatte, in der Realität tatsächlich existieren könnte. Wie befriedigend es doch wäre, jeden einzelnen dieser Knöpfe aufzumachen und die Schätze zu erkunden, die sich unter dem Stoff ihres Kleides verbargen …

Swindler sagte etwas zu ihr – nachdem er Sterling herablassend von Kopf bis Fuß gemustert hatte –, und sie wandte ihre Aufmerksamkeit Swindler zu und lächelte ihn an. Die bedächtige Bewegung ihrer Lippen hätte Sterling fast in die Knie gezwungen. Was in Gottes Namen stimmte nicht mit ihm? Was war los? Sie ließ ihren Charme nicht einmal bewusst spielen, und dennoch war er vollkommen bezaubert von ihr.

Miss Darling kam die restlichen Stufen hinunter. Swindler ging neben ihr her. Sein Blick ging zwischen Miss Darling und Sterling hin und her, als könnte er das seltsame Band sehen, das sie zu verbinden schien. Sterling wusste schon, dass er es nicht guthieß. Er war im Augenblick erleichtert, dass nichts mehr von den Blutergüssen in seinem Gesicht zu erkennen war.

»Euer Gnaden«, sagte Miss Darling mit einem leichten Hofknicks, als sie vor ihm stehen blieb.

Wie Catherine hatte sie Schmutzspuren auf der Wange, und

er verschränkte unwillkürlich die Hände hinter seinem Rücken, um dem Drang zu widerstehen, den Arm auszustrecken und ihr den Schmutz von der Wange zu streichen. Selbst der Dreck in ihrem Gesicht tat ihrer Perfektion keinen Abbruch. In gewisser Hinsicht unterstrich er ihre Makellosigkeit sogar.

Er verbeugte sich. »Miss Darling, ich habe sechs Diener mitgebracht, die Ihnen bei Ihren Bemühungen zur Hand gehen werden.«

»Wie überaus freundlich von Ihnen.« Sie wandte sich leicht zur Seite. »Sind Sie schon mit Inspektor Swindler von Scotland Yard bekannt gemacht worden?«

»Wir hatten schon das Vergnügen«, entgegnete er kurz und bündig.

Sie runzelte ein wenig die Stirn und blickte misstrauisch zwischen den beiden Männern hin und her. »Ich verstehe. Was halten Sie von einer Führung durch die Räumlichkeiten, Euer Gnaden?«

»Ich bin sehr neugierig und würde mich freuen. Danke.« Und vielleicht könnten sie bei der Gelegenheit Abstand von den verdammten Förmlichkeiten nehmen.

»Jim, kümmerst du dich bitte darum, den Dienern zu erklären, wo sie mit anpacken können?«, fragte sie.

»Vielleicht sollte ich dich lieber begleiten.« Obwohl seine Worte eigentlich für Frannie bestimmt waren, sah er Sterling immer noch so misstrauisch an, als würde er ihn für einen Schurken halten.

»Wir kommen schon zurecht. Je schneller die Leute an die Arbeit gehen können, desto schneller werden wir fertig. Dann kann ich endlich damit beginnen, die Waisenkinder hier unterzubringen.« Sie berührte Swindler am Arm, und Sterling verspürte den absurden Wunsch, ihre Hand wegzuziehen. Er wollte nicht, dass sie andere berührte, er wollte, dass sie ihn berührte. »Bitte.«

Swindler nickte. »Ich kann dir keinen Wunsch abschlagen, und das weißt du auch.« Dann ging er davon – nicht, ohne Sterling mit der Schulter anzurempeln, als er an ihm vorbeiging. Sterling hätte wissen müssen, dass der Mann sich so verhalten würde. Doch stattdessen hatte er Miss Darling betrachtet und so den Eindruck erweckt, dass er beschlossen hätte, die unausgesprochene Warnung nicht weiter zu beachten.

»Wir sollten wieder an die Arbeit gehen«, sagte Catherine, hakte sich bei Claybourne unter und ging mit ihm zusammen davon.

Sterling hatte zu wenig Zeit mit Catherine und ihrem Mann verbracht, um sich ein Urteil über ihre Beziehung erlauben zu können, aber es kam ihm so vor, als wäre seine Schwester nicht abgeneigt, auch mal die Führung zu übernehmen und den Kurs zu bestimmen – und Claybourne machte es offensichtlich nichts aus, ihrem Kurs zu folgen. Sobald sie außer Hörweite waren, sagte Miss Darling: »Im oberen Stockwerk ist es nicht besonders spannend. Dort befinden sich nur die Schlafräume.«

»Also, ich fand Schlafzimmer nie langweilig.«

Sie errötete und senkte den Blick zu Boden. Er wünschte sich, er hätte sich auf die Zunge gebissen und sich die Bemerkung verkniffen. Es war eindeutig, dass seine Worte ihr unangenehm waren. Da sie im *Dodger's* arbeitete, wo die Frauen den Männern Gesellschaft und mehr anboten, musste ihr doch eigentlich absolut klar sein, was zwischen einem Mann und einer Frau geschah. Er fragte sich, ob sie sich bei seinen Worten an seinen Vorschlag erinnert hatte.

»Aber ich schätze, sie sehen sich doch alle ziemlich ähnlich«, sagte er, und sie hob abrupt den Blick, um ihn anzuschauen. Sie runzelte die Stirn, als würde sie darüber nachgrübeln, ob er damit sagen wollte, dass *sie* sich gut in Schlafzimmern auskannte oder *er selbst*. »Wo würden Sie beginnen wollen?«

»Wenn Sie mir folgen möchten«, sagte sie und ging ihm voran einen Flur entlang.

Sie öffnete die Tür zu einem Raum, in dem an den Wänden Regale standen.

»Die Bibliothek, wie ich annehme«, sagte er ruhig. »Ich mag ja Bibliotheken.«

Sie errötete wieder und ging zu einem großen Fenster, von dem aus man in den Garten schauen konnte. Er konnte einige Gärtner sehen, die in den Beeten schufteten. Miss Darling war anscheinend fest entschlossen, dieses Waisenhaus, so gut es ging, zu einem echten Zuhause für die Kinder zu machen. Er spielte mit dem Gedanken, die Tür zu schließen. Doch angesichts der Blicke, die Claybourne und der Inspektor ihm zugeworfen hatten, sollte er lieber aufpassen, ihr nicht zu nahezutreten und keinen falschen Eindruck zu erwecken. Außerdem: Falls er die Tür jetzt schloss, würde er sich vielleicht dabei ertappen, dass er beschloss, höfliche Zurückhaltung wäre nicht länger erforderlich. Nachdem er nun wieder in ihrer Nähe war, begehrte er sie nur noch mehr.

»Ich bin überrascht, dass Sie hier sind«, sagte sie leise. Sie blickte ihn an. »Ich nehme an, dass Sie gekommen sind, um eine Antwort von mir zu bekommen.«

»Ehrlich gesagt bin ich mir nicht sicher, warum ich gekommen bin.« Er schlenderte zum Fenster und sah ihr unvermittelt tief in die Augen. »Das ist eine Lüge. Ich weiß ganz genau, warum ich hier bin. Ich wollte Sie wiedersehen.«

»Ich bin jeden Abend im *Dodger's*. Ich kümmere mich um die Buchhaltung, wie Sie sicherlich wissen.«

»Aber ich kann mir vorstellen, dass ich Ärger bekomme, wenn ich mich in den Gängen bewege, die für die Gäste eigentlich tabu sind. Sagen Sie mir, Miss Darling, wo wohnen Sie?«

»Ich habe ein Apartment auf der Rückseite des *Dodger's*.«

Er hatte schon gehört, dass Dodger einigen seiner Angestellten Zimmer zur Verfügung stellte. Sie steckte offensichtlich jeden Heller, den sie je verdient hatte, in dieses Projekt. Er blickte zu den Gärtnern, die schwer arbeiteten, gruben und die Pflanzen arrangierten. »Ich hätte nicht damit gerechnet, etwas so ... Aufwändiges vorzufinden. Das Land, das Gebäude ... das war bestimmt nicht billig. Wie wollen Sie den Unterhalt des Waisenhauses bestreiten?«

»Wir haben Gönner. Luke zum Beispiel ist besonders großzügig. Vielleicht möchten Sie ja auch eine kleine Spende tätigen, Euer Gnaden?«

Ihre leuchtenden grünen Augen funkelten spitzbübisch, als sie ihm ein freches Lächeln zuwarf. Die Sonne, die nicht geschienen hatte, als sie das letzte Mal gemeinsam vor einem Fenster gestanden hatten, tauchte sie in goldenes Licht. Auf ihrer hübschen kleinen Stupsnase waren ein paar blasse Sommersprossen zu sehen. Er wollte die obersten beiden Knöpfe ihrer Bluse öffnen, um einen Blick auf ihren Hals erhaschen zu können. Er wünschte sich eine Nacht mit ihr, aber er wollte nichts überstürzen. »Was würde Sie denn zufriedenstellen, Miss Darling?«

Mit der Zungenspitze fuhr sie sich über die Lippen, die er schon einmal geschmeckt hatte und die er so gern wieder schmecken wollte. »Wir sprechen hier schon über einen Beitrag für das Waisenhaus, oder?«

»Ja.«

»Und Sie würden die Spende machen, ohne dass es an Bedingungen geknüpft wäre und ohne dass Sie Erwartungen hätten, im Gegenzug etwas von mir dafür zu erhalten?«

»Eigentlich sollte ich schon etwas dafür bekommen. Ein Lächeln zum Beispiel. Was ist Ihnen ein Lächeln wert?«

Die Enttäuschung stand ihr ins Gesicht geschrieben, und er fragte sich, wie seine Worte sie beleidigt haben könnten.

»Es ist falsch, Dingen einen Preis zu geben, die eigentlich unbezahlbar sein sollten«, entgegnete sie.

»Alles hat seinen Preis, Miss Darling. Ich hätte gedacht, dass Ihnen das bekannt sein müsste, wenn man bedenkt, in welchem Umfeld Sie aufgewachsen sind.«

»Es ist sehr überheblich von Ihnen zu glauben, dass Sie wüssten, in welchem Umfeld ich genau wie erzogen wurde.«

Er fluchte unterdrückt. Sie hatte recht. Er wusste überhaupt nichts über ihr Leben. »Irgendwie scheint es mir gelungen zu sein, Sie zu kränken.«

»Wir stammen aus vollkommen unterschiedlichen Welten. Haben Sie noch nie etwas aus der reinen Freude am Geben heraus verschenkt?«

»Aber auch da gibt es immer noch einen Tausch: Sie geben etwas, und im Gegenzug erhalten Sie ein Glücksgefühl.«

»Wenn Sie es so betrachten, dann sollte das Lächeln zu sehen an sich schon die Belohnung sein und keine weitere Bezahlung erfordern.«

»Ich merke, dass Sie entschieden zu klug sind, um weiter mit Ihnen über diesen Punkt zu diskutieren. Also gut, ich werde fünfhundert Pfund für Ihr Anliegen spenden.«

»Danke, Euer Gnaden. Dafür werde ich ganz bestimmt lächeln.«

Und das tat sie. Ein wunderschönes Lächeln brachte ihr Gesicht zum Leuchten. Er hätte zehnmal so viel bezahlt, um dieses

Lächeln noch länger sehen zu können, doch er vermutete, dass Geld nicht der Schlüssel zu ihrem Herzen war ... In seinem Kopf gingen seine Gedanken durcheinander. Es war doch eigentlich nicht ihr Herz, das er wollte. Er wollte ihre Kurven, ihren Körper, ihre Hitze ...

Bevor er sich selbst davon überzeugen konnte, dass es unklug wäre, drückte er schon seinen Mund auf ihre Lippen. Es überraschte ihn nicht, dass dieser Mund sich genauso perfekt anfühlte und zu ihm passte, wie er es in Erinnerung hatte. In den vergangenen zwei Wochen hatte er oft genug von diesen Lippen geträumt. Sie schmeckte nach Zitrone und Zucker. Er wollte wetten, dass nicht nur der ehemalige Earl of Claybourne einen Hang dazu hatte, immer ein paar Süßigkeiten griffbereit zu haben. Frannie stöhnte leise auf und öffnete den Mund, um ihn willkommen zu heißen. Und plötzlich konnte er an nichts anderes mehr denken als daran, wie gut es sich anfühlte, sie wieder in seinen Armen zu halten.

Sie schmiegte sich so wunderbar an ihn, wie er es bei keiner anderen Frau je zuvor erlebt hatte. Es fühlte sich an, als würde sie genau dorthin gehören. Innerlich schalt er sich, dass er die Tür nicht doch zugemacht hatte.

Während sie die Arme um ihn schlang und mit den Fingerspitzen durch sein Haar strich, durchströmte ihn das Verlangen mit einer Heftigkeit, die ihm den Atem raubte. Er wollte wissen, wie leidenschaftlich sie sein konnte.

Keuchend und atemlos löste sie sich von ihm. Er wollte sie wieder an sich ziehen, sie in seine Arme schließen und sie in seine Kutsche tragen. Er wollte sie in seinem Bett. Er wollte mit ihr schlafen und sich Zeit dabei lassen. Das Feuer der Leidenschaft, das in ihren Augen brannte, entfachte die Flammen der Begierde in ihm. Er hatte in jedem Land, das er besucht hatte, die Frauen probiert, doch er konnte sich nicht daran erinnern, eine dieser Frauen so sehr begehrt zu haben wie Frannie Darling.

»Kommen Sie mit mir.« Er erkannte die Stimme, die so tief und rau klang, kaum als seine eigene wieder.

Schnell schüttelte sie den Kopf. »Ich kann nicht. Ich habe hier Verpflichtungen.« Sie strich über sein Kinn, als wollte sie ihn noch einmal küssen. Doch mit einem Mal ließ sie die Hand fallen.

Er umfasste sanft ihre Wange. »Offensichtlich habe ich vorhin gelogen. Es scheint so, als wäre ich hier, um Ihre Antwort zu hören. Und es scheint so, als hätte ich sie jetzt bekommen.«

Sie öffnete die Lippen …

»Frannie?«

Beim Klang von Swindlers Stimme zuckte sie zurück. Der Inspektor stand in der Tür und öffnete und schloss unentwegt die Hände. »Wir haben hier ein paar Stühle, aber wir wissen nicht, wohin damit.«

»Ich komme sofort.« Es war eigentlich die versteckte Aufforderung zu gehen, doch Swindler blieb, wo er war. Sie wandte ihre Aufmerksamkeit wieder Sterling zu. »Wenn Sie mich entschuldigen möchten? Ich muss mich um ein paar Dinge kümmern.«

Er wollte sie nicht entschuldigen, aber die höfliche Antwort kam ihm über die Lippen, ehe er es verhindern konnte. »Ja, natürlich.«

»Bitte sehen Sie sich nach Belieben allein um.« Wie war es möglich, dass sie mit einem Mal so verdammt ruhig klang? Sie machte einen Schritt zurück und warf Sterling dann über die Schulter hinweg noch einen Blick zu. »Wir treffen uns in zehn Minuten im Garten. Dann werde ich Ihnen meine Antwort geben.«

Sterling sah ihr hinterher, als sie in ihrem schlichten Kleid, das aus irgendeinem Grund überhaupt nicht schlicht wirkte, aus dem Zimmer ging. Sie legte die Hand auf Swindlers Arm. Dieser sah sie an, und die beiden wechselten einen warmherzigen Blick. Unwillkürlich ballte Sterling die Hand zur Faust. In dem Moment glaubte er, den Inspektor durch einen einzigen gezielten Faustschlag zu Boden bringen zu können. Gott, er wollte diese Frau ganz für sich allein und fühlte sich so eifersüchtig wie noch nie zuvor in seinem Leben.

Dann funkelte Swindler Sterling warnend an, bevor er Frannie in den Flur hinausfolgte. Sterling wandte seine Aufmerksamkeit dem Garten zu. Er presste die Hand an die kalte Glasscheibe des Fensters, doch sein Blut, das in Wallung geraten war, kühlte dadurch überhaupt nicht ab. Nur eine Sache würde ihm Linderung verschaffen: eine Nacht mit Frannie Darling.

Seit sie die Möbel bestellt hatte, hatte Frannie sich ausgemalt, wo jedes einzelne Stück stehen würde. Und nun sah sie den leuchtend gelben Polstersessel an und konnte sich beim besten Willen nicht daran erinnern, ob er für die Sitzecke in der Bibliothek oder für das Büro eines Mitarbeiters bestimmt gewesen war. Sie konnte einfach nicht denken.

Sie hatte in seinen Augen gesehen, dass er vorgehabt hatte, sie zu küssen, und statt ihn zu entmutigen oder zurückzuweichen, war sie stehen geblieben und hatte seinen leidenschaftlichen Mund auf ihren Lippen willkommen geheißen. Selbst jetzt noch konnte sie ihn schmecken, riechen, fühlen …

Sie wollte bei ihm im Garten sein, wünschte sich Dinge, die sie niemals haben könnte.

Ein Räuspern erklang, und sie blickte zu Jim, der auf ihre

Antwort wartete und sie musterte, als würde er nach etwas anderem suchen.

»In die Bibliothek«, sagte sie schnell und beschloss, dass sie den Sessel immer noch umstellen könnte, falls er doch nicht in die Bibliothek passen sollte. »Wenn du mich jetzt entschuldigen möchtest ...«

Sie hatte noch keine zwei Schritte gemacht, als Jim sich ihr in den Weg stellte. Sie konnte die Sorge und Angst in seinen grünen Augen erkennen, aber andererseits sah er sie immer so an, als befürchtete er, dass sie jeden Moment zerbrechen könnte. »Er ist keiner von uns«, sagte er leise.

»Das ist Catherine auch nicht, und doch kommen Luke und sie sehr gut miteinander aus.«

»Weil er einer von ihnen ist.«

Sie konnte ihm nicht vorwerfen, das auszusprechen, was sie während der ganzen Hochzeit gedacht hatte. Sie wusste, dass er sich Sorgen um sie machte – sie alle machten das. Aber manchmal wünschte sie sich einfach nur, frei zu sein, auch wenn es, als sie ihre Freiheit schon einmal gesucht hatte, in einer Katastrophe geendet hatte. Aller Wahrscheinlichkeit nach würde auch die Sache mit Greystone so enden: mit Bedauern und Reue.

»Ist es so offensichtlich, was Greystone will, oder hat Jack dir einen Tipp gegeben?«, fragte sie.

Ein Muskel in seinem Kiefer zuckte, und Röte schoss in seine Wangen. Sie dachte an die Feindseligkeit, die sie zwischen den beiden Männern gespürt hatte.

»Hast du etwa mit Greystone selbst gesprochen?«, hakte sie weiter nach.

»Ich habe ihm eine Nachricht überbracht.«

»Von Jack?«

»Von uns beiden.«

Sie liebte diese Männer – sie liebte sie wirklich –, doch sie mussten verstehen, dass sie eine Frau war, die durchaus imstande war, ihre eigenen Entscheidungen zu treffen. »Nun sag schon. Was genau hast du ihm gesagt?«

»Dass er sich von dir fernhalten soll«, erwiderte Jim missmutig.

Und er hatte sich von ihr ferngehalten. Bis heute. Ein Verdacht nagte tief in ihrem Inneren an ihr. »Was hast du ihm angetan?«

Er biss die Zähne zusammen, und sein Blick ging über ihren Kopf hinweg ins Nichts.

Angst mischte sich mit Wut und Enttäuschung. Ihr Magen war in Aufruhr. »Wie schlimm hast du ihn zugerichtet?«, wollte sie wissen.

Er richtete den Blick wieder auf sie. Sie wusste, dass er sie niemals anlügen würde. »Nicht so schlimm, wie ich ihn hätte zurichten können. Und ganz bestimmt nicht so schlimm, wie ich es mir gewünscht hätte.«

Sie hatten es nie leicht gehabt, und ihr Start ins Leben war schwer gewesen, aber manchmal war sie ihrer überdrüssig und hatte es satt.

»Vertraust du mir?«, fragte sie.

»Ich vertraue dir blind.«

»Dann glaube mir einfach, dass ich am besten weiß, was in dieser Angelegenheit zu tun ist.«

»Ich will nur nicht, dass man dir wehtut.«

Sie schenkte ihm ein warmherziges Lächeln. »Das will ich auch nicht.«

»Er wird nicht zu schätzen wissen, was du hier machst. Einer der Jungs, die ich dir bringen werde, sitzt gerade drei Monate im Gefängnis ab, weil er eine Krone gestohlen hat. Das Schlimme ist, dass er noch nicht einmal den Unterschied zwischen einem Schilling und einer Krone kennt. Diejenigen, mit denen ich zusammenarbeite, meinen, sie bereiten der Kriminalität ein Ende, wenn sie diese Kinder für kleine Vergehen wie den Diebstahl eines Apfels oder dergleichen einsperren. Du solltest deinen Duke einmal fragen, wie viele Äpfel er schon geklaut hat.«

»Er ist nicht *mein* Duke. Und wie kommst du darauf, dass er gestohlen haben könnte?«

»Frag ihn einfach.«

Sie wies über die Schulter hinweg zu dem Polstersessel. »In die Bibliothek damit.«

Er nickte, obwohl sie wusste, dass es das Letzte war, was er gerade tun wollte. »Danke. Und danke dafür, dass du dir solche Sorgen um mich machst, Jim.«

Sie traf Greystone im Garten, wo er aufmerksam die Gärtner bei der Arbeit beobachtete. Sie hatte den starken Eindruck, dass er den Leuten gern den einen oder anderen Ratschlag gegeben hätte. Konnten Männer es nie einfach so lassen, wie es war?

Sie trat zu ihm, doch er war so vertieft und betrachtete so konzentriert die Gärtner, die den Garten umgruben, dass er sie gar nicht bemerkte. Das gab ihr die Möglichkeit, ihn ein wenig zu beobachten. Sein Profil war scharf geschnitten und wurde von einer Adlernase dominiert, von ausgeprägten Kieferknochen und einem kräftigen Kinn. Er hatte eine winzige Narbe auf der Wange. Seltsam. Diese Narbe war ihr bei ihrer ersten Begegnung gar nicht aufgefallen. Andererseits hatte die Sonne auch nicht so strahlend geschienen wie heute. Oder war die Narbe etwa ein Überbleibsel von Jims Besuch?

Seine Wimpern waren dunkel – dunkler als sein Haar. Sie

fragte sich, ob sein Haar irgendwann auch diesen Ton annehmen würde, wenn er älter werden würde. Oder würde sein Haar einfach silbern, grau oder weiß werden? Silbern, so viel stand für sie fest. Das war distinguierter. Immerhin hatte er die ganze Welt bereist. Er würde seinen Platz im House of Lords, dem Oberhaus, einnehmen. Er war ein Mann, der eine Veränderung bewirken könnte, wenn er es wollte. Seine Entschlossenheit zeigte sich darin, wie er eine so simple Aufgabe wie das Umgraben eines Gartens verfolgte – er war so in diese Beobachtung vertieft, dass er nichts anderes um sich herum mehr wahrnahm.

»Ich glaube nicht, dass diese Blumen einmal so verführerisch duften werden wie Sie«, sagte er leise.

Ihr Herz pochte wild. Wie konnte es sein, dass er eine solche Macht über sie hatte, ohne sie auch nur zu berühren? »Und ich dachte, Sie hätten überhaupt nicht bemerkt, dass ich hier bin.«

Er wandte leicht den Kopf und lächelte sie an. »Ich bin mir Ihrer Anwesenheit immer bewusst.«

Sie wünschte, sie hätte mehr Erfahrung darin, mit einem Mann zu flirten. Sie musste sie beide jetzt erst einmal zurück auf den Boden holen. »Unser kleiner Garten muss gegen die Fülle an exotischen Pflanzen, die Sie während Ihrer Reisen gesehen haben, vollkommen verblassen.«

»Ich kenne nichts Schöneres als einen englischen Garten ... außer natürlich die Frau, die in diesem Garten steht.«

Die Hitze des Verlangens stieg ihr in die Wangen und ließ sie zart erröten. Doch sie war in einer Welt groß geworden, in der jedes Wort, jede Handlung, jede Tat ein Trick war, um etwas zu bekommen, das einem nicht zustand. »Ich fürchte, ich lasse mich durch unaufrichtige Schmeicheleien nicht beeindrucken, Euer Gnaden.«

»Es macht mich traurig, dass Sie es als unaufrichtig empfinden und dass Sie sich Ihrer eigenen Attraktivität und Anziehungskraft nicht bewusst sind. Lassen Sie mich Ihnen versichern, Miss Darling, dass ich Sie für außerordentlich reizend halte.« Er beugte sich verschwörerisch zu ihr herüber. »Ich pflege keine alten Hexen zu küssen.«

Sie verkniff sich ein Lachen, kämpfte dagegen an, sich von seinem Charme verzaubern zu lassen, und wusste, dass sie nur noch mehr errötete.

Als würde ihm plötzlich bewusst werden, wie nahe die Gärtner waren und dass sie sie möglicherweise hören konnten, blickte Greystone sich um und brachte das Gespräch auf ein unverfänglicheres Thema. »Sie haben hier ein ziemlich großes Gelände.«

»Ich brauche viel Platz und habe schon Pläne dafür gemacht«, entgegnete sie. Sie fühlte sich viel wohler dabei, über ihre Arbeit zu reden als über sich selbst. »Wollen wir uns das Grundstück vielleicht einmal zusammen ansehen?«

Sie wollte weg von den Gärtnern, weg von allen möglichen Zuhörern, die vielleicht belauschen könnten, was bestimmt ein sehr intimes Gespräch werden würde. Er bot ihr seinen Arm an. Die Stärke, die sie spürte, als sie sich bei ihm unterhakte und ihre Hand auf seine legte, überraschte sie keinesfalls. Mit seinen starken Armen hatte er sie schon einmal an sich gezogen, und ihr ging durch den Kopf, dass sie sich wünschen würde, er würde es wieder tun.

Als sie langsam losspazierten, sagte sie: »Sie sind körperlich in ziemlich guter Verfassung, Euer Gnaden.«

»Ich bin schon einmal auf einen Berg geklettert, Miss Darling.«

»Wirklich?«

Er grinste. »Zumindest auf einen extrem hohen Hügel.«

»Ich kann mir nicht im Entferntesten ausmalen, was Sie alles gesehen haben müssen.«

»Es war alles sehr bemerkenswert. Andererseits aber nicht so bemerkenswert wie Sie.«

Wieder spürte sie die Hitze, die ihr in die Wangen schoss und in ihren Nacken kroch.

»Sie müssen mir vergeben, Miss Darling, aber es macht mir Spaß, Sie erröten zu lassen. Ich hätte niemals gedacht, dass jemand, der auf der Straße groß geworden ist, so leicht errötet.«

»Es ist schon einige Jahre her, dass ich auf der Straße war, und ich war noch ziemlich jung, als ich das alles hinter mir gelassen habe.«

»Aber Sie werden die Straße niemals ganz vergessen, nicht wahr? Darum geht es hier doch, oder?« Mit einer ausholenden Armbewegung wies er über das riesige Grundstück, das nun ihr gehörte.

Frannie war beeindruckt davon, dass er erkannt und verstanden hatte, wie unglaublich wichtig ihr die Pläne waren. »Sie haben recht. Das Heim für die Jungs ist erst der Anfang.« Sie wies nach Westen. »Dort hinten möchte ich eine Unterkunft für Mädchen errichten lassen. Wenn wir noch mehr Waisenkinder aufnehmen, werden wir auch irgendwann eine Krankenstation und eine Schule bauen. Vorerst werden wir dafür einige der Räumlichkeiten im bestehenden Gebäude nutzen, doch irgendwann wird uns das Haus zu klein werden. Ich wünschte, es wäre nicht so. Ich wünschte, es gäbe keine Waisenkinder. Ich wünschte, es gäbe keine verlorenen Kinder, die auf der Straße leben müssen.«

»Warum haben Sie es sich zur Aufgabe gemacht, sich um diese Kinder zu kümmern?«

Sie war sich nicht sicher, ob er tatsächlich an ihrer Antwort interessiert war oder ob er einfach nur einen Vorwand suchte, um noch länger mit ihr über das Grundstück flanieren zu können. Doch wenn sie etwas gelernt hatte, dann war das, eine Chance zu ergreifen, wenn sie sich ihr bot. Und wenn sie auf diesem Wege vielleicht erreichen konnte, dass ein Duke anfing, die Dinge mit ihren Augen zu sehen, dann wäre das auf jeden Fall ein Schritt in die richtige Richtung. Immerhin würde er eines Tages im House of Lords sitzen – genau wie Luke. Und damit hätten ihre Waisenkinder im Oberhaus wenigstens schon zwei Fürsprecher.

»Ich nehme an, es liegt daran, dass meine zuverlässigsten und besten Freunde Waisenkinder sind. Wenn Feagan nicht gewesen wäre, hätten sie ihr Leben wahrscheinlich ohne Obdach auf der Straße verbracht – und wären mit ziemlicher Sicherheit auch dort gestorben.«

»Dann sind Sie kein Waisenkind?«

Was sollte sie darauf erwidern? War es besser, verlassen worden zu sein oder einen Vater mit einem schlechten Ruf zu haben? Warum war es ihr so wichtig, was er über sie oder über ihre Familie dachte? Vielleicht, weil er seine Vorfahren Generationen weit zurückverfolgen konnte. Er wusste, wer seine Eltern und seine Großeltern gewesen waren. So wie in Lukes Haus Gemälde von seinen Ahnen hingen, war es bei Greystone zu Hause wahrscheinlich auch.

»Ehrlich gesagt weiß ich nicht, ob ich ein Waisenkind bin oder ob ich meinen Eltern gestohlen wurde – das passiert manchmal, wissen Sie? Kidsmen rauben Kinder, weil sie der Meinung sind, sie wären ihnen nützlich und würden dem ruchlosen Zweck dienen, der ihnen vorschwebt. Selbst Feagan, der ein guter Mensch war, weil er uns Essen und ein Dach über dem

Kopf gegeben hat, hat uns behalten, da wir etwas für ihn tun konnten.« Sie blickte Sterling an. »Wenn Sie das Leben auf der Straße nicht kennen, können Sie nicht verstehen, wie viele verlorene Kinder es dort draußen gibt. Selbst einige der Kinder, die keine Waisen sind, haben furchtbare Eltern. Es ist eine Welt voller Dreck und Angst, und die Kinder tun alles, um dem zu entkommen. Sie glauben den Versprechen, die ihnen gegeben werden, die aber niemals gehalten werden. Sie gehen ins Gefängnis. Sie werden in Strafkolonien gebracht. Mit meinen Bemühungen und meinen Unternehmen kann ich helfen, den Weg eines Kindes zu beeinflussen, und ich glaube daran, dass dieses Land dadurch in vielerlei Hinsicht ein besserer Ort werden kann.«

Wie immer verspürte sie so viel Leidenschaft, wenn sie an ihre Vision dachte und darüber sprach, dass sie ganz atemlos war. Sie blieben stehen, und er stellte sich vor sie. Ihr wurde bewusst, dass er das schon vorher getan hatte: dass er sich vor sie gestellt hatte, um ihr tief in die Augen blicken zu können. Ihr gefiel das. Sie interpretierte es als Zeichen, dass er keine Bedenken hatte, einem anderen Menschen offen in die Augen zu sehen, wenn er mit ihm redete.

»Das, was Sie tun und leisten, ist wirklich sehr bewundernswert.«

»Ich tue es nicht, um ein persönliches Lob dafür zu bekommen. Es ist mir völlig egal, ob jemand anders die Anerkennung für meine Arbeit bekommt. Mir liegen nur die Kinder am Herzen.«

»Und ich hatte schon Angst, ich müsste mit einem anderen Mann um Ihre Aufmerksamkeit buhlen. Zum Beispiel Inspektor Swindler.«

»Jim und ich sind nur Freunde.«

»Ich bin mir nicht sicher, ob er das auch so sieht«, bemerkte Sterling.

Natürlich sah Jim das auch so. Oder nicht? Aber ihr Freund Jim war nicht der Grund, warum sie endlich zu der Antwort gekommen war, die der Duke von ihr hören wollte und auf die er schon so lange wartete.

»Meine Antwort lautet Nein ... auf Ihre Frage. Die Frage, ob ich ...«

»Ich weiß genau, um welche Frage es geht, weil es die einzige Frage ist, die ich gestellt habe, und weil Sie die Einzige sind, der ich sie gestellt habe.« Er wirkte nicht wütend, doch sie nahm die tiefe Enttäuschung wahr, die in seiner Stimme mitschwang. »Sie werden mir verzeihen müssen, Miss Darling, aber ich wüsste nicht, wie eine Nacht in meinen Armen Ihnen irgendetwas rauben könnte, was Sie gern erreichen möchten.«

»Ein Straßenmädchen hat keine Bedenken, mit einem Mann zu schlafen. Ich komme zwar von der Straße, doch ich bilde mir ein, dass ich diese Zeiten längst hinter mir gelassen habe.«

Er neigte den Kopf. »Ich habe Sie mit meinem Angebot in Verlegenheit gebracht und gekränkt.«

»Seltsamerweise nicht. Ich fühlte mich sogar geschmeichelt«, gab Frannie zu. »Aber wenn ich mit einem Mann schlafe, dann möchte ich es tun, weil er mehr als nur eine Nacht von mir will.«

»Das lässt sich doch arrangieren.«

Sie konnte nicht erklären, warum er sie so verzauberte oder warum sie diese freche Auseinandersetzung mit ihm so genoss. Selbst Luke, der sie einmal gebeten hatte, seine Frau zu werden, hatte nie erkennen lassen, ob er sie tatsächlich begehrte. Greystone hingegen begehrte sie. Er liebte sie nicht. Mit ziemlicher Sicherheit empfand er keinerlei Zuneigung für sie. Aber er wollte sie. Und gewollt, begehrt zu werden war etwas, das sie so nie zuvor erlebt hatte.

»Sie sind sehr charmant, Euer Gnaden, doch am Ende glaube ich nicht, dass wir zusammenpassen würden.«

»Wenn Claybourne nicht in diesem Augenblick auf uns zukommen würde, dann würde ich bestimmt versuchen, Sie mit einem weiteren Kuss vom Gegenteil zu überzeugen – aber nachdem ich darauf bestanden und ihm gesagt habe, dass er Catherine heiraten müsse, weil ich sie beim Küssen erwischt habe, vermute ich, dass er nicht sehr verständnisvoll reagieren würde, wenn es um meine Lust und Leidenschaft geht, die ich nicht zügeln kann.«

Ob er es nun so beabsichtigt hatte oder nicht, spielte keine Rolle. Er hatte bestätigt, dass eine Hochzeit mit ihr niemals infrage kommen würde. Er wollte ihren Körper, aber nicht ihr Herz. Und auch wenn sie eigentlich gekränkt sein müsste, war sie es doch nicht. Sie war realistisch, keine Träumerin, und sie verstand, dass sie aus vollkommen verschiedenen Welten stammten.

Er hob ihre Hand und hauchte beinahe zärtlich einen Kuss auf ihre Finger. »Falls Sie es sich jemals anders überlegen sollten …«

Seine Stimme erstarb. In seinen Augen, die mit einem Mal fast schwarz wirkten, stand ein einladender Ausdruck. Frannie hatte die Antwort auf die Frage, die sie umgetrieben hatte: Wenn sie Nein sagte, würde er sie noch einmal fragen.

Kapitel 7

Seit Frannie ihn mit ihrer Antwort so enttäuscht hatte, hatte Sterling beschlossen, sein Leben weiterzuleben und sich wichtigeren Dingen zu widmen. Das war der Grund, warum er an diesem Abend auf dem Ball war, auch wenn die Saison sich dem Ende näherte. Er musste sich ein Bild davon machen, was zur Auswahl stand. In einem Punkt musste er der Aristokratie seine Anerkennung zollen: Was den Heiratsmarkt betraf, beherrschten die Adligen ihr Handwerk. Diese kleinen, feinen Abendgesellschaften waren ausschließlich dazu gedacht, die Frauen im heiratsfähigen Alter zu präsentieren.

Wenn er bedachte, was er zu bieten hatte, dann war es vernünftig, seine Ziele nicht zu hoch zu stecken. Auf der anderen Seite sollte diese Frau die Mutter seines Stammhalters werden. Und des zweiten Sohnes. Und um sicherzugehen, würde er vielleicht noch einen Sohn zeugen. Er verachtete seinen Cousin, der alles erben würde, falls Sterling keinen Erben bereitstellte. Also brauchte er eine Frau aus gutem Hause.

Er stand im Schatten einiger Farnbüsche und beobachtete die Paare, die sich auf der Tanzfläche im Takt der Musik bewegten. Wahrscheinlich wäre es ein Fehler, eine Frau zu wählen, die zu häuslich war. Sie wirkten immer so verdammt dankbar, fast unterwürfig. Er brauchte eine Frau, die mit sich zufrieden und im Reinen war, die Selbstbewusstsein hatte, die vielleicht sogar ein bisschen in sich selbst verliebt war. Es war unerlässlich, dass die Frau nicht zu der Sorte gehörte, die Liebe brauchte oder die sich vielleicht sogar in ihn verliebte. Ihn zu lieben war der sichere Weg in den Untergang.

Obwohl er sie nicht sehen konnte, war sich Sterling der Dame bewusst, die sich ihm näherte. Ihr überwältigend herber Duft kündigte sie schon an, bevor sie in seiner Nähe war.

»Euer Gnaden?«

Er wandte sich der Stimme zu und lächelte seine Gastgeberin an. »Lady Chesney.«

Sie schenkte ihm ein strahlendes Lächeln. Sie war genauso rundlich wie ihr Ehemann. Das war keine Überraschung. Denn in ihrem Haushalt arbeitete die beste Köchin ganz Londons. »Es wäre mir eine Ehre, Sie einigen Damen vorzustellen, die dringend einen Tanzpartner gebrauchen könnten.«

»Ich weiß Ihr Angebot zu schätzen, doch meine Füße sind ein bisschen eingerostet. Ich glaube, heute Abend werde ich mich damit begnügen, nur Zuschauer zu sein.«

»Ach, kommen Sie, Euer Gnaden. Ich kann mich daran erinnern, wie flott Sie immer auf der Tanzfläche ausgesehen haben. So etwas verlernt man doch nicht.«

»Lady Chesney, das hier ist mein erster Ball seit meiner Rückkehr nach London. Ich ziehe es vor, mich langsam wieder in das gesellschaftliche Leben einzufinden.«

»Aber es ist doch ein Ball, Euer Gnaden. Lady Charlotte ist eine sehr gute Tänzerin. Ich bin mir sicher, dass Sie sich wohlfühlen werden, wenn Sie sie über die Tanzfläche wirb …«

»Ich möchte nicht tanzen«, presste er zwischen zusammengebissenen Zähnen hervor. Vor allem wollte er es nicht, weil er es inzwischen nicht mehr mit Anmut und Würde tun konnte.

Lady Chesney zuckte zurück und riss die Augen auf. *Verflixt und zugenäht.* Er verbeugte sich leicht. »Entschuldigen Sie bitte, aber ich bin immer noch in Trauer um meinen Vater. Es wäre unangemessen, wenn ich mich in dieser Situation vergnügen und tanzen würde.«

»Selbstverständlich. Es tut mir leid. Das war sehr gedankenlos von mir.«

»Ich bin mir sicher, dass sich einige der anderen Gäste fragen, was ich überhaupt hier mache, da seit Vaters Tod erst ein guter Monat vergangen ist, aber ...«, er blickte sich verschwörerisch um, als wollte er ein Geheimnis mit ihr teilen, und sie beugte sich erwartungsvoll vor, »... ich wünsche mir eine Ehefrau, und ich möchte nicht bis zur nächsten Saison warten, um meine Wahl zu treffen.«

Ihre Augen funkelten vergnügt. »Ach, da müssen Sie sich keine Gedanken machen. Die Gesellschaft vergibt es den Männern eher als den Frauen, wenn sie es mit der Trauerzeit nicht so eng sehen.«

»Ich nehme die Trauerzeit sehr ernst. Aber mein Titel bringt auch gewisse Verpflichtungen mit sich, und ich bin mir sicher, mein Vater hätte sich gewünscht, dass ich diese auch erfülle.«

»Niemand würde es wagen, Ihr Engagement für Ihre Verpflichtungen infrage zu stellen. Ich bin mir sicher, dass Sie keine Schwierigkeiten haben werden, die passende Frau zu finden, sobald bekannt wird, dass Sie eine Heirat ernsthaft ins Auge fassen. Wenn Sie mich jetzt entschuldigen würden? Ich muss mich um meine anderen Gäste kümmern.«

Und sie musste zweifelsohne direkt damit beginnen herumzuerzählen, dass er auf der Suche nach einer Ehefrau war. Gut. Da Catherine die Trauerzeit respektierte und erfüllte, würde sie ihm keine große Hilfe sein. Also würde er sich bei seiner Suche auf die Unterstützung anderer verlassen müssen. Er brauchte sofort eine Ehefrau.

Sein Vater – zur Hölle mit ihm – hatte recht gehabt. Dadurch, dass er sein eigenes Vergnügen, seine Bedürfnisse an erste Stelle gesetzt und die Kontinente bereist hatte, hatte er es sich selbst nicht gerade leichter gemacht. Dennoch bereute er keinen einzigen Moment.

Er wandte seine Aufmerksamkeit wieder der Tanzfläche zu und beschloss, dass er sich auf jeden Fall für eine schöne Frau entscheiden würde. Immerhin würde er mit ihr schlafen müssen. Außerdem sollte seine Zukünftige selbstbewusst sein. Sie würde für die Zukunft viel Kraft brauchen. Sie sollte egozentrisch sein. Ja. Er brauchte eine Frau, die ihn zur Hölle wünschen würde, sobald die Wahrheit ans Licht kam, und die dann ihr Leben weiterleben würde.

Doch er würde keine Schuldgefühle haben, allerdings dafür sorgen, dass sie in London leben konnte, während er sich aufs Land zurückziehen würde. Sein Vater und er hatten auch über diesen Punkt gestritten. »Dein Platz ist dann im House of Lords.«

Sein Platz war in der Hölle.

Er erblickte Lord Canton und Lord Milner, die in seine Richtung schlenderten. Er nickte den Herren knapp zu. Er mochte die beiden sehr gern, war mit ihnen zur Schule gegangen und spielte im *Dodger's* oft mit ihnen Karten.

»Greystone, alter Junge«, grüßte Canton ihn gedehnt. »Du bist also, wie mir zu Ohren gekommen ist, tatsächlich auf der Suche nach einer Ehefrau?«

Lady Chesney hatte wahrlich nicht lange gebraucht, um diese Information weiterzugeben.

»Damit wirst du den Müttern einen Grund geben, das Gleiche auch vom Rest von uns zu erwarten. Du solltest nicht über so etwas sprechen, Mann«, sagte Milner.

»Die Saison ist fast vorbei. Ich habe nicht mehr viel Zeit. Ich dachte, wenn ich unumwunden sage, was ich will, beschleunigt das die Angelegenheit vielleicht ein bisschen.«

»Aber, Greystone, du bist doch erst achtundzwanzig, mein Gott. Viel zu jung, um jede Nacht neben derselben Frau im Bett zu liegen«, erklärte Canton.

»Wenn ich während meiner Reisen etwas gelernt habe, meine Herren, dann, wie unsicher das Leben ist. Ich habe nicht vor, den Titel des Dukes und alles, was damit zusammenhängt, an meinen verdammten Cousin zu vererben.«

»Das kann man dir kaum verübeln«, murmelte Canton. »Wilson Mabry ist ein echter Prolet.«

»Diese Äußerung ist noch viel zu harmlos und freundlich für ihn.« Wilson Mabry war genau genommen die Verkörperung der sieben Todsünden.

Die beiden Herren, die zu ihm getreten waren, wandten ihre Aufmerksamkeit der Tanzfläche zu.

»Meine Schwester ist noch nicht in festen Händen«, sagte Canton leise. »Ich bin mir sicher, dass mein Vater nichts dagegen hätte, wenn du ihr einen Heiratsantrag machen würdest.«

»Ich mag deine Schwester, Canton. Deshalb kommt sie für mich auch nicht infrage.«

Canton wandte abrupt den Kopf und warf Sterling einen seltsamen, fragenden Blick zu. Sterling zuckte die Achseln. »Ich kenne mich selbst besser als jeder andere Mensch, und ich weiß genau, dass ich einen schlechten Ehemann abgeben werde. Ich vermute, deine Schwester wird sich in ihrer Ehe zumindest ein wenig Zuneigung wünschen – wenn nicht sogar Liebe. Diesen Gefallen kann ich ihr nicht erweisen. Ich bin auf der Suche nach einer Ehefrau, die damit zufrieden ist, klaglos ihre Pflichten zu erfüllen, und die nicht mehr von mir verlangt, als ich geben kann.«

»Lady Annabelle Lawrence wäre dann möglicherweise die

Richtige für dich«, schlug Milner vor. »Soweit ich gehört habe, hat sie keinen Funken Liebe in sich.« Er erschauderte sichtlich. »Sie soll kalt wie Eis sein. Und sie wünscht sich einen Ehegatten, der sich nicht in ihr Leben einmischt.«

»Welche der Damen ist es?«

»Dort«, sagte Milner und wies mit einem Kopfnicken Richtung Tanzfläche. »Sie tanzt gerade mit Deerfield.«

Sterling erblickte das Paar sofort. Lady Annabelle verströmte eine gewisse Anspruchshaltung und die Gewissheit, privilegiert und elitär zu sein. Das würde ihm vielleicht zugutekommen, sobald seine Erben geboren wären, doch bis es so weit wäre, würde sein Leben wahrscheinlich furchtbar sein. Sie war sicherlich hübsch mit ihren schwarzen Haaren ...

Plötzlich blitzte etwas Rotes vor ihm auf. Augenblicklich war die attraktive Annabelle vergessen, und Sterling sah sich suchend in der Menge um ...

Er schalt sich innerlich. *Sie* würde ganz gewiss nicht hier sein. Frannie Darling bewegte sich nicht in seinen Kreisen – obwohl er beizeiten gern einen Ausflug in ihre Kreise unternahm.

»Soll ich euch einander vorstellen?«, erkundigte Canton sich.

»Im Moment nicht, danke. Ich gehe kurz nach draußen, um etwas frische Luft zu schnappen.«

Sobald er auf die Terrasse hinausgetreten war, ging ihm auf, wie dumm diese Idee gewesen war. In der Dunkelheit fiel es ihm noch schwerer als bei Tageslicht, Dinge klar zu erkennen. Vorsichtig bewegte er sich vorwärts und kam an den Rand der Terrasse. Er legte die Hände auf die Brüstung und atmete tief durch.

Rotes Haar. Es war nicht einmal so feuerrot gewesen wie ihres. Keine Frau hatte so feuerrotes Haar wie Frannie Darling.

Er hätte jede Frau in London haben können, und dennoch war sie die einzige, die er wollte. Sie verfolgte ihn nicht nur in seinen Träumen, sondern auch in jedem wachen Moment des Tages.

Heute Abend war er hierhergekommen, um sich von dem drängenden Verlangen abzulenken, sie wiedersehen zu müssen. Aber nachdem er diesen Blick auf rote Haare erhascht hatte, hatte er wieder nur sie im Kopf. Wenn er an Miss Darling dachte, beschäftigte ihn nicht so sehr der Gedanke an das Vergnügen, das *sie ihm* bereiten könnte, sondern vielmehr an das, was *er ihr* geben könnte. Er dachte darüber nach, wie er seine Hände und seinen Mund einsetzen könnte, um ihre Leidenschaft zu entfesseln, wie er das Verlangen in ihr entfachen könnte oder wie ihre Stimme klingen mochte, wenn sie seinen Namen schrie.

Das hier war Wahnsinn. Wenn er sie doch nur noch ein einziges Mal wiedersehen könnte, sie noch ein einziges Mal küssen könnte, dann könnte er vielleicht mit seinem Leben weitermachen.

»Hier! Hier is er!«

Frannie lief schneller und versuchte, mit dem Jungen Schritt zu halten, der auf der Straße ihre Hand ergriffen und sie in die schmale Gasse gezogen hatte. Sie war mit ihrer nächtlichen Runde durch die Elendsviertel, bei der sie nach Kindern suchte, die ihre Hilfe brauchten, beinahe fertig gewesen, als der Bursche auf sie zugekommen war.

»Bist du der rote Engel, der Jungs an 'nen besseren Ort bringt?«, hatte er sie gefragt. Ohne Zweifel hatte er sich auf die Farbe ihrer Haare bezogen. Sie trug das Haar offen, wenn sie in diese Gegend Londons kam, weil sie wusste, dass es sie von anderen unterschied.

Zufrieden hatte sie festgestellt, dass sie sich mittlerweile schon einen gewissen Ruf als Retterin der Kinder erarbeitet hatte. Bisher war es ihr erst gelungen, acht Kinder bei sich aufzunehmen, doch es sprach sich offensichtlich herum, dass sie den Kleinen einen sicheren Zufluchtsort bieten konnte. »Das bin ich. Willst du mit zu uns kommen?«

»Nee, aber Mick … Ich glaub, er stirbt.«

Als Frannie sich nun neben das Kind kniete, das zusammengerollt auf der Seite lag, fürchtete sie, dass sein Freund recht haben könnte. Der Kleine war zusammengeschlagen worden, hatte Fieber und zitterte am ganzen Leib.

»Kannst du ihm helfen?«, fragte sein Freund.

»Ja.« Oder zumindest konnte William Graves es. Wie würden die Armen und Bedürftigen sich fühlen, wenn sie wüssten, dass der Mann, der sich um ihre Krankheiten und Verletzungen kümmerte, auch der Leibarzt der Queen war? Frannie drehte sich um und packte den älteren Jungen am Arm. »Aber ich werde ihm nur helfen, wenn du auch mit zu uns kommst.«

»Geht nich. Sykes wird mich umbringen.«

Es erstaunte sie nicht, dass Sykes sein Kidsman war. Beide Burschen entsprachen Sykes' Anforderungen: Sie waren klein und zäh. Außerdem erkannte sie an dem verletzten Jungen seine Handschrift. »Was hat dein Freund falsch gemacht?«, wollte sie wissen.

Der Bursche verlagerte unbehaglich das Gewicht von einem Bein auf das andere. »Hat nich genug Taschentücher geklaut.«

Taschentücher. Der Junge hatte die tägliche Quote nicht erfüllt. Sykes hatte ihm wahrscheinlich vorgeworfen, faul zu sein, und beschlossen, dass es eine gute Motivation für die anderen Burschen wäre, den Kleinen fast totzuschlagen. Das Leben eines Kindes hatte für Sykes keinen Wert. Sie vermutete, dass ihm das Leben aller anderen egal war – bis auf sein eigenes.

»Ich werde nicht zulassen, dass Sykes dir etwas antut. Ich schwöre es.«

Der Junge schüttelte den Kopf und wand sich aus ihrem Griff. Er rannte in die Dunkelheit, noch ehe sie etwas unternehmen konnte. Mit äußerster Behutsamkeit hob sie den verletzten Jungen hoch. Mit Bills Hilfe würde sie ihn retten.

Dann würde sie in die Elendsviertel zurückkehren, um weitere Jungs zu suchen und ins Waisenhaus zu bringen – besonders die Burschen, die für Sykes arbeiteten. Wenn sie schon nichts gegen seine Brutalität unternehmen konnte, so konnte sie doch zumindest versuchen, so viele Jungs wie möglich aus seinen Fängen zu befreien.

In der Woche nach dem Ball hatte Sterling in der Hoffnung, vielleicht einen Blick auf Miss Darling erhaschen zu können, außergewöhnlich viel Zeit an den Spieltischen des Herrenclubs verbracht und einen unverschämt hohen Geldbetrag verloren. Leider hatte er weder Glück dabei gehabt, sie zu erblicken, noch dabei, seine Einsätze wieder zurückzugewinnen.

Der heutige Abend bildete keine Ausnahme. Sterling hatte die Summe, für die er Jetons gekauft hatte, anschreiben lassen. In der Hinsicht war das *Dodger's* sehr anständig. Am Ende des Monats wurde eine Abschlussrechnung über die Schuldensumme verschickt. Wenn man bedachte, welchen Ruf Jack Dodger hatte, weigerte sich ohne Zweifel niemals irgendjemand, sein Konto auszugleichen. Doch wenn er es jetzt tun würde, würde Miss Darling dann versuchen, die Schulden einzutreiben? Als Buchhalterin würde sie ja vielleicht sogar persönlich vorbeikommen. Es würde ihm die Gelegenheit geben, sie wiederzusehen – eine Chance, die ihm das Herumsitzen und Auf-die-Karten-Starren nicht bot. Er war mit seinen Gedanken überhaupt nicht bei der Sache, was sein schwindender Vorrat an Jetons eindrucksvoll bewies.

Da sein Sehvermögen eingeschränkt war, wäre es durchaus möglich, dass sie direkt an ihm vorbeiging und dass er es erst viel zu spät bemerkte. Schon häufig hatte er mit dem Gedanken gespielt, in die Büros vorzudringen, aber er hatte Dodger oft mit einem Schlüssel gesehen, weshalb er wusste, dass die Tür, die zu den Büros führte, immer zugesperrt war. Das Apartment, in dem sie wohnte, war über eine Außentreppe zu erreichen, wie er herausgefunden hatte, und er hatte darüber nachgedacht, auf der Straße auf sie zu warten. Doch sie hatte ihm ihre Antwort bereits gegeben. Er sollte diese Antwort einfach respektieren und sich um seine Angelegenheiten kümmern.

Aber die Leidenschaft, mit der sie über die Waisenkinder gesprochen hatte, ließ ihn nicht los. Gab es in seinem Leben auch irgendetwas, für das er so brannte? Sein Titel lag ihm zum Beispiel am Herzen. Die Anwesen waren eine Quelle des Stolzes. Doch nichts verzehrte ihn so, wie Frannie Darling von dem Wunsch verzehrt wurde, Waisenkindern zu helfen.

Sterling war es gewohnt, dass Damen sich über leichte, oberflächliche Themen unterhielten wie bestimmte Schneidermeister oder Hüte. Miss Darling hatte wahrscheinlich gar keine Zeit für solch ein inhaltsleeres Gerede. Alles, was ihr am Herzen lag, erfüllte sie mit Leidenschaft und bedeutete ihr viel.

Er wollte ebenfalls wichtig für sie sein.

Er hatte seine Diener jeden Tag zu ihr geschickt, damit sie ihr dabei halfen, die Möbel nach ihren Wünschen in den Räumlichkeiten zu verteilen. Irgendwann hatten seine Angestellten ihm berichtet, dass die Arbeiten abgeschlossen wären. Miss Darling hatte ihm kurz darauf eine höfliche Nachricht zukommen lassen, in der sie ihm dafür gedankt hatte, ihr solche ausgezeichneten Arbeitskräfte zur Verfügung gestellt zu haben.

Er hatte ihr fünfhundert Pfund geschickt. Sie hatte ihm geschrieben und versprochen, es für einen guten Zweck zu verwenden.

Jeder ihrer Briefe war kurz, bündig, sachlich gewesen und hatte gezeigt, dass sie ihr Leben weiterlebte – und genau das sollte er auch tun.

Wieder beschlich ihn dieses unbehagliche Gefühl, das er schon mehr als einmal hier in den Räumlichkeiten des Clubs verspürt hatte. Er blickte in seine Karten und sagte: »Gibt es hier eigentlich versteckte Gucklöcher?«

»Grundgütiger«, murmelte der Earl of Chesney und betrachtete stirnrunzelnd sein Blatt. »Die gibt es hier wohl überall.«

»Kann man von ihnen aus auch diesen Bereich überblicken?«

»Hm. Von den verhängten Balkonen aus hat man einen guten Blick auf die Spieltische. Ich habe gehört, dass sie nur von den hinteren Räumen aus zu erreichen sind, zu denen nur Dodger Zutritt hat.«

Und seine Buchhalterin.

Sterling hob den Blick zu einem der im Dunkeln liegenden Balkone in der hintersten Ecke des Raumes. Wieso war ihm das bisher nicht aufgefallen? Es war viel zu weit entfernt und zu dunkel, um es wirklich erkennen zu können, doch irgendwie wusste er es …

Frannie zog sich blitzschnell von dem kleinen Spalt zwischen den Vorhängen zurück, durch den sie geblickt hatte. *Verflixt und zugenäht.* Sie war sich ziemlich sicher, dass er sie dabei ertappt hatte, wie sie ihn beobachtet hatte, denn sie hatte seinen Blick gespürt, als hätte Greystone neben ihr auf dem Balkon gestanden und mit seinen Fingerspitzen über ihren Hals gestrichen.

Heute Abend sah er in seinem dunkelgrünen Jackett, der schwarzen Weste und der hellgrauen Hose besonders schick aus. Hatte er den Abend mit einer Frau verbracht, ehe er hierhergekommen war? Der Gedanke, dass er Zeit mit einer anderen Frau als ihr verbrachte, behagte ihr nicht. Eigentlich stand ihr das nicht zu. Er war ein Duke. Irgendwann würde er jemand anders heiraten als sie. Er wünschte sich nur eine einzige Nacht mit ihr. Zweifelsohne würde es eine Nacht der charmanten Worte, sinnlichen Berührungen und glühenden Küsse werden. Es würde eine Nacht werden, nach der sie sich wahrscheinlich nach mehr sehnen würde. Wäre es besser, diese eine Nacht zu erleben und sich den Rest des Lebens zu wünschen, es noch einmal haben zu können? Oder wäre es besser, sich immer zu fragen, wie diese Nacht wohl geworden wäre?

Sie hatte so viele von Feagans Burschen kennengelernt, aber keiner hatte in ihr je dieses Verlangen geweckt, das dieser Mann in ihr entfachte. Sie hatte geglaubt, dass sie einfach fortgehen und nie wieder an Greystone denken würde, wenn sie ihm erst ihre Antwort gegeben hätte. Stattdessen ertappte sie sich immer wieder dabei, sich zu fragen, ob sie einen Fehler gemacht hatte.

Und wenn es ein Fehler gewesen war, würde sie dann den Mut finden, das nicht nur vor sich selbst, sondern auch vor ihm einzugestehen?

In dem Pub war es laut. Doch Feagan, der in der Ecke saß und an seinem Gin nippte, genoss das lärmende, übermütige Treiben. Seit die Kinder ihn verlassen hatten, war es still geworden in seiner Unterkunft, und er fühlte sich einsam. Dennoch hatte er nicht vor, die Kinder zu ersetzen. Es bedeutete zu viel Arbeit, ihnen beizubringen, gute Taschendiebe zu werden. Es gelang ihm auch allein ganz gut, sich zu beschaffen, was er zum Leben brauchte. Und er brauchte nicht viel: ein bisschen Gin – oder Rum, wenn ihm das Schicksal wohlgesinnt war –, ein wenig guten Tabak für seine Pfeife, genügend Kleider, um seine schmerzenden Knochen vor der Kälte zu schützen, ab und zu einen warmen Eintopf und ein Dach über dem Kopf, um nicht nass zu werden. Ja, er hielt sich tatsächlich für einen glücklichen Menschen.

Ein riesiger Schatten schob sich vor ihn und versperrte ihm die Sicht auf das bunte Treiben. Er hob den Blick. Das Einzige, was Feagan fürchtete, stand vor ihm. »Mr Sykes! Wie komm ich denn zu der Ehre?«

Sykes zog sich einen Stuhl heran, ließ sich darauffallen und beugte sich vor. »Du musst mal 'n Wörtchen mit deinem Mädchen reden. Die Kleine mischt sich in meine Geschäfte.«

»Frannie?«

»Ganz genau. Sie kommt ins Viertel und nimmt meine Burschen mit. Du weißt ja selbst, wie viel Arbeit es macht, einen von denen auszubilden.«

Feagan nahm einen Schluck von seinem Gin. Seine Frannie hatte schon immer ein gutes Herz gehabt. Er vermutete, dass sie der Grund gewesen war, warum die meisten seiner Jungs bei ihm geblieben waren und warum so viele verschwunden waren, nachdem sie gegangen war.

»Ich weiß nich, wie ich dir da helfen kann. Ich seh sie selbst kaum noch, seit sie mit diesem verfluchten Lord abgehauen ist.«

Sykes schnaubte verächtlich. »Du weißt alles über jeden. Du weißt, wo sie is oder wie du sie erreichen kannst. Sag ihr, dass sie meine Jungs in Ruhe lassen soll. Sie kann so viele Blagen mitnehmen, wie sie will – aber nich meine.«

Feagan fuhr sich mit seiner rauen Hand über die rissigen Lippen. »Ich sag's ihr.«

»Mach das. Ich möchte nich, dass ihr was Unerfreuliches passiert.«

Bevor Feagan eine eigene düstere Drohung ausstoßen konnte, war der Mann verschwunden. Feagan starrte in sein Glas. »Ach, Frannie, Frannie, Frannie. In welche Schwierigkeiten hast du dich jetzt schon wieder gebracht?«

Frannie zog die Kapuze ihres Umhangs über den Kopf und ging durch die Straßen ihrer Kindheit und Jugend. Es war früh genug, dass Feierwütige durch die Gegend streiften, und spät genug, dass Herumtreiber und Prostituierte allmählich anfingen, hervorzukommen und sich umzusehen. Sie fragte sich, was Greystone von ihr denken würde, wenn sie ihn hierherbringen und ihm zeigen würde, woher genau sie kam.

»Wie wär's mit 'ner schnellen Nummer in der Gasse?«, fragte ein Mann sie und stellte sich ihr in den Weg.

»Nein danke.« Unwillkürlich legte sie die Hand auf ihren versteckten Dolch, um sich sicherer zu fühlen, und drängte sich an dem Mann vorbei.

»Sie sind nicht von hier«, sagte er und schnitt ihr wieder den Weg ab.

»Doch, das bin ich.«

»Sie klingen aber wie 'ne Lady von Format.«

»Ich treffe mich hier gleich mit einem ziemlich großen Mann mit riesigen Pranken, die sehr gut darin sind, Dinge zu zerquetschen – so wie Ihren Hals. Also sollten Sie mich lieber gehen lassen.«

»Hab ihn gar nich gesehen, aber es wär mir 'ne Ehre ...«

»Ach, da ist er ja. Entschuldigen Sie mich bitte.« Sie eilte weiter, doch der Kerl folgte ihr nicht, obwohl klar war, dass kein großer Mann auf sie wartete. Der größte Mann, den sie kannte, war Bob Sykes, und sie verspürte ganz bestimmt nicht das Verlangen, ihm über den Weg zu laufen.

Sie schlängelte sich durch die Menschenmenge, die die Straße bevölkerte, und blieb wachsam. Sie achtete auf flinke Finger. Weil sie wusste, wie es hier zuging, trug sie nie etwas Wertvolles bei sich, wenn sie in diese Gegend von London wollte.

Plötzlich spürte sie eine knochige und doch erstaunlich starke Hand, die sie ergriff und in die nächste Seitengasse zog. Sie hatte ihren Dolch schon fast aus der Scheide gezogen, als sie erkannte, wer sie da gepackt hatte. »Feagan.«

»Hallo, Frannie, Darling.«

»Du hast mich erschreckt. Was machst du hier?«

»Ich hab was für dich.« Er zog einen kleinen spindeldürren Jungen hinter sich hervor. »Master Charley Byerly.«

Seit Jahren hatte Frannie den alten Feagan nicht gesehen. Seit siebzehn Jahren, um genau zu sein. Sein Haar war nicht mehr so feuerrot wie ihres. Sein Gesicht war faltiger geworden. Irgendwie hatte sie erwartet, dass er immer derselbe bleiben und sich nicht verändern würde. Sie blickte zwischen Feagan und dem Kind hin und her. Es missfiel ihr, dass sie Feagan nicht vertraute. Sein Äußeres hatte sich vielleicht verändert, doch sie war sich ziemlich sicher, dass sein Charakter wie in Stein gemeißelt war und sich niemals ändern würde. »Woher wusstest du, dass ich auf der Suche nach Waisenjungen bin?«

»Hab's gehört.«

Frannie ging vor dem Kleinen in die Knie. »Hallo, Charley. Ich bin Frannie. Ich werde dir ein Zuhause geben.«

»Brauche kein Zuhause.«

Feagan schlug dem Jungen auf den Hinterkopf. »Was hab ich dir gesagt, Junge? Benimm dich.«

Der Bursche warf Feagan einen störrischen Blick zu.

»Hast du eine Mutter oder einen Vater?«, fragte sie.

»Hätt dir den Kleinen nich gebracht, wenn's so wär«, knurrte Feagan.

»Charley?«, hakte Frannie nach.

»Hab niemanden. Brauche auch niemanden.«

Frannie ergriff die Hand des Jungen. Sie wollte nicht länger in dieser Gegend bleiben als unbedingt nötig. »Was schulde ich dir, Feagan?«

»Ach, Frannie, Darling, warum willst du unser Wiedersehen mit so was verderben? Wie kommst du drauf, dass ich was dafür haben will?«

»Weil du immer eine Gegenleistung erwartest. Du bist nicht von Natur aus wohltätig.«

»Verdammt, du bist echt 'n hartes Mädel geworden.«

Sie griff in eine versteckte Tasche. »Ich habe nur eine Krone.«

»Äh, das reicht. Danke vielmals.«

Sie ließ die Münze in seine ausgestreckte Hand fallen.

»Denk gut darüber nach, wofür du es ausgibst, Feagan«, mahnte sie.

»Wie immer.«

Als sie sich zum Gehen wandte, packte er sie am Arm und

flüsterte: »Sykes war bei mir. Du musst seine Burschen in Ruhe lassen.«

»Ich nehme die Jungs mit, die Hilfe brauchen. Ich frage nicht nach, für wen sie vielleicht arbeiten.«

»Frannie, Darling, es wär dumm, wenn du dich mit Sykes anlegst. Er is im Laufe der Jahre nur noch grausamer geworden. Lass seine Burschen in Ruhe.«

Selbst in der Dunkelheit der Seitengasse konnte sie die Besorgnis in den Augen erkennen, die genauso grün waren wie ihre. Sie beugte sich vor und gab ihm einen Kuss auf die Stirn. »Ich werde ihn nicht absichtlich provozieren.«

Er warf ihr ein schiefes Lächeln zu. »Gutes Mädchen.«

Doch als sie mit Charley Byerly an der Hand davonging, schwor sie sich selbst, dass sie einen Jungen niemals einfach stehen lassen würde, nur weil er das Pech hatte, mit Sykes in Verbindung zu stehen.

Kapitel 8

Sterling hatte fälschlicherweise geglaubt, dass es auf der Weltausstellung nicht so voll werden würde. Immerhin war der letzte Ball der Saison vorbei, und viele der Adligen waren schon aufs Land geflüchtet. Während des Sommers hatte er viel über die erstaunliche Zahl von Menschen gehört, die die wundersame Ausstellung bereits besucht hatten. Doch wegen seiner schwindenden Sehkraft fühlte er sich in großen Menschenmengen nicht wohl. Also hatte er gewartet, bis er irgendwann der Meinung gewesen war, dass ihn eine gefälligere Umgebung und nicht so viele andere Besucher erwarten würden. Leider hatte er die Lage völlig falsch eingeschätzt.

Aber er war ein sehr sturer Mann, und nachdem er nun angekommen war und die Menschenmassen sah, die darauf warteten, in den Kristallpalast gehen zu können, wollte er seinen Fahrer nicht bitten, ihn umgehend wieder nach Hause zu bringen. Es war eine Sache, dem Feind erst gar nicht entgegenzutreten, doch eine ganz andere, zurückzuweichen, sobald es zu einer Konfrontation gekommen war. Sein Sehvermögen war noch nicht so schlecht, dass er in dieser Situation einfach aufgeben, auf dem Absatz kehrtmachen und davonrennen würde.

Und deshalb stellte er sich der Menschenmenge. Bisher ging es erstaunlich gut. Langsam schlenderte er durch die Gänge, die glücklicherweise sehr breit waren. Wenn er einmal versehentlich mit jemandem zusammenstieß, entschuldigte er sich mit der Ausrede, ein wenig zu vertieft in die Wunderwerke gewesen zu sein, die es hier zu sehen gab.

Selbst er, der schon den Taj Mahal gesehen hatte, war fasziniert von der riesigen Glas- und Metallkonstruktion, in der Ausstellungsstücke gezeigt wurden, die Kulturen der ganzen Welt repräsentierten. Für ihn war der Kristallpalast selbst viel großartiger als alles, was in ihm zu sehen war. Es waren britische Genialität und Raffinesse in Reinkultur.

Während Sterling sich umsah und versuchte zu entscheiden, in welche Richtung er gehen sollte, schoss ihm durch den Kopf, dass es einfach eine absolut fabelhafte Zeit war, um zu leben. In diesem mächtigen Gebäude konnte selbst der Bürgerliche einen Blick auf die Welt jenseits der eigenen Landesgrenzen erhaschen. Als er entspannt weiterging, genoss er es fast genauso, das Erstaunen der Menschen zu beobachten wie die zahllosen Ausstellungsstücke zu bewundern.

Er spürte eine Berührung an seinem Jackett, fragte sich, wen er da angerempelt hatte, und drehte sich um. In seiner direkten Nähe war niemand, in den er hätte gelaufen sein können. Er entdeckte jedoch einen kleinen Bengel, der davonrannte. Mit einer bösen Vorahnung griff er blitzschnell in seine Rocktasche und bemerkte, dass sie leer war. »Hey, du da! Dieb! Bleib stehen!«

Doch der Junge rannte weiter. Sterling stürmte hinter ihm her. Der Knirps hatte eigentlich nur ein Taschentuch entwendet. Es war nicht so, als besäße Sterling nur ein einziges Taschentuch – ihm ging es hier ums Prinzip. »Haltet ihn! Du da! Haltet den Dieb!«

Die meisten Leute blickten sich verwirrt um. Diejenigen, die den Jungen rennen sahen und nach ihm greifen wollten, griffen ins Leere, weil der Kleine den Händen geschickt auswich.

Gut, er war schnell und wendig, der kleine Lümmel. Wie ein Äffchen. Wenn Sterling nicht, oft mit einem schweren Gewehr über der Schulter oder mit dem lebenswichtigen Gepäck auf dem Rücken, Kontinente erkundet hätte, wäre er vielleicht außer Atem gekommen, als er nun dem kleinen Dieb hinterherrannte. Leider konnte der Junge das tun, was Sterling nicht mehr konnte – er konnte haarscharf an den Leuten vorbeihuschen, während Sterling oft die Nähe der Menschen falsch einschätzte und sie entweder anrempelte oder ein erschrockenes Keuchen hörte, weil er ihnen zu nahe gekommen war und sie einen Satz zurückmachen mussten. Tief in seinem Inneren ahnte er, dass die wilde Verfolgungsjagd vermutlich sinnlos war, doch er war entschlossen, den gewandten kleinen Dieb nicht einfach so davonkommen zu lassen. Dem Jungen musste jemand eine Lehre erteilen.

Bemerkenswerterweise gelang es Sterling irgendwie, Boden gutzumachen und den Burschen einzuholen, als er gerade scharf um einen dunklen Rock bog. Angespornt durch seine Wut streckte Sterling den Arm aus, packte den Jungen am Kragen seiner Jacke und zog ihn zu sich heran.

»Lassen Sie mich los! Lassen Sie mich los!«

»Du kleiner Dieb. Ich werde dich ins Gefängnis stecken lassen.« Sterling drehte sich um – und blickte in die atemberaubenden grünen Augen, die ihn ständig in seinen Träumen verfolgten.

»Euer Gnaden«, sagte Miss Darling und lächelte warmherzig. Sie war über diese Begegnung offensichtlich genauso erfreut wie er.

»Miss Darling.« Der Junge, den Sterling noch immer am Kragen gepackt hatte, wand sich. Trotz aller Anstrengung gelang es dem Kleinen jedoch nicht, sich zu drehen, um dem Mann, der ihn da am Schlafittchen hatte, ernsthaften Schaden zuzufügen. Sterling war versucht, den kleinen Teufel einfach loszulassen, damit er Miss Darlings Hand nehmen, einen Kuss daraufhauchen und die Dame wie ein echter Gentleman begrüßen konnte. Wie überaus ironisch, dass er so viele Abende im *Dodger's* verbracht hatte, um vielleicht einen Blick auf sie zu erhaschen, und ihr nun ausgerechnet hier über den Weg lief.

»Was hat Charley denn diesmal gemacht?«, wollte Miss Darling wissen.

Sterling sah den Jungen an, blickte sich dann aufmerksam um und bemerkte, dass sich noch drei weitere Jungs, die genauso schmächtig waren wie der kleine Dieb, den er gepackt hatte, an Miss Darlings Röcke drängten. »Er gehört zu Ihnen?«

Sie nickte. In ihrem Gesichtsausdruck waren Enttäuschung und vielleicht ein bisschen Verlegenheit zu erkennen. »Was hast du angestellt, Charley Byerly?«

»Nix.«

Aber er hörte auf, sich zu wehren, und ließ den Kopf hängen, als wären mit einem Schlag alle Kraft und sein Widerstand aus ihm gewichen.

»Was hast du angestellt, Charley?«, wiederholte Miss Darling. »Wenn der verehrte Duke es mir erzählen muss, dann wirst du den Rest des Tages mit Mr Donner in der Kutsche verbringen.«

»Nee! Verdammt. Nich mit dem.«

»Charley.«

Ihre Stimme klang so streng, so enttäuscht, dass Sterling kurz davorstand, selbst irgendetwas zuzugeben, nur um sie wieder lächeln zu sehen.

»Hab 'n Taschentuch geklaut«, grummelte Charley.

Wortlos streckte sie die Hand aus.

»Ist hier alles in Ordnung?«, erklang in diesem Moment eine tiefe Stimme.

Sterling drehte schnell den Kopf und erblickte einen Polizisten. Da sich so viele Menschen durch die Gänge schoben, hatte er die Schritte einfach überhört. Wo war dieser Polizist vor ein paar Minuten gewesen, als er ihn gebraucht hätte? Gut, der Mann könnte ihm den kleinen Störenfried auch jetzt noch abnehmen, ihn ins Gefängnis stecken und dafür Sorge tragen, dass der Junge für seinen Gesetzesverstoß bestraft werden würde.

»Ja, Herr Wachtmeister, es ist alles in Ordnung«, hörte Sterling sich plötzlich aufgeräumt sagen. »Einer der Burschen war in Anbetracht der wertvollen Ausstellungsstücke, die hier herumstehen, nur ein bisschen wilder, als er hätte sein sollen. Aber ich habe alles im Griff.«

Das war nicht das gewesen, was er eigentlich hatte sagen wollen, doch er hatte in der letzten Sekunde beschlossen, dass es die einzig richtigen Worte waren, um bei Miss Darling nicht in Ungnade zu fallen. Und bei dieser Frau in Ungnade zu fallen war das Letzte, was er wollte.

»Na schön, dann ist ja alles gut.« Der Polizist nickte ihm noch einmal ernst zu und ging dann weiter.

Sterling wandte seine Aufmerksamkeit wieder Miss Darling zu. Dankbarkeit stand in ihren Augen. Doch er wollte keine Dankbarkeit. Er wollte in ihrem Blick Leidenschaft, Feuer, Verlangen sehen.

»Ihr Arm wird bestimmt allmählich lahm. Ich bin mir sicher, dass Sie den Jungen jetzt loslassen können«, sagte sie.

»Ich bin stärker, als ich aussehe, Miss Darling.«

»Und schnell«, murrte Charley.

»Rennt er nicht davon, wenn ich ihn jetzt loslasse?«, fragte Sterling.

»Nein. Du wirst doch nicht davonlaufen, oder, Charley? Wenn du es tun würdest, wäre ich wirklich sehr enttäuscht von dir.«

Charley schüttelte den Kopf. Zu Sterlings grenzenloser Überraschung lief er nicht sofort weg, als seine Füße den Boden berührten. Miss Darling streckte wieder die Hand aus. »Gib es her, Charley.«

Der Junge zog aus seiner Hosentasche das ehemals frisch gebügelte Taschentuch hervor, das inzwischen vollkommen zerknittert und zusammengeknüllt war. Sterling hoffte nur, dass er nicht in die Verlegenheit geraten würde, ein Taschentuch zu benötigen, ehe er wieder zu Hause war.

Miss Darling schien zu bemerken, dass er angesichts des Zustands des Taschentuchs nicht gerade begeistert war. »Ich werde es waschen und bügeln, bevor ich es Ihnen zurückgebe.«

»Das wäre mir angenehm.« Er betrachtete die Jungs, die sich an ihre Röcke drängten. Es waren ein flachsblonder Junge, zwei Burschen mit kohlrabenschwarzem Haar und der braunhaarige Lümmel, der ihm das Taschentuch entwendet hatte. »Dann gehören die Kinder also zu Ihnen?«

»Ja, sie kommen aus meinem Waisenhaus. Ich komme, wenn ich Zeit habe, immer mal wieder mit ein paar der Jungs hierher, in der Hoffnung, ihnen allen die Chance zu geben, wenigstens einen Teil der Ausstellung zu sehen. Wir wollten gerade zu Mittag essen, als wir Charley verloren haben. Ich bin Ihnen sehr dankbar, dass Sie ihn zu mir zurückgebracht haben.« Sie blickte sich so verstohlen um, als wollte sie ihn bitten, den Koh-i-Noor-Diamanten zu stehlen, der ebenfalls ausgestellt war. »Wir wollen ein kleines Picknick machen. Ich denke, ich schulde Ihnen etwas, weil Sie so viel Ärger mit Charley hatten. Würden Sie vielleicht gern mit uns essen?«

Er deutete eine kleine Verbeugung an. »Miss Darling, es wäre mir ein Vergnügen.«

Als Frannie auf der Decke saß, die sie auf dem Gras ausgebreitet hatte, konnte sie kaum glauben, dass Greystone ihre Einladung angenommen hatte und nun auf den Ellbogen gestützt neben ihr lag. Er hatte die Knöpfe seines beigefarbenen Jacketts geöffnet, unter dem nun eine blassgelbe Weste zum Vorschein kam. Seine grüne Krawatte passte perfekt zu seiner von der Sonne gebräunten Haut.

Mr Donner, der Fahrer von Lukes Kutsche, und ein Diener hatten ein Auge auf die Jungs, die durch den Park tobten und etwas überschüssige Energie loswurden. Frannie wusste, wie schwierig es für die Bengel gewesen war, sich in der Ausstellung so lange zusammenzureißen und gut zu benehmen. Sie hatten bis vor Kurzem noch auf der Straße gelebt und waren es gewohnt, ohne Aufsicht eines Erwachsenen in London herumzulaufen. Sie waren für ihr Alter schon viel zu erwachsen.

»Ich muss mich noch einmal entschuldigen. Es tut mir furchtbar leid, dass Charley Ihnen Ihr Taschentuch entwendet hat.«

Greystone knabberte an einem Stückchen Käse. »Mir tut es nicht leid. Haben Sie eine Ahnung, wie viel Geld ich in der letzten Zeit im *Dodger's* verspielt habe, nur um vielleicht einen Blick auf Sie zu erhaschen?«

»Fünftausend Pfund.«

Sterlings Augen weiteten sich, und Frannie warf ihm ein freches Lächeln zu. »Ich bin schließlich die Buchhalterin des Clubs.«

Sein herzhaftes Lachen hallte zwischen ihnen wider, umhüllte sie und hielt sie genauso wirkungsvoll gefangen, als hätte er seine Arme benutzt.

Er wurde wieder ernst. Mit seinen blauen Augen blickte er eindringlich in ihre grünen. »Jetzt haben Sie mich neugierig gemacht, Miss Darling. Sie müssen irgendein besonderes Interesse an mir haben, denn warum sollten Sie sich sonst daran erinnern, wie viel Geld ich im Club verloren habe?«

»Ich habe nie behauptet, kein Interesse an Ihnen zu haben, Euer Gnaden. Tatsächlich glaube ich, angesichts unserer Begegnungen behaupten zu können, dass ich mein Interesse an Ihnen unmissverständlich kundgetan habe.«

Er richtete sich etwas auf, stützte sich auf dem Ellbogen ab und beugte sich vor. »Sagen Sie, Miss Darling, haben Sie mich heimlich beobachtet, als ich im *Dodger's* zu Besuch war?«

Sie wollte sein Gesicht in beide Hände nehmen und ihn küssen. War es denn angemessen, wenn eine Frau die Führung übernahm? Würde er sie für schamlos halten, oder würde er sie so willkommen heißen, wie sie ihn willkommen geheißen hatte? Sie schluckte. »Wie kommen Sie denn nur auf die Idee?«

Mit dem Finger strich er über ihre Handfläche, wie ein Handleser es tun würde, und fuhr dann weiter zu ihrem Handgelenk, wo ihr Puls schlug. Sie fragte sich, ob er merkte, dass ihr Herz mit einem Mal schneller pochte.

»Manchmal kommt es mir so vor, als könnte ich spüren, wie Sie mich beobachten«, sagte er leise.

Plötzlich fiel es ihr schwer, richtig durchzuatmen. Es fühlte sich beinahe so an, als hätte sie ihr Korsett zu eng geschnürt. »Ich war einfach nur neugierig und habe mich gefragt, ob Sie nach dem unglücklichen Zwischenfall mit der gekündigten Mitgliedschaft wieder ins *Dodger's* zurückkehren würden. Mehr nicht.«

Er hob ihre Hand und hauchte einen Kuss auf die Handfläche. »Ich hätte gedacht, dass ein Kind der Straße ein exzellenter Lügner wäre.«

Das war sie für gewöhnlich auch – wenn sie sich konzentrieren konnte. Der Mann hatte das Talent, sie abzulenken und damit völlig aus der Bahn zu werfen. »Es ist nicht sehr höflich, einer Frau ins Gesicht zu sagen, dass sie eine Lügnerin ist.«

Mit der Zungenspitze strich er über ihre Haut, als wäre sie Teil des Essens. »Es kommt mir so vor, als wären Sie ein Mensch, dem es nicht zusagen würde, wenn man hinter seinem Rücken über ihn redet, sondern der es bevorzugt, wenn ihm beleidigende Worte direkt ins Gesicht gesagt werden.«

Sie glaubte, jeden Moment in Flammen aufzugehen. Um sich wieder zu sammeln, löste sie ihre Hand aus seinem Griff, hörte sein tiefes Lachen wieder und sah zu, wie die Jungs an ihnen vorbeirannten und unbekümmert lachten. Das hatte sie geschafft. Sie hatte ihnen die Freude zurückgebracht. Sie hatte die Mittel dazu und konnte es, weil sie selbst so vieles durchlitten hatte.

»Sie verhalten sich nicht unbedingt wie ein Gentleman«, tadelte sie ihn.

»Möchten Sie denn wirklich, dass ich mich so verhalte?« Er setzte sich auf, bis seine Schultern fast die ihren berührten. »Wollten Sie das sehen, als Sie mich durch das Guckloch beobachtet haben?«

»Es war kein Guckloch. Ich habe Sie durch einen Spalt im Vorhang hindurch beobachtet.«

»Von einem der versteckten Balkone aus?«

»Diese Balkone sind nicht so versteckt, dass Sie nicht darüber Bescheid wüssten. Wir behalten von dort aus immer Betrüger und Störenfriede im Auge.«

»Und in welche Kategorie falle ich?«

So schwer es auch war, wandte sie sich ihm zu, blickte ihm in die Augen und war überrascht zu sehen, dass er belustigt wirkte. »Ziehen Sie mich auf?«

Er beugte sich über sie hinüber, pflückte eine kleine gelbe

Blume und strich mit der Blüte sacht über ihr Kinn. »Es schmeichelt mir, dass ich Ihnen so viel wert zu sein scheine, dass Sie mich beobachten. Ich hege jetzt die Hoffnung, dass Sie es sich, was meinen Vorschlag betrifft, vielleicht doch noch anders überlegen.«

Sie nahm ihm die Blume aus der Hand, bevor er sie vor Verlangen noch wahnsinnig machte – denn vor ihrem inneren Auge stellte sie sich vor, dass es keine Blüte wäre, sondern seine Hände, mit denen er sie sanft liebkoste. »Ich werde meine Meinung, was Ihren Vorschlag betrifft, sicherlich nicht ändern.«

»Schade.«

Doch er klang nicht enttäuscht. Vielmehr klang er so, als würde er ihr nicht glauben. Sie erinnerte sich daran, dass sie früher einmal eine sehr geschickte Lügnerin gewesen war. Hatte sie dieses Talent verloren, oder war er einfach nur sehr gut darin, sie zu lesen und zu durchschauen? Er legte den Arm auf sein aufgestelltes Knie. »Und die Kutsche? Gehört sie Ihnen?«

Der Themenwechsel war ihr sehr willkommen. »Sie gehört Claybourne. Er leiht sie mir aus, wenn ich sie brauche. Ich brauche eine Kutsche nicht oft genug, um mir selbst eine zuzulegen … Und dann ist da ja noch die Sache mit den Pferden.«

»Mögen Sie keine Pferde?«

»Ich bezahle nicht gern für ihre Pflege. Ich würde das Geld lieber für die Kinder verwenden.«

»Sie sollten eigene Kinder haben.«

Sie lachte und bemühte sich, die Enttäuschung zu ignorieren, die sie seit Jahren spürte. Es war albern, so zu empfinden, weil sie wusste, dass einer von Feagans Burschen sehr gern der Vater ihrer Kinder werden würde. Doch sie sehnte sich nach mehr. Sie wünschte sich eine Familie, die aus Liebe entstand und von

Liebe umgeben war. »Ich glaube, ich bin aus dem Alter raus, dass ein Mann darüber nachdenken würde, mich zu heiraten.« Die Jungs rannten wieder an ihnen vorbei und spielten ein Spiel, das sich darum zu drehen schien, dass einer von ihnen die anderen antickte. »Im Übrigen gibt es in London schon genug Kinder. Ich habe schon einmal mit Ihnen über die Schule gesprochen, aber ich möchte mehr tun, als den Kindern nur Lesen, Schreiben und Rechnen beizubringen. Ich möchte ihnen das Wissen und die Fähigkeiten vermitteln, eine gute Arbeitsstelle zu finden. Die Armut ist es, die uns herunterzieht.« Sie schüttelte den Kopf. »Es tut mir leid. Ich glaube fest daran, dass wir soziale Reformen brauchen. Ich fürchte, ich werde in solchen Momenten immer ein wenig zu leidenschaftlich und erzähle viel zu viel von meinen Plänen – das wird Sie vermutlich nicht interessieren.«

»Alles an Ihnen interessiert mich, Miss Darling«, erwiderte Sterling.

»Ich sollte Sie warnen. Ich bin keine Frau, die sich leicht durch Worte verführen lässt. Ich ziehe die Taten den Worten doch eindeutig vor.«

Seine Augen wirkten mit einem Mal fast schwarz, und ihr wurde bewusst, wie zweideutig ihre Äußerung geklungen haben musste, als er vielsagend erwiderte: »Da stimme ich Ihnen voll und ganz zu. Vielleicht später …«

»Sie sind ein Lord, Euer Gnaden, und ich bin eine Bürgerliche. Ich bin mir nicht einmal sicher, ob sich eine Freundschaft zwischen uns beiden schicken würde.«

»Sie sind doch auch mit Claybourne befreundet«, entgegnete er.

»Das ist etwas anderes. Er war einst einer von uns. Man wendet sich nicht von den Menschen ab, denen man so viel zu verdanken hat.«

»Dann muss ich wohl einen Weg finden, damit Sie mir ... so viel zu verdanken haben.«

Frannie hatte eigentlich damit gerechnet, dass sich nach ihrem kleinen Mittagessen ihre Wege trennen würden, aber er blieb bei ihr und half ihr auch dabei, die Jungs zusammenzuhalten, als sie ungeduldig wurden, weil es ihnen nicht schnell genug ging. Mit den Burschen hatte er eine Geduld, die sie ihm nicht zugetraut hätte.

Als sie in der Ausstellung zu einem ausgestopften Elefanten kamen, ging Greystone vor den Jungs in die Knie und erzählte ihnen, dass er auf einem echten Elefanten geritten sei. Die Burschen rissen die Augen auf und starrten ihn mit offenen Mündern an.

»Hattest du Angst?«, fragte Charley.

»Überhaupt nicht. Ein Elefant ist zwar ein riesiges Tier, aber man sieht im Dschungel, dass das größte Tier nicht immer auch das gefährlichste ist. Viel gefährlicher ist der, der am listigsten ist, der, der am intelligentesten ist. Der, der am schlauesten ist.«

»Und wer war das?«

Greystone grinste. »Na, ich natürlich.«

Die Jungs johlten vor Lachen, und Frannie lachte ebenfalls. Als er sich aufrichtete und den Arm ausstreckte, zögerte sie nicht, sich bei ihm unterzuhaken. »Also waren Sie die gefährlichste Kreatur im Dschungel?«

»In der Tat. Und es hat auch nicht geschadet, dass ich ein Gewehr dabeihatte.«

Als sie langsam weitergingen, fragte sie: »Hatten Sie wirklich keine Angst?«

»Manchmal hatte ich schon Angst, aber darum ging es mir auch.«

»Sie wollten Angst haben?« Sie konnte sich nicht vorstellen, sich bewusst in eine Situation zu bringen, in der sie Angst verspürte.

»Ich wollte meinen Mut testen, meine Entschlossenheit. Es war eine Reise der Entdeckungen – doch dabei ging es in erster Linie darum, was ich in mir selbst entdeckt habe. Was ich über die Welt gelernt und was ich gesehen habe, war der Bonus.«

»Und was haben Sie entdeckt? Über sich selbst, über Ihre eigene Persönlichkeit, meine ich?«

»Dass ich nicht annähernd so schwach bin, wie ich gedacht hätte, dass ich aber auch nicht so stark bin, wie ich gehofft hätte. Ich bin auf einem Elefanten geritten, doch ich habe einen Rückzieher gemacht, als ich mich einem Tiger stellen sollte.«

Es klang beinahe so, als wäre er enttäuscht von sich selbst.

»Was der Beweis ist, dass Sie in der Tat die intelligenteste und damit die gefährlichste Kreatur im Dschungel waren.«

Er lächelte. »Ich glaube, so habe ich das noch nie betrachtet. Ich schätze, es wäre einfach dumm gewesen, als das Abendessen des Tigers zu enden.«

Sie lächelte zurück. »Ich bin froh, dass er Sie nicht zum Abendbrot verspeist hat.«

»Genau wie ich, Miss Darling. Denn in dem Fall hätte ich diese wundervollen Momente mit Ihnen nicht erleben können.«

Als sie durch die ägyptische Ausstellung schlenderten, erzählte er ihnen von den Pyramiden und der Sphinx. Aufregung und Begeisterung schwangen in seiner Stimme mit, als er sich an seine Reisen zurückerinnerte. Es faszinierte sie, was er alles gesehen, was er alles erlebt und getan hatte.

»Sie haben ein sehr aufregendes Leben gelebt, Euer Gnaden«, sagte sie, als sie die Weltausstellung verließen und sie die

Jungs in Richtung der Kutsche scheuchte, in der Mr Donner auf sie wartete.

»Sollte man nicht versuchen, sein Leben so aufregend wie möglich zu gestalten?«, fragte er.

»Ich habe bisher immer gehört, dass Sie ein Mann wären, dem sein Vergnügen über alles ginge.«

»Es ist doch gut zu wissen, dass die Gerüchte manchmal stimmen. Und da wir gerade von meinem eigenen Vergnügen sprechen ... Auch wenn das Picknick sehr, sehr schön war, ist es, fürchte ich, keine ausreichende Wiedergutmachung dafür, dass der kleine Bengel mein Taschentuch gestohlen hat.«

Sie hatten die Kutsche erreicht. Während die Jungs hineinkletterten, blickte Frannie zu Greystone hinauf. Es überraschte sie, sich eingestehen zu müssen, dass sie etwas erwartete, das mit Sicherheit auch ein unangemessener Vorschlag wäre. »Und was, bitte schön, wäre Ihrer Meinung nach eine ausreichende Wiedergutmachung für den Diebstahl eines Stückes Seidenstoff, Euer Gnaden?«

»Die Oper.«

»Wie bitte?«

»Begleiten Sie mich heute Abend in die Oper. Danach werden wir gemeinsam essen. Falls Sie nicht einwilligen, sehe ich mich gezwungen, die Polizei zu Ihrem Waisenhaus zu schicken, damit Mr Charley Byerly festgenommen werden kann.«

»Das würden Sie nicht tun.«

Er zuckte die Achseln. »Sind Sie wirklich bereit, das Risiko einzugehen, meinen Charakter richtig eingeschätzt zu haben?«

»Und ich hatte gerade angefangen, Sie zu mögen.« Sie machte auf dem Absatz kehrt ...

»Ich schicke heute Abend um sieben eine Kutsche zum *Dodger's*.«

Die Arroganz, die dieser Mann an den Tag legte … Frannie hatte die Hand des Dieners ergriffen und den Fuß schon auf den ausklappbaren Auftritt der Kutsche gestellt, als sie noch einmal einen Blick über die Schulter warf. »Halb sieben.«

Er lächelte triumphierend, und sie verspürte eine beinahe mädchenhafte Vorfreude. Als sie kurz darauf auf der Sitzbank in der Kutsche saß und sich zurücklehnte, versuchte sie, sich daran zu erinnern, wann sie sich zuletzt so glücklich gefühlt hatte. Es gelang ihr nicht.

»Warum grinst du so, Miss Frannie?«, wollte Charley von ihr wissen.

Wahrscheinlich, weil sie gerade entdeckte, dass es ihr Freude machte, wenn ein Mann ihr seine Aufmerksamkeit schenkte. Vor allem, wenn es sich bei diesem Mann um den Duke of Greystone handelte.

Kapitel 9

Ihre Kleidung war so schlicht und einfach gehalten, dass sie für gewöhnlich nicht die Hilfe eines Dienstmädchens benötigte. Doch für den heutigen Abend hatte Frannie sich Unterstützung von einem von Jacks Mädchen geholt.

Sie saß in einem Sessel, hielt einen versilberten Spiegel in der Hand – ein Geschenk von Luke – und sah zu, wie Prudence sich bemühte, ihre wilden feuerroten Locken zu bändigen. Heute Abend wünschte sie sich mehr, als das Haar einfach nur zu einem strengen Knoten zurückzubinden.

Frannie machte sich keine Illusionen darüber, wohin diese Begegnung führen würde: zu nichts. Schließlich war er immer noch ein Duke, während sie einfach nur … Frannie Darling war. Aber sie konnte nicht abstreiten, dass zwischen ihnen eine gewisse Anziehungskraft herrschte, die sie so noch nie bei einem anderen Mann erlebt hatte. Und die Art, wie er sie ansah – als würde er sie am liebsten verzehren, wenn es möglich wäre. Zuerst hatte es ihr Angst gemacht, doch inzwischen gefiel es ihr. Sie lauschte gern seinen Geschichten, war fasziniert davon, wie freundlich und aufmerksam er mit den Jungs umging, war bezaubert von dem teuflisch-frechen Funkeln in seinen Augen, das immer dann aufblitzte, wenn er sie auf eine Art berührte, von der beide wussten, dass sie verboten war. Das Picknick war eine der sinnlichsten Erfahrungen ihres Lebens gewesen, und dabei hatte er nur ihre Handfläche liebkost. Sie wollte genau das überall spüren.

Es war befreiend, sich nach der Aufmerksamkeit eines Manns zu sehnen. Selbst wenn es zwischen ihnen nicht mehr als nur einen Kuss gab, wünschte sie sich zum ersten Mal in ihrem Leben, mit einem Mann Intimität zu erfahren. Wie seltsam, dass sie zwar von Feagans Burschen umgeben aufgewachsen war, aber nie diese tiefen weiblichen Regungen empfunden hatte. Ihr Lachen, ihre Neckereien, ihre Blicke hatten nie die zügellosen Emotionen in ihr ausgelöst, die Greystone in ihr weckte. Selbst wenn er sie nicht berührte, fühlte es sich an, als würde er es tun. Sie verstand nicht, warum er sich so von allen anderen Männern in ihrem Leben unterschied, warum sie sich so nach seiner Aufmerksamkeit sehnte.

Jedes Kleid, das Frannie je gekauft hatte, hatte nur einem Zweck dienen sollen: Sie wollte gewöhnlich aussehen. In solchen Gewändern fühlte sie sich wohl. Aber auch wenn ihr unbehaglich dabei war: Heute Abend wollte sie nicht gewöhnlich aussehen.

Vor einem Jahr hatte Jack, der leuchtende, mutige Farben liebte, ihr ein smaragdgrünes Kleid geschenkt. Einmal hatte sie es unbemerkt in ihrem Zimmer sogar angezogen, war darin herumgetanzt und hatte so getan, als wäre sie etwas, das sie vermutlich niemals sein würde: eine echte Dame von Rang und Namen. Sie wusste also, dass das Kleid ihre Kurven perfekt betonte. Als ihr durch den Kopf ging, wie Greystones starke Hände und seine schlanken Finger diese Kurven erkunden würden, wurde ihr unwillkürlich heiß.

»Also, wer is der Herr, der dein romantisches Interesse geweckt hat?«, wollte Prudence wissen.

Die Worte rissen sie aus ihren Tagträumen – wann hatte Frannie je von einem Mann phantasiert? –, und sie zögerte mit der Antwort, weil sie nicht hören wollte, wie Prudence sagen würde: »Oh, ich kenn ihn gut. Er is ’n toller Liebhaber. War übrigens erst letzte Woche wieder mit ihm im Bett.«

»Komm schon, Mädel, dein Geheimnis is gut bei mir aufgehoben.«

Frannie legte den Spiegel, den sie in der Hand gehalten hatte, behutsam in ihren Schoß und fuhr mit den Fingerspitzen über die kunstvollen Verzierungen auf der Rückseite. »Greystone.«

»Kenn ich nich.«

Sie empfand Erleichterung. Prudence hatte die Aufsicht über die anderen Mädchen. Wenn sie ihn nicht kannte, war es auch unwahrscheinlich, dass er sich eine der anderen Frauen genommen hatte.

»Is er ein Gast?«

»Er ist ein Gast, ja.« Frannie drehte sich im Sessel um und sah zu Prudence hoch. »Sag Jack bitte nichts davon«, bat sie sie.

Prudence schürzte ihre vollen Lippen, mit denen sie wahrscheinlich schon Hunderte von Herren geküsst hatte. »Ich hab dir doch schon versprochen, dass ich das nich mache.«

Mit einem Nicken drehte Frannie sich wieder um. »Ich weiß, dass du das versprochen hast. Ich brauchte nur noch mal eine Bestätigung. Jack würde es nicht gutheißen.«

»Dann muss der Herr 'n Titel haben. Jack mag die adeligen Leute nich.«

Frannie wusste nicht, warum sie sich genötigt fühlte zuzugeben: »Er ist ein Duke.«

»Ich werd verrückt.«

Frannie sprang aus dem Sessel auf und ging aufgewühlt auf und ab. Sie fühlte sich, als würde sie kurz davorstehen zu explodieren. »Gott, Pru, ob ich hier gerade einen schrecklichen Fehler mache?«

»Kommt drauf an, was du erwartest. Wie ich immer zu den Mädels sage: Er wird dich nich heiraten, das muss dir klar sein.«

Sie atmete tief durch und versuchte, ihr wild pochendes Herz zu beruhigen. »Ich weiß.«

Frannie lehnte sich an die Frisierkommode und betrachtete Prudence. Sie war zwei Jahre jünger als Frannie, aber in ihrem Gesicht sah man die Härte des Lebens, das sie geführt hatte, bevor sie ins *Dodger's* gekommen war. Ihr blondes Haar fiel ihr über den Rücken, und sie trug immer ein Seidenkleid, das sie verführerisch umhüllte und das ganz leicht an ihr hinab zu Boden gleiten konnte, wenn sie dazu nur einmal mit den Schultern zuckte. »Warst du eigentlich jemals mit einem Mann zusammen, der dir kein Geld dafür bezahlt hat?«

»Ja.«

»Hast du dich anschließend schmutzig gefühlt?«

Prudence warf den Kopf in den Nacken und stieß das tiefe, kehlige Lachen aus, für das sie bekannt war. »Himmel, nee. Es war verflucht noch mal umwerfend. Er is verschickt worden, weißt du? Nach Australien. Manchmal träum ich davon, dass er für mich zurückkommt. Ein Mädchen muss Träume haben.« Sie musterte Frannie eindringlich und klopfte mit der Haarbürste auf ihre Handfläche. »Brauchst du 'n paar Tipps, wie man nich schwanger wird?«

Frannie stieß bei der Vorstellung, die Sache zwischen ihr und Greystone ... was auch immer da genau sein mochte ... so weit zu treiben, dass die Gefahr bestand, schwanger zu werden, ein unsicheres Lachen aus. Dann schüttelte sie den Kopf, ehe sie knapp nickte. Feagan hatte ihnen auch oft Dinge beigebracht, von denen er gemeint hatte, dass sie sie wahrscheinlich niemals brauchen würden, dass das Wissen darüber ihnen jedoch Vorteile verschaffen könnte, falls es einmal eng werden sollte. »Ich werde vermutlich keine Verhütungsmittel brauchen. Aber ich verbringe schrecklich viel Zeit damit, an ihn zu denken und mich zu fragen, wie es wohl werden würde, wenn er mehr tun würde, als mich nur zu küssen.«

Prudence grinste. »Der Duke hat dich also schon einmal geküsst?«

Frannie fühlte sich mit einem Mal, als wäre sie zehn Jahre jünger, sorglos und unbekümmert. Sie verspürte den verrückten Drang, übermütig und glücklich zu kichern – so, wie sie es einmal bei einem jungen Mädchen gesehen hatte, das mit einem gut aussehenden Mann Arm in Arm und ganz versunken ineinander die Straße entlangspaziert war. Wirklich dumm, in ihrem Alter noch eine solche Albernheit zu empfinden. »Wage es ja nicht, Jack irgendetwas davon zu erzählen.«

»Das würd mir im Traum nich einfallen.« Prudence klopfte auf die Rückenlehne des Sessels. »Setz dich, lass mich dein Haar zu Ende stecken, und ich werd dir dabei erzählen, was ich weiß.«

Was sie wusste, beinhaltete leider die uneingeschränkte Kooperation des Mannes. Frannie konnte sich nicht vorstellen, so intime Angelegenheiten mit Greystone zu besprechen. Und wenn sie sie nicht einmal mit ihm besprechen konnte, dann sollte sie sie wahrscheinlich erst recht nicht mit ihm machen.

Warum also hatte sie sich all die Mühe gemacht? Ihr Haar sah hochgesteckt und mit grünen Bändern durchzogen unglaublich reizend aus. Woher Prudence die Bänder hatte, wusste Frannie nicht, doch sie passten zu dem Smaragdgrün des Kleides, das Jack für sie gekauft hatte. Das Gewand gab den Blick auf ein gutes Stück ihrer Schultern preis. Sie war hin und her gerissen. Würde es Greystone dazu verlocken, mit seinem wundervollen Mund über ihre Haut zu streichen? Und wollte sie das überhaupt? Sie schalt sich einen Feigling und legte noch einen Seidenschal um. Bedächtig zupfte sie an den Handschuhen aus weißem Ziegenleder, die Lukes Großvater ihr vor Jahren geschenkt hatte. Sie fühlte sich, als bräuchte sie noch etwas. Bloß was?

Dann erinnerte sie sich an ein Geschenk, das Feagan ihr an dem Tag gegeben hatte, als sie und die anderen sich von ihm verabschiedet hatten, an dem Tag, als sie in die Londoner Residenz Claybournes gezogen waren und Feagan zurückgelassen hatten. Sie hatte nicht gehen wollen, aber er hatte darauf bestanden. »Du wirst 'n besseres Leben haben, Frannie, Darling. Und hab ich dir nich beigebracht, immer die dicke Brieftasche zu nehmen und nich die schmale?«

Sie öffnete eine geschnitzte Holzschatulle und nahm vorsichtig eine Perlenkette heraus. »Ein kleines Geschenk, das dich an mich erinnern soll.«

Außer den Kleidern, die sie am Leib getragen hatte, war diese Kette das Einzige gewesen, was sie aus den Elendsvierteln mitgebracht hatte. Und nachdem man ihr den Schmutz der Elendsviertel vom Körper geschrubbt hatte, waren die Kleider noch in derselben Nacht verbrannt worden. Sie hatte die Perlen noch nie zuvor angelegt, weil sie Angst hatte, dass sie gestohlen waren und dass irgendjemand sie wiedererkennen könnte. Doch soweit sie es beurteilen konnte, gab es an der Kette keine besonderen Merkmale, die sie von anderen Perlenketten unterschieden hätte. Heute Abend war sie so nervös, dass sie zitterte, und brauchte etwas von Feagan, das bei ihr sein und ihr Kraft geben würde.

»Du bist genauso gut wie die andern«, hatte er ihr einmal gesagt.

Frannie atmete tief durch und schob die sentimentalen Gedanken in die hinterste Ecke ihres Kopfes, wo sie auch ihre wertvollen Erinnerungen aufbewahrte.

Als sie ihr Damenhandtäschchen nahm, ihr Apartment verließ und abschloss, war es draußen bereits dunkel.

Frannie war nicht mehr so ängstlich und aufgeregt gewesen wie seit dem Tag, als sie sich mit Luke und Jack heimlich aus Feagans Unterkunft geschlichen hatte, um auf einen Jahrmarkt zu gehen. Feagan hätte es nichts ausgemacht, wenn sie ihm ehrlich gesagt hätten, was sie vorgehabt hatten. Er hätte angenommen, sie wären hingegangen, um Leute zu bestehlen. Doch am Abend zuvor, als sie das erbeutete Geld gezählt hatte, hatte sie eine Krone eingesteckt, sodass sie den Tag genießen könnten, ohne Angst haben zu müssen, erwischt und verhaftet zu werden. Statt zu stehlen, hatten sie sich etwas zu essen gekauft. Sosehr sie den Tag auch genossen hatte, hatte sie sich doch Sorgen gemacht, Feagan könnte bemerken, dass eine Münze fehlte, und enttäuscht von ihr sein. Es war eine Sache, fremde Menschen zu beklauen, aber etwas ganz anderes, ihn zu bestehlen.

Genau so fühlte sie sich auch jetzt. Aufgeregt, weil sie ausging, und voller Angst, dass sie die Jungs enttäuschen würde, wenn sie dahinterkommen würden, was sie vorhatte. Denn Feagans Burschen wären sicherlich nicht erfreut und würden ihre Entscheidung nicht gutheißen, da sie genauso gut wie sie selbst wussten, dass diese Begegnung nichts Beständiges versprach. Sie war für einen Lord des Königreiches ein Zeitvertreib. Und wenn er sie am Anfang vielleicht noch wie eine Dame behandeln würde, so würde sie am Ende doch nicht mehr als eine Erinnerung sein – wenn überhaupt.

Sie war die Treppe schon halb hinuntergegangen, als sie Greystone entdeckte. Er stand im Schein der Gaslaterne, die neben der Hintertür des *Dodger's* hing. Die schmale Gasse war in dieser Gegend nicht besonders gut beleuchtet, aber die Laternen spendeten genug Licht, dass sie seine Silhouette erkennen konnte. Seine breiten Schultern und die schmalen Hüften verrieten ihn. Schon sein Umriss allein wirkte unglaublich elegant.

Was dachte sie sich dabei, mit diesem Mann irgendwo hinzugehen?

»Miss Darling.« Er verbeugte sich tief, bevor er die Hand ausstreckte, um ihr beim Herunterschreiten der letzten Stufen zu helfen. Frannie ergriff seine Hand und spürte, wie er seine langen starken Finger um ihre schloss. Ihr Herz machte einen kleinen Hüpfer. Glücklicherweise trugen sie beide Handschuhe. Sie stand noch immer auf der Treppe, aber inzwischen auf Augenhöhe mit Greystone, als er mit leiser, sinnlicher Stimme sagte: »Sie sehen wirklich bezaubernd aus.«

»Jeder Mensch wirkt in diesem schmeichelhaften Licht schön.« Warum klang sie so atemlos, als wäre sie die Treppe hinuntergerannt und nicht geschritten?

Im schummrigen Licht der wenigen Straßenlaternen blitzten seine Zähne auf, als er nun lächelte. Sie war so aufgeregt, dass sie das Gefühl hatte, auf der Stelle vergehen zu können, und das ahnte er offenbar. »Meine Kutsche wartet bereits auf uns.«

Sie ging die letzte Stufe hinunter und wollte weitergehen, doch sie war gezwungen, stehen zu bleiben, weil er sie noch immer festhielt. Sie hob den Blick und sah ihn an.

»Entspannen Sie sich, Miss Darling. Heute Abend werden wir nur in die Oper und danach etwas essen gehen.«

»Das ist mir bewusst. Ich hatte auch nicht mit irgendetwas anderem gerechnet.«

Dieses Mal schien sein Lächeln sie als Lügnerin zu verspotten, aber sie sagte nichts weiter dazu. Obwohl sie wegen des Kondoms, das Prudence ihr gegeben hatte, gemischte Gefühle hatte. Wegen des Kondoms, das sie in ihr Damenhandtäschchen gesteckt hatte … nur für den Fall.

Sie war sich nicht ganz sicher, ob sie nun erleichtert oder enttäuscht sein sollte, dass es nicht zum Einsatz kommen würde.

Als sie in die Kutsche gestiegen waren und einander gegenübersaßen, während sie durch Londons Straßen fuhren, hielt er den Blick unentwegt auf sie gerichtet. Zu ihrer Enttäuschung war sie diejenige, die die Augen zuerst niederschlug. Wenn er sie so ansah, wurde ihr unangenehm warm. In der Nähe von Feagans Burschen hatte sie diese unerklärliche Veränderung in ihrem Körper nie wahrgenommen – nicht einmal, als sie noch jünger gewesen waren und auf derselben Pritsche geschlafen hatten. Dieses Bewusstsein der männlichen Anziehungskraft hatte sie so, wie sie es in Greystones Gegenwart verspürte, noch nie empfunden.

Es war fesselnd und beängstigend zugleich. Um sie beide davon abzulenken, wohin diese Reise vielleicht führen würde, sagte sie: »Wussten Sie eigentlich, dass Luke mich gefragt hat, ob ich seine Frau werden möchte? So haben Catherine und er sich überhaupt kennengelernt. Sie sollte mir beibringen, wie man sich als Dame in der feinen Gesellschaft benimmt.«

»Das wusste ich nicht. Wie kommt es, dass Sie Claybourne am Ende doch nicht geheiratet haben?«

»Ich bin mir bewusst, dass ich nicht zur feinen Gesellschaft gehöre.«

»Und dennoch sind Sie hier. Mit einem Adeligen.«

»Sie und ich wissen beide, Euer Gnaden, dass eine Ehe nicht das ist, was Ihnen vorschwebt.«

Mit einem Mal wirkten seine Augen fast schwarz. Bedächtig ließ er den Blick von ihrem hochgesteckten Haar bis zu den Spitzen ihrer frisch geputzten Schuhe gleiten. »Nein. Eine Ehe ist nicht das, was mir vorschwebt.«

Von sich aus machte ihr Herz wieder einen kleinen Satz. Sie

war sich nicht sicher, was genau sie an seinen Worten honorierte. Sie wusste nur, dass seine Aufrichtigkeit sie nicht kränkte. Sie war vielmehr ziemlich erleichtert. Sie zog es vor zu wissen, worauf sie sich einließ.

Doch trotz seiner Antwort fürchtete sie, dass sie in Wahrheit keine Ahnung hatte, was da auf sie zukam.

Kapitel 10

Dass Sterling es geschafft hatte, zur Kutsche zu gehen, ohne ins Stolpern zu geraten, grenzte an ein Wunder. Denn der Anblick von Frannie, die die Treppe heruntergeschritten war, hatte ihm schier den Atem geraubt.

Erst nachdem er am Nachmittag seine Einladung ausgesprochen hatte, war ihm auf dem Heimweg eingefallen, dass Frannie vielleicht kein für einen Opernbesuch passendes Kleid besitzen könnte. Er hatte mit dem Gedanken gespielt, Catherine zu bitten, ihr ein Kleid zu schicken – immerhin hatten sie fast dieselbe Figur. Doch das hätte die Gefahr mit sich gebracht, Claybourne würde vielleicht von ihrem kleinen Rendezvous erfahren, und das hätte ihm vermutlich ein weiteres blaues Auge beschert. Also hatte er beschlossen, dass er sich freuen würde, sie ausführen zu können – egal, was sie tragen würde.

Aber diese Bedenken hatten sich als unbegründet entpuppt, als er vor ihrem Apartment gestanden und gesehen hatte, wie wunderschön sie aussah. Glücklicherweise hatte er in der Kutsche eine Öllampe, sodass er in Miss Darlings Anblick schwelgen konnte, während sie durch die Straßen von London fuhren. Sie war still geworden, nachdem er zugegeben hatte, dass sein Angebot die Ehe nicht einschloss. Obwohl er sich nichts mehr wünschte, als sie in sein Bett zu locken, wollte er es auf ehrliche Weise tun. Er hatte noch nie falsche Versprechungen gemacht, um eine Dame dazu zu überreden, in seine Arme zu kommen. Und bei Frannie würde er nicht damit anfangen. So viel Rücksicht und Achtung hatte sie verdient. In Wahrheit verdiente sie sogar noch viel mehr.

»So, wie Sie mich anstarren, könnte man fast meinen, Sie hätten noch nie eine Frau in einem Abendkleid gesehen«, sagte sie schließlich.

»Ich starre nicht. Ich bewundere. Ich habe Sie noch nie in einem so aufreizenden Kleid gesehen. Warum haben Sie dieses Kleid nicht zur Hochzeit meiner Schwester getragen?«, wollte er wissen.

»Es war ihr Tag, und nichts und niemand sollte von ihr ablenken. Im Übrigen ist es doch ein bisschen zu gewagt für einen solchen Anlass.«

»Ich mag es, wenn Frauen gewagt sind.«

Sie lachte leise. Es war ein atemberaubender Klang, der viel reizender war als jede Melodie, die das beste Orchester, das er je gehört hatte, hätte spielen können. »Sie sollten aufpassen, was Sie sagen, Euer Gnaden. Ich nehme mir Ihre Worte sonst vielleicht zu Herzen.«

»Das würde mir gefallen, Miss Darling.«

»Sie scheinen mit mir zu flirten, Euer Gnaden. Sie dürfen allerdings nicht vergessen, dass ich Sie heute Abend nur begleite, weil Sie gedroht haben, ansonsten eines meiner Waisenkinder verhaften zu lassen.«

»Ich *scheine* nur mit Ihnen zu flirten? Dann muss ich mich ein bisschen mehr ins Zeug legen, sodass es keinen Zweifel mehr daran gibt.«

»Es wäre mir lieber, wenn Sie das nicht täten. Ich meine, sich noch mehr ins Zeug legen.«

»Ihnen ist aber schon bewusst, dass sehr viele Frauen sich geschmeichelt fühlen würden, wenn ein Duke sie in die Oper einladen würde, oder?«

»Dann hätten Sie vielleicht lieber eine dieser anderen Frauen einladen sollen.«

»Keine von ihnen fasziniert mich so, wie Sie es tun, Miss Darling.«

»Wir wissen beide, dass diese Schwärmerei nur von kurzer Dauer sein wird.«

»Im Gegenteil – ich kenne Männer, die jahrelang dieselbe Geliebte haben.«

Frannie blickte aus dem Fenster und gab Sterling so die Möglichkeit, ihr Profil und den eleganten Schwung ihres Nackens zu betrachten. Er wollte aufstehen und sich neben sie setzen, wollte eine Spur von Küssen von ihrer Schulter bis hin zu der empfindsamen Stelle hinter ihrem Ohr hauchen, wollte das Pochen ihres Herzens an seinen Lippen spüren, während er sich seinem Ziel näherte. Aber er fürchtete, dass er, wenn er es überstürzte und zu schnell zu viel wollte, Gefahr laufen würde, seine Belohnung zu verlieren. Vielleicht würde sie dann genauso schnell vor ihm weglaufen, wie Charley Byerly es getan hatte.

Im Übrigen wollte er die Oper mit ihr zusammen erleben und anschließend das Essen mit ihr genießen. Ohne Frage sehnte er sich danach, sie in seinem Bett zu haben, doch er wünschte sich noch viel mehr. Er wollte mit ihr Erinnerungen erschaffen – und das hatte er sich noch mit keiner Frau zuvor gewünscht.

»Warum, glauben Sie, tun Frauen so etwas?«, fragte sie leise. »Warum begnügen sie sich damit, Geliebte statt Ehefrauen zu sein?«

»Weil es manchmal der einzige Weg ist, jemanden an seiner Seite zu haben – zum Beispiel, wenn die Umstände es erfordern, dass eine Ehe auf etwas anderem basiert als allein auf Liebe.«

Langsam drehte sie den Kopf und sah ihn wieder an. »Haben Sie je eine Frau wirklich geliebt?«

»Ich nehme an, dass Sie damit etwas anderes meinen als die

brüderliche Liebe, die ich für Catherine empfinde, nicht wahr?« Nun sah er aus dem Fenster. »Einmal. Ich glaubte zumindest, dass es Liebe war. Aber meine Zuneigung zu ihr hat sich damals so schnell in Abneigung verwandelt, dass ich mir nicht mehr sicher bin.«

»Was ist passiert?«

»Ich habe ihr die Wahrheit gesagt.«

»Worüber?«

Er blickte sie wieder an. »Über mich, Miss Darling. Trotz meines Ranges und meines Vermögens werde ich einmal einen schlechten Ehemann abgeben. Sie können sich also glücklich schätzen, dass es zwischen uns keine Hoffnung auf eine Eheschließung gibt.«

Sie zog die Augenbrauen zusammen. »Was stimmt denn nicht mit Ihnen?«

»Miss Darling, ich habe die Absicht, Sie zu verführen, und ich kenne mich auf dem Gebiet der Verführung gut genug aus, um zu wissen, dass es nicht der richtige Weg wäre, jetzt mit Ihnen über meine Schwächen und Fehler zu sprechen.«

»Ich schätze, ich sollte offen sein und Ihnen sagen, dass ich nicht die Absicht habe, mich verführen zu lassen.«

»Ich mag Herausforderungen, Miss Darling.«

»Das werde ich nicht vergessen, Euer Gnaden.«

»Sind Sie nervös, weil Sie später in mein Anwesen kommen, um mit mir gemeinsam zu speisen?«, wollte er wissen.

Sie schüttelte den Kopf und sah ihm fest in die Augen. »Nein.«

»Ich weiß gar nicht, ob ich jemals eine Frau kennengelernt habe, die meinen Blick so oft erwidert hat, wie Sie es tun.«

»Die Augen eines Mannes können einem sehr viel verraten. Ob er schnell wütend wird, ob er von der rachsüchtigen Sorte ist. Ob er stolz ist. Die stolzen Männer lassen sich am leichtesten betrügen und ausnehmen.«

»Ich hätte gedacht, dass es bei ihnen am schwierigsten ist«, entgegnete Sterling.

»Sie reden oft nicht darüber, dass sie bestohlen worden sind. Sie fürchten, dann wie Dummköpfe dazustehen. Also ersetzen sie einfach all das, was ihnen aus den Taschen entwendet wurde.«

»Sie sagen das mit einem gewissen Stolz in der Stimme – fast so, als hielten Sie Diebstahl für ehrenhaft.«

»Ich kann nicht leugnen, dass ich eine gewisse Befriedigung verspürt habe, weil ich so geschickt in dem gewesen bin, was ich getan habe. Ich war die Einzige in Feagans Meute, die nie einen Abstecher ins Gefängnis machen musste.«

»Das liegt ohne Zweifel an Ihren Augen. Ich vermute, dass Sie, selbst wenn Sie einmal erwischt worden wären, den Richter mit einem Blick dazu hätten bringen können, Sie gehen zu lassen.«

»Ich habe mir sagen lassen, dass meine Augen das Schönste an mir sind.«

»Sie haben es sich sagen lassen? Ganz sicher besitzen Sie doch einen Spiegel.«

»Ich blicke nicht besonders oft in den Spiegel, und ganz bestimmt verbringe ich nicht viel Zeit davor.«

Faszinierend. Er hatte bisher noch keine Frau getroffen, die nicht Stunden vor dem Spiegel verbracht hätte. »Warum widerstrebt es Ihnen denn, in den Spiegel zu schauen?«

»Weil ich es in einem Spiegel nicht vermeiden kann, in meine eigenen Augen zu blicken. In meinen Augen spiegelt sich das Leben wider, das ich geführt habe. Und es gibt einige Dinge, die ich erlebten musste und die ich lieber vergessen würde.«

»Dennoch haben auch diese Erlebnisse Sie zu der faszinierenden Frau gemacht, die Sie heute sind.«

Und an ihr faszinierte ihn alles. Vielleicht würde er den Moment, sie in sein Bett zu locken, noch etwas hinauszögern, sodass er einfach noch mehr Zeit mit ihr haben und Augenblicke wie diesen erleben könnte. Doch er hatte den Gedanken noch nicht zu Ende gedacht, als ihm auch schon bewusst wurde, dass er nicht mehr viel länger warten konnte, weil er sie so sehr begehrte.

Die Kutsche hielt vor der *Royal Italian Opera*. Als er England verlassen hatte, war es noch das *Covent Garden Theatre* gewesen. Es schien, als würde nichts bleiben, wie es einmal war. Der Diener öffnete die Tür, Sterling stieg aus und reichte Miss Darling die Hand, um ihr die Stufen hinunterzuhelfen.

»Waren Sie schon einmal in der Oper?«, fragte er, als er ihr seinen Arm bot, damit sie sich unterhaken konnte.

»Der ehemalige Earl of Claybourne hat mich einmal mitgenommen. Ich fand es atemberaubend – die Kostüme, die Künstler, und der Gesang war einfach unglaublich schön.«

»Freut mich, das zu hören.« Er führte sie in die Lobby und fragte sich, wie er hatte vergessen können, was für ein Gedränge es hier gab, wenn die Gäste darauf warteten, ihre Plätze einnehmen zu können. Er bedauerte es, dass er sich eine Zeit lang auf seine Umgebung konzentrieren musste und seine Aufmerksamkeit nicht ihr schenken konnte. »Ich hasse die Oper.«

Abrupt blieb sie stehen und zwang ihn dazu, ebenfalls anzuhalten. Mit ein bisschen Glück könnten sie hier stehen bleiben, bis die meisten Leute verschwunden waren, um ihre Sitzplätze zu suchen.

»Warum sind wir dann überhaupt hier?«, wollte sie wissen.

»Weil es das Einzige war, was mir eingefallen ist, wozu Sie möglicherweise zustimmen würden.«

Er konnte nicht genau sagen, ob sie geschmeichelt oder aufgebracht war.

»Lukes Großvater konnte die Oper auch nicht ausstehen. Wir sind nach der Hälfte der Aufführung gegangen. Ich hätte fast Lust dazu, Sie dazu zu zwingen, sich die gesamte Aufführung anzusehen«, sagte sie, und ein freches Lächeln erstrahlte auf ihrem Gesicht.

»Wenn es Sie glücklich machen würde, dann würde ich meine Strafe annehmen, ohne mich zu beklagen, und am Ende sogar Beifall klatschen – obwohl ich zugeben muss, dass es durch Sie an meiner Seite bestimmt erträglich werden würde.«

»Sie sind sehr geübt darin, einer Dame zu schmeicheln.«

»Ich muss gestehen, dass ich in dieser Kunst geübt bin. Sie sollten aber nicht den Fehler machen zu glauben, dass ich das, was ich sage, nicht ernst meinen würde.«

»Sie müssen das, was Sie wollen, schon sehr stark ... wollen, wenn Sie freiwillig eine ganze Oper durchhalten.«

»Um ehrlich zu sein, Miss Darling, war das Picknick mit Ihnen heute Nachmittag das Schönste, was ich seit meiner Rückkehr nach England erlebt habe. Ich wollte dieses wunderbare Vergnügen einfach nur verlängern. Deshalb sind wir hier.«

Er hatte keine Ahnung, ob seine Worte ihr gefielen, denn irgendetwas in ihrer Nähe fesselte ihre Aufmerksamkeit, und sie lächelte. Er drehte sich um und erblickte Marcus Langdon – Claybournes Cousin und der ehemalige Erbe des Titels. Er kam mit Lady Charlotte Somner, der Tochter des Earls of Millbank, an seiner Seite auf sie zu. Der Mann war so ganz anders als Claybourne und hatte überhaupt keine Ähnlichkeit mit ihm. Sterling vermutete, es lag daran, dass er eine sorglose Kindheit gehabt hatte, während Claybourne in der Welt der Kriminellen aufgewachsen war.

In Marcus' silbergrauen Augen stand genauso viel Fröhlichkeit wie in seinem lächelnden Gesicht, als er nun zu ihnen trat und sich verbeugte. »Euer Gnaden.«

»Mr Langdon. Lady Charlotte.«

Lady Charlotte strahlte ihn an. »Euer Gnaden.«

»Und Miss Darling.« Mr Langdon ergriff Miss Darlings Hand und hob sie an, um einen Kuss darauf zu hauchen. »Was für eine Freude, Sie beide hier zu sehen.« Er wandte sich zu der Dame an seiner Seite um. »Lady Charlotte, erlauben Sie mir, Ihnen Miss Frannie Darling vorzustellen.«

Lady Charlotte ging nicht auf die Vorstellung ein. Stattdessen richtete sie ihre gesamte Aufmerksamkeit auf Sterling. Ihr Lächeln wurde breiter. »Euer Gnaden, ich kann Ihnen gar nicht sagen, wie schön es ist, Sie hier zu sehen. Sie müssen uns einmal zum Dinner besuchen und uns von Ihren Reisen erzählen.«

Langdon wirkte etwas verwirrt ob der unhöflichen Reaktion seiner Begleitung. »Lady Charlotte, Sie kennen doch meinen Cousin, den Earl of Claybourne. Miss Darling ist eine seiner besten Freundinnen.«

»Dann ist sie also eine von *diesen Leuten*, nicht wahr?«

Bevor Sterling die Dame an seiner Seite verteidigen konnte, sagte Miss Darling: »Und was sind *diese Leute* für Menschen, Lady Charlotte? Diejenigen, die sich um die Armen und Bedürftigen dieser Gesellschaft kümmern? Diejenigen, in deren Augen das Rechtssystem alles andere als gerecht ist?«

»Diejenigen, die den Dreck der Straße an ihren Kleidern tragen. Wenn Sie mich entschuldigen möchten? Ich müsste mich kurz frisch machen. Hier zu stehen ist mir unangenehm, und ich fühle mich schmutzig.« Damit machte sie auf dem Absatz kehrt und ging davon.

»Ach, du meine Güte«, stammelte Langdon. »Meine aufrichtige Entschuldigung, Miss Darling, Euer Gnaden. Ich hatte keine Ahnung, dass ...«

Miss Darling berührte seinen Arm. »Machen Sie sich keine Gedanken darüber, Mr Langdon. Es ist schade, dass jemand eine derart schlechte Meinung von mir hat, doch ich versichere Ihnen, dass mir so etwas nicht den Schlaf raubt.«

»Aber trotzdem. Mein Cousin ...«

»Er wird von mir nichts über diesen bedauerlichen Vorfall erfahren.«

Er nickte, wirkte erleichtert, und Sterling wurde bewusst, dass er sich Sorgen gemacht hatte, weil er wahrscheinlich Claybournes Zorn zu spüren bekommen hätte. Da er schon am eigenen Leib erfahren hat, wie es war, Besuch von Dodger und Swindler zu bekommen, konnte er es ihm nicht verübeln.

»Sie sind ausgesprochen liebenswürdig, Miss Darling«, erklärte Langdon.

»Davon kann nicht die Rede sein. Man kann Sie ja nicht für die Taten eines anderen verantwortlich machen. Genießen Sie die Oper.«

»Das wünsche ich Ihnen auch.« Er nickte Sterling zu. »Euer Gnaden.«

Damit ging er fort, um die ziemlich unfreundliche Lady Charlotte zu suchen, die, wie Sterling vermutete, mit ihrem Verhalten bei Mr Langdon in Ungnade gefallen war. Das war schade für sie, denn Sterling war gerüchteweise zu Ohren gekommen, dass Langdon inzwischen für seinen Cousin arbeitete und für seine Dienste ein stattliches Gehalt bezog.

»Passiert Ihnen das öfter?«, fragte Sterling leise und wandte seine Aufmerksamkeit wieder Miss Darling zu.

»Nein. Weil ich mich, so gut es eben geht, von der Aristokratie fernhalte.«

»Wir benehmen uns nicht alle so grässlich.«

»Nicht alle, nein. Aber viele Adlige sind so. Wollen wir uns jetzt vielleicht an unsere Plätze begeben?«

»Würden Sie lieber gehen?«

»Auf keinen Fall. Man hat mich vielleicht blutig geschlagen, doch ich kann noch immer ein Schwert schwingen.«

»Sie sind ziemlich bemerkenswert, Miss Darling. Ich fühle mich geehrt, den heutigen Abend mit Ihnen verbringen zu dürfen.« Er reichte ihr den Arm, damit sie sich unterhaken konnte, und genoss das Gefühl ihrer Nähe, als sie seiner Einladung nachkam.

»Wir werden sehen, wie Sie sich morgen fühlen, wenn die Gerüchteküche Gelegenheit hatte zu brodeln.«

»Sie sind ziemlich zynisch, wenn es um die Aristokratie geht.«

»Nein, ich bin nur realistisch.«

Ihre Worte wühlten ihn auf. Hatte er das Gleiche nicht zu Catherine gesagt?

Er führte sie zur Treppe. Erleichtert stellte er fest, dass es mit ihr an seiner Seite viel leichter war, den anderen Menschen auszuweichen. »Auf der Hochzeit meiner Schwester standen Ihre Freunde aus dem Grund um Sie herum – um Sie vor den unfreundlichen Blicken und Bemerkungen der anderen Gäste zu beschützen.«

Nachdem sie in seine Loge gegangen waren und ihre Plätze eingenommen hatten, sagte sie: »Als ich noch jünger war und in Claybournes Residenz lebte, arrangierte Lukes Großvater ein nachmittägliches Teetrinken mit einigen Mädchen meines Alters im Garten. Sie kamen in Kutschen an, und sie waren alle so wunderschön. Ihr Lachen war leise und süß, so ganz anders als das raue, laute Gelächter, das ich aus den Elendsvierteln kannte. Ich dachte nur: ›Oh mein Gott, ich werde so sein wie sie.‹« Sie schluckte. »An dem Tag verletzten sie mich, ohne mich zu berühren. Sie zeigten mir, dass Worte so scharf und verletzend sein konnten wie ein Messer. Sie wollten mehr über das Leben in den Elendsvierteln erfahren, und ich machte den Fehler, ihnen zu erzählen, dass ich mit Luke, Jack und Jim in einem Bett geschlafen hatte. Und dass ich manchmal nachts noch immer mit Luke zusammen schlief. Sie machten daraus etwas Hässliches. Dabei war es vollkommen unschuldig. In den Armen eines anderen Menschen zu liegen und zu schlafen kann sehr, sehr schön sein. Aber nach diesem Tag habe ich nie wieder mit den Jungs in einem Bett geschlafen. Ich habe ihnen nie gesagt, was der Grund dafür war. Diese Mädchen haben mir diese Unschuld genommen. Und ich habe es zugelassen.«

Obwohl sie ganz nüchtern über diese Erinnerungen sprach, wusste er, wie weh es ihr getan haben musste. Sie besaß eine Freundlichkeit und Güte, die er so noch bei keinem anderen Menschen erlebt hatte. Er konnte sich nicht vorstellen, dass sie einem anderen Menschen absichtlich Schaden zufügte. Es war ihm unangenehm, es zugeben zu müssen, aber er wusste, dass einige seiner Bekannten in ihr nicht mehr als eine sportliche Herausforderung sehen würden.

»Sagen Sie mir, wer diese Frauen sind, und ich werde dafür sorgen, dass sie zur Rechenschaft gezogen werden«, versprach er ihr.

Sie warf ihm ein schwaches Lächeln zu. »Es ist schon so lange her, Euer Gnaden. Und ich bin nicht nachtragend. Obwohl ich zugeben muss, dass es mir manchmal fehlt, mit einem anderen Menschen zusammen in einem Bett schlafen zu können.«

Sterling streckte den Arm aus und fuhr mit einem behandschuhten Finger über ihren nackten Arm. »Da könnten wir doch Abhilfe schaffen. Heute Nacht, wenn Sie mögen.«

»Ich vermute, Euer Gnaden, dass Sie noch viel mehr wollen, als nur mit mir einzuschlafen.«

»Sie sollten das als Kompliment verstehen, Miss Darling. Seit ich nach England zurückgekehrt bin, habe ich keiner Dame mehr einen unsittlichen Antrag gemacht.«

»Oberflächlich betrachtet bewundernswert.« Sie warf ihm ein schelmisches Lächeln zu. »Aber andererseits nehme ich an, dass in Ihren Augen nicht alle Frauen Damen sind.«

»Tatsächlich sind das nur sehr wenige.«

Die Lichter wurden gelöscht, und Sterling verfluchte die Dunkelheit. Selbst die Lichter, die die Bühne illuminierten, konnten die Schatten in seiner Loge nicht vertreiben. Er konnte Miss Darling nicht mehr deutlich erkennen. Er konnte nur noch ihren süßen Duft wahrnehmen, sich die Form ihrer Silhouette in Erinnerung rufen und wurde sich der Wärme ihres Körpers, der ihm so nahe war, immer bewusster.

Schließlich beugte er sich zu ihr hinüber und flüsterte: »Seien Sie versichert, dass ich Sie als Dame betrachte.«

»Eine Dame, die Sie in Ihr Bett locken möchten.«

Er zog seinen Handschuh aus und fuhr mit den Fingerspitzen sacht über ihre Schulter, die entblößt war, weil ihr Seidenschal ein Stück heruntergerutscht war. »Das ist kein Affront. Ich bin sehr wählerisch.«

Er war ihr nahe genug, dass er sie schlucken hören konnte, ehe sie leise erwiderte: »Genau wie ich, Euer Gnaden.«

Er hörte auf, sie zu streicheln, und lehnte sich in seinem Sessel zurück. Sie würde es ihm nicht so leicht machen. Doch glücklicherweise schätzte er eine Herausforderung.

Kapitel 11

Nachdem die erste Hälfte der Oper vorüber war, beschloss Frannie, gnädig zu sein, und schlug vor, dass sie auch gern gehen könnten. Zum einen wollte sie dem Gedränge am Ende aus dem Weg gehen, und zum anderen konnte sie sich sowieso nicht auf die Aufführung konzentrieren, weil ihr durchaus bewusst war, dass Greystone die meiste Zeit über sie betrachtete und den Künstlern auf der Bühne keine Beachtung schenkte. Seine prüfenden Blicke machten ihr nichts aus. Um ehrlich zu sein, fühlte sie sich ziemlich geschmeichelt, da er die Augen anscheinend nicht von ihr wenden konnte. Dennoch hatte sie Schwierigkeiten, sich zu entspannen, denn ihr ging ständig die Frage im Kopf umher, wohin das Dinner führen mochte.

Als die Kutsche auf die breite Einfahrt vor seinem Anwesen bog, erhaschte sie einen ersten Blick auf Greystones Haus. Sie hatte immer geglaubt, dass Claybournes Residenz schon riesig wäre, aber dieses Haus war einfach unglaublich groß und atemberaubend elegant. Kurz darauf hielten sie an, und die Tür der Kutsche wurde geöffnet. Greystone stieg beschwingt aus und reichte ihr dann die Hand. Frannie sammelte sich, legte ihre Hand in seine und erlaubte es ihm, ihr aus der Kutsche zu helfen. Mit einem überwältigten Blick nahm sie die Pracht in sich auf und folgte daraufhin Greystone, bei dem sie sich untergehakt hatte, die breite geschwungene Treppe hinauf. Mit einem Mal wurde ihr bewusst, dass Catherine hier früher einmal gewohnt hatte. Catherine und sie standen sich nahe, also kam es ihr auf eine besondere Art und Weise so vor, als wäre sie bei einer Freundin zu Besuch.

Bei einer Freundin, die einen sehr charmanten und gefährlichen Bruder hatte.

Im Inneren des Hauses musste sie sich, als er sie durch die Flure geleitete, sehr zusammenreißen, um die Gemälde an den Wänden nicht zu offensichtlich anzustarren, denn in vielen der Gesichter seiner Ahnen konnte sie ihn wiedererkennen. Wie wundervoll musste es sein zu wissen, woher man kam, von wem man abstammte. Sie wusste dagegen so gut wie nichts über ihre Herkunft. Irgendjemand – sie wusste nicht, wer es gewesen war – hatte sie zur Welt gebracht. Ob sie verheiratet gewesen war? Ob sie ein Dienstmädchen gewesen war? Oder eine Lady? Ob irgendjemand sie geliebt hatte? Oder war es eher so, wie Frannie fürchtete: War sie das Ergebnis einer brutalen Begegnung, die ihre Mutter nicht gewollt hatte, und somit das unerwünschte Kind dieser Frau?

Greystone brachte sie in ein kleines Zimmer, das in einem so großen Anwesen wie diesem irgendwie fast fehl am Platze wirkte. In dem Zimmer standen dick gepolsterte Sessel und ein Sofa. Neben dem Kamin, in dem ein Feuer prasselte, stand ein kleiner runder Tisch mit einer Spitzendecke. Die Flammen der strategisch platzierten Kerzen flackerten und warfen Schatten in den Raum. Nur der Platz, an dem sie speisen würden, war erleuchtet. Die Vorhänge waren etwas aufgezogen, um einen Blick in den von Laternen erhellten Garten werfen zu können. In der Ecke des Zimmers stand ein Mann mit einer Geige in der Hand. Ihr Herz machte einen kleinen Hüpfer. Sie war sich nicht sicher, was genau sie erwartet hatte. Vielleicht eher ein Dinner, das in einem Speisezimmer serviert wurde – so, wie sie es jeden Abend bekommen hatte, als sie noch bei Claybourne gelebt hatte. Tatsächlich hätte sie nie etwas mit einem so romantischen Beigeschmack erwartet. Sie wusste, dass Greystone sie in sein

Bett locken wollte, doch dieses Abendessen wies auf etwas mehr als nur ein flüchtiges Liebesabenteuer hin.

Sie zuckte zusammen, als Greystones Finger über ihre Schulter strichen, während er ihr bedächtig den Umhang abnahm. Offenbar hatte er dem Geigenspieler ein Zeichen gegeben, denn mit einem Mal wehten die Klänge der Violine durch den Raum.

»Ruhig, Miss Darling«, flüsterte er ihr ins Ohr, als er dicht hinter ihr stand. »Wir essen nur gemeinsam zu Abend.«

Nickend drehte sie sich um und sah ihn an. All seine Vorbereitungen machten sie noch nervöser, weil sie fürchtete, dass sie völlig falsch eingeschätzt hatte, was er mit ihr vorhatte. Falls er sie umwerben wollte, wäre sie dann in der Lage, aus seinem Bett zu steigen, ohne sich anschließend zu fühlen, als hätte sie etwas verloren? »Sie haben sich viel Mühe gemacht.«

»Ich habe mir überhaupt keine Mühe gemacht.« Er warf ihr ein teuflisches Lächeln zu. »Meine Bediensteten haben sich allerdings schon ins Zeug gelegt. Ich kann also davon ausgehen, dass Sie die Mühe der Dienerschaft zu schätzen wissen?«

»Es ist ausgesprochen schön.«

»Es freut mich, dass Sie sich darüber freuen.« Er hob ihre Hand und fing an, ihr vorsichtig den Handschuh auszuziehen.

»Ich kann das selbst erledigen«, entgegnete sie und klang atemlos.

»Ich würde das aber lieber übernehmen, falls Sie nichts dagegen haben.«

Sie schüttelte den Kopf. Der Puls an ihrem Handgelenk schlug wild, als seine warmen Finger über ihre nackte Haut strichen. Sie hatte nicht einmal bemerkt, dass er seine Handschuhe ausgezogen hatte. Wie es schien, hatte er genauso geschickte flinke Finger wie sie. Obwohl sie ihre Entscheidung, den heutigen Abend mit ihm zu verbringen, noch nicht bereute, war sie sich bewusst, dass er unter Umständen noch gefährlicher war als die Männer, die ihr auf der Straße begegneten, wenn sie sich auf die Suche nach Waisenkindern machte.

Als er ihre Hand aus dem Handschuh befreit hatte, hauchte er einen Kuss auf ihre Fingerspitzen, ehe er sich dem anderen Handschuh widmete. Sie stellte sich vor, wie er das Gleiche tat, wenn er ihr die Kleider auszog, und wie er jede Stelle, die er vom Stoff der Kleidung befreit hatte, zärtlich küsste.

Als er ihre beiden Handschuhe abgestreift hatte, legte er sie auf ihren Umhang, führte Frannie dann zum Tisch und zog den Stuhl für sie hervor, von dem aus sie einen guten Blick auf den Garten hatte.

»Die Musik ist eine nette Geste«, sagte sie, als sie Platz nahm. Sie bemühte sich, nonchalant zu sein, und fürchtete, dass ihr das absolut misslungen war. Für ihn wollte sie elegant, kultiviert, mondän sein.

»Ich mag die Stille nicht besonders. Im Dschungel war die Stille immer das Zeichen, dass Gefahr drohte.« Er nickte kurz, und im nächsten Moment wurde der Wein eingeschenkt und das Essen serviert.

»Wie ist es denn nun wirklich im Dschungel?«, wollte sie wissen.

»Dort ist es heiß. Es gibt unzählige Bäume, Pflanzen, Ranken. Affen kreischen, Insekten zirpen. Wenn es plötzlich ganz still wird und man nichts mehr hört, weiß man, dass ein Raubtier in der Nähe ist.«

»Hatten Sie Angst?«

»Ich fühlte mich vielmehr belebt. Es war eine Herausforderung. Körperlich und geistig. Wir hatten natürlich Führer, doch Lord Wexford, mit dem ich zusammen gereist bin, und ich sind manchmal auch auf eigene Faust unterwegs gewesen. Ein- oder zweimal wären wir fast getötet worden. Sogar das war aufregend.«

»Sie fanden die Möglichkeit, getötet zu werden, aufregend?«, fragte sie.

»Es klingt dumm, ich weiß. Sogar leichtsinnig. Meinem Vater hätte das ganz und gar nicht gefallen. Aber es war so, als wären wir darauf reduziert, einfach nur zu überleben. Der Sieg war berauschend.«

»Sind Sie wirklich auf einem Elefanten geritten?«

»Das bin ich. Und auf einem Kamel, was ein entsetzlich holpriger Ritt war. Ich fürchtete, alle meine Zähne zu verlieren.«

Sie lachte. »Ich kann mir nicht einmal im Entferntesten vorstellen, wie groß der Unterschied zu alldem sein muss, was wir hier kennen.«

»Ich habe auf meinen Reisen einige Zeichnungen angefertigt, die ich Ihnen nach dem Essen zeigen könnte, wenn Sie mögen.«

Sie bemerkte kaum, dass ein Diener ihr Wein nachschenkte, dass ihr Teller abgeräumt wurde, dass ein anderer Teller hereingebracht wurde.

»Dann sind Sie also Künstler«, sagte sie, während sie das Rindfleisch kostete.

»Ich kann Ihnen versichern, dass ich ein Amateur bin. Wexford ist ein ziemlich guter Fotograf, aber er hatte ein bisschen Schwierigkeiten dabei, die Tiere in der Wildnis dazu zu bringen, stillzuhalten. Er hat allerdings ein paar sehr beeindruckende Landschaftsaufnahmen gemacht. Genug von mir, Miss Darling.« Über den Rand seines Weinglases hinweg warf er ihr einen Blick zu, während er einen großen Schluck nahm. »Ich würde jetzt sehr gern etwas über Sie erfahren.«

»Ich fürchte, dass Sie mich nach all Ihren aufregenden Reisen sehr langweilig finden werden.«

»Ich kann ehrlich behaupten, dass ich noch nie von einer Frau so gefesselt war wie von Ihnen. Die Gauner, die Sie heute begleitet haben – allen voran Mr Byerly –, scheinen mir etwas übermütig, fast schon gemeingefährlich zu sein. Wie kam es dazu, dass sie nun bei Ihnen sind?«

»Wenn ein Kind verhaftet und eingesperrt wird und Jim glaubt, dass es wieder zurück auf den richtigen Weg geführt werden kann, dann bringt er es zu mir. Die vier Jungs von heute haben alle schon im Gefängnis gesessen. Ich möchte ihnen beibringen, dass es auf der Welt auch etwas außerhalb der Elendsviertel gibt.«

Bedächtig strich er mit dem Daumen über ihre Hand. Es war tröstlich und faszinierend, als sie ihm in seine ernsten blauen Augen blickte. »Ich muss zugeben, dass ich ein besonderes Interesse an Kindern habe, die – nicht einmal durch eigenes Verschulden – auf die schiefe Bahn geraten sind. Sie sind so verletzlich. Wenn sie geschnappt werden, sind die Strafen für sie meist sehr hart, auch wenn ihre Verbrechen eigentlich kaum der Rede wert sind.« Sie erinnerte sich daran, was Jim angedeutet hatte. »Darf ich Sie fragen, Euer Gnaden, ob Sie jemals einen Apfel gestohlen haben?«

Noch immer streichelte er mit dem Daumen über ihre Hand, während er einen Schluck von seinem Wein nahm. Er ließ sie nicht aus den Augen. Bedächtig nickte er. »Ja. Warum interessiert Sie das?«

»Dachten Sie nicht, dass es falsch sein könnte?«

»Ich glaube, ich war damals acht Jahre alt und … Es war nur ein Spiel.« Bei seinen letzten Worten war er etwas leiser geworden, als wäre er plötzlich zu einer Erkenntnis gekommen. »Ihre kriminellen Zöglinge denken auch, sie spielen ein Spiel.«

»Größtenteils ja. Wenn ein Kind sehr jung ist, nimmt es an, dass das, was man ihm beibringt, die Wahrheit ist und dass es so und nicht anders sein sollte. Zum Beispiel: Der Zweck einer Rocktasche ist es, dass darin Dinge transportiert werden, die man klauen soll. Oder: Der Lebensmittelstand dient vor allem zur Unterhaltung; nimm einen Apfel und schau, ob der Händler dich erwischt – es ist ein Spiel, das der Mann spielen möchte.« Sie seufzte. »Wenn es niemanden gibt, der einem sagt, was richtig und was falsch ist, woher soll man es dann wissen?«

»Wenn es einem selbst nicht gehört, dann ...«

»Die Kinder haben keinen Besitz. Sie können mit dem Begriff ›Eigentum‹ nichts anfangen. Wenn sie geschnappt werden, wandern sie ins Gefängnis oder werden verschickt, auch wenn sie nur einen Apfel oder irgendein billiges Schmuckstück oder Ähnliches gestohlen haben, das nicht mehr wert ist als ein Sixpencestück. Ihre Strafen sind oft sehr hart. Wenn es um die Kinder geht, sind die Umstände unzumutbar. Ich bin in dieser Welt groß geworden. Zum Glück war mein Kidsman kein Mensch, der Kinder geschlagen hat. Doch er hat uns beigebracht, wie man stiehlt, und er hat uns benutzt, um sich die Taschen vollzumachen.« Sie schüttelte den Kopf. »Es ist schwierig, wenn man jemanden liebt, von dem man weiß, dass er in mancher Hinsicht böse ist.«

Er fuhr mit den Fingerknöcheln sacht über ihre Wange. »Ich habe gerade kaputtgemacht, was eigentlich ein schöner Abend hätte werden sollen.«

»Nein, ich habe den Abend ruiniert. Die Kinder sind eine Herzensangelegenheit für mich, meine Leidenschaft, und ich kann mich nicht mehr zurückhalten und übertreibe es oft, wenn ich über sie spreche.«

Mit einem Mal wurde seine Miene sehr ernst. »Es ist genau

diese Leidenschaft, die mich so fasziniert. Können wir vielleicht noch einmal einen kleinen Spaziergang durch den Garten machen, bevor ich Sie nach Hause bringe?«

Es war also sein Ernst gewesen. Nur der Opernbesuch und ein gemeinsames Abendessen. Sie hätte erleichtert sein sollen. Doch stattdessen fürchtete sie, dass er sie in sein Bett lockte, indem er sie eben nicht offenkundig dazu einlud. Aber nicht heute Nacht. Heute war sie sicher. »Kann ich erst Ihre Bilder sehen?«

Sterling bat seine Diener, den Tisch abzuräumen. Dann schickte er den Violinisten weg und holte dann seine Zeichnungen und zwei Schwenker mit Brandy. Noch nie hatte er einer Dame einen Brandy angeboten, doch Frannie Darling nahm das Glas entgegen, ohne zu widersprechen. Er konnte sich vorstellen, dass sie von Zeit zu Zeit mal ein Gläschen trank. Immerhin arbeitete sie in einem Etablissement, in dem alkoholische Getränke in rauen Mengen verkauft wurden.

Sie setzten sich auf die kleine Couch. Seine Verführung verlief anders, als er es erwartet hätte. Er hätte eigentlich gedacht, sie schon längst in den Armen zu halten. Aber andererseits konnte er nicht leugnen, dass er sich nicht daran erinnern konnte, wann er zuletzt einen so schönen und unterhaltsamen Abend genossen hatte.

»Ein Löwe«, sagte er, als sie die erste Zeichnung betrachtete.

»Das sehe ich. Er wirkt so ... majestätisch.«

Es freute ihn, dass sie erkannte, was er auf dem Bild hatte einfangen wollen: das Wesen des Tieres. »Es ist kein Wunder, dass man ihn auch den König des Dschungels nennt. Wenn er brüllt ... Mein Gott. Es spielt keine Rolle, wo man ist – ein Schauer läuft einem über den Rücken. Und ihn dann zu sehen ... Er strahlt einen solchen Stolz aus.«

»Das Gleiche dachte ich über Sie, als ich Sie zum ersten Mal auf der Hochzeitsfeier gesehen habe.« Sie warf ihm einen Blick zu, und ihre Wangen waren zart errötet. »Sie treten mit einer Selbstsicherheit auf, die Luke gerade erst anfängt, unter Beweis zu stellen. Sie hinterfragen die Achtung, die man Ihnen entgegenbringen soll, nicht.«

»Man bringt sie ja nicht mir, sondern meinem Titel entgegen«, erwiderte er.

»Aber Sie verkörpern diesen Titel doch jetzt, oder?«

Er nickte knapp. Ihm war immer klar gewesen, dass er den Titel eines Tages erben würde, nun fragte er sich allerdings, ob sie offener dafür wäre, sich auf ihn einzulassen, wenn er diesen Titel nicht hätte.

»Sie wissen, wer Ihre Familie ist«, sagte sie, »von wem Sie abstammen, und können das über viele Generationen hinweg zurückverfolgen. Sie wissen das Vermächtnis zu schätzen, das Ihnen hinterlassen wurde. Für mich ist es so, als hätte es vor mir niemanden gegeben.«

Er konnte sich nicht vorstellen, wie es sich anfühlen musste, seine Vorfahren nicht zu kennen. Welche Leere gäbe es da im Inneren, wenn man glaubte, aus dem Nichts entsprungen zu sein?

»Es muss eine Familie Darling geben, zu der Sie gehören. Ihr Bekannter, der Inspektor, könnte doch sicherlich Nachforschungen anstellen.«

Ihr selbstironisches Lachen berührte sein Herz. Sie war verlockend, ohne falsch oder arrogant zu sein. »Nein. Ich habe absolut keine Ahnung, wie mein richtiger Name lautet. Man hat mich einfach immer ›Frannie, Darling‹ genannt – ein Kosename. Irgendwann dachte ich, Frannie Darling wäre mein richtiger Name. Es ist ziemlich leicht für Menschen, nach London zu kommen, einen neuen Namen anzunehmen und von vorn zu beginnen. Wenn Feagan ein Kind zu sich holte, dann änderte er immer den Namen des Kindes, um es zu schützen und ihm einen Neuanfang zu ermöglichen.«

Den Arm auf die Rückenlehne des Sofas gelegt, fuhr er mit dem Finger über die nackte cremeweiße Haut ihrer Schulter. Jetzt hatte er eine Ahnung, welche Schätze unter diesen schlichten Kleidern verborgen waren. »Also wissen Sie überhaupt nichts über Ihre Vorfahren, über Ihre Herkunft?«

»Nichts. Ich weiß nicht, ob es ein Segen oder ein Fluch ist. Luke ist Sohn eines Adelsgeschlechts. Jims Vater wurde gehenkt. Wir wissen, dass Jacks Mutter ihn verkauft hat. Also waren meine Eltern aufrechte Bürger und ich wurde ihnen gestohlen? Oder waren sie etwa der Abschaum der Gesellschaft? Ich weiß es nicht.«

Wenn er sich mit ihr etwas von Dauer vorgestellt hätte – was er nicht tat, aber trotzdem –, so hätten ihre Worte ihn dazu gebracht, noch einmal über seine Entscheidung nachzudenken. Es lag in der Natur des Adels, auch einen Adeligen zu heiraten, jemanden, mit dem einen eine gemeinsame Tradition verband, ein Verständnis und die Würdigung des eigenen Standes. Er betrachtete sich nicht notwendigerweise als etwas Besseres, doch er stand auf den Schultern derjenigen, die vor ihm da gewesen waren. Die Taten dieser Menschen sicherten ihm besondere Privilegien und verlangten von ihm bestimmte Pflichten und ein bestimmtes Verhalten. Die Erwartungen, die an ihn gestellt wurden, waren enorm.

»Möchten Sie es denn wissen?«, fragte er.

»Ich schätze, das hängt von der Antwort ab.«

»Welche Antwort würden Sie denn gern hören?«

»Ich bin mir nicht sicher. Beide Antwortmöglichkeiten lassen einiges zu wünschen übrig.« Als würde sie nicht länger über ihre Vergangenheit sprechen wollen, wandte sie ihre Aufmerksamkeit wieder dem Skizzenblock zu und blätterte weiter zu dem Bild eines Äffchens.

Das Gespräch über seine Reisen kam ihm mit einem Mal unglaublich langweilig vor. Er wollte lieber über *sie* reden, weil er alles über sie und ihr Leben wissen wollte. Doch mehr als das wollte er sie wieder lächeln sehen. Und so akzeptierte er ihren Wunsch, die Unterhaltung auf ein sichereres und weniger aufregendes Gebiet zu lenken. »Dieser kleine Kerl hier hat uns irgendwie ›ausgewählt‹, war sehr oft in unserer Nähe und hat sich ab und zu auf meine Schulter gesetzt.«

»Sie sind ein sehr talentierter Maler.«

Er hatte die Welt um sich herum schon immer sehr genau beobachtet und diese Beobachtungen auch schon immer gern skizziert. Er vermutete, dass diese Freizeitbeschäftigung einer der Gründe gewesen war, warum er überhaupt die Veränderung seiner Welt und seiner Wahrnehmung bemerkt hatte. Zwar war die Veränderung schleichend vor sich gegangen, doch irgendwann war ihm bewusst geworden, dass sein Sichtfeld langsam, aber stetig kleiner wurde.

»Das Zeichnen hat mir schon immer viel Spaß gemacht.« Mit den Fingerspitzen strich er über ihr Schlüsselbein. »Ich denke, es würde mir ein unglaubliches Vergnügen bereiten, Sie zu zeichnen.«

»Ich bin mir nicht sicher, ob ich Lust dazu hätte, für ein Porträt zu posieren.«

»Vielleicht kann ich Sie ja davon überzeugen, während ich

gleichzeitig versuche, Sie auch noch von anderen Dingen zu überzeugen.« Er legte die Hand in ihren Nacken. Ihre grünen Augen weiteten sich etwas, ehe sie sie herausfordernd zu schmalen Schlitzen verengte. Er hatte versprochen, sich an diesem Abend zu benehmen – doch damit verlangte er von sich selbst das Unmögliche. Er hatte einfach angenommen, sie wäre nicht mehr unschuldig, aber ab und zu erhaschte er doch einen Blick auf ihre Reinheit, ihre Unerfahrenheit: in ihrem Lächeln, in einem zaghaften Flirtversuch. Sie war eine Mischung aus Stärke und Güte, trotzte Regeln und stellte ihre eigenen auf, wenn diejenigen, die schon existierten, ihr nicht passten. Mit seinem Daumen streichelte er über die Unterseite ihres Kinns und spürte, wie ihr Pulsschlag schneller ging. »Ich würde gern unsere Pläne für den Abend etwas abändern.«

»Ach?«

Sie klang atemlos, und ihr Herz pochte wie wild. Angst stand zwar nicht in ihren Augen, doch eine gespannte Erwartung. Sie schien ihn zu ermutigen, weiterzureden. »Der Opernbesuch, das gemeinsame Abendessen ... und ein Kuss«, flüsterte er.

Sie nickte beinahe unmerklich. Jedem anderen Mann wäre das vielleicht entgangen, aber er war es gewohnt, die Welt um sich herum ganz genau zu betrachten und die winzigsten Details in sich aufzunehmen – alles für die Zeit, wenn das für ihn verloren wäre.

Er hatte vorgehabt, sich Zeit zu lassen und nichts zu überstürzen, doch ihr verführerisches Kleid hatte in seinem Kopf den ganzen Abend über provokative Bilder heraufbeschworen. Als er nun also seine Lippen auf ihren Mund legte, geschah es sehr bestimmt. Es war seltsam, wie sein eigenes Herz schneller schlug, als sie ihn willkommen hieß. Während seiner Reisen hatte er unzählige Frauen in den Armen gehalten. Exotische

Frauen. Frauen aus jedem Land, in das er den Fuß gesetzt hatte. Trotzdem hatte er noch nie eine Frau so heftig begehrt, wie er diese Frau begehrte. Als er seine Zunge in ihren Mund tauchte, schoss ihm durch den Kopf, dass keine andere Frau je so süß geschmeckt hatte und dass keine andere Frau je so begehrenswert gewesen war. Er löste sich von ihrem Mund und schmeckte ihren Hals, hörte sie aufstöhnen und bemerkte, wie sie den Kopf in den Nacken fallen ließ, damit er sie besser erreichen konnte. Er hauchte eine Spur von Küssen bis hinauf zu ihrem Ohr. »Ich möchte Ihr Haar lösen.«

»Ja«, seufzte sie, als könnte sie schon fühlen, wie die seidigen Strähnen über ihre nackten Schultern fielen.

Und als er nun nach den Nadeln in ihrem Haar suchte, spürte er das seidige Gefühl unter seinen Fingern. Irgendjemand hatte sich große Mühe mit den Bändern in ihrer Frisur gegeben, aber selbst die konnte er lösen. Achtlos warf er sie auf den Boden. Ihr Haar fiel herunter, und er fing es in der Hand auf, ehe er sich langsam zurücklehnte und es über ihre Schultern fallen ließ. Es reichte ihr bis in den Schoß.

»Traumhaft schön«, flüsterte er.

»Es ist zerzaust.«

Er lächelte. »Ich mag zerzaustes Haar.«

Gierig widmete er sich wieder ihrem Mund und küsste sie. Er wusste, dass sie nicht unschuldig sein konnte. Schließlich konnte sie nicht an einem Ort wie dem *Dodger's* arbeiten und unschuldig bleiben. Doch manchmal bemerkte er eine Zaghaftigkeit in ihren Bewegungen, ihren Gesten, als fragte sie sich, ob es erlaubt wäre, mit der Zunge über seine Zähne zu streichen, oder ob er etwas dagegen hätte, wenn sie seinen Mund genauso erkunden würde wie er den ihren. Er hätte ihr fast gesagt, dass er gegen nichts, was sie tun würde, irgendetwas einzuwenden hätte, aber er wollte den Zauber des Moments nicht zerstören. Bedächtig hob er die Hand und umfasste eine ihrer Brüste. Er genoss die Schwere der Brust in seiner Hand. Mit dem Daumen strich er über den Nippel und fühlte, wie ihre Brustwarze sich beinahe erwartungsvoll aufrichtete. Er wollte diese Knospe unter seiner Zunge spüren. Er küsste ihren Hals und leckte mit der Zunge durch die Vertiefung zwischen ihren Schlüsselbeinen, ehe er weiter hinunterfuhr. Einen Finger schob er in ihr Korsett und zog es herunter, sodass er mit dem Mund ihre cremeweiße Brust und den blassrosafarbenen Nippel liebkosen konnte.

Keuchend ließ sie den Kopf in den Nacken fallen. Sie verlor sich in dieser wundervoll intensiven Empfindung.

Mit einer geübten Bewegung drehte er sie leicht und legte sie behutsam auf das Sofa, während er sich auf den Boden kniete. Dann verfluchte er sich innerlich, weil er mit ihr nicht das machen wollte, was er zuvor schon mit unzähligen anderen Frauen getan hatte. Er wollte nicht, dass er locker und mühelos bekam, was er schon so oft erlebt hatte. Sie, seine Frannie Darling, war anders als die anderen. Er konnte es zwar nicht verstehen, aber er wollte es gemächlich, in aller Ruhe erkunden.

Frannie nahm sein Gesicht in beide Hände, legte ihre Lippen auf seinen Mund und küsste ihn tief, beinahe begierig. Sie hatte so viel Widerstand aufgebaut, dass er begonnen hatte, daran zu zweifeln, dass sie ihn mit der gleichen Leidenschaft begehrte wie er sie – doch da war sie: das Feuer, die Verzweiflung, das Verlangen, berührt zu werden.

Er unterbrach den Kuss und knabberte zärtlich an ihrem Kinn, bevor er sich wieder ganz und gar ihrer entblößten Brust widmete. »Vollkommen«, flüsterte er, ehe er seine Lippen um die Brustwarze schloss.

Sie wandte sich ihm zu und vergrub die Finger in seinen Schultern. Sie war genauso ungezähmt und wild wie die Tiere, die er in der Wildnis beobachtet hatte. Sie war keine anständige Dame. Sie hielt sich nicht zurück, als sie nun mit gespreizten Fingern durch sein Haar fuhr, über seine Brust streichelte und dann unter seine Weste griff, als wünschte sie sich, alles von ihm zu berühren, und als wäre sie enttäuscht, weil sie nur so wenig von seiner Haut spüren konnte. Ihm war jedoch klar, dass er sich nicht mehr würde zurückhalten können, wenn er nun begann, seine Kleider abzustreifen. Und damit würde er sein Versprechen brechen. Er würde hier und jetzt mit ihr schlafen und sich nicht um die Konsequenzen scheren. Allerdings war er nicht davon überzeugt, dass sie in diesem Moment alles wollte, was er zu geben hatte. Und so griff er nach unten, schob seine Hand unter ihre Röcke und strich mit den Fingern ihr Bein hinauf.

Sie zuckte zurück und stöhnte leise auf, als er sein Ziel erreichte: das honigsüße Zentrum ihrer Weiblichkeit.

»Sch, sch«, machte er beruhigend, als er ihr Gesicht mit Küssen bedeckte. Sie war so feucht, so heiß, so bereit, das aufzunehmen, was er ihr noch nicht ohne Gewissensbisse geben konnte. Noch nie hatte er gezögert, wenn er mit einer Frau zusammen gewesen war, noch nie hatte er sein Handeln hinterfragt, noch nie hatte er sich gewünscht, die Frau würde beginnen, was er sehr gern zu Ende bringen würde. Sie hatte sich in ihrer Leidenschaft verloren, war fiebrig vor Verlangen, und er wollte, dass sie nichts bereute, wollte nicht weiter gehen, als sie es erwartete.

Sie klammerte sich an ihn und wand sich, als er seine Finger und seinen Mund dazu benutzte, ihr Vergnügen zu bereiten und ihre Lust ins Unermessliche zu steigern. Unvermittelt bog sie ihren Rücken durch und keuchte laut, beinahe erschrocken auf. Sterling bedeckte ihren Mund mit dem seinen und schluckte ihren Lustschrei herunter. Er spürte, wie ihr erhitzter Körper unter seinen Fingern pulsierte, und stöhnte befriedigt auf.

Er hatte noch nie einer Frau Vergnügen bereitet und ihr Erlösung verschafft, ohne selbst etwas dafür zu bekommen. Doch heute Abend erschien es ihm unerlässlich, dass er sich nicht alles nahm, auch wenn er eine fast unerträgliche Sehnsucht verspürte. Er zog sich ein Stück zurück und sah die Verwunderung und die Tränen in ihren Augen. Sie wandte ihr Gesicht ab.

»Wenden Sie sich nicht von mir ab«, flehte er sie an.

»Sie haben gesagt, dass es nur ein Kuss werden sollte.«

Er nahm ihr Gesicht in beide Hände, hob ihren Kopf sanft an, sodass sie ihn ansehen musste, und warf ihr ein schiefes Lächeln zu. »Ich fürchte, ich habe mich davon mitreißen lassen, Ihnen Vergnügen bereiten zu wollen.«

Sie schloss die Augen. Eine Träne rann über ihre Wange. Er beugte sich vor und küsste sie fort.

»Deswegen müssen Sie doch nicht weinen, Liebste«, sagte er leise.

»Ich bin noch nie ... Ich kannte es nicht.« Ihre Stimme klang rau, als wäre ihr Hals wie zugeschnürt.

Erstaunt fragte er: »Hat Ihnen noch nie jemand diese Art von Lust und Befriedigung verschafft?«

Sie schüttelte kurz den Kopf. Er wandte den Blick zu ihren Röcken, die er ein Stückchen hochgeschoben hatte, zu ihren schlanken Schenkeln ...

Sie war noch Jungfrau? Wie konnte das sein? Sie arbeitete schließlich im *Dodger's*.

Als Buchhalterin und nicht als Hure, du törichter Narr.

»Was ist mit Ihnen?«, fragte sie leise.

Er löste den Blick von ihren Beinen und sah ihr in die Augen. »Wie bitte?«

»Sie sind nicht ... Sie haben nicht ...« Ihre Wangen waren so flammend rot, dass ihre Sommersprossen nicht mehr zu erkennen waren.

»Nein, ich habe es nicht zu Ende gebracht, aber ich habe versprochen, mir nicht mehr als nur einen Kuss zu nehmen. Und dieses Versprechen, das ich Ihnen für heute Abend gegeben habe, werde ich auch halten.« Er hob ihre Hand an seine Lippen und drückte einen Kuss auf ihre Fingerspitzen. Kein Wunder, dass die anderen so fürsorglich und so besorgt um ihre Sicherheit waren.

In der Kutsche hielt Sterling Frannie in den Armen, als würde er sie nicht gehen lassen wollen. Damit hätte sie niemals gerechnet. Doch andererseits war er immer wieder für solche Überraschungen gut.

»Ich möchte Sie wiedersehen«, sagte Greystone leise.

»Ich bin mir nicht sicher, ob das eine gute Idee ist. Wir kommen aus vollkommen unterschiedlichen Welten, Euer Gnaden. In Ihrer Welt bin ich nicht mehr als eine Nacht, und in meiner sind Sie dazu bestimmt, nicht mehr als eine Erinnerung zu sein.«

»Nach allem, was wir geteilt haben, sollten Sie mich Sterling nennen.«

Auch wenn es schmerzte, entgegnete sie: »Trotzdem sind wir nicht ebenbürtig.«

Die restliche Fahrt verlief schweigend. Es bestätigte, dass sie recht hatte: Egal, welche Gefühle zwischen ihnen aufblühen mochten – ihr Platz in der Gesellschaft, der durch die Geburt bestimmt war, würde sie immer voneinander trennen.

Als sie ihr Ziel erreicht hatten, brachte er sie die Treppe zu ihrem Apartment hinauf.

»Danke, dass Sie den Abend mit mir verbracht haben, Miss Darling. Ihr kleiner Satansbraten dürfte jetzt davor sicher sein, verhaftet zu werden.«

Sie holte den Schlüssel aus ihrem Handtäschchen und schloss die Tür auf. Über die Schulter hinweg sah sie ihn an und sagte: »Um ehrlich zu sein, Euer Gnaden, vermute ich, dass ihm dieses Schicksal nie wirklich geblüht hat.«

Bevor er ihre Bemerkung bestätigen oder verneinen konnte, verschwand sie in ihrer Wohnung und schloss die Tür hinter sich. Es dauerte eine ganze Weile, bis sie hörte, wie sich seine Schritte auf der Treppe entfernten. Und die ganze Zeit über war sie versucht, die Tür zu öffnen und ihn hineinzubitten.

An diesem Abend hatte er ihr ein außergewöhnliches Geschenk gemacht. Ihre Gefühle für ihn hatten sich vertieft. Wenn noch mehr zwischen ihnen passiert wäre, dann hätte sie nicht gewusst, ob es ihr gelungen wäre, ihm die Tür vor der Nase zuzuschlagen.

Während sie sich nun für die Nacht umzog, fühlte sich ihre Haut empfindsamer an als zuvor. Ehe sie schließlich ins Bett ging, griff sie in die Tasche des Kleides, das sie auf der Weltausstellung getragen hatte, und holte Greystones Taschentuch heraus, das noch immer gewaschen und gebügelt werden musste. Sie kroch unter ihre Decke, schaltete das Licht aus und rollte sich auf die Seite. Dann hob sie das Taschentuch an ihre Nase und sog Greystones Duft tief ein. Näher würde sie ihm ohne Zweifel in der Nacht nicht kommen.

Doch so tröstlich es auch sein mochte, war es leider nicht genug.

Kapitel 12

»Euer Gnaden! Prächtig, prächtig, dass Sie zu Besuch kommen«, sagte Lord Millbank, als er in den Salon schlenderte, wo Sterling darauf wartete, empfangen zu werden.

»Mylord.«

»Ich muss sagen, dass ich darauf gewartet habe, mich mit Ihnen treffen zu können, um von Ihren Reisen zu hören. Bitte nehmen Sie doch Platz, machen Sie es sich bequem und erzählen Sie mir alles. Ich lasse gleich ein Tässchen Tee bringen …«

»Ich fürchte, mein Besuch ist heute nicht privater Natur.«

Millbank strich sich das wenige Haar, das er noch hatte, über seinen kahler werdenden Kopf. »Nicht?«

»Nein. Ich bin gestern Abend in der Oper gewesen«, begann Sterling.

»Entsetzlicher Pflichttermin. Ich glaube, die Oper wurde von Frauen erfunden, um die Männer damit zu quälen.«

»Wie dem auch sei, Ihre Tochter war ebenfalls dort.«

»Welche?« Er verengte die Augen zu schmalen Schlitzen und sah Sterling an, als würde er ihm nicht glauben, dass er seine Töchter kennen würde.

»Lady Charlotte.«

»Ach ja. Sie war ohne Frage an Mr Marcus Langdons Seite dort. Ich glaube, er mag sie, aber falls Sie Interesse an ihr haben …« Er zwinkerte ihm verschwörerisch zu. »Sie sollte jeden Augenblick von ihren morgendlichen Besuchen bei ihren Bekannten zurück sein. Ihre Mutter würde sich sehr freuen, Sie bei einem Spaziergang mit Charlotte durch den Garten zu begleiten.«

»Mein momentanes Interesse an Ihrer Tochter rührt eher daher, dass sie die Dame beleidigt hat, mit der ich in der Oper war. Und das kommt einer Beleidigung meiner Person gleich. Beleidigungen kann ich nicht besonders gut leiden.«

Er riss die Augen auf. »Natürlich nicht. Ich weiß nicht, was Charlotte sich dabei gedacht hat.«

»Bitte setzen Sie sie darüber in Kenntnis, dass sie sich, falls sich unsere Wege je wieder kreuzen sollten, von mir fernhalten möchte.«

Er nickte. »Ich werde mit ihr reden. Ja, ich danke Ihnen«, sagte er.

»Guten Tag, Millbank.«

Er hatte gerade drei Schritte in Richtung Tür gemacht, als Millbank ihn zurückhielt. »Darf ich fragen, wer die Dame in Ihrer Begleitung war?«

Sterling blieb nicht stehen und blickte auch nicht zurück. »Es ist nur wichtig, dass sie zu mir gehört.«

Was, wie ihm kurz darauf auf der Rückfahrt zu seinem Anwesen in seiner Kutsche klar wurde, ziemlich kühne Worte gewesen waren. Denn immerhin hatte Frannie ihm zu verstehen gegeben, dass er keinen Kontakt mehr zu ihr aufnehmen sollte. Er würde tun müssen, was in seiner Macht stand, um sie dazu zu bewegen, ihre Meinung noch zu ändern – denn er hatte vor, auf jeden Fall zu beenden, was er am vergangenen Abend begonnen hatte.

Als er nach Hause kam, war er überrascht, Catherine und ihren Ehemann zu erblicken, die in seiner Bibliothek auf ihn warteten. Er konnte ihren ernsten Mienen ansehen, dass sie nicht zu ihrem Vergnügen hier waren. Unglücklicherweise hatte Claybourne sich ans Fenster gestellt. Er hatte die Arme vor der Brust verschränkt und wirkte, als wäre er nur mit hierhergekommen, um Catherine bei allem moralisch zu unterstützen, was sie mit Sterling zu besprechen hatte. Catherine stand vor dem Schreibtisch. In ihrer ganz typischen Art kam sie direkt zum Punkt.

»Sterling, mir ist zu Ohren gekommen, dass du gestern Abend dabei gesehen wurdest, wie du mit Frannie die Oper besucht hast.«

Sterling nahm auf dem Stuhl hinter seinem Schreibtisch Platz und bemühte sich, möglichst lässig und unbeteiligt zu wirken, während er Catherine ansah – was bedeutete, dass er Claybourne *nicht* mehr sehen konnte. *Verflixt und zugenäht.* Ohne seinen Stuhl zu verrücken und sich anders zu positionieren, konnte er nicht beide im Auge behalten. Und ein paar Meter zurückzuweichen, damit er Catherine und Claybourne sehen konnte, würde seltsam wirken. Er war sich ziemlich sicher, dass sein Vater seiner Schwester nichts von seinem Zustand erzählt hatte, der in den Augen des vorherigen Dukes »eine Blamage und eine Schande für die Familie« darstellte. Aus dem Mund des alten Herrn hatte es fast so geklungen, als hätte Sterling mit Absicht alles unternommen, damit sein Sehvermögen abnahm. Er war wie ein Pferd, das Scheuklappen trug. Warum sollte es sein Wunsch sein, diese Benachteiligung zu haben?

»Solltet ihr nicht längst auf dem Land sein?«

»Im Landhaus hat es gebrannt. Bis die Reparaturen erledigt sind, bleiben wir in London.«

»Ach ja.« Er wandte den Kopf zur Seite, um Claybourne mit hochgezogenen Augenbrauen anzublicken. »Avendale ist in dem Feuer umgekommen, wenn ich mich recht entsinne. Ich kann nur nicht verstehen, warum er euch überhaupt besucht hat. Er ist doch dafür eingetreten, Marcus Langdon den Titel zu übertragen, weil er nicht geglaubt hat, dass du der rechtmäßige

Erbe des Claybourne-Titels bist. Daraus hat er ja nie ein Geheimnis gemacht …«

»Wir sind nicht hier, um über Avendale zu diskutieren«, knurrte Claybourne. »Wir sind wegen der Gerüchte um dich und Frannie gekommen.«

Sterling funkelte ihn aufgebracht an und wandte sich dann mit einem ungeduldigen Augenrollen wieder seiner Schwester zu. »Diese Gerüchte – stammen sie von einer glaubwürdigen Person?«

Sie schürzte die Lippen. »Von Lady Charlotte.«

Er hätte es wissen müssen. Schließlich hatte sie am Morgen ihren Bekannten einen Besuch abgestattet. Obwohl es gestern Abend schon spät gewesen war, hätte Sterling direkt zu Millbank fahren müssen, nachdem er Frannie nach Hause gebracht hatte.

»Ich kann nur hoffen, dass du diese unangenehme Person nicht zu deinen Freundinnen zählst.«

»Dann stimmt es also? Die Leute erzählen sich, dass sie deine Geliebte ist, weil ihr ohne eine Anstandsdame an eurer Seite in der Oper wart.«

Verflixt und zugenäht. Das hörte er nicht gern, obwohl er, ehrlich gesagt, vermutete, dass die Gerüchte eher mit ihrer unterschiedlichen gesellschaftlichen Stellung zu tun hatten und nicht so sehr mit der Anstandsdame, die nicht dabei gewesen war. Er würde sich überlegen müssen, wie er dem Gerede ein Ende setzen konnte. Er begehrte sie, doch er wollte auf keinen Fall, dass es für sie unangenehm oder peinlich wurde oder dass ihr Ruf durch ihn Schaden nahm. Allerdings hatte er nicht vor, das hier und jetzt vor Catherine oder ihrem Ehemann zuzugeben.

»Wenn ich mich nicht irre, ist sie dreißig Jahre alt. Und damit liegt es im eigenen Ermessen, ob eine Anstandsdame mitkommen sollte oder nicht.«

Er konnte ihr ansehen, dass er damit recht hatte. Es war vielleicht eine dumme Regel, doch so sah es die Etikette nun einmal vor.

»Aber, Sterling, du bist erst achtundzwanzig.«

»Willst du damit sagen, dass ich darauf pochen sollte, eine Anstandsdame mitzunehmen?«

»Sei nicht so begriffsstutzig. Du bist jünger als sie.«

»Ich verstehe nicht, warum mein Alter hier eine Rolle spielen sollte.«

»Männer suchen sich für gewöhnlich keine älteren Frauen aus, um sie zu heiraten«, erklärte Catherine. »Das ist ja ein gefundenes Fressen für die Klatschmäuler.«

Noch so eine dumme Gepflogenheit. Ihm war durchaus bewusst, dass Männer dazu neigten, eher Interesse an Frauen zu haben, die jünger waren als sie selbst, doch es war nicht vorgeschrieben. Plötzlich hörte er das Klirren von Gläsern und wandte den Kopf in Richtung seiner Hausbar. Claybourne stand an der Bar und schenkte Whiskey in zwei Gläser. »Fühl dich ruhig ganz wie zu Hause.«

Claybourne schlenderte zum Schreibtisch. Unwillkürlich musste Sterling an den Panther denken, den er auf einer seiner Reisen beobachtet hatte. Das Tier hatte sich beinahe geräuschlos herangeschlichen, ehe es sich auf seine Beute gestürzt hatte. Claybourne behielt ein Glas in der Hand und stellte das andere vor Sterling ab. Dann setzte er sich auf die Ecke des Schreibtischs. »Trink das. Du wirst es vermutlich brauchen.«

Sterling war vielleicht nicht durch das Leben auf der Straße abgehärtet worden, aber er hatte während seiner Reisen einige erschütternde Erlebnisse gehabt und hatte dem Tod ein- oder zweimal ins Auge geblickt. Das brachte einen Menschen dazu, ein feines Gespür für die eigenen Grenzen und einen tiefen Respekt vor der eigenen Kraft zu entwickeln.

»Hast du ein bisschen Gift beigemischt? Ich kann dir versichern, dass die Drohung unnötig ist. Dodger und Swindler haben mich bereits gewarnt.«

Claybourne stieß mit seinem Glas gegen Sterlings – das er noch nicht angerührt hatte – und trank den Whiskey in einem Zug aus. Sterling konnte jetzt seine Schwester und seinen Schwager sehen. Catherine sah aus, als wäre sie versucht, sich einzumischen. Doch stattdessen drehte sie ihm den Rücken zu und verschwand aus seinem Sichtfeld – was nicht das Schlechteste war, denn Sterling wollte sich auf Claybourne konzentrieren. Die Hochzeit mit Catherine machte ihn nicht automatisch zu einem vertrauenswürdigen Menschen.

Claybourne beugte sich vor und stützte sich mit dem Unterarm auf seinem Oberschenkel ab. »Hast du dich jemals gefragt, warum ich den zweitgeborenen Sohn des Earls of Claybourne getötet habe – den Mann, von dem ich nicht wusste, dass er mein Onkel war, und den ich auch jetzt nicht als solchen anerkenne?«

Da hatten sie es. Die Bestätigung dessen, was der Großteil der Londoner Gesellschaft ohnehin glaubte. Da dem Mann jedoch nie der Prozess gemacht und er auch nicht verurteilt worden war, hatte man in einigen Teilen Londons bis jetzt Zweifel gehegt. Wollte irgendjemand einen Mörder in die Reihen der Aristokratie aufnehmen?

»Ich schätze, es ist leichter, einem toten Mann die Besitztümer zu entwenden.«

»Er hat Frannie brutal vergewaltigt.«

Die Worte hätten Sterling nicht heftiger treffen können,

wenn Claybourne ihm dabei einen Tritt in den Magen versetzt hätte. Mit einem Mal verschwamm alles vor Sterlings sowieso schon geschwächten Augen, und er konnte kaum noch irgendetwas um sich herum erkennen.

»Sie war zwölf Jahre alt«, fuhr Claybourne fort. Seine Stimme klang tonlos, aber der Zorn schien noch immer unter der Oberfläche zu brodeln. »Sie wurde an ein verrufenes Haus verkauft. Ein Haus, in dem vor allem Jungfrauen angeboten wurden. Er war ihr erster Mann. Soweit ich weiß, war er auch ihr einziger Mann. Also ja: Wir vier beschützen sie, wie man vielleicht einen verletzten Schmetterling beschützen würde, den man nicht berührt, um ihn nicht noch weiter zu verletzen, und von dem man hofft, dass er eines Tages wieder fliegen wird. Wenn du ihr irgendwie wehtun solltest – egal, wie leicht die Verletzung auch sein mag –, wirst du dich vor uns dafür verantworten müssen. Und auch wenn Graves nicht persönlich bei dir war, um eine Warnung auszusprechen, solltest du ihn nicht unterschätzen. Mit seinem Skalpell kann er dir das Herz herausschneiden, ohne dass du es spürst.«

Sterling sagte Claybourne, was er auch schon Dodger und Swindler versichert hatte: »Ich habe nicht vor, sie in irgendeiner Form zu verletzen.«

Claybourne nickte. »Manchmal verletzen wir, ohne es zu beabsichtigen. Also, sei gewarnt. Sie ist uns wichtiger, als der Queen ihre Kronjuwelen sind.«

Claybourne erhob sich und ging zur Tür.

»Claybourne!«, rief Sterling und stand auf, als Claybourne stehen blieb und ihn ansah. »Während meiner Weltreise habe ich viele verschiedene Schmetterlinge gesehen. Sie sind unglaublich zerbrechliche Wesen, aber man sollte sie nicht unterschätzen. Wenn man sie beobachtet, wie ich es getan habe, kann man etwas Wichtiges lernen: Wenn man einen Schmetterling zu sehr beschützt und ihm keinen Freiraum lässt, dann kann er – selbst wenn er wollte – nicht fliegen.«

Claybourne musterte ihn einen Moment lang, als würde er nach einem überzeugenden Argument suchen. Schließlich nickte er knapp und blickte an ihm vorbei. Er wartete auf seine Frau, die, wie Sterling klar wurde, direkt neben ihm aufgetaucht war. Der Raum war groß genug und Claybourne zu weit entfernt, um hören zu können, was Bruder und Schwester nun zueinander sagten.

»Sie ist keine Adelige, Sterling.«

»Das ist mir bewusst, Catherine. Du musst dir keine Sorgen machen. Ich habe sehr hohe Ansprüche, wenn es um meine zukünftige Ehefrau geht, und Miss Darling erfüllt diese nicht.« Er sagte das um seiner selbst willen und weil es so das Beste war. Er wollte in ihren reizenden grünen Augen nicht die gleiche Enttäuschung sehen, die er schon in Angelinas Blick gesehen hatte, als sie die Wahrheit über seine Situation erfahren hatte. Nein, er brauchte eine Ehefrau, bei der es ihm nichts ausmachen würde, wenn sie sich anderweitig ihr Vergnügen suchte.

»Ich will nur nicht, dass du verletzt wirst. Oder dass man ihr wehtut. Frannie …« Sie warf einen kurzen Blick zu ihrem Ehemann. »Claybourne hat zuerst um ihre Hand angehalten. Sie hat seinen Heiratsantrag abgelehnt. Einer ihrer Gründe lautete, dass sie kein Verlangen verspürte, fester Bestandteil der Aristokratie zu werden.«

Sterling verengte die Augen zu schmalen Schlitzen. »Du solltest nicht eine Sekunde lang denken, dass er sich mit dir nur zufriedengegeben hätte, Catherine. Es ist offensichtlich, dass er dich vergöttert.«

Sie schenkte ihm ein strahlendes Lächeln, streckte die Hand

aus und berührte seinen Arm. »Das ist mir bewusst, Sterling. Ich hatte nur das Bedürfnis, dir mitzuteilen, was ich erfahren habe. Vielleicht ziehst du sie nicht als Ehefrau in Betracht, aber ich weiß, dass die Gefühle manchmal die Vernunft ausschalten. Ich halte große Stücke auf Frannie, doch ich bin auch der festen Überzeugung, dass ihr beide unglücklich werdet, falls du mehr als nur eine platonische Beziehung zu ihr aufbauen willst.«

»Ich habe deine Sorgen zur Kenntnis genommen.«

Sie stellte sich auf die Zehenspitzen und gab ihm einen Kuss auf die Wange, bevor sie zu ihrem Ehemann ging. Als sie gingen, fragte Sterling sich, ob die beiden ihre Bedenken auch mit Frannie geteilt haben mochten. Er bezweifelte es. Er trieb die Sache zwischen Frannie und ihm voran, also hatten sie ihm klargemacht, was sie davon hielten. *Hör auf damit, sonst . . .*

Er ließ sich in seinen Schreibtischsessel fallen. Mit zitternder Hand griff er nach dem Glas Whiskey, das Claybourne ihm eingeschenkt hatte. In einem Zug leerte er es. Er lehnte sich zurück, schloss die Augen und bemühte sich, die Schauder unter Kontrolle zu bringen, die ihn durchzuckten. Nicht wegen der Drohungen, die Claybourne ausgestoßen hatte, sondern wegen der schrecklichen Dinge, die er über den Mann erzählt hatte, den er umgebracht hatte, und darüber, was dieser Kerl Frannie angetan hatte.

Es war vor vielen Jahren passiert, und sie war damals noch ein Kind gewesen – sie war ein Kind gewesen!

Sterling sprang so schnell auf, dass er beinahe ins Straucheln geraten wäre. Verzweifelt suchte er nach etwas, an dem er sich abreagieren konnte. Schließlich entschied er sich dazu, eine Vase, die er aus China mitgebracht hatte, in den Kamin zu schleudern.

»O Gott.« Er ließ sich in einen Sessel sinken und vergrub das

Gesicht in den Händen. »Oh, Frannie, liebe, liebe Frannie.« Er wollte sie in den Armen halten. Man hatte ihr die Unschuld geraubt. Er dachte an die Verwunderung in ihren Augen, an die Tränen, die darin gestanden hatten, als er ihr einen Höhepunkt geschenkt hatte ...

Am liebsten hätte er die Vergangenheit verändert. Aber noch während ihm dieser Gedanke kam, wurde ihm bewusst, dass es genau diese Vergangenheit war, die Frannie zu der Frau gemacht hatte, die ihn so faszinierte. Lieblichkeit und stahlharte Entschlossenheit. Selbst als er schließlich akzeptierte, dass er nicht einmal eine Nacht mit ihr verbringen würde, wurde ihm bewusst, dass er sich eigentlich noch viel mehr wünschte.

Kapitel 13

Sterling saß in seiner Bibliothek, in der keine Lampe brannte. Nur das Feuer im Kamin spendete ein wenig Licht. Seit dem Opernbesuch mit Frannie war fast eine Woche vergangen. Er hatte ihr Blumen geschickt, jedoch keine Nachricht beigefügt. Er hatte einfach nicht gewusst, was er hätte sagen sollen. Sie war in einer Welt voller Gewalt aufgewachsen, die er nicht wirklich verstehen konnte. Er hatte natürlich auch Probleme, aber ihr Leben war so unterschiedlich verlaufen, dass man es nicht vergleichen konnte.

Er sollte London verlassen und aufs Land fahren. Er sollte sich seinem Anwesen dort widmen, auf der einen oder anderen Feierlichkeit erscheinen, sich die Damen näher ansehen …

Er erhob sich aus dem Sessel. Es war bereits nach Mitternacht. Er würde ins *Dodger's* gehen. Dort würde er ein bisschen Geld verspielen und daran denken, wie Frannie dieses Geld zählen würde.

Langsam schlenderte er in den Flur und blieb abrupt stehen. *Verflixt und zugenäht.* Die Lampen waren gelöscht worden. Wessen Idee war denn das gewesen? Er wollte gerade in die Bibliothek zurückkehren, um dort nach dem Butler zu läuten, der erst die Lampen wieder anzünden und dann eine Kutsche vorbereiten sollte, als er plötzlich etwas hörte. Jemand schlich im Haus herum.

Er wusste, dass er nicht Gefahr lief, gegen irgendwelche Tische oder Stühle zu stoßen, solange er sich in der Mitte des Korridors bewegte. Und so hastete er, so schnell und so leise er konnte, in Richtung Foyer. Die Geräusche, die er gehört hatte, wurden lauter, als er nun um die Ecke bog ...

»Ah, verflucht!«

Aufgrund der Größe und der Tonlage der Stimme handelte es sich bei dem Eindringling offenbar um ein Kind. Eine Lampe, die zu drei Seiten hin abgeschirmt war und ihr Licht nur in eine Richtung warf, erhellte die Silhouette des Jungen. Mit einer verblüffenden Geschwindigkeit, die Sterling an Charley Byerly erinnerte, sauste der Bursche davon. Sterling nahm die Verfolgung auf. »Du da! Halt an! Wedgeworth! Wir haben einen Dieb im Haus!«

Der kleine Lümmel ließ seine Laterne fallen und löschte die Flamme, doch aus Richtung der Küche drang ein schwaches Licht herüber, das die Schatten vertrieb. Die Köchin hatte Sterlings Rufe und den darauffolgenden Aufruhr anscheinend mitbekommen. So ein Glück. Sie kam aus der Küche gerannt, eine Lampe in der einen und ein Nudelholz in der anderen Hand. Mit ihrem stattlichen Leibesumfang versperrte sie äußerst wirkungsvoll den Durchgang.

Der Junge schrie, wirbelte herum und rannte im wilden Zickzackkurs durch den Flur. Anscheinend glaubte er, mit ein paar geschickten Haken an Sterling vorbeizukommen. Sterling drehte sich ebenfalls blitzschnell um und erwischte die Jacke des Kindes. Doch im nächsten Moment hielt er nur noch die Jacke in der Hand – der Bursche war in Windeseile hinausgeschlüpft. Was für ein gerissener kleiner Kerl!

Sterling stürmte ihm hinterher und war fest entschlossen, ihn nicht entkommen zu lassen.

»Jenkins hat ihn, Euer Gnaden!«, donnerte Wedgeworths Stimme durch das Anwesen.

Mit der Köchin zusammen, die die Lampe hielt, eilte Sterling in die Richtung, aus der Wedgeworths Stimme gekommen war. Er fand ihn ganz hinten in dem Flur, der zur Bibliothek führte. Ein Diener, der nur eine Hose trug und dessen Haar vollkommen zerzaust war, hielt den Jungen fest, der sich nach Kräften wehrte.

»Wir werden nach der Polizei schicken lassen«, sagte Wedgeworth.

»Nein«, erwiderte Sterling ernst. »Mir schwebt für unseren kleinen Dieb etwas anderes vor.«

Es ist etwas in meinen Besitz gelangt, das möglicherweise Ihnen gehören könnte. Meine Kutsche steht für Sie bereit.

Greystone

Frannie, die in ihrem Büro im *Dodger's* am Schreibtisch saß, legte die Nachricht zur Seite und starrte auf die goldene Taschenuhr, die mit dem Brief zusammen gebracht worden war. Zwar war sie nicht mit den Wappen jeder adeligen Familie des Landes vertraut, doch dieses Wappen erkannte sie sofort. Sie hatte es unter ihren Fingern gespürt, als sie während der Hochzeitsfeier ebendiese Uhr aus Greystones Weste entwendet hatte.

Was befand sich jetzt in seinem Besitz, das eigentlich ihr gehörte? Warum hatte er es nicht zu ihr bringen lassen, statt ihr zwischen den Zeilen seiner Nachricht zu verstehen zu geben, dass sie zu ihm kommen sollte? Sie wusste, dass er sich genau das wünschte. Sie wusste, dass er aus dem Grund die goldene Taschenuhr beigefügt hatte. Sie sollte ihm die Uhr zurückbringen, um zu bekommen, was in seinen Besitz gelangt war.

Ein Tausch.

Sie schloss die Hand um die Uhr und glaubte, sie würde die Wärme spüren, als hätte sie sie gerade aus seiner Westentasche gezogen. Sie wusste, dass es unwahrscheinlich war. Es war schon eine ganze Weile her, dass sie in seinem Besitz gewesen war.

Warum meldete er sich ausgerechnet jetzt, nachdem sie endlich nicht mehr so oft von ihm träumte, nachdem sie nicht mehr so oft im Spielbereich des *Dodger's* nach ihm suchte, nachdem sie nicht mehr über die Lust nachdachte, die sie erleben könnte, wenn sie sich mitten in der Nacht in sein Haus und in sein Bett schleichen würde? Ein paar handschriftliche Worte hatten gereicht, und ihr fiel alles, was sie so gern hatte vergessen wollen, wieder ein. Der Wunsch, ihn wiederzusehen, war so stark, dass es beinahe beängstigend war.

Zu dieser nächtlichen Stunde würde niemand sehen, dass sie in eine Kutsche steigen würde, die sein herzogliches Wappen trug. Und selbst wenn jemand sie dabei beobachten würde – was spielte es für eine Rolle? Für ein Kind der Straße waren Anstandsdamen, Etikette und korrektes Verhalten so fremd wie ein Haufen Geld.

Sie sah den jungen Mann an, der ihr die Nachricht überbracht hatte und der sie mit großen Augen anblickte. Thomas Lark war erst seit ein paar Monaten im *Dodger's*. Noch ein Kind, das von Jack von der Straße geholt worden war. Jack bot vielversprechenden jungen Leuten öfter Arbeit an. Thomas jedoch hatte er die Möglichkeit gegeben, sich zu verstecken.

»Der Gentleman, der dir das hier gegeben hat … Ich nehme an, dass er durch die Vordertür gekommen ist?«

»Ja, Ma'am.«

»Weiß noch irgendjemand darüber Bescheid?«

»Nein, Ma'am.«

Also würde niemand dazwischenkommen und stören. Sie nickte und hatte ihre Entscheidung getroffen. »Sag dem Fahrer, dass er mit der Kutsche zum Hinterausgang fahren soll.«

Er nickte knapp und rannte hinaus, um ihre Bitte zu überbringen. Er war begierig, alles richtig zu machen und sie zufriedenzustellen.

Sie klappte das Kontobuch zu, mit dem sie gearbeitet hatte. Die restlichen Rechnungen konnten auch bis morgen warten. Im Augenblick war sie erst einmal begierig zu erfahren, was Greystone mit ihr vorhatte.

Zumindest war das die Ausrede, die sie zugestehen konnte, die sie einräumen wollte. Sie wollte dem Flattern in ihrer Magengegend, das eher mit gespannter Erwartung als mit Sorge zu tun hatte, keinen Glauben schenken. Seit der Nacht, in der er sie mit den Wundern der Leidenschaft bekannt gemacht und dabei auf seine eigene Erfüllung verzichtet hatte, hatte sie ihn nicht mehr im *Dodger's* gesehen. Er hatte ihr Blumen geschickt, aber mehr nicht. Er hatte sie nicht gedrängt, seine Geliebte zu werden. Die Enttäuschung, die sie ergriffen hatte, nachdem ihr klar geworden war, dass er offenbar aufgegeben hatte, sie besitzen zu wollen, ließ sich nicht leugnen. Wenn es um ihn ging, ließ ihre Entschlossenheit einfach nach.

Sie wusste, dass eine Ehe zwischen ihnen beiden nicht infrage kam. Als Adeliger würde er eine Frau von der Straße, eine Buchhalterin in einer Spielhölle, niemals bitten, seine Ehefrau zu werden. Und selbst wenn er es tat, war seine Welt nicht die Welt, in der sie dauerhaft leben wollte.

Aber nur für eine einzige Nacht bei ihm zu sein, in seinen starken Armen zu liegen, von seinen Küssen bedeckt zu werden, seine Haut zu berühren, so wie er sie berührt hatte, ihm die Lust und Erfüllung zu schenken, die er ihr geschenkt hatte …

Was dachte sie sich dabei? Nichts, was sie nicht jede Nacht gedacht hatte, als sie mit seinem dummen Taschentuch in der Hand eingeschlafen war, als hätte dieses Stück Stoff die Macht, ihn zu ihr zurückzubringen.

Sie schüttelte den Kopf, um wieder klar denken zu können, erhob sich und ging um den Schreibtisch herum durch den Raum. Sie nahm den Umhang vom Haken neben der Tür und legte ihn sich um die Schultern, bevor sie die Tür hinter sich schloss und durch den Flur ging. Als sie nach draußen kam, hob sie die Röcke und eilte zu der Kutsche, die in der Nähe wartete. Ein Diener stand neben der geschlossenen Tür, auf der das herzogliche Wappen prangte. Ohne ein Wort zu sagen, machte er die Tür auf und half Frannie hinein.

Enttäuschung ergriff sie, als sie bemerkte, dass Greystone nicht auf sie wartete und sie allein fahren würde. Der Diener musste die Nachricht übergeben haben. In der Kutsche war es wärmer, als sie gedacht hätte. Sie sah einen erhitzten Ziegel, der auf dem Boden lag. Natürlich hatte Greystone dafür gesorgt, dass die Fahrt für sie so angenehm wie möglich werden würde. In der Hinsicht war er sehr aufmerksam.

Mit einem plötzlichen Ruck fuhr die Kutsche an. Ihr schoss durch den Kopf, dass sie sich einen Moment hätte nehmen sollen, um sich frisch zu machen, um sich vielleicht umzuziehen und sich zu frisieren. Wenn sie ihr hochgestecktes Haar jetzt noch lösen würde – ohne einen Spiegel in der Hand –, würde sie fürchterlich zerzaust aussehen, wenn sie bei Greystone ankam. Warum bereitete ihr die Vorstellung überhaupt Kopfzerbrechen? Was spielte es für eine Rolle, was er dachte?

Doch für sie spielte es eine Rolle. Der Teil von ihr, der sich danach sehnte, begehrt zu werden, wünschte sich, dass er sie als die Frau sah, die sie sein konnte – nicht die Frau, die Feagans

Burschen in ihr sahen, wenn sie sie betrachteten. Sie liebten sie. Sie machten sich etwas aus ihr und kümmerten sich um sie. Aber sie begehrten sie nicht.

Obwohl Luke schon einmal um ihre Hand angehalten hatte, war sie sich ziemlich sicher, dass er sich nie mit dem Gedanken beschäftigt hatte, dann auch mit ihr ins Bett gehen zu müssen. Und Jim. Ab und zu wurden die Schutzmauern, die er um sich herum aufgebaut hatte, etwas durchlässig, und sie sah, wie sehr er sie wollte. Aber dieses Verlangen erinnerte eher an ein Kind, das einen Hundewelpen haben wollte – um das Tier zu umsorgen und zu pflegen. Er schien sie nicht als Partnerin zu wollen, mit der er die Prüfungen des Lebens teilte, seinen Kummer, seine Freude, seinen Schmerz. Und ganz sicher wollte er sich mit ihr nicht in wilder körperlicher Hemmungslosigkeit verlieren.

Keiner von den Jungs hatte sie je so angesehen, wie Greystone es tat – so, als wünschte er sich auf der Welt nichts mehr, als ihr ganz langsam die Kleider vom Leib zu streifen. Sie hatte einen Vorgeschmack darauf bekommen, wie geschickt er mit dem Mund und den Händen sein konnte, und sie malte sich aus, wie er sie benutzte, um ihr noch größere Lust zu bereiten, und wie sie nackt und eng umschlungen beieinanderlagen.

Als ihr bei ihren Gedanken und Grübeleien nach und nach immer heißer wurde, wünschte sie sich, die Diener hätten keinen heißen Stein in die Kutsche gelegt. Sie presste die Wange an die kühle Scheibe und hieß die Kälte auf ihrer Haut willkommen. Sie wollte nicht mit erröteten Wangen zu Greystone kommen. Mit einem Mal wollte sie überhaupt nicht mehr ankommen. Was wäre, wenn sie nicht länger die Kraft hätte, ihm zu widerstehen?

Aber es war zu spät. Die Kutsche wurde angehalten, und

Frannie wurde bewusst, dass man sie tatsächlich durch den Vordereingang und nicht durch den Dienstboteneingang ins Haus bringen würde, als müsste ihre Ankunft geheim gehalten werden. Bedeutete diese Geste, dass er Respekt vor ihr hatte? Oder war ihm ihr Ruf so egal, dass es ihm nichts ausmachte, ob irgendjemand sie vielleicht weit nach Mitternacht in sein Haus gehen sah?

Die Tür der Kutsche wurde geöffnet, und der Diener streckte ihr die Hand entgegen. Sie nahm ihren ganzen Mut zusammen und sammelte sich, legte ihre Hand in seine und erlaubte es ihm, ihr aus der Kutsche zu helfen.

Nachdem der Diener die Eingangstür aufgemacht hatte, ging Frannie ihm voran ins Haus. Der Butler erwartete offensichtlich ihre Ankunft. Er verbeugte sich leicht. »Miss Darling? Seine Gnaden erwartet Sie in der Bibliothek. Wenn Sie mir bitte folgen möchten?«

Überrascht über die Anzahl von Dienern, die zu dieser späten Stunde noch auf den Beinen waren, nickte sie und folgte dem Butler einen breiten Korridor entlang. Ein Diener machte die Tür zur Bibliothek auf. In dem riesigen Raum erregte eine Bewegung am hintersten Fenster ihre Aufmerksamkeit. Und da war er. Greystone.

Als sie auf ihn zuging, glaubte sie, einen Herzschlag lang Freude über ihr Erscheinen auf seinem Gesicht zu sehen. Doch dieser Eindruck war in der nächsten Sekunde wieder verschwunden. Sie genoss den Luxus, sich an ihm sattzusehen. Sie hatte ihn bisher nicht ohne Weste und Jackett gesehen. Er hatte auch ohne die Betonung durch die Kleidung breite Schultern. Sie erinnerte sich daran, diese Schultern im Rausch der Leidenschaft umklammert zu haben, und wusste noch, wie stark sie sich unter ihren Händen angefühlt hatten. Sein leicht zerzaustes Haar ließ ihn jünger wirken, und sie verspürte Eifersucht, als ihr durch den Kopf ging, dass hoffentlich er selbst das Haar so durcheinandergebracht hatte und keine andere Frau.

»Möchten Sie vielleicht eine kleine Erfrischung?«, fragte er und klang dabei so verdammt formell, dass ihr Herz sich zusammenzog. War das hier wirklich der Mann, der ihre Lustschreie mit einem Kuss gedämpft hatte?

»Ich glaube nicht. Danke.« Zwar war sie dem Alkohol nicht feindlich gesinnt und hatte schon oft mit den Jungs zusammen getrunken, aber sie wollte bei dieser Begegnung einen klaren Kopf bewahren. Irgendetwas zwischen ihnen hatte sich verändert – und das nicht in die Richtung, die sie sich erhofft hätte. »In Ihrem Brief stand …«

»Wir kommen gleich dazu. Bitte nehmen Sie doch Platz.« Er deutete auf zwei Sessel in der Nähe der Fenster. Sie waren bestimmt die sicherere Wahl als ein Sofa, aber, ehrlich gesagt, wusste sie nicht mehr genau, ob sie die sichere Wahl wollte. Sie nahm den Sessel, der am weitesten von ihm entfernt war. Sofort setzte er sich in den freien Sessel neben sie.

»Wie geht es Ihnen? Ich nehme an, dass meine Diener Sie im *Dodger's* angetroffen haben, da Sie so schnell hergekommen sind.«

Sein Tonfall war so nüchtern, als wären sie einander vollkommen fremd. Sie zwang sich, auch so zu klingen, als würde seine Nähe sie kaltlassen. »Ja, ich habe an den Büchern gearbeitet. Für gewöhnlich bin ich tagsüber im Waisenhaus. Es sind rund um die Uhr Mitarbeiter dort.« Warum plapperte sie über völlig Unwichtiges, während eigentlich viel bedeutendere Dinge sie beschäftigten und nicht mehr losließen? »Ich habe Sie in letzter Zeit gar nicht mehr im *Dodger's* gesehen.«

»Ich dachte, es wäre das Beste, nicht mehr hinzugehen.«

Sie hätte ihn beinahe gefragt, warum er das für das Beste hielt – warum ausgerechnet jetzt, wenn er zuvor regelmäßig zu Besuch dort gewesen war. Die Lockerheit und Leichtigkeit, die zwischen ihnen geherrscht hatte, war verschwunden und durch steife Höflichkeit ersetzt worden. »Ich habe die Blumen bekommen.«

»Ich kann mich nicht erinnern, eine Nachricht beigelegt zu haben.«

»Das haben Sie auch nicht, aber wer würde mir denn sonst Blumen schicken?«

»Ich hoffe, sie haben Ihnen gefallen.«

»Sehr sogar. Vielen Dank.« Warum war die Unterhaltung so holprig, die Stimmung so unbehaglich? Warum verhielten sie sich so formell?

»Ach, Ihre Uhr.« Sie holte sie aus ihrer Tasche und reichte sie ihm.

Er nahm sie entgegen, ließ sie vor seinem Gesicht baumeln und betrachtete sie nachdenklich. »Es war die Uhr meines Vaters. Ein Geschenk meiner Mutter, glaube ich. Wenn ich mich recht entsinne, hat sie es genossen, eine Duchess zu sein.«

»Das kann ich mir nicht vorstellen.«

Er sah sie an. »Eine Duchess zu sein?«

»Diesen gesellschaftlichen Rang zu genießen und zu lieben. Ich wage zu behaupten, dass ich die Menschen, die dem Adelsstand angehören, nicht im Mindesten beneide. Ich kann mir nichts Schlimmeres vorstellen, als ein solches Leben führen zu müssen.«

»Und ich kann mir nichts Schlimmeres vorstellen, als ein Leben wie das Ihre zu führen.«

Warum ließ er den Blick über sie schweifen, als suchte er nach einem Beweis …

O Gott, ihr Magen brannte, weil sie wusste, was mit einem Mal so anders war: Er sah sie an, wie Feagans Burschen es taten – als könnte sie zerbrechen, als sollte sie nicht berührt werden. Allerdings war sein prüfender Blick noch viel schlimmer, denn sie war sich ziemlich sicher, dass er die Zeit, die sie zusammen verbracht hatten, dass er die Intimitäten, die sie geteilt hatten, bereute. »Claybourne hat es Ihnen erzählt«, flüsterte sie und wusste, dass er im Moment derjenige war, dem dieses entsetzliche Ereignis mehr zu schaffen machte als ihr. »Er hat Ihnen von diesem unglücklichen Zwischenfall in meiner Jugend erzählt.«

»*Unglücklicher Zwischenfall?* So sprechen Sie über diese ...« Aufgewühlt erhob Sterling sich aus dem Sessel, nahm sich eine Porzellanfigur, stürmte damit zum Kamin und schleuderte die Figur hinein. Das Geräusch des zersplitternden Porzellans hallte unglaublich laut in der stillen Bibliothek wider. Er ließ den Kopf sinken, stützte sich auf dem Kaminsims ab und starrte auf die Scherben.

Sie stand ebenfalls auf und ging zu ihm an den Kamin. »Sterling, es ist schon in Ordnung.«

Er drehte sich abrupt um, und ihr Herz brach beim Anblick des gequälten Ausdrucks auf seinem Gesicht fast entzwei. »*Schon in Ordnung?* Ich schwöre bei Gott, dass ich den Kerl, wenn er nicht bereits tot wäre, mit meinen eigenen Händen umbringen würde.«

Er zitterte vor Zorn. Sie hob die Hand und legte sie auf seine Wange. Sie spürte die Bartstoppeln unter ihren Fingerspitzen. Er legte seine Hand auf die ihre und gab ihr dann einen zärtlichen Kuss auf die Handfläche. »Es ist schon gut, Sterling. Es ist schon so lange her.«

»Sie waren noch ein Kind.«

»Aber jetzt bin ich kein Kind mehr.«

»Wenn Sie es mir gesagt hätten, dann wäre ich noch vorsichtiger gewesen.«

Sie schüttelte den Kopf. »Sie waren der erste Mann, der mich angesehen hat, als wäre ich begehrenswert. Warum sollte ich das verlieren wollen?«

Beinahe verzweifelt riss er sie an sich und küsste sie voller Leidenschaft. Er schmeckte nach Brandy. Ein aufgeregtes Gefühl ergriff sie. Dieser Mann begehrte sie noch immer. Es zeigte sich in jeder Liebkosung mit seiner Zunge, in jedem leisen Stöhnen, das in ihr zu vibrieren schien, in jeder Berührung seiner Hand, mit der er über ihren Rücken streichelte. Sie verzehrte sich nach ihm, wie sie sich nach nichts und niemand anders jemals verzehrt hatte. Es war ihr egal, dass es vielleicht nicht für immer war, denn das, was zählte, war, dass er sie in diesem Moment wollte.

Mit den Händen strich sie über seine Schultern und spürte seine Stärke, als er sie festhielt und seine Muskeln sich anspannten. Sie wollte genau das, sie wollte ihn.

Unvermittelt zog er sich zurück, atmete durch und presste seine Stirn an die ihre. »Das ist nicht der Grund, warum ich nach Ihnen habe schicken lassen.«

Er blickte zur Tür, als würde er mit dem Gedanken spielen, Frannie hochzuheben und sie hinaus in sein Schlafzimmer zu tragen. Mit verblüffender Sicherheit wusste sie, dass sie nicht widersprechen würde, falls er es tatsächlich tun würde. In seinen Augen konnte sie sehen, wie er nachdachte: Würde er ein Gentleman bleiben, oder würde er die Gelegenheit ergreifen und die Chance nutzen, nachdem er sie – aus welchem Grund auch immer – hierhergelockt hatte?

Den Moment, in dem sein edler Charakter schließlich siegte,

konnte sie genau festmachen. Eine Spur von Bedauern und ein Hauch von Traurigkeit huschten kurz über sein Gesicht, bevor er die Situation so akzeptierte, wie sie war, und sie wieder ansah.

»Eines ist sicher, Miss Darling. Ich begehre Sie noch immer, wie ich noch nie eine Frau begehrt habe. Aber jetzt ist nicht der richtige Zeitpunkt.«

Frannie war entschlossen, ihm nicht zu zeigen, wie enttäuscht sie über seine Entscheidung war. Und so achtete sie darauf, dass ihre Stimme ruhig und fest klang, als sie nun sagte: »In Ihrem Brief stand, dass Sie etwas hätten, was mir gehören würde.«

Mit den Fingerspitzen fuhr er an ihrem Gesicht entlang, als wollte er sich jedes noch so winzige Detail einprägen. »Ich glaube jedenfalls, dass es Ihnen gehört. Kommen Sie mit. Ich zeige es Ihnen.«

Er bot ihr den Arm an, damit sie sich bei ihm unterhaken konnte, und führte sie aus der Bibliothek. Sie liefen durch scheinbar endlose Korridore, bis sie schließlich zur Küche gelangten. In der Küche saß ein schmächtiger Junge, der nur noch Haut und Knochen war. Er hockte am Tisch der Bediensteten und stopfte gerade gierig ein Stück Fleischpastete in den Mund.

»Oh!«

Sterling beobachtete, wie Frannie zum Tisch lief und neben dem Jungen in die Hocke ging. Er konnte sich nicht vorstellen, welche Willenskraft und Stärke Frannie hatte aufbringen müssen, um ihre Vergangenheit hinter sich zu lassen. Sicherlich war das, was ihr zugestoßen war, schon lange her, dennoch hatte sie es erleiden müssen, hatte es überleben müssen. Je mehr Zeit er in ihrer Gegenwart verbrachte, desto demütiger wurde er. Ob sie jemals ihre Wünsche und Bedürfnisse vor die der anderen Menschen stellte?

Mit gespreizten Fingern fuhr sie dem Knirps durch die langen dunklen Haare, obwohl er vermutlich Läuse hatte. Irgendjemand – wahrscheinlich die Köchin oder Jenkins – hatte dem Jungen das Gesicht gewaschen. Die Haut war vom Schrubben leicht rosa, doch man konnte trotzdem erkennen, wie blass das Kind war.

Mit unzähligen Fragen in ihren grünen Augen blickte Frannie Sterling an.

»Er ist in das Haus eingebrochen«, erklärte Sterling.

Sie wandte sich wieder dem Jungen zu. »Wie ist dein Name?«

Er stopfte sich noch mehr von der Pastete in den Mund. Sterling war überrascht, dass dem Kleinen bei der Menge an Pastete die Backen nicht platzten.

»Armer Junge«, sagte Sterlings Köchin. »Er schaufelt das Essen in sich hinein, seit ich es vor ihn auf den Tisch gestellt habe. Das ist schon seine dritte Fleischpastete.«

»Kau zu Ende und dann antworte der Dame, Kleiner«, forderte Sterling ihn auf.

Der Junge schluckte. Sterling war erstaunt, dass er sich nicht verschluckte.

»Jimmy«, brummte er und nahm noch einen riesigen Bissen von der Pastete.

»Wer ist dein Kidsman?«, wollte Frannie wissen.

Der Junge schüttelte den Kopf.

»Ich weiß, dass du diesen Einbruch nicht allein geplant hast«, fuhr sie fort.

Wieder schüttelte er nur wortlos den Kopf.

»Kennst du Feagan?«, fragte sie.

Er nickte.

»Ich gehörte früher zu seiner Bande. Mein Name ist Frannie Darling.«

Entsetzt riss der Junge die Augen auf. »Sykes sagt, du bist der Teufel.«

Sterling bemerkte, wie sie unwillkürlich die Kiefer aufeinanderpresste. Anscheinend kannte sie diesen Sykes und hielt nicht viel von ihm. Oder aber es gefiel ihr nicht besonders, mit dem Teufel verglichen zu werden. Sterling musste jedoch zugeben, dass er das Gleiche über sie gedacht hatte – allerdings auf viel schmeichelhaftere Weise. Sie war so schlicht gekleidet wie immer, doch es war spät, und ihre Haare waren nicht mehr so ordentlich frisiert wie sonst. Von hinten sah die Frisur aus, als würden die schweren Strähnen dagegen kämpfen, noch länger von den Haarnadeln gehalten zu werden. Und es hatte den Anschein, als würden sie den Kampf bald gewinnen, sich lösen und Frannie über den Rücken fließen. Ja, er wünschte sich sogar, dass ihre Hochsteckfrisur auseinanderfallen würde. Er verspürte den unbändigen Drang, seine Hände in ihrem Haar zu vergraben.

Er wünschte sich, die Knöpfe ihres Kleides an ihren Handgelenken zu öffnen und die blasse Haut zu liebkosen, die er unter dem Stoff finden würde. Er wollte spüren, wie ihr Puls unter seinen Lippen schneller schlug. Er wollte, dass sie so zärtlich und gefühlvoll zu ihm war, wie sie zu diesem kleinen Knirps war. Und er wollte genauso liebevoll zu ihr sein.

Frannie richtete sich wieder auf und ging zu Sterling hinüber. Er bemerkte die Sorge, die in ihren Augen stand, die reizende kleine Falte, die sich zwischen ihren Brauen gebildet hatte. »Was werden Sie mit ihm machen?«

»Ich werde ihn in Ihre Hände übergeben, denke ich.«

In ihre Augen trat mit einem Mal ein Ausdruck von Erleichterung und Dankbarkeit, und er wünschte sich, er hätte noch viel mehr Jungs erwischt, die in sein Haus eingebrochen wären.

»Ich würde ihn gern ins Waisenhaus bringen. Würden Sie mir erlauben, dazu Ihre Kutsche auszuleihen?«

»Ich gehe sogar noch weiter – ich werde Sie begleiten.«

Kapitel 14

Während seine Kutsche in Richtung der Außenbezirke Londons rumpelte, wurde Sterling klar, dass es zwecklos wäre, in dieser Situation noch zu versuchen, den Abschied von ihr hinauszuzögern. Sie war mit den Gedanken nicht bei ihm, sondern bei dem kleinen Jungen, der ausgestreckt auf der Sitzbank lag und seinen Kopf auf ihren Schoß gelegt hatte, während sie ihm bedächtig mit den Fingern durch das schmutzige Haar fuhr. Der Bursche war wie ein Mischlingswelpe, verdreckt und vernachlässigt. Er hatte sich so mit Essen vollgestopft, dass er einen großen Teil auf dem Weg zur Kutsche wieder erbrochen hatte. Sterling wollte glauben, dass der Kleine nur ein gieriger Bastard war, doch er vermutete, dass der Junge einfach kurz vor dem Verhungern gestanden hatte. Seine Arme waren spindeldürr. Sterling hätte nicht gedacht, dass er auch nur einen Brieföffner aus seinem Anwesen hätte tragen können, aber der Inhalt seiner Taschen hatte eine andere Sprache gesprochen.

»Es war sehr nett von Ihnen, ihn nicht verhaften zu lassen«, sagte Frannie leise.

Um sicherzustellen, dass Frannie sich mit ihm in der Kutsche wohlfühlte, und um sicherzustellen, dass der Junge nicht doch einen Weg fand, sich hinauszustehlen – Sterling traute ihm durchaus zu, sehr geschickt zu sein, wenn es darum ging, sich heimlich davonzuschleichen –, hatte er den Diener angewiesen, die Lampe in der Kutsche anzuzünden. Im Übrigen gab ihm das die Möglichkeit, Frannie ein bisschen besser erkennen zu können, auch wenn die Schatten gegen ihn arbeiteten.

»Ich habe mir gedacht, dass Ihr Freund bei Scotland Yard ihn sowieso freilassen und Ihnen übergeben würde – also, was hätte es gebracht?«

Sie lächelte ihn an, sodass er fast glauben konnte, in seinen Worten würde ein Fünkchen Wahrheit stecken. Dann sah sie wieder zu dem Jungen, der anscheinend eingeschlafen war.

»Also, wer ist dieser Sykes?«, wollte Sterling wissen.

Statt ihm zu antworten, murmelte sie: »Was meinen Sie? Wie alt mag der Kleine sein?«

Er kannte sich mit Kindern nicht allzu gut aus, doch angesichts der Körpergröße des Jungen …

»Ich schätze ihn auf etwa fünf Jahre.«

»Ich denke, er ist acht oder vielleicht sogar neun Jahre alt.« Sie klang sehr überzeugt.

»Er ist doch viel zu klein.«

»So mag Sykes die Kinder.« Sie hob den Blick und sah ihn an. Er bemerkte in ihren Augen nicht nur eine tiefe Traurigkeit, sondern auch Zorn. Sie war eine Frau, die eine große Bandbreite von Emotionen gleichzeitig empfinden konnte. War er, da er von ihrer Vergangenheit wusste, ein Bastard, weil er sich noch immer wünschte, sie in sein Bett zu locken? War er, da ihm klar war, dass er sie niemals heiraten würde, ein Schuft, weil er sich noch immer wünschte, dass sie ein Teil seines Lebens wurde? »Er streift durch die Straßen und sucht nach besonders schmächtigen Kindern. Und er gibt sich die größte Mühe zu verhindern, dass sie größer werden. Er gibt ihnen nur so viel zu essen, damit sie gerade überleben. Ich vermute, dieser Junge ist entweder durch einen Rauchfang oder durch ein Fenster gekommen, das immer offen steht, weil Sie der Meinung sind, dass es zu klein ist, als dass irgendjemand hindurchpassen könnte. Das ist der Grund, warum Sykes sich so bemüht, die Kinder möglichst klein zu halten.«

Während sie sprach, hörte sie nicht auf, dem Jungen durchs Haar zu streichen.

»Er versetzt sie in Todesangst, sodass sie tun, was auch immer er ihnen aufträgt. Solange sie bei ihm sind, haben sie nichts zu lachen und wissen nicht, was Fürsorge bedeutet. Wenn sie krank werden, ist niemand da, der sie tröstet oder der ihnen etwas zu essen gibt, weil sie in dieser Zeit ja auch nichts verdienen.«

»Und er sagt, *Sie* wären der Teufel?«

Sie lächelte ihm zu, denn wie er begriff, freute es sie, dass Sykes sich überhaupt die Mühe gemacht hatte, über sie zu reden.

»Der Teufel kann unzählige Formen annehmen«, entgegnete sie.

»Sie reizen, Sie provozieren ihn.«

»Ich gebe seinen Jungs ein Zuhause, wenn ich sie auf der Straße finde«, erklärte sie. »Und, ja, ich habe auf den Straßen verlauten lassen, dass man bei mir eine sichere Zuflucht finden kann.«

»Es klingt, als wäre dieser Sykes ein ziemlich unangenehmer Zeitgenosse. Ihm wird nicht gefallen, was Sie da machen«, stellte er fest.

Entschlossenheit trat in ihren Blick. Beinahe trotzig hob sie das Kinn an. »Ich weiß, wie es sich anfühlt, wenn man Angst um sein Leben hat. Ich werde nicht den Kopf einziehen und aus Furcht nicht das tun, was ich für richtig halte.«

»Nicht einmal, wenn Sie dadurch Ihr Leben aufs Spiel setzen?«

»Seien Sie nicht so melodramatisch. Es gibt unglaublich viele Kinder da draußen. Sykes wird andere finden.« Sie blickte auf das Kind, das noch immer schlafend auf ihrem Schoß lag. »Dieses hier gehört jetzt mir.«

»Meinen Sie, Sie können den Kleinen läutern?«

»Der Knirps ist noch so jung, dass seine Seele wahrscheinlich noch nicht verloren ist. Die älteren Kinder, diejenigen, die schon mal im Gefängnis gewesen sind, sind schwieriger zu erreichen.«

»Ich kenne mich auf den Straßen Londons aus. Es gibt Hunderte von Kindern, die umherstreifen. Sie können sie nicht alle retten.«

Sie warf ihm ein wehmütiges Lächeln zu. »Nein, aber ich kann dieses Kind hier retten. Und für den Moment reicht mir das.«

Und was ist mit Ihnen, Frannie? Wer wird Sie retten?

Sie gab so viel von sich für andere. Er wünschte sich, sie wäre mehr wie er und würde auch einmal ihre eigenen Bedürfnisse an erste Stelle setzen.

Er blickte aus dem Fenster, als die Kutsche gerade um die Ecke bog und durch das Tor auf das Gelände des Waisenhauses fuhr. Die Gaslaternen erleuchteten den Kopfsteinpflasterweg. Als die Kutsche kurz darauf hielt, rührte sich der kleine Junge.

»Ich werde ihn hineintragen«, sagte Sterling, als die Tür geöffnet wurde und er aus der Kutsche kletterte. Er beugte sich wieder hinein und nahm den Jungen auf den Arm. Der Kleine klammerte sich instinktiv wie ein Äffchen an ihn, schlang die Arme fest um seinen Hals und die Beine um seine Taille. Sterling hielt einen Moment lang inne und stellte erschrocken fest, dass das Kind so gut wie nichts wog. Er hatte ja schon gesehen, dass der Kleine schmächtig war, doch so … Der Junge konnte unmöglich schon so alt sein, wie Frannie glaubte.

»Sterling?«, drängte sie und wies ihm den Weg zu dem hell erleuchteten Eingang des Waisenhauses.

»Ich hoffe nur, dass er keine Flöhe oder Läuse hat«, brummte Sterling, als er neben Frannie her zum Eingang lief.

»Ich glaube, da müssen Sie sich keine Sorgen machen. Mir ist nichts aufgefallen.«

Sie holte den Schlüssel aus ihrer Tasche, schloss die Eingangstür auf und öffnete sie. Sterling ging hinein und war erstaunt, wie sehr sich alles hier verändert hatte. Die Räumlichkeiten verströmten ein heimeliges Gefühl. Pflanzen standen auf dem Boden, und Bilder hingen an den Wänden. Überall verteilt standen Lampen, die gedämpftes Licht verströmten. Ein bulliger Mann mit zu Fäusten geballten Händen erhob sich aus einem Sessel – er war so imposant und wirkte so beängstigend, als würde er direkt aus den Tiefen der Hölle emporsteigen.

»Miss Frannie.«

»Guten Abend, Mr Bates. Wie sieht es aus?«

»Es is alles ruhig. Sieht aus, als würden Sie noch 'n Jungen mitbringen.«

»Ja, das stimmt.« Sie wandte sich Sterling zu. »Mr Bates hat nachts ein Auge auf das Haus und die Kinder.«

Wie Cerberus, der die Tore des Hades bewacht, dachte Sterling, auch wenn er vermutete, dass sie hier dem Himmel näher waren als der Hölle.

Frannie berührte Sterling am Arm. »Wir legen ihn in ein Zimmer hier unten. Morgen, wenn wir Gelegenheit hatten, ihn zu waschen und ihm alles zu erklären, kann er zu einem anderen Jungen aufs Zimmer.«

Sie führte ihn einen Flur entlang zu einem Raum, in dem ein Bett und ein Sessel standen, der sehr gemütlich aussah. Sie machte die Lampe auf dem Tischchen neben dem Bett an, während Sterling den Jungen, der versucht hatte, ihn zu beklauen, behutsam ablegte. Die Ironie der Situation entging ihm nicht.

Er machte einen Schritt zurück und sah zu, wie Frannie dem Burschen die zerlumpten Schuhe auszog, die ihm, wie seine dreckigen Füße zeigten, viel zu groß waren. Als hätte sie Sterlings Gedanken gelesen, griff sie in einen der Schuhe und zog etwas zusammengeknülltes Zeitungspapier heraus. Sie zuckte mit den Achseln, als wollte sie sagen: *Wenigstens hat er überhaupt Schuhe.*

Seine Kleider zog sie ihm nicht aus, sondern breitete nur eine Decke über ihn. Noch einmal strich sie dem Kleinen übers Haar, beugte sich dann vor und hauchte ihm einen flüchtigen Kuss auf die Schläfe. »Schlaf gut.«

Der Junge murmelte etwas Unverständliches und fing kurz darauf prompt an zu schnarchen.

Mit einem Kopfnicken in Richtung Tür führte Frannie Sterling wieder zurück in den Flur. »Wenn ich nachts hierherkomme, mache ich immer einen kleinen Rundgang. Es würde mich freuen, wenn Sie mich heute begleiten würden.«

Weil sich der Abschied von ihr so noch hinauszögern würde, nickte er. Sie nahm eine Laterne von einem Tischchen, das in der Nähe stand, und ging mit Sterling zusammen zur Treppe.

»Kommen Sie denn jeden Abend hierher?«, fragte er, als er ihr die Stufen hinauffolgte.

»Nicht so oft. Es kommt darauf an, wie lange ich im *Dodger's* mit den Büchern beschäftigt bin. Für gewöhnlich bleibe ich über Nacht dort in meinem Apartment und komme tagsüber hierher, um nach dem Rechten zu sehen, um die Kinder zu besuchen«, sie warf einen Blick über die Schulter und lächelte Sterling zu, »und um mich um die Bücher zu kümmern. Es scheint, als würde ich ständig nur Bücher prüfen.«

Sie kamen an den Treppenabsatz, und er bemerkte, dass alle Türen offen standen. Frannie ging durch die erste Tür in ein Zimmer. Zwei Jungs lagen ausgestreckt in ihren Betten. Vor den beiden Betten stand jeweils eine kleine Kommode, in der, wie Sterling vermutete, ihre Habseligkeiten untergebracht waren. Sie beugte sich vor und gab zuerst dem einen und dann dem anderen Jungen einen Kuss. Keiner der beiden rührte sich. Sterling nahm an, dass sie es gewohnt waren, Engelsküsse zu bekommen, wenn sie schliefen.

In allen anderen Zimmern wiederholte Frannie dieses Ritual. Da Sterling sich überflüssig und nutzlos fühlte, nahm er ihr irgendwann die Laterne ab, um wenigstens irgendetwas beizusteuern. Im Übrigen war er so in der Lage zu bestimmen, wohin die Lampe leuchtete, und erhellte eher Frannie als die Jungs, sodass er sie genau beobachten konnte. Sie täuschte nichts vor. Sie spielte sich nicht auf. Sie liebte diese Kinder wirklich und wollte ihnen ein besseres Leben ermöglichen. Es waren Kinder, die sie nicht auf die Welt gebracht hatte, die nicht ihr gehörten. Wie viel größer und stärker würde die Liebe zu ihren eigenen Kindern einmal sein? Oder war ihre Fähigkeit zu lieben unendlich?

Die Anzahl der Kinder, die in diesem Waisenhaus untergebracht waren, überraschte ihn.

»Wo finden Sie diese Jungs?«, wollte er wissen, nachdem sie den letzten Kuss verteilt hatte und sie gemeinsam wieder nach unten gingen.

»Meistens finden sie mich. Während Sykes in mir den Teufel sieht, gibt es andere, für die ich ein Engel bin. Auf den Straßen erzählt man sich, dass die Kinder hier im Heim eine sichere Zuflucht finden und dass ihnen kein Leid mehr zugefügt wird. Einige trauen diesem Frieden nicht. Andere sind an einem

Punkt angelangt, an dem sie glauben, nichts mehr verlieren zu können. Und natürlich weiß Jim, wer gerade verhaftet worden ist. Er bringt die Kinder hierher, nachdem sie ihre Strafe abgesessen haben.«

Natürlich. Der Inspektor von Scotland Yard. Sterling hätte niemals geglaubt, dass er einmal mit einem Bürgerlichen konkurrieren würde – und zwar um die Gunst einer ... Grundgütiger. Um die Gunst einer Bürgerlichen. Nicht, dass er an Frannie Darling irgendetwas gewöhnlich gefunden hätte.

Er stellte die Lampe auf einen Tisch im Eingangsbereich und ging hinaus. Er war dankbar, dass sie ihn begleitete. Jeder Augenblick in ihrer Gegenwart weckte in ihm den Wunsch, mehr davon zu erleben.

»Mir ist der kleine Schlingel gar nicht aufgefallen, der mich auf der Weltausstellung ausrauben wollte. Charley hieß er, oder?«, fragte er.

Sie lächelte warmherzig. »Charley Byerly, ja. Ich habe eine anständige Familie gefunden, die ihn bei sich aufnehmen wollte.«

»Gott steh ihnen bei.«

»Er ist gar nicht so schlimm. Ich habe neulich sogar Zeit gefunden, ihn zu besuchen. Er hat sich ziemlich schnell dort eingelebt.«

»Also kümmern Sie sich neben allem, was Sie sonst noch so tun, auch darum, ein Zuhause für die Jungs zu finden?«

»Ja.«

»Sie sind bemerkenswert. Darf ich Sie zurück zum *Dodger's* bringen?«, fragte er.

Sie schüttelte den Kopf. »Ich werde bei Jimmy bleiben. Er wird sich fürchten, wenn er mitten in der Nacht in einer vollkommen fremden Umgebung aufwacht.«

Er wollte sie hier nicht allein lassen, doch er wusste, dass es ihr nicht gefallen würde, wenn er darauf bestehen würde, dass sie mit ihm ging. »Dann müssen Sie mir das Folgende vergeben.«

Ohne ihr die Chance zu geben, die Bedeutung seiner Worte zu durchschauen, schloss er sie in seine Arme und presste seine Lippen auf ihren Mund. Sie stieß ein leises Stöhnen aus, protestierte aber nicht. Er küsste sie viel zärtlicher, als er es in der Bibliothek getan hatte, als er tief in sich ein beinahe verzweifeltes Verlangen verspürt hatte. Er wünschte sich mehr von ihr, als er haben konnte, mehr als er verdient hatte. Sie wollte, dass er sie begehrte. Und bei Gott, das tat er – mit einer Heftigkeit, die beinahe beängstigend war.

Sterling zog sich zurück und umfasste sacht ihr Kinn. »Zwischen uns mag es viele offene Fragen geben, aber Sie dürfen nicht einen Moment daran zweifeln, dass ich Sie begehre. Schlafen Sie gut, Frannie.«

Als er sich später in seiner Kutsche zurücklehnte, schob Sterling den Daumen in die Tasche seiner Weste und musste lächeln. Seine Taschenuhr fehlte. Dass sie sie an sich genommen hatte, war eine eindeutige Einladung. Und er freute sich schon darauf, sie anzunehmen.

Frannie saß in dem Sessel neben dem Bett im gedämpften Licht der Lampe und betrachtete den schlafenden Jimmy. Der arme Junge. Sie kannte Sykes gut genug, um zu wissen, dass Jimmy eine empfindliche Strafe erwartete, falls er nicht zu seinem Ziehvater zurückkehrte. Sykes war als Junge ein Tyrann gewesen, und als Erwachsener war er nun ein Monster. Für ihn war niemand wichtig außer ihm selbst. Obwohl Frannie ihn seit ihrem zwölften Lebensjahr nicht mehr gesehen hatte, war sie bei ihrer Suche nach Waisenkindern oft genug in den Elendsvierteln unterwegs, um die Geschichten über ihn zu kennen.

Sie schob die Hand in ihre Rocktasche und zog Greystones Taschenuhr hervor. Sie wollte ihn wiedersehen, und sie hoffte, dass sie ihm das vermittelt hatte, indem sie seine Uhr an sich genommen hatte. Es war eine Nachricht, die er richtig verstehen würde.

Vielleicht würde er nie begreifen, wie sehr es sie berührt hatte, dass er nach ihr und nicht nach der Polizei hatte schicken lassen. Wenn sie doch nur andere Menschen auch dazu bringen könnte, so zu handeln. Wenn diese Kinder doch nur nie die Erfahrung machen müssten, ins Gefängnis gehen oder andere Strafen erdulden zu müssen. Wenn ihre Arbeit doch nur etwas bewirken würde.

Sie bemerkte gar nicht, wie sie einschlief. Aber als sie aufwachte, tat ihr der Nacken weh und Sonnenlicht strömte ins Zimmer. Jimmy schlief noch immer.

»Miss Darling?«

Mit einem Lächeln sah sie zur Tür, wo Mrs Prosser, die Leiterin des Waisenhauses, stand. »Guten Morgen.«

Mrs Prosser machte einen kleinen Knicks. Frannie konnte sie nicht davon überzeugen, dass sie vor ihr keinen Knicks machen musste. »Es tut mir leid, Sie zu stören, Ma'am, aber vorne wartet ein Gentleman, der Sie gern sehen würde.«

Frannie spürte, wie ihr Lächeln breiter wurde. Greystone hatte wirklich keine Zeit vergeudet, um wieder hierherzukommen und seine Uhr abzuholen. Vielleicht würde er ihr beim Frühstück Gesellschaft leisten. Doch als sie in den Eingangsbereich kam, erblickte sie nicht Greystone, der auf sie wartete, sondern einen kleinen Mann mit rötlicher Gesichtsfarbe und einer Beinaheglatze, die nur sichtbar war, weil er seine Mütze abgesetzt hatte, die er nun zwischen seinen rissigen Händen drehte.

»Kann ich Ihnen behilflich sein, Sir?«, fragte sie.

»Ich bin hier, um Ihnen behilflich zu sein, Ma'am. Ich bin Schuster. Seine Gnaden, der Duke of Greystone, hat mich angeheuert, damit ich dafür sorge, dass alle Burschen passende Schuhe bekommen.«

Frannie fühlte, wie ihr die Tränen in die Augen traten, als sich wieder einmal zeigte, wie großzügig Greystone war. »Das hat er getan?«

»Ja, Ma'am. Wann auch immer einer der Jungs neue Schuhe braucht, lassen Sie es mich wissen, dann komme ich vorbei und nehme Maß. Seine Gnaden wird für alle Schuhe bezahlen, die hier benötigt werden.«

»Das ist sehr großzügig von ihm.«

»So ist es, Ma'am. Ich habe Papier mitgebracht. Wenn Sie die Jungs in Reih und Glied aufstellen, kann ich die Maße nehmen und mich dann in meiner Werkstatt an die Arbeit machen.«

Nachdem sie einige ihrer Mitarbeiter losgeschickt hatte, um die Jungs zu versammeln, kehrte sie in das Schlafzimmer zurück, in dem Jimmy übernachtet hatte. Doch er war nicht mehr da.

»Mrs Prosser?«

Mrs Prosser eilte ins Zimmer. »Ja, Ma'am?«

»Der Junge, der hier geschlafen hat ... Haben Sie ihn gerade vielleicht losgeschickt, um ein Bad zu nehmen oder so etwas?«

»Nein, Ma'am. Als ich vorhin gegangen bin, hat er noch geschlafen.«

Frannie war sich ziemlich sicher, dass es zwecklos war, aber sie schickte alle Angestellten los, um das Gebäude und das gesamte Grundstück abzusuchen. Die Suche dauerte über eine Stunde. Doch niemand fand den kleinen verwahrlosten Jungen, der auf den Namen Jimmy hörte. Sie hatte das Gefühl, dass sie nicht nur Jimmy im Stich gelassen, sondern auch Greystone enttäuscht hatte.

Kapitel 15

Sterling stand in der schummrigen Gasse und griff auf der Suche nach seiner Uhr ganz automatisch in seine Westentasche. In dem Augenblick erinnerte er sich daran, dass das Fehlen ebendieser Uhr der Grund war, warum er überhaupt hier war. Es war eine Angewohnheit von ihm, die Uhr aus der Tasche zu nehmen, sie aufzuklappen und einen Blick auf das Ziffernblatt zu werfen – auch wenn er es in diesen Lichtverhältnissen sowieso nicht hätte erkennen können. Er hatte seinen Fahrer angewiesen, die Kutsche auf der Straße am Ende der Gasse abzustellen. Falls Swindler oder Dodger da wären, sollten sie nicht mitbekommen, dass er ebenfalls dort war. Außerdem bestand durchaus noch die Möglichkeit, dass er Frannies Gründe, die Uhr an sich zu nehmen, falsch verstanden hatte. Vielleicht wollte sie sie bloß verpfänden, um von dem Geld den Bengel füttern zu können, der in sein Anwesen eingedrungen war, um ihn auszurauben.

Oder es war tatsächlich, wie er hoffte, eine Einladung. Er war kurz im *Dodger's* gewesen und hatte sich einen der Laufburschen dort vorgenommen und ihn ausgehorcht. Der Junge hatte ihm bestätigt, dass Miss Frannie gerade die Buchhaltung machte. Mit ein bisschen Glück würde sie gleich fertig sein. Dann wollte er zu ihr gehen und sie zu einem späten Mahl auf seinem Anwesen oder zu einem kleinen Ausflug in seiner Kutsche einladen. Sie hatte diese Begegnung angebahnt, und er war froh, dass sie bestimmte, wie schnell sich die Dinge entwickelten. Seit Claybournes Besuch war Sterling sich nicht mehr sicher, was er eigentlich von ihr wollte. Angesichts ihrer Vergangenheit erschien es ihm falsch, sie um seines eigenen Vergnügens willen zu verführen. Er konnte nicht abstreiten, dass er sie noch immer begehrte, doch ihm war klar geworden, dass er mehr als nur eine Nacht von ihr wollte. Er wollte die Härte, die sie in ihrer Jugend hatte erleben müssen, wiedergutmachen, und er wollte ihr die sinnlichen Freuden zeigen, die sie eigentlich schon längst hätte erfahren sollen.

Er könnte sie zu seiner Geliebten machen, für den Unterhalt ihres Waisenhauses aufkommen und dafür sorgen, dass sie nicht länger im *Dodger's* arbeiten müsste. Und das für viele Jahre. Sie könnten ein gemeinsames Glück erleben, das sie beide zufrieden machen würde. Gut, irgendwann müsste er dann die Tochter eines Lords heiraten, aber er wusste, dass viele Männer, die verheiratet waren, nebenbei eine Geliebte hatten. Das war der Lauf der Dinge. Andererseits gab es noch immer das Problem, sie mit einem blinden Mann zu belasten, ihr die Ehe zu verweigern, die sie verdient hätte, und auch eigene Kinder, die eigentlich sie verdient hätten. Nein, es war am Ende nicht der richtige Weg, sie zu seiner Geliebten zu machen. Es wäre fürchterlich selbstsüchtig. Zwar hatte er bisher immer seine Bedürfnisse an die erste Stelle gesetzt, doch wenn es um sie ging, war ihm eher an ihren Bedürfnissen gelegen.

Die Hintertür ging auf, und sie trat auf die Treppe hinaus. Nachdem sie die Tür hinter sich abgeschlossen hatte, setzte sie die Kapuze ihres Umhangs auf. Eine seltsame Geste, da ihr Apartment doch gleich nebenan war. Es war zwar ein sehr kühler Abend, aber …

Sie hastete die Gasse entlang und an den Stufen vorbei, die zu ihrer Wohnung führten. Wohin wollte sie?

Es war nicht seine Art, seine Nase in Dinge zu stecken, die ihn nichts angingen. Doch sie bewegte sich wie jemand, der nicht entdeckt werden wollte. Er redete sich ein, dass es allein ihre Angelegenheit war, während er ihr dennoch schnell und dabei möglichst leise hinterherlief. Immerhin hatte er denselben Weg – seine Kutsche stand ja hinter der nächsten Ecke.

Frannie hatte die Buchhaltung, so schnell es ging, hinter sich gebracht. Sie wollte in den Elendsvierteln sein, solange die Kinder noch unterwegs waren, solange die Männer noch nicht vollkommen betrunken waren und solange die Frauen noch nicht ihren letzten Kunden ins Bett gelockt hatten. Sie hatte bereits den Großteil des Tages damit verbracht, nach Jimmy zu suchen – ohne Erfolg. Doch die Atmosphäre war nachts anders. Manchmal spukte auch Feagan in den Straßen herum. Falls sie ihn finden konnte, wäre er bestimmt dazu bereit, ihr zu helfen. Er kannte jeden Winkel der Viertel. Er war vielleicht alt, aber noch immer ein gerissener Mann.

Als sie an das Ende der Gasse kam, schlug ihr Herz schneller. Sie würde sich eine Kutsche nehmen und dann …

Plötzlich packte jemand sie von hinten und schleuderte sie gegen die Ziegelsteinmauer. Bevor sie sich irgendwie zur Wehr setzen konnte, presste der Unbekannte sie mit seinem Körper gegen die Wand, hielt sie fest, sodass sie nicht wegkonnte, hob ihre Röcke an …

»Ich bin hier, um 'ne Nachricht von Bob Sykes zu überbringen«, krächzte er. Sein Atem stank nach Alkohol und faulen Zähnen. »Lass seine Jungs in Ruhe.«

»Lassen Sie mich los«, forderte sie und versuchte, ihn abzuschütteln.

Er rammte brutal seinen Oberschenkel zwischen ihre Beine. »Erst, wenn ich meinen Lohn für das Überbringen der Nachricht bekommen hab. Ich wollt' schon immer mal 'n schickes Weib probieren.«

Grob ergriff er ihr Kinn und drückte seinen Mund auf ihre Lippen. Mit der anderen Hand berührte er sie ...

Nein, nein, nein!

Mit einem Mal war sie wieder zwölf Jahre alt, wehrte sich, kämpfte ...

Dann passierte alles innerhalb einer Sekunde. Sie stemmte sich gegen den dunklen Abgrund, in den sie stürzen wollte, riss entschlossen ihren Dolch aus der Scheide, holte aus und stach zu ...

Der Mann schrie auf, ließ sie los, war weg. Sie hörte einen leisen Aufprall, hörte, wie das Messer im nächsten Moment dumpf auf etwas Hartes traf, und spürte die Erschütterung in ihrem Arm.

Ein ersticktes Aufstöhnen erklang.

Schweres Atmen war zu vernehmen.

Finger vergruben sich in ihrer Schulter. Im fahlen Schein einer weit entfernten Gaslaterne erblickte sie ... Greystone. Er hatte die Hand in seine Seite gepresst, und sie konnte die tiefe Schwärze, die zwischen seinen Fingern hervorquoll, kaum erkennen.

Dann hörte sie ein scharrendes Geräusch und nahm den Mann, der sich aufrappelte und nun wegrannte, nur am Rande wahr. »Es is noch nich vorbei, Frannie Darling«, brüllte ihr Angreifer, während er in den tiefen Schatten verschwand und um die nächste Hausecke bog.

Frannie ließ das Messer los und legte ihre Hand auf Greystones. Er stieß ein unterdrücktes Fluchen aus, und sie spürte, wie das warme Blut zwischen ihren Fingern heraussprudelte. So viel Blut.

»Lieber Gott. Wie schlimm sind Sie verletzt? Schaffen Sie es die Treppe hinauf? Ich möchte mir die Verletzung ansehen und schauen, wie ...«

Er legte die Hand in ihren Nacken. Sein Griff war überraschend kraftvoll. Er zog sie an sich. »Falls ich sterben sollte«, keuchte er, »dann so ... Mit Ihrem Geschmack auf meinen Lippen.«

Ohne seine sonst übliche Gewandtheit presste er seinen Mund auf den ihren. Sie redete sich ein, dass er nicht tödlich verwundet sein könnte, wenn seine Hand noch immer so stark war und wenn er sie noch immer so voller Leidenschaft küssen konnte.

Es war eine unglückliche Fügung gewesen, dass er ihren Angreifer genau in dem Moment von ihr weggezogen hatte, als sie ihren Dolch in seinen Bauch hatte stechen wollen. Greystone, ihr Held, verströmte nun sein Blut über sich selbst und über sie. Es war so verdammt viel Blut.

Sie schob ihn von sich. »Sie verfluchter Narr. Sie werden verbluten.«

»Es ist doch nur ein Kratzer.«

»Dann sind Sie ein noch größerer Narr, weil Sie mir einen solchen Schrecken einjagen. Sind Sie kräftig genug, um die Stufen hinaufzusteigen?«

»Ja.«

Sie schlang den Arm um seinen Rücken, während er sich schwer auf ihren Schultern abstützte. Sie wankten gemeinsam zur Treppe. Er lehnte sich mit jedem Schritt, mit jeder Stufe schwerer auf sie, als würde er mit seinem Blut auch seine Kraft verlieren. Es war nicht nur ein Kratzer. Ein kleiner Kratzer hätte nicht die ganze Hand in Blut getränkt. Sie hatten die Hälfte der Stufen hinter sich gebracht, als er mit einem Mal auf die Knie sank.

»Es scheint so, als hätte ich die Lage falsch eingeschätzt«, knurrte er.

»Es wäre ziemlich würdelos, wenn Sie ausgerechnet hier sterben würden.«

Er lachte leise. »Und würdevoll bin ich.«

»Es freut mich, dass Sie das alles hier so leicht nehmen und noch lachen können.«

»Nicht im Entferntesten.«

Sterling packte das Geländer und zog sich hoch. Sie taumelten die restlichen Stufen hinauf. Jeder, der sie in diesem Moment gesehen hätte, hätte vermutlich geglaubt, sie wären betrunken. Als sie am Treppenabsatz ankamen, lehnte er sich an die Wand, während sie den Schlüssel aus ihrer Tasche holte. Sobald sie die Tür geöffnet hatte, führte sie Sterling in die Wohnung.

Wie ihr Büro war ihr Apartment ebenfalls sehr spärlich möbliert. Sie wollte ihn zuerst zum Sofa bringen, entschied sich dann aber doch, ihn zum Bett zu geleiten. Es war sehr viel weicher und gemütlicher, und er musste sich wahrscheinlich hinlegen. Er setzte sich auf die Bettkante, während sie einige Handtücher holte. Kurz darauf trat sie zu ihm und kniete sich hin. Seine Kleidung war blutgetränkt. Es war so verflucht viel Blut. Das war alles, was Frannie denken konnte, während sie versuchte, die Blutung zu stillen. »Das sieht nicht gut aus.«

»Ich glaube, es ist nur eine Stichwunde. Allerdings tut es höllisch weh. Erinnern Sie mich bitte daran … Sie niemals wieder retten zu wollen.«

»Ich kann kaum glauben, wie schlecht der Zeitpunkt war. Sie sind genau in dem Moment gekommen, als ich zugestoßen habe. Ich habe Sie nicht einmal gesehen.«

»Und ich habe das Messer nicht gesehen, also sind wir quitt.«

Wohl kaum. »Darf ich … Darf ich Ihre Weste aufknöpfen und Ihr Hemd hochschieben?«

Er nickte. Er wurde von Sekunde zu Sekunde blasser. Sie war vorsichtig, arbeitete aber, so schnell sie konnte. Die Wunde sah schrecklich aus. Lang und tief führte sie seine Seite hinauf. Zum Glück quoll nichts anderes hervor außer Blut.

»Legen Sie sich hin. Ich werde jemanden losschicken, um Bill zu holen.«

»Bill?« Er atmete flach und schnell, als wären tiefere Atemzüge zu schmerzhaft. Mit einem leisen Stöhnen streckte er sich auf dem Bett aus.

»William Graves. Er ist Arzt.«

»Stimmt. Er hat ja nach Catherine gesehen.«

»Ja. Warten Sie hier. Ich werde ihn holen lassen.«

Er warf ihr ein schiefes, einnehmendes Lächeln zu, als würde er ihre Aufforderung sehr lustig finden, weil er nicht einmal hätte aufstehen können, selbst wenn er es gewollt hätte.

Sie machte sich auf den Weg zur Tür, hielt jedoch inne und drehte sich noch einmal zu ihm um. »Was wollten Sie überhaupt hier?«

»Ich wollte meine Uhr holen. Ich dachte … es wäre eine Art Einladung gewesen, dass Sie sie an sich genommen haben.«

Das hatte sie ganz vergessen. Sie griff in ihre Tasche, in der sie die Uhr schon den ganzen Tag mit sich herumtrug, holte sie heraus, legte sie ihm in die Hand und schloss seine Finger um das wertvolle Stück. »Das war es auch«, flüsterte sie, bevor sie ihm einen Kuss auf die Stirn hauchte. Doch es hatte ganz sicher keine Einladung für eine Situation wie diese sein sollen.

Nachdem Frannie jemanden losgeschickt hatte, um Bill zu holen, traf sie Jim und Jack in Jacks Büro an. Die beiden begleiteten sie, als sie an Greystones Krankenlager zurückkehrte. Sie setzte sich neben Sterling auf die Bettkante, presste Handtücher auf die klaffende Wunde und beobachtete entsetzt, wie sie Stück für Stück von seinem Blut durchtränkt wurden.

Er hatte noch immer Schwierigkeiten beim Luftholen, verzog das Gesicht und atmete flach und schnell. Die Kiefer hatte er so fest aufeinandergepresst, dass sie fürchtete, seine Zähne könnten zerbersten. Es wäre viel leichter gewesen, die Schuldgefühle zu ertragen, wenn er sie nicht die ganze Zeit angeblickt hätte. Seine Augen waren so wundervoll blau, doch auch voller Schmerz.

»Es tut mir unendlich leid«, sagte Frannie leise.

»Was tut dir leid?«, wollte Jack wissen. Er stand am Fuß des Bettes und hatte die Arme vor der Brust verschränkt. »Du wolltest dich nur verteidigen. Es ist nicht deine Schuld, dass er dir dabei in die Quere gekommen ist.«

Greystones Mundwinkel zuckte verdächtig, und sie fragte sich, ob er tatsächlich ein Lachen unterdrückte. Sie war sich ziemlich sicher, dass er über diesen Vorfall auch in späteren Jahren nicht lachen würde – falls er überleben und es eine Zukunft für ihn geben würde.

»Soll ich lieber die Tücher auf seine Wunde pressen?«, fragte Jim.

Greystone, der sie keine Sekunde aus den Augen ließ, umklammerte ihr Handgelenk. Er ließ sie nicht los und gab ihr damit ohne Worte zu verstehen, dass sie ihn nicht verlassen sollte. Darüber hätte er sich keine Gedanken machen müssen. Sie hatte nicht vor, ihn zu verlassen. Sie schüttelte den Kopf. »Nein, ich bin für das alles hier verantwortlich. Also werde ich mich auch um ihn kümmern.«

Sie wollte mit den Fingern durch sein Haar streichen, sein Gesicht in beide Hände nehmen, ihre Stirn an die seine legen und sich noch einmal entschuldigen. Doch sie wollte nicht, dass er das hier überlebte, um dann anschließend Jack und Jim zum Opfer zu fallen. »Wo bleibt denn bloß Bill?«

Als hätten ihre Worte ihn heraufbeschworen, kam er nun durch die Tür. »Was ist hier los? Man hat mir gesagt, dass Frannie verletzt wurde.«

»Nicht Frannie«, entgegnete Jack. »Grundgütiger … Oder bist du auch verletzt, Frannie? Ich habe nicht mal dran gedacht, dich zu fragen, wie es dir geht.«

»Mir geht es gut.« Bis auf einige blaue Flecke und Kratzer. Aber sie schwieg darüber, weil sie wollte, dass die gesamte Aufmerksamkeit Greystone galt. Er war derjenige, der sofort ärztlich versorgt werden musste. Sie drehte sich etwas zur Seite, um Bill ansehen und ihm erklären zu können, was passiert war. Als bei dieser Bewegung das Bett leicht erschüttert wurde, stöhnte Greystone gequält auf. Trotz des schmerzvollen Lauts wirkte es, als würde er sich zusammenreißen, um nicht zu zeigen, wie schlimm seine Schmerzen tatsächlich waren.

Bill kam zu den beiden und stellte sich neben Frannie ans Bett. »Lass mich mal sehen, Frannie.«

»Da ist so verdammt viel Blut.«

»Manchmal wirken Wunden viel dramatischer, als sie eigentlich sind. Lass mich mal einen Blick darauf werfen, ja, Frannie?«

Mit einem Nicken zog sie sich zurück und löste die Hände von der Wunde. Als sie aufstand, damit Bill Platz hatte, fühlte sie, wie irgendjemand sie in die Arme schloss. Sie vergrub den

Kopf an Jims Schulter und war dankbar für den Trost, den er ihr spendete. Er zog sie vom Bett fort. Zwar sehnte sie sich nach ein bisschen Trost, aber sie konnte andererseits den Gedanken nicht ertragen, Greystone alleinzulassen.

»Nein, ich möchte lieber in der Nähe bleiben«, sagte sie, löste sich aus Jims Armen und ging zurück zum Bett. »Brauchst du mehr Licht, Bill?«

»Ja, bitte.«

Sie nahm die Laterne vom Nachttischchen und hielt sie über Greystone, sodass Bill die Verletzung besser untersuchen konnte. »O Gott. Die Wunde sieht furchtbar aus.«

»Ich glaube, es ist nicht so schlimm, wie es aussieht.« Bill drückte dem Duke auf den Brustkorb, und Greystone sog scharf die Luft ein. »Hat das wehgetan, Euer Gnaden?«

Der Duke funkelte ihn nur aufgebracht an.

»Ja, ich schätze, es hat wehgetan. Dumme Frage. Die Rippen könnten eventuell geprellt sein. Du musst ihn mit voller Wucht getroffen haben, Frannie.«

»Ich wollte ihn ja auch umbringen.« Zerknirscht verzog sie das Gesicht. »Na ja, nicht Greystone. Sondern den Mann, der mich angegriffen hat.«

»Und wer war es?«, wollte Jack wissen.

»Ich habe keine Ahnung.«

»Du hast keine Ahnung? Du kennst doch jeden Mann, der in den Club kommt.«

»Es war kein Gast.«

»Was wollte er?«

»Was soll ein Mann, der eine Frau in einer dunklen, menschenleeren Gasse gegen eine Mauer drängt, schon wollen?«

»Würdest du ihn erkennen, wenn du ihn wiedersehen würdest?«

Nun war sie diejenige, die aufgebracht funkelte – und zwar funkelte sie Jack an. »Kann dieses Verhör nicht noch warten?«

»Je schneller wir nach ihm suchen, desto größer ist die Wahrscheinlichkeit, dass wir ihn finden und uns gebührend um ihn kümmern können.«

Sie sah Jim an. Er war bei Scotland Yard. Er war derjenige, der die Fragen stellen sollte.

»Es ist nicht so wichtig, wann unsere Fragen beantwortet werden«, sagte Jim ruhig. »Ich werde ihn finden. Und ich werde mich um ihn kümmern.«

»Tu nichts Unüberlegtes«, entgegnete sie.

»Versuche einfach nur, dich daran zu erinnern, wie er ausgesehen hat.«

»Es war, wie gesagt, dunkel. Ich konnte nichts erkennen und war außerdem viel zu sehr damit beschäftigt zu überleben.«

»Vielleicht hat der Duke ihn ja erkannt.«

»Nein, es war zu dunkel«, presste Greystone zwischen zusammengebissenen Zähnen hervor und keuchte dann, als Bill ihn weiter untersuchte.

»Versuchen Sie, still zu liegen, Euer Gnaden«, sagte Bill. »Ich muss Ihnen ein paar Ihrer Kleider ausziehen, damit ich die Wunde dann zunähen und Ihnen einen Verband anlegen kann.«

Greystone nickte knapp.

Mit Jims Hilfe zog Bill dem Duke das maßgeschneiderte Jackett, die Weste und das Hemd aus. Frannie schoss durch den Kopf, dass sie vermutlich hätte verlegen sein sollen, als sie nun den nackten Oberkörper eines Mannes erblickte, aber ihre Sorge um Sterling war einfach zu groß, um in diesem Moment ausgerechnet darüber nachzugrübeln. Sie ertappte sich jedoch kurz bei dem Gedanken, dass er genauso perfekt war wie seine Kleider.

»Was zum Teufel ist das?«, fragte Jack.

Frannie drehte sich zur Seite und sah, was Jack meinte. Auf Greystones Rücken erblickte sie eine Zeichnung, die eine Kreatur zeigte, aus deren Maul Flammen schlugen und die die Flügel gespreizt hatte.

»Ein Tattoo«, brachte Greystone hervor, als er sich mühsam wieder auf den Rücken drehen wollte.

»So etwas habe ich noch nie gesehen.«

»Reisen Sie nach Japan.« Er zog die Augenbrauen hoch, als wäre er sich sicher, dass Jack sowieso nicht wüsste, wo Japan lag. »Ans andere Ende der Welt.«

»Halte das Licht ein bisschen weiter hierher, Frannie«, bat Bill sie und lenkte die Aufmerksamkeit aller wieder auf den eigentlichen Grund ihrer Anwesenheit hier.

»O ja, entschuldige.«

Sie kniete sich neben das Bett und hielt die Lampe so, dass sie genug Licht spendete, damit Bill seine Aufgabe erledigen konnte. Doch als sie ihn bei der Arbeit beobachtete, zog sich ihr Magen fast schmerzhaft zusammen. Sie wandte den Blick von der Wunde ab und erwischte sich dabei, wie sie in Greystones schmerzerfüllte Augen sah. Sie wollte sich schon wieder entschuldigen, aber Entschuldigungen waren nach einer Weile auch nur noch ein Ärgernis. Sie wollte seine Hand nehmen, doch dazu hätte sie sich auf Bills andere Seite knien oder um das Bett herumgehen müssen. Und da Jim und Jack sie nicht aus den Augen ließen, war sie mit einem Mal verunsichert und fragte sich, was sie mit einem solchen Verhalten preisgeben würde. Sie konnte nicht ignorieren, dass er ein Duke war. Sie hatte Luke nicht heiraten wollen, weil er ein Earl war, und ein

Duke stand in der Rangfolge noch höher. Vor allem Greystone, der für diesen Titel geboren und dazu erzogen worden war, eines Tages ein Duke zu sein. Das zeigte sich zum Beispiel in der Art, wie er sich in dieser Situation zusammenriss. Oder in seiner Haltung, seinen Bewegungen, seinem ganzen Gebaren. All das bewies, dass er von adeligem Blut war. Selbst jetzt ertrug er die Schmerzen mit Würde, verzog nur ab und zu das Gesicht, ließ sich aber ansonsten nichts anmerken.

»Also gut, Euer Gnaden. Wir versuchen nun, Sie aufzusetzen. Ich möchte Ihren Brustkorb verbinden – als reine Vorsichtsmaßnahme«, erklärte Bill.

Frannie rutschte ein Stück zur Seite, sodass Greystone die Beine über die Bettkante schwingen konnte. Ihr Bett wirkte mit diesem großen, starken Mann darin so winzig. Als er kurz darauf aufrecht saß, suchte er wieder ihren Blick, als hätte sie allein die Macht, sein Leiden zu lindern.

Nachdem Bill fertig war und den Verband angelegt hatte, gab er Greystone noch etwas Laudanum. »Ich bin mir sicher, dass Sie noch Schmerzen haben werden. Das hier sollte sie auf der Rückfahrt nach Hause zumindest etwas erträglicher machen.«

»Willst du damit sagen, dass er jetzt in der Verfassung ist, nach Hause gebracht zu werden?«, fragte Frannie ungläubig.

»Er hat bestimmt eine gut gefederte Kutsche. Die Fahrt sollte er also überstehen.«

»Mir wäre es lieber, wenn er hierbliebe, damit ich mich um ihn kümmern kann.«

»Es besteht keine Lebensgefahr. Natürlich kann sich die Wunde entzünden, aber …«

»Ich muss das tun. Ich sollte mich um ihn kümmern – zumindest für ein paar Stunden.«

»Ich habe nichts dagegen«, erklärte Greystone, und Frannie zuckte unwillkürlich zusammen. In seiner tiefen Stimme schwang noch immer der Schmerz mit, den er erdulden musste.

»Dann ist es abgemacht«, sagte sie.

»Ich bin mir nicht sicher, ob das eine gute Idee ist«, sagte Jim. »Dein Ruf …«

»Lieber Gott, mein Ruf? Willst du durch London laufen und Gerüchte verbreiten?«

»Nein, aber, Frannie …«

»O Gott, Jim, nicht jetzt«, sagte Frannie. »Hilf mir lieber, das Bettzeug zu wechseln.«

Als sie fertig waren, legte Greystone sich wieder hin und schloss die Augen. Seine Atmung wirkte nicht mehr so angestrengt, doch er war noch immer sehr blass. Es bedurfte einiger Überredungskunst, scharfer Worte und Beharrlichkeit, aber schließlich gelang es Frannie, Jack und Bill davon zu überzeugen zu gehen. Sie machten sich Sorgen um sie, und sie verstand das auch. Im Augenblick konnte sie es allerdings nicht brauchen, dass die Männer wie die Glucken auf sie aufpassten. Jim war ein bisschen sturer.

»Bist du dir sicher, dass du nicht verletzt bist und dass es dir gut geht?«, fragte er und musterte sie eindringlich von Kopf bis Fuß.

Sie blickte an sich hinab und bemerkte, dass auf ihrem Kleid beinahe genauso viel Blut war wie an Greystones Kleidern. »Ich werde mich schnell frisch machen. Pass solange auf ihn auf.«

Es war ihr überhaupt nicht unangenehm, in Jims Gegenwart hinter den Paravent zu treten, um sich das Blut abzuwaschen und sich anschließend umzuziehen. Jim und sie hatten im selben Zimmer geschlafen und ihr jährliches Bad in derselben Wanne genommen. Und Greystone schlief tief und fest.

Sterling konnte sich nicht daran erinnern, eingeschlafen zu sein. Doch als er nun die Augen aufschlug, konnte er im Zimmer keinen der Männer mehr sehen. Er war sich sicher, dass sie gegangen sein mussten, denn er konnte Frannies Silhouette hinter dem Paravent erkennen. Gerade hob sie einen Arm hoch über den Kopf und strich mit der anderen Hand darüber. Offensichtlich wusch sie sich. Zwar konnte er nur ihren Schatten sehen, aber es reichte, um daraus schließen zu können, dass sie kein Kleid mehr trug. Sein Körper reagierte augenblicklich und beinahe schmerzhaft – was jedoch nichts mit der Wunde zu tun hatte –, als sie jetzt mit den Händen über ihre Schultern fuhr und dann tiefer ...

»An Ihrer Stelle würde ich schleunigst die Augen schließen«, erklang neben ihm eine Stimme.

Sterling drehte den Kopf zur Seite und sah, dass sein schlimmster Albtraum in einem Sessel am Bett saß. Swindlers Blick bohrte sich in ihn.

»Es wäre doch bedauerlich, wenn Graves die Schwere Ihrer Verletzungen falsch eingeschätzt hätte und Sie ganz plötzlich und unerwartet sterben würden. Frannie wäre sicherlich sehr enttäuscht«, sagte Swindler.

»Und Sie möchten nicht, dass sie enttäuscht ist.«

»Das ist der einzige Grund, warum Sie überhaupt noch atmen.«

»Für jemanden, der eigentlich dafür zuständig ist, für Recht und Ordnung zu sorgen, stoßen Sie ziemlich viele Drohungen aus.«

»Wenn es um etwas geht, das Frannie betrifft, habe ich meine eigenen Regeln und Gesetze.«

»Wie ich schon zuvor erwähnt habe, so habe ich nicht vor, sie in irgendeiner Form zu verletzen. Heute Nacht habe ich ihr wahrscheinlich das Leben gerettet. Ich hätte ein bisschen Anerkennung und Dankbarkeit dafür erwartet.«

»Das ist der Unterschied zwischen uns, Euer Gnaden. Wenn ich ihr das Leben gerettet hätte, dann hätte ich keine Anerkennung und Dankbarkeit erwartet. Ich hätte das nicht einmal gewollt.«

Sterling schüttelte frustriert den Kopf. »Es spielt keine Rolle, was ich auch tue, Swindler, Sie haben immer etwas daran auszusetzen. Ach, zur Hölle mit Ihnen.«

Swindler lachte leise. »Ich werde Sie mitnehmen.«

»Ich bin schon längst da, Mann.«

Swindler schien diese Antwort zu überraschen, und er verengte die Augen zu schmalen Schlitzen. »Ich hätte nicht gedacht, dass Ihr Zustand so ernst ist.«

»Das hier«, Sterling warf einen Blick auf den Verband um seine Brust, »ist gar nichts. Sie behaupten so selbstgefällig, dass der Teufel nur die Armen und Bedürftigen heimsucht. Um ehrlich zu sein, Inspektor, fangen Sie an, mich mit der selbstgerechten Ansicht, dass nur Sie wissen, wie die Hölle tatsächlich aussieht, zu langweilen.«

Was auch immer Swindler darauf hatte erwidern wollen, blieb ungesagt, weil Frannie in diesem Moment hinter dem Paravent hervortrat. Sie trug ein schwarzes Kleid, als wäre Sterling schon tot und sie würde sich darauf vorbereiten, zur Beerdigung zu gehen. Er wollte das grüne Kleid an ihr sehen – oder gar nichts. Ja, er würde es vorziehen, gar nichts an ihr zu sehen.

»Sie sind wach«, sagte sie.

»Kaum.«

Sie lächelte Swindler an. »Danke, dass du auf ihn aufgepasst hast, während ich mich frisch gemacht habe. Ich glaube, du kannst jetzt gehen.«

»Frannie, ich halte es für keine gute Idee, dich jetzt mit ihm allein zu lassen …«

»Jim, ich habe meinen Dolch doch wieder bei mir.« Sie tätschelte das Messer, das unter ihren Röcken verborgen war. »Er weiß jetzt, wie gut ich damit umgehen kann. Im Übrigen hat er sich vorhin für mich in Gefahr begeben und seine Gesundheit riskiert. Ich denke, er hat ein bisschen Vertrauen verdient.«

Swindler warf Sterling noch einen vernichtenden Blick zu, der ihm eine Warnung sein sollte, und stand dann auf. Als er zur Tür ging, blieb er noch einmal vor Frannie stehen, um ihr sacht über die Wange zu streicheln. »Pass einfach auf dich auf.«

Frannie folgte ihm zur Tür, warf ihm ein beruhigendes Lächeln zu und schob ihn dann sanft hinaus. Nachdem sie die Tür hinter ihm zugemacht hatte, schloss sie sie ab. Sykes' Mann war vielleicht verschwunden, doch das bedeutete nicht, dass er nicht wiederkommen würde, wenn es ihm gefiel.

Mit einem müden Seufzen ging sie zum Bett und blieb abrupt stehen, als sie bemerkte, dass Greystone sie mit seinen blauen Augen beobachtete.

»Dieser Inspektor … Er ist verliebt in Sie«, sagte Greystone leise.

»So ziemlich jeder von Feagans Burschen ist verliebt in mich.« Sie wischte seine Worte beiseite, trat zu dem Sessel und nahm Platz.

»Aber nicht so wie er.«

»Wir sind Freunde. Mehr nicht.«

»Warum haben Sie sie angelogen?«, wollte Greystone wissen, schwang die Beine über die Bettkante und setzte sich auf. »Sie wussten genau, wer Sie angegriffen hat, und Sie wussten auch, was er wollte.«

»Ich wusste nicht, wer er war. Und die Jungs hätten sich nur Sorgen gemacht.«

»Ich war zwar nicht nahe genug, um alles zu hören, aber ich habe den Namen Sykes aufgeschnappt. Hat das alles hier etwas mit dem Jungen zu tun?«

»Vielleicht. Er ist weggelaufen. Ich habe den heutigen Tag in den Vierteln verbracht, um ihn zu finden. Vier Kinder habe ich mit ins Waisenhaus genommen, doch Jimmy war nicht dabei. Ich vermute, dass Sykes sich gestern Abend in der Nähe Ihres Anwesens herumgetrieben und gesehen hat, wie wir den Jungen ins Waisenhaus gebracht haben. Er hat vielleicht beobachtet, wie ich in Ihr Haus gegangen bin, und mich möglicherweise wiedererkannt. Ich weiß es nicht. Vielleicht hat der Junge es ihm auch erzählt.«

»Warum haben Sie das alles nicht Swindler erklärt? Er könnte diesen Sykes verhaften ...«

»Weswegen? Es verstößt nicht gegen das Gesetz, Drohungen auszustoßen.«

»Er hat jemanden geschickt, um Ihnen wehzutun.«

»Welchen Beweis habe ich denn, dass er dahintergesteckt hat? Ich habe den Kerl nicht besonders gut erkennen können, also gibt es niemanden, der es bezeugen kann. Und selbst wenn ich wüsste, wer mich überfallen hat, und wenn Jim ihn ausfindig machen könnte ...« Sie schüttelte den Kopf. »Sykes ist niemand, gegen den man aussagt. Er ist die Verkörperung des Bösen.«

Es gefiel ihr nicht, wie er sie musterte. Es wirkte fast so, als könnte er ihre Gedanken lesen. »Sie haben ihnen nicht gesagt, was Sie wussten, weil Ihnen klar war, dass sie versuchen würden, die Sache selbst in die Hand zu nehmen.«

»Ich habe befürchtet, dass sie bei ihrem Versuch, die Sache selbst in die Hand zu nehmen, zu Schaden kommen könnten. Und weil ...« Ihre Stimme erstarb.

»Weil?«, hakte er nach.

Sie sah ihn eindringlich an. »Wie viele von ihnen haben Sie bedroht?«

Ein Muskel in seinem Unterkiefer zuckte. Männer. Sie waren so verdammt stolz. Sie wollten ihre Angelegenheiten selbst regeln, wollten keine Schwäche zeigen, wollten nicht um Hilfe bitten. Warum konnten sie nicht verstehen, dass eine Frau solche Erwägungen manchmal auch für nötig erachtete?

»Alle«, beantwortete sie die Frage nun selbst.

»Nein«, erwiderte er schnell.

Sie nickte nachdenklich. »Bill hat keine Drohung ausgestoßen. Er würde so etwas nie tun. Weil er ein Arzt ist. Er kann es nicht ertragen, andere Menschen leiden zu sehen. Aber die anderen ... Ich liebe diese Jungs. Ich habe sie schon immer geliebt, aber ab und zu habe ich das Gefühl, sie würden mir die Luft zum Atmen rauben.«

»Sie brauchen in dieser Angelegenheit aber ihre Hilfe.«

Sie nickte. Ihr war klar, dass er recht hatte. Doch sie hätte sich gewünscht, einmal in ihrem Leben so unabhängig zu sein, wie sie wollte.

Greystone streckte den Arm aus, ergriff ihre Hand und strich mit dem Daumen über ihre Fingerknöchel. Es schien, als würde er jede Gelegenheit nutzen, sie zu berühren. Es schien, als würde er ihre Nähe genauso genießen wie sie die seine. »Kommen Sie für ein paar Tage mit zu mir nach Hause.«

»Zu Ihnen nach Hause und in Ihr Bett?«

»Nein. Es sei denn, Sie wollen es.« Mit einem gequälten Aufstöhnen griff er nach seinem Hemd und zog es wieder an. »Sie sind heute Abend überfallen und angegriffen worden, und das muss ... schwierig für Sie sein.«

Sie spürte, wie ihr die Tränen in die Augen traten, und blinzelte, um sie zurückzudrängen. Eigentlich war alles anders als früher, doch trotzdem hatte dieser Vorfall die entsetzlichen Erinnerungen wieder wachgerufen.

»Sie hätten mich beinahe umgebracht, und das wäre äußerst tragisch gewesen.«

Sie unterdrückte ein Lächeln. Wie gelang es ihm, sie im selben Moment zum Lachen und zum Weinen zu bringen?

»Sie sollten deshalb ein schlechtes Gewissen haben. Und jetzt müssen Sie sich Sorgen über diesen Sykes machen. Wie können Sie da klar denken, Frannie? Auf meinem Anwesen wird er nicht nach Ihnen suchen. Selbst wenn er Sie letzte Nacht hier gesehen hat, wird er nicht davon ausgehen, dass ich Sie wieder zu mir eingeladen habe.«

»Meine Waisenkinder ...«

»Die Kinder kommen auch ein paar Tage ohne Sie zurecht. Sie haben doch Personal, das nach den Kleinen sehen kann. Und ich brauche eine Krankenschwester, die sich um mich kümmert, damit ich mich erholen kann. Ich glaube, Sie können das. Wann hatten Sie zuletzt ein paar Tage für sich, an denen Sie sich um nichts kümmern und sorgen mussten?«

Es würde allerdings noch einige Überlegungen und Bedenken nach sich ziehen, wenn sie zu ihm aufs Anwesen zog.

Könnte sie in seiner Nähe sein und bei ihm wohnen, ohne sich vor Verlangen nach ihm zu verzehren?

»Meine Kutsche wartet unten an der Straße.«

»Ihr armer Fahrer ...«

»Er ist es gewohnt, manchmal bis zum Morgengrauen zu warten, und ich bezahle ihn gut genug, sodass ihm das nichts ausmachen sollte.« Er nahm seine Weste und sein Jackett in die Hand. »Kommen Sie mit mir. Sonst muss ich hierbleiben. Und nehmen Sie mir es nicht übel, aber hier fehlt es an einigen Annehmlichkeiten. Dodger nutzt Ihre Güte offensichtlich aus. Er muss Ihr Gehalt erhöhen. Ich kann meinen Anwalt bitten, diese Angelegenheit einmal mit ihm zu besprechen.«

»Was mein Gehalt betrifft, habe ich keinen Grund zur Klage.« Zum ersten Mal betrachtete sie ihre Unterkunft mit seinen Augen. Zugegeben, die Wohnung wirkte ein wenig ... deprimierend. »Ich glaube, mein Geld ist besser angelegt, wenn ich es in das Waisenhaus stecke.«

»Aber alles zu opfern ...«

»Ich opfere nichts, worauf ich nicht verzichten könnte.« Wobei sie auf ihn eigentlich nicht verzichten wollte. Dennoch diskutierte sie mit ihm und weigerte sich zu gehen, obwohl sie sich im Augenblick nichts mehr wünschte, als bei ihm zu sein.

»Kommen Sie mit mir. Meine Diener werden Sie verwöhnen – und ich auch.«

»Sie sind derjenige, der verletzt ist. Sie sind derjenige, den man umsorgen sollte.«

Er grinste, als wäre sie direkt in seine Falle getappt. »Gut. Dann dürfen Sie sich um mich kümmern.«

»Also gut, dann werde ich Sie zumindest nach Hause begleiten«, lenkte sie ein.

»Und bleiben.«

»Bis zum Morgengrauen. Ich will nur sichergehen, dass es Ihnen gut geht.«

Er warf ihr ein teuflisches Lächeln zu. Anscheinend hatte sie ihm gerade genau das gewährt, was er sich wünschte. Erst als sie vor seinem Anwesen angehalten hatten und er ihr aus der Kutsche half, sagte er mit leiser und sinnlicher Stimme: »Glücklicherweise haben Sie ja nicht gesagt, welches Morgengrauen Sie meinten …«

Kapitel 16

Es war fast zwei Uhr morgens, doch Greystones Butler begrüßte sie an der Tür und nahm Frannies Umhang und das Jackett und die Weste seines Herrn entgegen. Das blutige Hemd trug Greystone noch immer.

»Grundgütiger, Euer Gnaden. Ich werde sofort nach Ihrem Leibarzt schicken lassen.«

»Nicht nötig, Wedgeworth. Ich bin bereits versorgt worden, und es besteht gar kein Grund zur Sorge. Miss Darling wird die heutige Nacht in Miss Catherines Zimmer verbringen. Weisen Sie eines der Mädchen an, damit es sich um Miss Darling kümmert, solange sie hier ist.«

»Ja, Euer Gnaden.«

Es war seltsam, doch als Greystone sie die breite geschwungene Treppe hinaufbegleitete, fühlte Frannie sich überhaupt nicht unbehaglich. Nicht einmal, als sie sich den Schlafgemächern näherten. Trotzdem dachte sie, sie müsste sich unwohl fühlen. Sie erinnerte sich an das letzte Mal, als sie hier war, und an all das, was passiert war. Er mochte sagen, dass er nichts von ihr erwartete, doch sie wusste, dass es eine Lüge war. Dennoch machte es ihr nichts aus. Der einzige Mensch, zu dem sie immer ehrlich gewesen war, war sie selbst. Sie war hier, weil sie bereit war, ihm alles zu geben, was er wollte.

»Habe ich schon erwähnt, wie froh ich bin, dass Sie hier sind?«, fragte er.

Sie hob den Blick und lächelte ihn an. »Ich glaube, das haben Sie noch nicht getan.«

»Ich möchte, dass Sie auch froh sind, hier zu sein, Frannie.«

Die Treppe führte in einen weiteren breiten Korridor. Der Flur war so geräumig, dass an den Wänden Tische und Sessel standen und dass man trotzdem noch zu viert nebeneinanderher hindurchgehen konnte. Sie stellte sich vor, wie die Damen auf Bällen und anderen Festen hier hinaufkamen, um sich frisch zu machen, und kichernd durch den Flur gingen.

»Dieses Schlafzimmer hier«, sagte er und führte sie zu einer offenen Tür.

Sie betrachtete das Deckengemälde, das große Bett mit dem Baldachin, den Luxus, den sie so nicht mehr erlebt hatte, seit sie bei Claybourne ausgezogen war. »Es ist umwerfend.«

»Es ist aber trotzdem nicht nach Ihrem Geschmack, oder?«

Sie schüttelte den Kopf. »Nein. Aber ich komme schon zurecht.«

Aus den Augenwinkeln sah sie eine Frau, die langsam den Flur entlangkam. Das Dienstmädchen war über die Treppe für das Personal gekommen. Frannie war erstaunt, dass Sterling sich nicht zu dem Mädchen umdrehte, das sich ihnen nun näherte.

»Euer Gnaden«, sagte die Dienstmagd leise und machte einen kleinen Knicks.

Erst jetzt schien Sterling sie zu bemerken. »Agnes, Sie werden jeden von Miss Darlings Wünschen erfüllen, solange sie hier ist.«

»Wie Sie wünschen, Euer Gnaden.«

»Miss Darling wird sich während ihres Aufenthalts hier an Lady Catherines Garderobe bedienen.«

»Das ist nicht nötig«, wandte Frannie ein.

»Wie Sie möchten. Ich will nur sagen, dass Catherine einige Kleider hiergelassen hat. Und ihre Kleider – so wie auch alles andere in diesem Haus – stehen Ihnen uneingeschränkt zur Verfügung, wenn Sie mögen.« Er machte einen Schritt auf sie zu, ergriff ihre Hand und hob sie an seine Lippen. »Und jetzt, Frannie, muss ich mich leider zurückziehen und werde Sie allein lassen, damit Sie sich ebenfalls ausruhen können.«

Er wirkte erschöpft, und sie bemerkte, dass sein Unwohlsein seinen Tribut forderte. »Ich bin hier, um mich um Sie zu kümmern.«

»Schlafen Sie erst ein bisschen. Wenn Sie vor Erschöpfung krank werden, wird Swindler mich umbringen. Im Übrigen muss ich mich erst mal frisch machen und diese blutigen Kleider ausziehen.«

Mit einem Nicken sah sie zu, wie er zu dem Zimmer ging, das ihrem gegenüberlag. Sie hatte nicht geplant, länger als bis zum Morgengrauen zu bleiben, und sie hatte nicht erwartet, hier zu schlafen. Sie hörte, wie eine Schublade der Kommode geöffnet wurde, drehte sich um und sah, wie Agnes ein Nachthemd herausnahm. Mit einem scheuen Lächeln sagte das Mädchen: »Soll ich Ihnen ein Bad vorbereiten?«

»O nein. Es ist schon viel zu spät, und ich möchte Ihnen keine Umstände machen.«

»Es sind keine Umstände, wenn Sie gern ein Bad nehmen möchten.«

Frannie nahm ihr das Nachthemd ab und war überrascht, wie weich der Stoff war. Es würde sich bestimmt anfühlen, als würde sie auf einer Wolke schlafen. »Gehen Sie ruhig wieder ins Bett. Ich brauche im Moment keine Hilfe.«

»Aber Seine Gnaden …«

»… wird nichts davon erfahren.«

Agnes machte einen kleinen Knicks. »Ja, Ma'am. Danke, Ma'am.«

Nachdem sie das Nachthemd angezogen und ihr Haar gebürstet hatte, kroch Frannie ins Bett. Eine Weile starrte sie den Baldachin an. Dann rollte sie sich auf die Seite und betrachtete das fahle Licht, das durchs Fenster drang. War es das Mondlicht oder eine Laterne? Spielte es eine Rolle? Sie war auf Greystones Anwesen. Wenn sie im Morgengrauen aufbrach, wollte sie nicht erleben, wie die ersten Sonnenstrahlen sie in diesem Bett fanden.

Sie schlug die Decke zurück, erhob sich und nahm die Lampe vom Nachttischchen. Mit der Laterne in der Hand ging sie in den Flur. Sie legte die Hand flach auf Sterlings Tür und dachte daran, wie er die Jungs auf der Weltausstellung mit seinen Geschichten unterhalten hatte. Sie dachte daran, dass er statt der Polizei sie gerufen hatte, als er den kleinen Dieb in seinem Haus entdeckt hatte. Sie dachte daran, wie er sich heute für sie in Gefahr begeben hatte. Und sie dachte an die Lust, die er ihr in der Nacht nach ihrem Opernbesuch bereitet hatte.

Er hatte in ihr das Vertrauen geweckt, dass sie eine begehrenswerte Frau war. Zwar würde er sie niemals heiraten, doch vielleicht würde es ein anderer Mann tun. Aber das Leben war kompliziert, und es gab keine Garantien. Und hier war ein Mann, den sie sehr mochte. Was auch immer sie teilen könnten, wäre genug.

Als sie die Tür öffnete und hineinging, spürte sie Greystones Blick so schnell auf sich, dass sie sich ziemlich sicher war, ihn nicht geweckt zu haben. Sie ging hinüber zum Bett. »Ich wollte nur kurz nach Ihnen sehen. Haben Sie große Schmerzen?«

Er schüttelte den Kopf. »Mein Diener hat mir Laudanum gegeben.«

»Dann sollten Sie keine Schwierigkeiten haben, schlafen zu können.«

»Was ist mit Ihnen?«

»Ich bin beruhigt zu sehen, dass es Ihnen so weit gut geht.«

»Sie haben mir einmal erzählt, dass Sie es als tröstlich empfanden, mit jemandem zu schlafen – nur nebeneinander, in einem Bett. Ich trage eine Hose. Wenn Sie also möchten ...« Er hob einladend die Decke.

»Sie wussten, dass ich kommen würde.«

»Ich habe es zumindest gehofft.«

Sie stellte die Laterne auf den Tisch, legte sich zu ihm ins Bett und schmiegte den Kopf an seine Schulter. Er schlang den Arm um sie und hielt sie fest.

»Sehen Sie? Ich habe Ihnen doch gesagt, dass es hier komfortabler und gemütlicher ist«, sagte er langsam, als müsste er gegen die Benommenheit ankämpfen und die Worte mühsam durch den Nebel pressen, der ihn umhüllte. »Ich möchte wissen, wie Sie wirklich sind, Frannie. Sie verhalten sich, als würde das, was vorhin passiert ist, nur mich betreffen – dabei waren Sie doch bestimmt außer sich vor Angst.«

Sie strich mit dem Finger über seine Brust. »Ich glaube, ich war vor allem außer mir vor Wut. Ich war immer so vorsichtig, wenn ich mich in den Elendsvierteln bewegt habe. Trotzdem bin ich von dem Angriff überrascht worden. Als der Kerl den Namen Sykes erwähnte, wollte ich ihn in der Luft zerreißen.«

»Diese Ausflüge, die Sie in die Elendsviertel unternehmen ... Gehen Sie nachts dorthin?«

Sie hatte ihn bisher noch nicht angelogen. Er stieß ihr sanft gegen den Arm. »Frannie?«

»Manchmal.«

»Allein?«

Sie nickte.

»Verdammt, Frannie. Wissen Sie eigentlich, wie dumm das ist?«

»Die Kinder kommen nicht zu mir, wenn ich nicht allein bin.«

»Die Kinder sind nicht wichtiger als Sie. Stellen Sie um Gottes willen jemanden an, der sich im Hintergrund hält und nicht zu sehen ist, der aber ein Auge auf Sie haben und Sie beschützen kann.«

»Sie benehmen sich schon genauso gebieterisch wie Feagans Burschen.«

»Weil Sie mir wichtig sind.« Er hauchte ihr einen Kuss aufs Haar. »Bitte gehen Sie nicht mehr allein dorthin.«

Sie nickte. Es war leichter, ein Versprechen zu brechen, wenn es nicht laut ausgesprochen worden war.

»Was ist das für ein Wesen auf Ihrem Rücken?«, fragte sie leise und hoffte, durch den Themenwechsel von sich ablenken zu können.

»Ein Drache.«

»Haben Sie auf Ihren Reisen einen gesehen? Existieren sie wirklich?«

»Soweit ich weiß, ist es nur eine Legende. Kennen Sie nicht die Geschichte vom heiligen Georg? Er hat einen Drachen getötet.«

»Die Geschichte kenne ich nicht.«

»Vielleicht erzähle ich sie Ihnen eines Tages.«

»Wird sie verblassen? Die Tätowierung?«

»Nein.«

»Warum wollten Sie die Tätowierung auf Ihrer Schulter haben – etwas, das für immer dort sein wird?«

»Wenn ich mich recht entsinne, war ich ziemlich betrunken zu der Zeit und hielt es einfach für eine gute Idee.«

»Warum ein Drache?«

»Das ist symbolisch zu verstehen. Wir alle müssen uns ab und zu auf die eine oder andere Art einem Drachen stellen.«

»Dann ist es also nichts Gutes.«

»Das kommt darauf an, ob wir den Drachen töten oder nicht. Als ich betrunken war, ergab alles einen Sinn.«

»Haben Sie Ihren Drachen getötet?«

»Damals dachte ich es.«

Zärtlich strich Sterling mit der Hand ihren Arm entlang, und Frannie ertappte sich dabei, dass sie sich wünschte, ihr Nachthemd hätte keine Ärmel. Mit ihm im Bett zu liegen war nicht damit zu vergleichen, mit einem der Jungs zusammen geschlafen zu haben, als sie noch jünger gewesen war. Sterlings Duft, sein Körper, seine Größe zeigten, dass er ein Mann war. »Ich hätte Sie umbringen können.«

Er hielt inne, hörte auf, sie zu streicheln, und umfasste sie. »Aber Sie haben mich nicht umgebracht. Und wenn es so gewesen wäre, dann wäre es wohl kaum Ihre Schuld gewesen.«

»Wahrscheinlich hätten sie mich trotzdem gehenkt – wegen des Mordes an einem Lord.«

»Swindler hätte das nie zugelassen.«

Damit hatte er recht. Jim hätte sie beschützt. Er tat es auch für so viele andere.

»Mir hätte es nicht gefallen, wenn Sie gestorben wären«, sagte sie leise.

»Mir hätte es auch nicht sonderlich gefallen.« Sie spürte an ihrer Wange, die an seiner Brust lag, wie er Luft holte, um zu seufzen, dann aber mittendrin innehielt, als seine Wunde protestierte. »Ich bin mir nicht sicher, ob ich vor einem Jahr dasselbe gesagt hätte.«

Frannie stützte sich auf ihrem Ellbogen ab und sah ihn an. »Das ist eine seltsame Aussage. Ich habe mir nicht mal in den schlechtesten Zeiten meines Lebens gewünscht, tot zu sein.«

»Sie haben ohne Zweifel viel Schlimmeres gesehen als ich. Wie können Sie trotz allem so optimistisch sein?«

»Feagan hat immer gesagt: ›Egal, wie schlimm es auch wird, Frannie, Darling, es kann immer noch schlimmer kommen oder auch viel besser werden. Rechne mit dem Schlimmsten, dann wirst du niemals enttäuscht sein. Erwarte etwas Besseres, dann kannst du dich immer auf etwas freuen.‹ Ich ziehe es vor, immer etwas Besseres zu erwarten.«

»Wo waren Sie, als ich ein zorniger junger Mann war?«

»Wahrscheinlich lebte ich da bei Claybourne und wusste, dass das, was er mir gab, besser war als alles, was ich je hatte. Und dennoch hasste ich es. Ich vermisste Feagan. Claybourne verbot uns, Feagan zu besuchen, solange wir unter seinem Dach lebten.« Sie schmiegte sich wieder an Greystones Schulter. »Ich bin mir jedoch ziemlich sicher, dass es Jack nicht davon abhielt, ihn gelegentlich zu besuchen. Er war nie ein Mensch, der Befehle und Regeln gern befolgt hat.«

»Darauf will ich wetten.«

»Haben Sie gehört, dass er kürzlich geheiratet hat?«

»Nein. Gott, wer wollte ihn denn freiwillig heiraten?«

Sie lachte leise. »Wirklich, Sie sollten nicht so schlecht über meine Freunde denken.«

»Wenn sie endlich aufhören würden, mich zu bedrohen, will ich meine Meinung über sie gern noch mal überdenken.«

»Bedrohen sie Sie denn noch immer?«

»In letzter Zeit nicht mehr. Also, wer ist die Unglückliche?«, wollte er wissen.

»Lovingdons Witwe.«

»Olivia? Das ist eine Überraschung.«

»Ich wage zu behaupten, dass das eine Untertreibung ist. Aber ich glaube, die beiden sind tatsächlich glücklich miteinander.«

»Sie freuen sich über das Glück anderer Menschen.«

»Natürlich. Sollten wir das nicht alle?«

»Ich fürchte, ich habe da nie so richtig drüber nachgedacht.«

Mit dem Finger zeichnete sie bedächtig Kreise auf seine Brust. »Ich sollte Sie jetzt wahrscheinlich schlafen lassen.«

Er ergriff ihre Hand und hielt sie fest, sodass sie keine Muster mehr malen konnte. »Bleiben Sie bei mir, während ich schlafe.«

Sie lauschte, während seine Atmung schon wenige Minuten später langsamer und gleichmäßiger ging. Sie war sich sicher, dass er die Situation nicht ausnützen würde, falls er eher aufwachen sollte als sie – Luke hatte dafür gesorgt, indem er Greystone von ihrer Vergangenheit erzählt hatte. Doch sie vermutete, dass Greystone auch ohne dieses Wissen nichts getan hätte, was sie nicht auch gewollt hätte. Ja, er war ein Lord. Ja, er war es gewohnt, Macht zu haben und auszuüben. Aber er war auch ein Gentleman.

Als sie einschlief, war das Letzte, was ihr durch den Kopf ging, dass er *ihr* Gentleman war.

Sterling wachte auf. Er lag auf seiner gesunden Seite und hatte den Arm um Frannie gelegt. Seine Hand lag unschuldig auf ihrer Brust. So hatte er noch nie neben einer Frau gelegen. Er hatte eine Frau immer mit einem Hintergedanken, voller Begierde berührt. Zwar musste er zugeben, dass er sie wieder so lustvoll berühren wollte, wie er es schon einmal getan hatte, doch sie sollte bestimmen, wann es passierte und wann sie bereit dazu war. Sie lag mit dem Rücken an ihn gekuschelt neben ihm, und die Reaktion seines Körpers war alles andere als unschuldig. Er rutschte ein Stückchen von ihr ab, damit er sie nicht versehentlich aufweckte und sie in ihrem Rücken spürte, dass er …

Mit einem Seufzen schmiegte sie sich wieder an ihn.

Reizend. Da lag er nun und versuchte, ein Gentleman zu sein, und sie sorgte gerade dafür, dass dieser Versuch auf keinen Fall von Erfolg gekrönt sein würde. Er konzentrierte sich auf das Geräusch des Regens, der gegen die Fensterscheibe prasselte. Aber bei »Regen« musste er an Wasser denken, im nächsten Moment tauchte vor seinem inneren Auge das Bild auf, wie sie sich gewaschen hatte, und er erinnerte sich daran, wie er ihre Silhouette hinter dem Paravent beobachtet hatte. Seine Lust wuchs, und sein Körper reagierte sofort. Um sich abzulenken, listete er stumm die Schätze auf, die er von seinen Reisen mitgebracht hatte: Vasen, Keramik, Statuen, Juwelen. Es funktionierte: Sein Körper sprach auf die weniger aufregenden Bilder an. Er dachte an den holprigen Ritt auf dem Kamel. Er dachte an die Angst, die ihn beinahe zerrissen hätte, als ein Tiger ihn angegriffen und Wexford ihn erschossen hatte. Wenn Sterling getötet worden wäre, dann hätte er niemals erlebt, wie es war, mit Frannie in den Armen im Bett zu liegen, während ihr Duft sein Kissen schmückte und ihr wundervoller Körper nur durch eine dünne Schicht Stoff von ihm getrennt war …

Er fluchte unterdrückt, als sein Verlangen mit aller Macht zurückkehrte.

»Wachen Sie immer mit so schlechter Laune auf?«, fragte Frannie.

»Wie lange sind Sie schon wach?«

»Lange genug.«

Sie rollte zur Seite und stand aus dem Bett auf. Die Vorhänge waren zugezogen, doch die Lampe brannte noch immer. Greystone konnte Frannie deutlich erkennen. »Trotz allem, was passiert ist, als ich noch ein Mädchen war, habe ich keine Angst vor Intimität«, sagte sie leise. »Was mir Angst macht, ist Unehrlichkeit. Seien Sie also immer ehrlich zu mir.«

Er musterte sie von Kopf bis Fuß. »Ich will Sie. Sehr sogar.«

Sie warf ihm ein freches Lächeln zu. »Ich weiß. Leider will ich im Augenblick vor allem ein Frühstück.«

Er drehte sich auf den Rücken, lachte herzhaft und stieß im nächsten Moment, als seine Verletzung wieder zu schmerzen begann, einen ziemlich wüsten Fluch aus.

»Vielleicht ist es auch günstig für Sie, dass ich nur ein Frühstück will«, sagte sie.

Er blickte sie an. »Bringen Sie mich nicht zum Lachen.«

»Ich werde heute noch bleiben – bis morgen früh.«

Damit verließ sie das Zimmer. Sterling starrte auf den tiefroten Baldachin über seinem Bett. Er brauchte jetzt die wohl schnellste Genesung aller Zeiten.

Sterling hatte versprochen, sich darum zu kümmern, dass ihr alle Wünsche von den Augen abgelesen wurden. Also sorgte er dafür, dass sie ihr Frühstück im Bett bekam – auch wenn es sein Bett war und das Tablett mit dem Essen zwischen ihnen stand. Sie saß am Fußende des Bettes und trug eines von Catherines schlichten Tageskleidern. Er hatte sich mit dicken Kissen im Rücken ans Betthaupt gelehnt. Sein Diener hatte ihm den Verband gewechselt, ihm dann beim Anziehen einer neuen Hose geholfen, die nicht so aussah, als hätte er darin geschlafen, und ihm schließlich ein weites Hemd gereicht, in dem er sich so gut, locker und frei fühlte wie schon lange nicht mehr.

»Ich nehme an, dass Sie durch Ihre Stelle im *Dodger's* an alle Arten von unanständigem Verhalten gewöhnt sind«, sagte er und strich Marmelade auf eine Scheibe Toast.

»Ich habe auch geschworen, über die Dinge, die ich gesehen habe und weiß, Stillschweigen zu bewahren. Jack hatte schon immer strenge Regeln, was die Diskretion und den Schutz der Gäste angeht.«

»Schade. Ich könnte mir vorstellen, dass Sie einige sehr interessante Geschichten zu erzählen haben.«

»Na ja … Ich glaube, eine Geschichte könnte ich erzählen«, entgegnete sie und warf ihm ein freches Lächeln zu.

Er setzte sich auf. »Schießen Sie los.«

»Eines Abends … es muss so gegen Mitternacht gewesen sein …« Sie schüttelte den Kopf. »Ich weiß nicht, ob ich es Ihnen erzählen sollte.«

»Ich werde es nicht weitersagen.«

»Versprochen?«

»Versprochen.«

»Also gut.« Ein entschlossener Ausdruck trat auf ihr Gesicht, und seine Spannung wuchs, während er darauf wartete, dass sie ihre skandalöse Geschichte mit ihm teilte. »Es war ziemlich peinlich, aber ich habe eine Reihe von Zahlen falsch zusammengezählt. Und Jack hat es herausgefunden. Ich habe mich so geschämt.«

»Zahlen«, erwiderte er tonlos.

Sie lächelte wieder frech. »Ich bin die Buchhalterin des Clubs, und normalerweise pflegen Zahlen sich nicht allzu sehr danebenzubenehmen.«

»Also, das ist es, ja? Sie stecken die Nase in die Kontobücher und werfen nie einen Blick durch die Gucklöcher? Wollen Sie das behaupten?«

»Die Leute haben ein Anrecht auf ihre Privatsphäre und ihre Geheimnisse.«

»Das ist enttäuschend. Ich dagegen habe Frauen gesehen, die fast völlig unbekleidet getanzt haben.«

Jetzt richtete sie sich ein Stückchen weiter auf. »Tatsächlich?«

Nickend biss er von der Toastscheibe ab. »Sie können ihren Bauch in Bewegungen versetzen, als wären sie Schlangen. Sehr unterhaltsam. Sie sollten einmal darüber nachdenken, solche Frauen ins *Dodger's* zu holen. Ich vermute, dass viele Herren dann überhaupt nicht mehr gehen würden.«

»Das ist eine Überlegung wert.« Sie stellte ihren Teller zur Seite, zog die Knie aufs Bett und schlang die Arme darum. »Ich kann mir nicht einmal im Entferntesten vorstellen, was Sie alles gesehen haben müssen.«

»Ich habe wundersame Dinge gesehen. Mein Vater war mit meiner Entscheidung, diese Reisen zu unternehmen, nie einverstanden. Wir haben viel darüber gestritten. Er hat mir gesagt, wenn ich gehen würde, dann würde er mich nie mehr wiedersehen wollen. Er war der Meinung, es wäre selbstsüchtig von mir, meine Bedürfnisse und Wünsche über meine Pflichten zu stellen. Und in gewisser Hinsicht hatte er damit bestimmt recht. Er hat gesagt, ich könne mir die Welt auch später noch ansehen. Er hat mich einfach nicht verstanden.«

»Ich bin mir sicher, dass er es nicht so gemeint hat. Er wollte Sie gewiss wiedersehen.«

»Ich bin vier Monate vor seinem Tod nach England zurückgekehrt. Ich habe ihn besucht, als Catherine nicht da war. Er war gebrechlich und konnte nicht mehr sprechen, aber seine Krankenschwester hat mir erklärt, dass er mit den Augen kommunizieren könne. Er hat sich geweigert, mich anzusehen. Ich glaube, es war sein Ernst, als er zu mir sagte, er wolle mich nicht wiedersehen.«

Sterlings Vater hatte die körperliche Einschränkung seines Sohnes als peinliche Schwäche für die gesamte Familie empfunden – doch darüber wollte Sterling nicht mit Frannie reden. Vielleicht weil es ihm genauso peinlich war wie seinem Vater. Frannie arbeitete in den Schatten Londons, und gerade dort nützte ihm sein eingeschränktes Sehvermögen überhaupt nichts, und er konnte ihr keine Hilfe sein.

»Wenigstens wissen Sie, wer Ihr Vater war«, sagte sie.

»Ja, ich nehme an, es ist tröstlich, das zu wissen.«

Sie legte ihr Kinn auf ihre Knie. »Dann werden Sie also jetzt, nach Ihrer Rückkehr, Ihre Pflichten erfüllen.«

»Genau. Ich muss mir eine langweilige Gattin suchen und bekomme hoffentlich keine Kinder, die ebenso langweilig sind.«

Sie lachte, doch es klang ziemlich gezwungen. Ihm wurde klar, dass er unter den gegebenen Umständen wahrscheinlich nicht mit ihr diskutieren sollte, welche Frau er später einmal heiraten wollte. Aber sie hatte ja Ehrlichkeit von ihm gefordert. »Ich werde kein guter Ehemann sein, Frannie.«

»Ich glaube, Sie unterschätzen sich da. Aber ich erwarte nichts Dauerhaftes von Ihnen, und ich kann Sie beruhigen, dass es nie mein Traum war, eine Duchess zu werden.«

»Ich dachte, alle Mädchen träumen davon, einen Duke zu heiraten.«

»O nein. Ich würde viel lieber einen König heiraten«, zog sie ihn auf.

»Ich schätze, Anne Boleyn hat genauso gedacht.«

Sie lachte. Er liebte den Klang ihres Lachens. »Oh, Sie sind schrecklich.«

Grinsend zuckte er die Achseln. »Na gut. Dann also Queen Frannie.«

»Klingt albern, oder? Ehrlich gesagt kann ich mir überhaupt nicht vorstellen, irgendwann einmal zu heiraten.«

»Reichen Ihnen die Waisenkinder zum Glücklichsein?«

»Davon bin ich überzeugt. Ja.« Sie sah zum Fenster. »Ich sollte da draußen sein und weitere Kinder suchen, die Hilfe brauchen.«

»Bei diesem scheußlichen Wetter? Sie sind mit Sicherheit alle drinnen.«

»Wenn sie einen Ort haben, an den sie sich zurückziehen können.« Sie seufzte wehmütig. »Es ist gutes Wetter, um sich zu verkriechen und zu lesen, finden Sie nicht? Lesen Sie viele Bücher?«

»Nicht so viele, wie ich früher gelesen habe. In letzter Zeit bekomme ich vom Lesen fürchterliche Kopfschmerzen.«

»Da könnte eine Brille Abhilfe schaffen.«

Eine Brille konnte ihm nicht helfen, doch das Thema wollte er nicht vertiefen. »Der Sache sollte ich vielleicht mal nachgehen.«

»Mögen Sie Dickens?«, wollte sie wissen.

»Ich finde seine Geschichten ziemlich düster.«

»Ich denke, er schreibt über die Dinge, die er kennt. Vielleicht werde ich Ihnen heute Nachmittag ein bisschen vorlesen.«

»Das wäre schön.«

Sie rutschte vom Bett und fing an, das benutzte Geschirr zusammenzusuchen.

»Rufen Sie doch einen Diener«, sagte er.

»Das kann ich kurz selbst erledigen.«

Er streckte den Arm aus und ergriff ihr Handgelenk. »Warum tun Sie das, Frannie? Warum versuchen Sie immer wieder, mich daran zu erinnern, dass wir aus vollkommen unterschiedlichen gesellschaftlichen Schichten kommen?«

»Ich versuche nicht, Sie daran zu erinnern. Ich versuche, mich selbst daran zu erinnern, Ihnen gegenüber ehrlich zu sein, was meine Herkunft betrifft. Ich will niemandem vormachen, etwas anderes zu sein als der Mensch, der ich bin. Früher habe ich manchmal so getan, als wäre ich jemand anders, um mein Gegenüber dazu zu bringen, mir etwas Bestimmtes zu geben. Wussten Sie eigentlich, dass es Menschen gibt, die einen Soldaten, der vom Glück verlassen worden ist, bei sich zu Hause aufnehmen? Einen Soldaten und seine junge Tochter. Und während diese großzügige Familie geschlafen hat, haben wir die Wertgegenstände eingesammelt und uns dann davongeschlichen. Sie sollten niemals vergessen, Euer Gnaden, dass ich einmal einer dieser Langfinger war, die Sie nicht in Ihrem Haus haben wollen.«

»Und ich war einmal ein junger Mann, der seine eigenen Wünsche und Bedürfnisse über seine Pflichten gestellt hat. Wir alle ändern uns, Frannie. Wir machen die Fehler, die wir früher vielleicht begangen haben, wieder gut. Sie haben gestohlen, ich habe meinen Vater enttäuscht. Jetzt tun Sie Gutes, und ich werde meine Verantwortung und meine Pflichten annehmen und erfüllen. Es ist die Frau, die Sie nun sind, die mich fasziniert. Die Frau, für die ich … so viel empfinde, wie ich zu empfinden in der Lage bin.«

»Ich möchte für Sie nicht etwas werden, was ich nicht bin und was ich niemals sein kann. Ich möchte Sie nicht betrügen.«

»Halten Sie so wenig von mir, dass Sie glauben, ich würde

mich so leicht betrügen lassen? Sie haben mich bei jeder Gelegenheit entmutigt, und dennoch sind Sie hier und Sie sind in meinem Bett. Auf meine Einladung hin, wenn ich mich recht entsinne.«

»Es könnte doch alles ein Teil meines gut durchdachten Plans sein. So arbeiten wir, wissen Sie? Wir bringen Sie dazu, genau das zu glauben, was Sie glauben müssen, damit wir dann die Situation ausnutzen können.«

Er ließ ihr Handgelenk los, lehnte sich in die Kissen zurück und breitete die Arme aus. »Dann nutzen Sie die Situation ruhig aus.«

Langsam ließ sie ihren Blick über ihn gleiten, und sein Körper reagierte mit einer Heftigkeit, die er nicht kontrollieren konnte. Er sah, wie sie schluckte und sich mit der Zungenspitze über die Lippen fuhr. Dann nahm sie das Tablett auf und warf ihm ein kesses Lächeln zu. »Sehen Sie? Jetzt sind Sie nicht länger in der Lage, mich davon abzuhalten, das benutzte Geschirr wegzubringen – und das ist genau das, was ich wollte.«

Er lachte. Er glaubte ihr nicht. Keine Sekunde lang. Doch wenn das das Spielchen war, das sie gern spielen wollte, würde er in der Hoffnung, dass er später den entscheidenden Sieg erringen würde, seine Niederlage einräumen.

»Sie sollten sich jetzt ausruhen«, sagte sie. »Kommen Sie wieder zu Kräften.«

Er sah zu, wie sie das Zimmer verließ. Dann schloss er die Augen. Sie hatte recht. Er musste wieder zu Kräften kommen – und zwar schnell. Die Minuten verstrichen erbarmungslos, und er nahm an, dass es, wenn sie sein Anwesen erst einmal verlassen hätte, beinahe unmöglich sein würde, sie wieder hierher zurückzuholen.

Kapitel 17

Während Greystone sich ausruhte, zog Frannie sich in den Tagessalon zurück. Der Raum ragte in den wunderschönen Garten hinein. Drei Wände bestanden vollständig aus bodentiefen Fenstern, und auch die Decke des Raumes war aus Glas. Im Moment prasselte der Regen darauf. Versonnen blickte Frannie in den Garten hinaus. Sie verlangte Ehrlichkeit – nicht nur von ihm, sondern auch von sich selbst. Könnte sie sich selbst noch im Spiegel betrachten, wenn sie sich einem Mann hingeben würde, der sie niemals heiraten würde? Einem Mann, den sie niemals heiraten würde? War es denn falsch, nur einmal in ihrem Leben erfahren zu wollen, wie es war, wirklich begehrt zu werden?

Greystone war ein leidenschaftlicher Mann. Er war ein abenteuerlustiger Mann. Er war ein Mann, der sie begehrte. Das war heute Morgen deutlich geworden, als sie aufgewacht war und gespürt hatte, wie erregt er gewesen war und wie er sich gegen ihren Po gedrängt hatte.

Seine Nähe berauschte sie.

Ihre Vergangenheit spielte für ihn keine Rolle. Es spielte keine Rolle, dass sie früher einmal eine Taschendiebin gewesen war. Ihr hatte es nie gefallen, wenn Feagan sich als Soldat ausgegeben hatte, wenn die Menschen nett zu ihnen gewesen waren und wenn sie diese Freundlichkeit damit vergolten hatten, ihnen ihren Besitz zu nehmen. Sie hatte gewusst, dass das, was sie getan hatten, falsch gewesen war – und dennoch hatte sie es getan, um Feagan zu gefallen, um ihn zufriedenzustellen.

Sie schob gern das Verbot von Lukes Großvater, Feagan zu besuchen, vor, um zu erklären, warum sie ihn nie wiedergesehen hatte. Doch die Wahrheit war, dass sie sich wegen der Dinge schämte, die ihr Kidsman von ihr verlangt hatte. Es war ein Grund dafür, dass sie so wenig Geld für sich selbst verwendete und so wenig besaß. Als sie jung gewesen war, hatte sie vieles genommen, das ihr nicht gehört hatte, und jetzt wollte sie so viel zurückgeben, wie sie konnte. Wenn sie Kindern beibringen konnte, das Gesetz nicht zu brechen, wenn sie ihnen ein gutes Beispiel sein konnte, wenn es ihr gelang, die Lektionen, die man den Kleinen beigebracht hatte, zurückzunehmen ...

Vielleicht würde sie sich dann durch ihre Vergangenheit und ihre Verbindung zu Feagan nicht mehr so ... verdorben fühlen.

»Ich hatte gehofft, die Sonne würde scheinen, damit wir ein Picknick im Garten machen können«, sagte Greystone, als er sich in den Sessel neben ihr setzte.

Sie lächelte ihn an. »Ich mag den Regen. Ich bin wahrscheinlich der einzige Mensch in ganz England, der das so empfindet.«

»Es ist melancholisches Wetter.«

»Ich ziehe es vor, es eher als Wetter zum Nachdenken zu bezeichnen.«

»Sie sind eine unverbesserliche Optimistin. Und worüber denken Sie gerade nach?«

»Über nichts Wichtiges. Wie geht es Ihnen jetzt?«

»Ich habe noch immer Schmerzen, aber ich bin zuversichtlich, dass ich es überleben werde.«

Einen Moment lang musterte sie ihn, betrachtete die Lachfältchen um seine Augen und die steile Falte zwischen seinen Brauen. Er fühlte sich noch immer nicht wohl. Warum glaubten

Männer ständig, sie müssten den Eindruck erwecken, stark zu sein?

»Ich möchte mich noch einmal bei Ihnen bedanken, weil Sie den Schuster geschickt haben.«

»Haben Sie jetzt eine höhere Meinung von mir?«

»Ja.«

»Dann war es die Ausgabe wert.«

»Ich spiele mit dem Gedanken, unsere Wohltäter und Unterstützer auf einer Plakette an der Wand des Waisenhauses zu verewigen. Das wäre doch eine schöne Würdigung, oder finden Sie nicht?«

»Ich ziehe es vor, anonym zu bleiben. Ich habe es für Sie getan und nicht für Ruhm und Ehre.«

»Und ich dachte, Sie hätten es für die Jungs gemacht.«

Er blickte hinaus in den Regen. Seine Wangen waren leicht errötet, aber sie glaubte nicht, dass es mit seiner Verwundung zu tun hatte. Er hatte es für sie getan, um ihr zu gefallen, um ihre Gunst zu gewinnen. Noch ein Blumenarrangement hätte nicht die gleiche Wirkung erzielt. Es bedeutete ihr sehr viel, dass er verstanden hatte, was ihr wichtig war und was nicht.

»Werden Sie sich für das Dinner heute Abend umziehen?«, fragte er leise.

»Ich dachte, ich könnte mich schick machen. Ich habe ein Kleid von Catherine entdeckt, das mir sehr gut passt.«

Er richtete den Blick auf sie. »Es freut mich, das zu hören. Ich habe die Köchin gebeten, etwas Besonderes vorzubereiten. Gibt es irgendetwas, das Sie nicht so gern mögen?«

»Wenn man so aufgewachsen ist wie ich, ist man für jedes Essen dankbar, das man bekommen kann.«

»Sie sind so leicht zufriedenzustellen, Miss Darling.«

»Ich würde es schön finden, wenn Sie mich Frannie nennen.«

Ein warmherziger Ausdruck trat in seine wunderschönen blauen Augen. »Frannie, ich würde es auch schön finden, wenn Sie mich, solange wir hier sind, Sterling nennen würden und nicht mehr ›Euer Gnaden‹.«

Sie wollte entgegnen, dass sie es für wichtig hielt, niemals zu vergessen, dass er ein Duke war, doch da der Regen ihnen die Möglichkeit nahm, nach draußen zu gehen, fühlte es sich mit einem Mal an, als würde die echte Welt sie nicht mehr umgeben. Für ein paar Stunden könnten sie also so tun, als gäbe es keine Standesunterschiede zwischen ihnen.

»Wir haben vor dem Dinner noch etwas Zeit«, sagte sie. »Soll ich Ihnen etwas vorlesen?«

»Nur, wenn wir uns zusammen aufs Sofa setzen und ich Ihre Füße massieren darf, während Sie vorlesen.«

Sie lächelte. »Sterling, ich glaube, die Sache ist abgemacht.«

Das Dinner wurde in demselben intimen Rahmen serviert wie beim letzten Mal, auch wenn an diesem Abend kein Geiger da war. Es flackerten weniger Kerzen. Es wurden weniger Worte gewechselt. Es wurden weniger tiefe Atemzüge gemacht.

Jedenfalls kam es Frannie so vor.

Sie vermutete, es könnte vielleicht daran liegen, dass ihr Korsett ein bisschen zu eng anlag oder dass Catherines Kleid ihr ein wenig zu klein war. Doch möglicherweise lag der wahre Grund für ihre Schwierigkeiten auch in der Art, wie Sterling sie ansah – als habe er sich fest vorgenommen, sie zum Dessert zu vernaschen.

Er war so formell gekleidet wie bei ihrem Opernbesuch, und er sah einfach umwerfend gut aus. Über den Rand seines Weinglases hinweg ließ er den Blick bedächtig über sie gleiten.

Begierde wurde entfacht, und seine blauen Augen wurden dunkel vor Lust. Es war eine seltsame und aufregende Mischung zu wissen, dass sie diese Wirkung auf ihn hatte.

Sie hatte vor dem Essen ein Bad genommen und dann alle Parfümfläschchen ausprobiert, die auf Catherines Frisierkommode standen. Schließlich hatte sie ein Parfüm gefunden, das in ihr Bilder von Nymphen heraufbeschwor, die durch einen Garten tanzten. Sie bevorzugte leichte Düfte – das lag vielleicht daran, dass sie früher eher schwere Düfte favorisiert hatte, um damit den Gestank der Elendsviertel zu überdecken. Sie verglich heute alles mit ihrem Leben, wie es früher einmal gewesen war.

Doch trotz aller Vorbereitungen fühlte sie sich für diesen Moment nicht gewappnet.

»Entspannen Sie sich, Frannie«, sagte er mit einer so beruhigenden Stimme, dass sie die Kraft hatte, ihr wild pochendes Herz zu besänftigen. »Heute Nacht wird nichts passieren, das Sie nicht möchten.«

»Und was ist, wenn nicht das passiert, was Sie sich wünschen?«

»Dann ist es eben so. Ich werde natürlich enttäuscht sein, so viel ist klar, aber ich kann mit der Enttäuschung leben. Sie sollten allerdings nicht mit dem Gefühl leben müssen, zu etwas gezwungen worden zu sein, was Sie nicht tun wollten.«

Ihm schien die Bedeutung seiner Worte klar zu werden. »Es wird nicht so werden wie früher«, fügte er hinzu.

»Ich wäre nicht hier, wenn ich das glauben würde.«

Er stieß mit seinem Weinglas gegen ihr Glas, das neben ihrem Teller stand. »Danke, dass Sie sich um meine Genesung kümmern.«

»Ich bin einfach nur dankbar, dass Ihre Verletzung nicht so schlimm war, wie ich gedacht habe.«

»Ich bin noch viel dankbarer. Ich nehme an, Swindler wird nach dem Angreifer suchen?«

»Wahrscheinlich. Auch ohne eine Beschreibung wird er den Kerl bestimmt finden. Er ist, was das angeht, sehr gründlich und geschickt.«

»Sie bewundern ihn.«

Stirnrunzelnd sah sie ihn an. »Ich bewundere jeden von Feagans Burschen.«

»Mir kommt es so vor, als wären es genauso Claybournes Burschen. Claybourne hat Sie alle aufgenommen, nicht wahr?«

»Ja. Aber Feagan hat uns selbst unterrichtet, während Claybourne Lehrer angestellt hat. Es ist leicht, etwas zu erreichen, wenn man die Mittel hat, um es sich kaufen zu können.«

»Sie bewundern auch diesen Feagan.«

»Ich bin mir nicht sicher, ob *bewundern* der richtige Ausdruck ist«, entgegnete sie. Sie dachte einen Moment lang darüber nach. Einige Dinge an ihm enttäuschten sie, doch sie konnte nicht abstreiten, dass er sich, so gut es ihm möglich gewesen war, um die Kinder gekümmert hatte, die er zu sich geholt hatte. »Ich schätze, es ist doch der richtige Ausdruck. Ja, er hat uns fragwürdige Fähigkeiten gelehrt, aber er hat uns auch eine Art Zuhause geschenkt. Ich spiele mit dem Gedanken, das Waisenhaus nach ihm zu benennen.«

»*Feagan's Children's Home?* Ist das denn eine Ehrung, die er verdient?«

Sie nahm einen Schluck von ihrem Wein und gleich noch einen weiteren hinterher. Sie wusste, dass Greystone sich von ihr nur eine einzige gemeinsame Nacht wünschte. Dennoch hatte sie das Gefühl, ihm eine Frage stellen zu müssen: »Würde ich in Ihrem Ansehen sinken, wenn Sie wüssten, dass ich glaube, er könnte mein Vater sein?«

Sterling schwenkte den Wein in seinem Glas und dachte über die Konsequenzen ihrer Vermutung nach. »Früher habe ich mal geglaubt, dass ein Mensch durch seine Herkunft und seine Vorfahren in der Gesellschaft aufsteigen könnte. Aber in letzter Zeit habe ich gelernt, ein Individuum nach seinen eigenen Leistungen und Verdiensten zu beurteilen.«

Sie lächelte ihn an. »Dann sind Sie wirklich ein außergewöhnlicher Mensch.«

»Wenn er Ihr Vater wäre, hätte er das dann nicht längst gesagt?«

»Das hätte ich auch gedacht. Ich habe Jack einmal gefragt. Jack kennt unglaublich viele Geheimnisse.«

»Was hat er geantwortet?«

»Er ist einer Antwort ausgewichen. Ich bin mir nicht sicher, ob er es getan hat, weil er mir eine Enttäuschung ersparen wollte oder weil er versucht hat, mich zu beschützen.«

»Geheimnisse kommen irgendwann und irgendwie immer ans Licht.«

»Haben Sie Geheimnisse, Sterling?«

»Wir alle haben Geheimnisse.«

Aber sie konnte sich nicht vorstellen, dass seine Geheimnisse genauso dunkel waren wie ihre.

Frannie saß mit einem von Catherines Nachthemden bekleidet an der Frisierkommode und bürstete sich die Haare. Einhundert Bürstenstriche. Es war eine von Feagans Regeln gewesen. Sie hatte sich oft gefragt, ob es eine Frau in seinem Leben gegeben hatte, die ihr Haar für ihn gebürstet hatte. Ob er sie geliebt hatte? Ob sie ihn geliebt hatte? Er sprach nie über seine Vergangenheit. Sie schüttelte kurz den Kopf. Nein, heute Nacht wollte sie nicht darüber nachdenken, woher sie kam. Im Augenblick interessierte sie nur, in welche Richtung ihr Leben vielleicht gehen würde.

Sterling hatte ihr an der Schlafzimmertür eine gute Nacht gewünscht und den Eindruck gemacht, als hätte er es mit dieser Verabschiedung wirklich ernst gemeint. Er würde nicht in dieses Zimmer kommen. Er würde nicht zu ihr kommen.

Die Entscheidung, ob sie jemals miteinander schlafen würden, lag allein bei ihr – weil klar war, dass er sie niemals heiraten würde, überließ er die Entscheidung für oder gegen eine gemeinsame Nacht ihr. Sie betrachtete sich im Spiegel. Freiwillig zu einem Mann zu gehen, der sie nicht zu seiner Angetrauten machen würde …

Aber wäre es nicht noch verlogener sich selbst gegenüber, wenn sie sich das Vergnügen verwehrte, mit ihm ins Bett zu gehen, obwohl sie es sich so sehr wünschte? Nach dem Opernbesuch hatte er ihr einen Vorgeschmack auf die Lust gegeben, die sie in seinen Armen erleben würde.

Es war achtzehn Jahre her, dass ein Mann sie genommen hatte. Sie hatte den Ekel vor den dicklichen Händen verdrängt, die sie gegriffen und an ihr gezerrt hatten. Sie hatte die Erinnerungen in ihr tiefstes Inneres zurückgedrängt und dort versteckt – die Erinnerungen an seinen Körper, der sich gegen ihren gedrängt hatte, der in sie gestoßen war, die Erinnerungen an den Schmerz, das Blut, den Widerhall ihrer Schreie, sein scheußliches Lachen …

Dennoch gab es diese Erinnerungen. Sie waren da und warteten darauf, von etwas zerstört zu werden, das stark genug war.

Kapitel 18

In seinem Schlafzimmer saß Sterling in einem Sessel am Kamin und starrte auf das langsam verlöschende Feuer. Er beobachtete, wie die Flammen erstarben, wie die Glut allmählich abkühlte und Wärme und Licht, die sie verströmt hatte, nachließen – so wie auch sein Sehvermögen immer weiter abnahm. Bis auf den sanften Schimmer aus dem Kamin kam das einzige Licht im Zimmer von der kleinen Lampe, die neben seinem Bett stand. Er trug nur eine Hose und den Verband, der seine Wunde abdeckte. Weil seine Atmung wieder leichter ging, hatte er den Stützverband um seinen Brustkorb abgenommen.

Von dem Moment an, als er Frannie in Claybournes Bibliothek geküsst hatte, hatte er sich gewünscht, sie zu verführen, sie in sein Bett zu locken. Doch er war derjenige gewesen, der dazu verführt worden war, ein besserer Mensch zu werden, als er eigentlich war. Er hatte für sich beschlossen, sie gehen zu lassen, ohne mit ihr den letzten Schritt gegangen zu sein. Einfach alles an dieser Frau ließ ihn bescheiden werden: ihr Wissen über Dickens, ihr Engagement für die Waisenkinder, ihre Fähigkeit, selbst in Menschen mit einer kriminellen Vergangenheit noch die besten Absichten zu entdecken. In seiner Welt gab es nur richtig oder falsch, nur Gut oder Böse. In ihrer Welt gab es diese Absolutheit nicht. In ihrer Welt gab es Schattierungen von Grau. Ihre Welt sah aus, wie seine gerade wurde. Die Ironie entging ihm nicht. In der Nacht war nichts klar. Linien verschwammen. Schatten hoben Grenzen auf.

Ihre Träume führten sie in die dunkelsten Ecken Londons, wohin er ihr nicht folgen und wo er sie nicht beschützen konnte.

Er hatte schon lange keine Träume mehr. Er würde seine Pflichten erfüllen und sich seiner Verantwortung stellen. Aber nichts davon würde sie einschließen – selbst wenn er sie hätte einschließen wollen, so hatte sie sich doch gegen ein Leben in der Aristokratie entschieden. Er hingegen musste das Vermächtnis, das ihm hinterlassen worden war, erfüllen und konnte sich nicht einfach abkehren. Eines war sicher: Er würde einen viel höheren Preis bezahlen, um seinen Titel mit allen Verpflichtungen anzunehmen, als sein Vater sich je hätte vorstellen können.

Er hörte ein Klicken, als die Tür geöffnet wurde, und verspürte eine gewisse Befriedigung. Selbst wenn sie nur gekommen war, um in seinen Armen einzuschlafen, würde er sich damit begnügen und es genießen. Er würde ihre Einstellung übernehmen, sich selbst über Kleinigkeiten zu freuen. Mit ihr zusammen in einem Bett zu schlafen war ein wundervolles, süßes Vergnügen.

Er stellte den Schwenker mit dem Brandy zur Seite, erhob sich und drehte sich um. Sie stand am Fußende seines Bettes und hatte eine Hand an den Bettpfosten gelegt. Barfuß lief er über den flauschigen Teppich, bis sie nur noch ein paar Zentimeter von ihm entfernt war.

Sie hob den Blick und sah ihn an. In ihren grünen Augen erkannte er keine Angst, keine Sorgen, keine Zweifel.

»Ich will eine Nacht mit dir«, flüsterte sie leise.

Die starke Wirkung ihrer Worte überraschte ihn – es fühlte sich an, als hätte sie ihn direkt ins Herz getroffen. Bis zu dem Moment hatte er sich selbst etwas vorgemacht: Er hatte sich eingeredet, ohne sie leben zu können, weil er nie erwartet hätte, sie tatsächlich einmal zu besitzen. Und nun stand sie hier. Die Mischung aus Unschuld und Courage bezauberte ihn, wie er es noch bei keiner anderen Frau erlebt hatte.

»Dann sollst du eine Nacht bekommen.« Denn er konnte ihr diese Nacht nicht mehr länger verwehren – genau wie sich selbst. Er schlang die Arme um sie, zog sie an sich und küsste sie.

Frannie hieß ihn willkommen, wie sie die Luft zum Atmen oder die Sonne empfing, um sich zu wärmen. Der Geschmack von Brandy auf seinen Lippen war ein Aphrodisiakum, das die Begierde in ihr entflammte. Das Feuer des Verlangens breitete sich in ihrem Körper aus, erhitzte ihren Körper, leckte an ihren Fingerspitzen. Sie strich mit den Fingern über seine nackten Arme und spürte, wie er die Muskeln unter ihren Händen anspannte. Seine Kraft war mit Händen greifbar, seine Entschlossenheit war deutlich zu erkennen. Sein Kuss war aggressiver, war stürmischer als die anderen Küsse, die er ihr gegeben hatte. Es wirkte beinahe so, als wäre mit ihrer Unterwerfung die unbändige Lust entfesselt worden – wie ein wildes Tier, das schon lange unter der Oberfläche gelauert hatte.

Er atmete schwer, als er nun ihren Hals küsste, mit der Zunge über ihre Haut strich und sacht an ihr knabberte. »Halt mich zurück, wenn ich dir Angst machen sollte. Du kannst dir sicher sein, dass ich dir nicht wehtun werde, aber ich kann mich nicht mehr zurückhalten oder mir Zeit lassen. Ich begehre dich viel zu sehr und habe mich viel zu lange zusammengerissen und in Geduld geübt.«

Er hatte sie schon einmal gewarnt und ihr erzählt, dass er nicht mehr so zivilisiert wäre wie vor seinen Reisen. In diesem Moment begriff sie, dass sie seiner Warnung Glauben schenken konnte. Denn noch bevor sie wusste, wie ihr geschah, hatte er den Stoff ihres Nachthemdes entzweigerissen und es ihr vom Körper gestreift. Und als wäre das wilde Tier in ihm damit erst einmal ruhiggestellt, strich er unsagbar zärtlich über ihre Kurven. Seltsam, dass sie nicht das Gefühl hatte, nackt und hilflos vor ihm zu stehen, und dass sie nicht das Bedürfnis hatte, ihre Blöße zu bedecken. Stattdessen wollte sie zusätzliche Lampen anmachen, alle brennenden Kerzen zusammenstellen und ihm zeigen, was sie ihm zu bieten hatte. Sie, die sie früher scheu und schüchtern gewesen war, schwelgte nun in ihrer Weiblichkeit.

»Guter Gott, bist du schön. Ich war mir sicher, dass du schön sein würdest.« Er hob den Blick und sah ihr tief und lange in die Augen. »Sag mir, was du nicht willst.«

»Ich will nicht, dass du mich behandelst, als wäre ich verletzbar oder besonders zerbrechlich. Ich will, dass du mich so behandelst wie jede andere Frau, die du kennengelernt hast und mit der du zusammen warst.«

»Du bist ganz anders als alle anderen Frauen, die ich kennengelernt habe und mit denen ich zusammen war. Mach niemals den Fehler zu glauben, es wäre anders.«

Wieder küsste er sie tief und voller Leidenschaft. Sie schmiegte sich dicht an ihn. Mit ihren Händen strich sie über seine Oberschenkel und zwischen seinen Beinen hinauf, bis sie durch den Stoff seiner Hose berühren konnte, was sie am Morgen an ihrer Rückseite gespürt hatte. Sterling stieß ein tiefes Stöhnen aus, unterbrach ihren Kuss und stand ganz ruhig da, als wollte er ihr die Zeit lassen, ihn zu erkunden und zu tun, wonach ihr gerade war.

Mit der Zungenspitze fuhr Frannie sich über die Lippen. Ihr Mund war mit einem Mal furchtbar trocken. Sie senkte den Blick und betrachtete die harte Ausbeulung in seiner Hose. Sie wusste genau, welche Kraft dahintersteckte. Der Stoff der Hose spannte. Es war ein Wunder, dass die Knöpfe nicht absprangen und auf den Boden geschleudert wurden.

»Es wird dir nicht wehtun«, knurrte er, während er mit dem Mund ihre Schläfe entlangstrich.

»Ich weiß. Weil du mir nicht wehtun wirst.«

Er hielt inne, und sie fühlte die Anspannung seiner Muskeln, bemerkte die Schweißperlen, die an seinem Hals glitzerten. Mit der Hand fuhr er zum obersten Knopf seiner Hose ...

»Ich mache das«, sagte sie schnell, legte ihre Hand auf die seine und schob sie sanft zur Seite. Die Knöpfe seiner Hose sprangen auf, als wären sie erleichtert, und sie stellte fest, dass Sterling unter seiner Hose keine Unterwäsche trug. Doch sie zögerte nicht. Stattdessen beeilte sie sich zu enthüllen, was unter dem Stoff versteckt war. Sterling streifte seine Hose ab und stand dann vor ihr – nackt, erregt, stolz und unglaublich prachtvoll. Sie hob den Blick und sah ihm in die Augen. »Du bist auch wunderschön.«

Die Sorge, die sie in seinen blauen Augen gesehen hatte, war mit einem Mal verschwunden. Er lachte und hob sie hoch.

»Wir werden eine Menge Spaß haben, Frannie«, sagte er, als er sie auf die kühlen Laken aus Satin legte.

Sie war schöner, als Sterling es erwartet hätte, und mutiger und frecher, als er zu hoffen gewagt hätte. Welche Erfahrungen sie auch immer gemacht haben mochte, die ihre Vergangenheit trübten – sie hatte sie nicht mit in dieses Bett gebracht. Sie war neckisch. Sie wandte sich nicht von ihm ab und tat auch nicht so, als wäre sie verlegen oder würde Scham verspüren. Sie empfing ihn, wie eine hoch bezahlte Kurtisane es tun würde, lächelte verführerisch und hieß ihn in ihren Armen willkommen.

Doch sie war nicht hier, weil er ihr eine Menge Geld dafür gezahlt hätte. Sie war nur wegen der Lust und des Vergnügens hier, die sie sich gegenseitig schenken könnten. Noch nie hatte er eine Frau so sehr begehrt. Sein Körper sehnte sich danach, sie zu besitzen. Trotzdem hatte er nicht vor, die Verführung zu überstürzen. Zwar würde er nur diese eine Nacht mit ihr erleben, aber er wollte, dass es eine Nacht werden würde, von der er noch sein Leben lang zehren könnte. Er war sich ziemlich sicher, dass er nie wieder einer Frau begegnen würde, die so couragiert, so entschlossen und so faszinierend war wie sie. Jeder Augenblick, den er nicht in ihrer Nähe verbrachte, war ein verlorener Augenblick. Als er sich nun neben sie legte, mit den Händen über ihren Körper streichelte und das Gefühl genoss, ihre Hände auf sich zu spüren, wollte er nicht über die unendliche Zahl von leeren Momenten nachdenken, die vor ihm liegen mochten.

»Ich frage mich, was mit deiner hellen Haut passieren würde, wenn sie der Sonne in der Wüste ausgesetzt werden würde«, murmelte er.

»Du meinst, wenn ich draußen im Freien meine Kleidung ablegen würde?«

Mit einem teuflischen Lächeln zog er die Augenbrauen hoch. Sie musterte ihn von oben bis unten. »Hast du das denn schon einmal gemacht?«, fragte sie.

»Ein- oder zweimal.«

Mit den Fingern strich sie seinen Oberschenkel hinauf, fuhr um seinen Po herum, hielt dann inne. Es kitzelte. »Was ist das?«, wollte sie wissen.

Sie setzte sich auf, beugte sich vor und betrachtete seinen Po. Vorsichtig legte sie ihre gespreizten Finger auf die fünf gezackten Narben, die von seiner Hüfte nach unten führten. Sie berührte ihn so behutsam, als wären die Verletzungen noch immer frisch und würden ihm auch jetzt noch Schmerzen bereiten.

»Ein Tiger«, entgegnete er. »Ich habe ihn nicht gesehen. Erst als er über mich herfiel. Zum Glück ist Lord Wexford ein exzellenter Schütze.«

»Du hättest getötet werden können.«

»Aber stattdessen schmückt nun ein Tigerfell den Fußboden in Wexfords Arbeitszimmer. Ich dachte, Frauen würden Narben interessant finden?«

»Es stört mich nicht, dass sie da sind. Mir gefällt nur die Vorstellung nicht, dass du einmal so schlimm verletzt worden bist.«

Eindringliche Worte von einer Frau, die ihre Narben im Herzen trug. Sterling legte eine Hand in ihren Nacken und zog sie auf die Kissen zurück. »Wie ist es möglich, dass du so viel Mitgefühl hast und überhaupt keine Verbitterung in dir trägst?«

Sie gab ihm keine Antwort auf seine Frage. Er erwartete keine, wollte auch gar keine, als er sie nun wieder küsste. Auf seinen Reisen hatte er viele Frauen kennengelernt und auch mit ihnen geschlafen. Aber keine von ihnen hatte er mit der Intensität begehrt, mit der er Frannie wollte. Die anderen waren nur flüchtige Abenteuer gewesen. Sie war mehr. Sie war der Grund, warum er durch dunkle Gassen schlich und warum er kleine Diebe mit Essen versorgte. Sie war der Grund, warum er mittlerweile verstehen konnte, welche Gefühle einen Menschen dazu bringen konnten, einen anderen Menschen zu töten.

Es war so, als hätten, bevor er sie kennengelernt hatte, seine Empfindungen tief in ihm geschlummert. Er hatte noch nie so intensiven Zorn verspürt, so intensive Eifersucht oder Freude oder ... Liebe.

Er stockte. Nein, es war keine Liebe, die er empfand. Vielleicht Verliebtheit oder Verehrung. Aber keine Liebe. Nichts so Verbindliches. Sie würde ihn verlassen, und er würde nicht zulassen, dass sie ein Stück von ihm mitnahm. Doch während sie hier war, in seinem Bett, würde er sich bemühen, ihr so viele Erinnerungen wie möglich zu schenken.

Frannie hatte gewusst, dass er ein leidenschaftlicher Mann war. Womit sie nicht gerechnet hätte, war, dass er sie berührte, als könnte er niemals genug davon bekommen, sie zu spüren. Und das nicht nur mit den Händen, sondern auch mit dem Mund.

Er umkreiste mit der Zungenspitze einen ihrer Nippel, bis er sich aufrichtete, und schloss dann gierig die Lippen darum. Mit gespreizten Fingern fuhr sie ihm durch das dichte Haar, vergrub ihre Finger in seinen Schultern, strich mit der Fußsohle an seinem Unterschenkel hinauf. Die Lust stieg an und nahm dann ein bisschen ab, um im nächsten Moment wieder mit voller Wucht zurückzukehren. Irgendwann hatte Frannie das Gefühl, verrückt zu werden. Sie sehnte sich nach Erlösung. Geduldig widmete er sich der anderen Brust und verwöhnte sie ebenso mit dem Mund. Sie, ein Kind der Straßen Londons, hatte solche Ehrfurcht und Verehrung noch nie erlebt, kannte dieses Gefühl nicht und hätte niemals erwartet, dass ausgerechnet ein Mann, der aus vollkommen anderen Verhältnissen stammte, ihr diese Anbetung entgegenbringen würde.

Hier, in seinem Bett, fand sie das, was zu bekommen sie niemals geglaubt hätte – selbstloses Geben und Nehmen, ein Gefühl von Gleichheit, das nur schwer zu erklären war. Er kannte ihre Vergangenheit, aber weil er es nicht miterlebt hatte, war er nicht von Schuldgefühlen zerfressen, weil er es nicht hatte verhindern können. Er behandelte sie nicht, als wäre sie ein rohes Ei, das bei zu viel Druck zerbrechen könnte. Er drückte sie, drängte sie, fuhr mit dem Mund über ihren Bauch, über ihre Hüften, ihren Schenkel hinab.

Dann hob er den Kopf und warf ihr das frechste Lächeln zu,

das sie je gesehen hatte. Es war ein Lächeln, das Abenteuer versprach, Freude, Sonnenschein auf ihrer Haut. Behutsam stieß er ihren Schenkel an, bis sie die Beine für ihn spreizte und sich ihm öffnete. Vorsichtig legte er sich zwischen ihre Schenkel. Mit seinen Lippen liebkoste er noch immer ihren Bauch. Und dann bewegte er sich nach unten. Immer tiefer …

Sie hätte gedacht, dass sie Angst haben oder zumindest ein bisschen wachsam sein würde, doch ihr wurde mit einem Mal klar, dass sie ihm völlig vertraute – er würde ihr niemals wehtun, würde ihr nie Unbehagen bereiten, würde niemals ihre zärtlichen Gefühle verraten, die sie dazu gebracht hatten, überhaupt in sein Bett zu kommen. Sie, die noch nie freiwillig in das Bett eines Mannes gestiegen war.

Unvermittelt strich er mit der Zunge über ihren intimsten Punkt. Sie seufzte lustvoll, bog den Rücken durch und hob ihre Hüften an. Sie fühlte sich, als wäre ihr Körper die Welt und er würde sie bereisen und jedes Detail begierig in sich aufnehmen. Sie wollte dasselbe mit ihm tun. Würde er sie für wagemutig oder für schamlos halten?

Spielte es eine Rolle? Spielte überhaupt irgendetwas eine Rolle, wenn er ihren Körper zum Singen brachte? Oh, sie fühlte sich, als wäre sie eine Opernarie, die zu einem Crescendo anschwoll. Ihre Atmung ging scharf, schnell. Ihre Brustwarzen richteten sich auf, ihr Unterleib zog sich zusammen. Sein Mund und seine Finger lösten Empfindungen in ihr aus, die noch lebhafter und eindrücklicher waren als alles, was sie auf seinem Sofa erlebt hatte. Wo war ihr selbstsüchtiger Duke geblieben, dem sein eigenes Vergnügen und seine eigenen Bedürfnisse über alles gingen? Genoss er dieses Erlebnis genauso sehr wie sie?

Dann lösten die Fragen sich mit einem Mal auf, als die Lust immer schneller anwuchs …

»O Gott, du solltest jetzt aufhören«, keuchte sie und vergrub die Finger in seinen Schultern.

Er lachte. Sein Atem kitzelte auf ihrer Haut. Dann widmete er sich wieder ihrem geheimsten Punkt. Sie wollte weinen, sie wollte lachen … Plötzlich riss die Flut der Empfindungen sie mit sich, und sie schrie, schrie, dass er aufhören solle, schrie, dass er weitermachen solle, schrie seinen Namen, als sie den Gipfel der Lust erreichte.

Als sie eine Weile später wieder zu sich kam, zitterte sie. Er fuhr mit der Zunge über ihren Körper, hinauf bis zu ihrem Mund. Dann küsste er sie begierig. Der Kuss war so wild und begehrlich, als könnte er schmecken, was sie gerade empfunden und erlebt hatte.

Mit den Lippen strich er über ihre Wange und knabberte zärtlich an ihrem Ohr. »Ich liebe die Laute, die du ausstößt.«

Aus seinem Mund klang es, als wären ihre Schreie etwas Wundervolles. Er rutschte hoch, bis er ihr in die Augen schauen konnte. Sie sah in seinem Blick unermessliche Freude – als wäre er zufrieden damit, was er ihr gerade geschenkt hatte. Schweißperlen glitzerten auf seinem Hals und seinen Schultern. Sie strich mit den Händen über seinen Rücken und fühlte die Anspannung seiner Muskeln.

»Das ist … noch nicht alles«, keuchte sie.

»Nein. Aber es wird alles sein, wenn du das möchtest.«

Sie musterte ihn und versuchte zu begreifen, was er damit gesagt hatte. Er würde ihr Lust bereiten und wieder einmal auf seine eigene Befriedigung verzichten? Die Worte, die er vor einiger Zeit in der Bibliothek gesagt hatte, erhielten nun eine ganz neue Bedeutung. Er hatte sie gebeten, seine Geliebte zu werden. Hatte er nur geben wollen, ohne jemals etwas zu nehmen?

Sie schüttelte den Kopf. »Ich will alles. Ich will dich.«

Ein bedächtiges, triumphierendes Lächeln erstrahlte auf seinem Gesicht. »Dann sollst du mich bekommen.«

Er verlagerte sein Gewicht und beugte sich zum Nachttischchen hinüber. Sie hörte, wie eine Schublade geöffnet wurde. Er holte etwas hervor …

Ein Kondom, wie ihr klar wurde.

Es war ein seltsamer Moment, um enttäuscht zu sein, doch sie verstand, dass es klüger war, sich zu schützen. Sie wusste seine Umsicht zu schätzen, sie vor einem möglichen Skandal zu bewahren. Dennoch konnte sie nicht leugnen, dass sie plötzlich den Wunsch verspürte, sein Kind zur Welt zu bringen.

Sie beobachtete fasziniert, wie er das Kondom überstreifte. Ihre Augen trafen sich, als er sich vorsichtig auf sie legte und dann ganz langsam und bedächtig in sie drang. Sie spürte die Enge, doch es war nicht unangenehm. Und dann ergriff sie ein Lustgefühl, das stärker wurde, je tiefer er in sie glitt. Diese Befriedigung, diese sinnliche Inbesitznahme waren die Gründe, warum eine Frau sich wünschte, ein Mann würde eins mit ihr werden. Er stöhnte, als er innehielt und sich nicht mehr bewegte. Tief blickte er ihr in die Augen. »Du hast keine Schmerzen?«

Sie schüttelte den Kopf. »Nein.«

»Gut, denn ich möchte hören, wie du noch einmal meinen Namen schreist – aber du sollst ihn vor Lust schreien und nicht vor Schmerzen.«

»Noch einmal?«

Sein Lächeln wurde breiter. »Noch einmal.«

Sie war befriedigt und hätte nicht gedacht, im Moment mehr tun zu können, als mit den Händen über ihn zu streicheln, während er in sie stieß. Doch seine Bewegungen erweckten tief in ihr wieder etwas zum Leben. Überrascht über die Empfindungen keuchte sie. Er wurde schneller, stieß härter in sie, bis das Bett bei jedem seiner Stöße gegen die Wand prallte. Sie hielt sich an ihm fest, vergrub die Hände in seinen Pobacken, spürte die Stärke, die Kraft …

Seine Bewegungen waren wild, unbändig. Er war wie im Rausch, als er sie wieder mit sich auf den Gipfel der Lust nahm. Sie schrie seinen Namen heraus.

Im nächsten Moment presste er zwischen zusammengebissenen Zähnen ihren Namen hervor, warf den Kopf in den Nacken, bog den Körper durch, stieß noch einmal tief in sie, zitterte und zuckte.

Dann ließ er sich auf sie sinken und schmiegte den Kopf in ihre Halsbeuge. Sie hörte, wie scharf und abgehackt sein Atem ging, fühlte die Schauer, die seinen Körper durchliefen, spürte auch ihr eigenes Beben. Jedes Mal schien intensiver zu sein als das letzte Mal. Sie fragte sich, ob es möglich war, dass ein Mensch an zu viel Lust starb.

Frannie genoss das Gefühl, ihn auf sich zu spüren, und strich mit den Fingerspitzen ganz leicht über seinen Rücken.

»Das kitzelt«, murmelte er.

Frech fuhr sie daraufhin mit den Fingern über seine Seiten. Er zuckte und bäumte sich auf.

»Du kleine Hexe. Warte hier.«

Als bliebe ihr irgendetwas anderes übrig. Sie hätte gelacht, aber sie hatte keine Kraft mehr dazu. Er rollte von ihr herunter, stand auf und ging in das Nebenzimmer. Frannie vermutete, dass es das Ankleidezimmer war. Kurz darauf kehrte er mit einem Handtuch zurück und wischte behutsam die Schweißperlen von ihrem Körper. Danach kletterte er wieder ins Bett und breitete die Decke über sie beide.

Frannie lag in seinen Armen und lauschte dem gleichmäßigen Pochen seines Herzens. Als sein Atem kurz darauf regelmäßig und ruhig wurde, hob sie den Kopf und betrachtete sein Gesicht. Sein Haar war zerzaust. Im Schlaf hatte er weniger Sorgenfalten im Gesicht. Sie bemerkte, wie ihr Tränen in die Augen traten, als ihr klar wurde, dass es ein furchtbarer Fehler gewesen war, hierherzukommen.

Sie fürchtete, sich in den Duke of Greystone verliebt zu haben.

Frannie wusste nicht, wie spät es war, als sie wieder erwachte. Ausgestreckt auf dem Bauch lag sie auf seinem Bett und schaffte es kaum, die Augen zu öffnen. Was sie sicher wusste, war, dass er nicht mehr neben ihr im Bett lag. Sie spürte seine Abwesenheit, ohne nachzusehen. War das das Ende? War er fertig mit ihr?

»Nicht bewegen.«

Sie öffnete die Augen ganz. Er saß in einem Sessel neben dem Bett und hatte die Beine übereinandergeschlagen, um darauf seinen Skizzenblock ablegen zu können.

»Was machst du da?«, fragte sie.

»Ich male dich.«

»Malst du jede Frau, mit der du im Bett gewesen bist?«

Er hob den Blick und sah aus, als wäre ihm gerade etwas Wichtiges klar geworden. »Nein, eigentlich nicht. Du bist die erste Frau, die ich gern in Erinnerung behalten möchte.«

Seine Worte machten sie glücklich. Und sie machten es ihr noch schwerer, sich nicht zu rühren, wenn sie doch viel lieber auf seinen Schoß geklettert wäre, um ihn voller Leidenschaft zu küssen. »Wie lange muss ich denn noch stillhalten?«

»Nur noch ein bisschen. Dann werde ich dir zeigen, was ich zu Papier gebracht habe.«

»Du wirst es doch keinem anderen zeigen, oder?«

»Das werde ich nicht. Diese Skizzen sind für meine ganz private Sammlung bestimmt.«

»Diese Skizzen?«

»Du hast mir eine Nacht geschenkt. Ich hatte nicht vor, die Zeit mit Schlafen zu vergeuden.«

Sie wollte lächeln oder lachen, aber sie zwang sich dazu, sich nicht zu rühren. Sie hatte noch nie einen Menschen kennengelernt, der ihr das Gefühl gegeben hatte, so sehr wertgeschätzt zu werden. Sicherlich wussten Feagans Burschen zu schätzen, was sie alles tat, doch sie lösten nicht dieses Bauchkribbeln in ihr aus, wenn sie sie ansahen.

»Kannst du ein Selbstporträt anfertigen?«, fragte sie.

»Nein. Warum sollte ich das wollen?«

»Damit du es mir schenken kannst.«

Er lächelte. »Ich bin mir sicher, dass wir hier irgendwo etwas Vergleichbares finden werden, das ausreicht.«

»Die Gemälde hier sind alle so groß, dass es schwierig werden dürfte, sie in einer privaten Sammlung unterzubringen.«

Er zwinkerte ihr zu, und ihr gesamter Körper drohte sich vor Lust zusammenzuziehen.

»Wir werden etwas finden.«

Als er schließlich zum Bett kam, um ihr die Skizzen zu zeigen, war sie überrascht. Gemeinsam setzten sie sich aufs Bett, lehnten sich in die Kissen und sahen sich ein Bild nach dem anderen an.

Ihre Füße, einer über den anderen gelegt.

»Du reibst deine Füße im Schlaf manchmal aneinander«, sagte er.

»Wahrscheinlich eine alte Angewohnheit. Sie waren immer kalt, als ich noch jünger war. Kohle, um zu heizen, war bei Feagan Mangelware.«

»Falls sie kalt werden sollten, bevor du mein Bett verlässt, kannst du sie einfach an mich schmiegen. Das sollte sie wärmen.«

Die Bettdecke, die über ihren Rücken drapiert war und den Blick auf eine nackte Schulter freigab.

»Du hast reizende Schultern«, sagte er. Er beugte sich zu ihr hinüber und küsste ihre Schulter.

»Du bist ein talentierter Künstler.«

»Ich konnte viel üben. Meine Versuche werden wohl niemals in einem Museum ausgestellt werden, aber es entspannt mich.«

»Und du musstest dich entspannen? Nach allem, was wir vorhin getan haben?«

Er schlang eine ihrer langen Haarsträhnen um seinen Finger. »Nein, ich habe mich nur beinahe im Bett aufgelöst.«

Ihre Hand, die unter ihrem Kinn lag.

»Das ist mein Lieblingsbild«, sagte er. »Ein bisschen unschuldig, ein bisschen sinnlich. Ich frage mich, was du in dem Moment wohl geträumt hast.«

»Wahrscheinlich habe ich von dir geträumt.«

»Wahrscheinlich? Kannst du dich nicht erinnern?«

»Ich kann mich nur selten an meine Träume erinnern.«

Er warf ihr einen seltsamen Blick zu, bevor er seine Skizzen auf den Boden fallen ließ und sich auf Frannie legte. »›Eine Nacht‹ hast du gesagt. Aber diese Nacht ist noch nicht vorbei.«

Als er sie küsste, seufzte sie leise. *Nein, diese Nacht ist noch nicht vorbei.*

Frannie hatte eigentlich im Morgengrauen verschwinden wollen, doch gerade als die Sonne am Horizont aufging, liebte er sie wieder und ließ sich viel Zeit dabei. Sie wussten beide, dass es das letzte Mal sein würde, und sie genossen jede Berührung, jede Liebkosung, jeden Kuss. Als sie sich schließlich aus seinem Bett erhob, war bereits das Frühstück vorbereitet.

Sie hatten sich angezogen und gingen nun gemeinsam ins Esszimmer, um zu frühstücken. Er erzählte ihr davon, wie abenteuerlich es gewesen war, ein Kamel zu reiten. Sie lachte so sehr, dass sie kaum etwas essen konnte. Sie liebte sein Lächeln und die Freude, die seine Augen zum Strahlen brachte. Sie liebte …

»Euer Gnaden, es tut mir leid, Sie stören zu müssen, aber ein Inspektor Swindler von Scotland Yard ist hier«, verkündete der Butler.

Frannie spürte, wie sich ihr Magen zusammenzog. Ihre magische Welt würde jeden Moment mit der harten Realität zusammentreffen.

»Schicken Sie ihn herein«, sagte Sterling, bevor er den Arm ausstreckte und ihre Hand drückte. »Alles wird gut«, beruhigte er sie.

Sie nickte und erhob sich, als er kurz darauf aufstand. Jim kam ins Esszimmer und blieb wie angewurzelt stehen, als sein Blick auf sie fiel. Sie bemerkte, wie ein enttäuschter Ausdruck über sein Gesicht huschte. Man musste vermutlich kein Genie sein, um zu wissen, was hier passiert war. Verriet die Röte sie, die in ihre Wangen schoss und gegen die sie nichts tun konnte?

»Inspektor, möchten Sie uns beim Frühstück Gesellschaft leisten?«, fragte Sterling.

»Nein. Ich wollte nur … Wir haben uns Sorgen um dich gemacht, Frannie. Wir wussten nicht, dass …«

»Ich habe auf Jacks Schreibtisch eine Nachricht hinterlassen.« Sie hatte nur geschrieben, dass sie nach Greystone sehen wollte. Dennoch hätte es eigentlich reichen müssen, um Jack wissen zu lassen, wo sie war. Es hatte also gar kein Grund zur Sorge bestanden. Na ja, bis auf die Tatsache, dass sie angekündigt hatte, schon am Tag zuvor zurückzukehren.

Jim nickte. »Dann geht es dir also gut?«

»Ja, mir geht es gut. Danke.«

»Entschuldige bitte, dass ich gestört habe.« Damit machte er auf dem Absatz kehrt und ging mit langen Schritten hinaus.

»Jim!« Frannie warf ihre Serviette auf den Tisch und rannte ihm hinterher.

»Frannie!«, rief Sterling ihr hinterher, doch sie beachtete ihn nicht.

Sie lief den Flur entlang, holte Jim in der Eingangshalle ein und packte seinen Arm. »Jim.«

Jim drehte sich um. Sie konnte die Sorge und den Schmerz in seinen grünen Augen sehen. Und die Wut – als ob er nicht wüsste, was er fühlen sollte. »Er wird dich niemals heiraten, Frannie.«

»Das ist mir bewusst.«

»Ich würde dich heiraten.« Er senkte den Blick und starrte auf den Boden, als könnte er es nicht ertragen, in ihren Augen vielleicht zu sehen, was sie dachte und empfand. Ihr war bewusst, dass er gerade einen innerlichen Kampf ausfocht, um seine Emotionen wieder in den Griff zu bekommen. Sie wollte den Arm ausstrecken und ihn berühren, ihn trösten, aber sie war sich sicher, dass er weder das eine noch das andere im Moment zulassen würde. Er hob den Blick wieder und sah sie an. In seinen Augen stand all die Liebe, die er je für sie empfunden hatte. »Selbst wenn du sein Kind unter dem Herzen tragen würdest, würde ich dich heiraten.«

Damit ging er Richtung Tür. Der Diener machte die Tür auf, und Jim ging hinaus, ohne sich noch einmal umzudrehen.

O Gott, was hatte sie getan? Warum war ihr das vorher nie aufgefallen? Warum hatte sie nie bemerkt, wie tief seine Gefühle für sie waren?

»Geht es dir gut?«, fragte Sterling, trat hinter sie und legte die Hände auf ihre Schultern.

Tränen brannten in ihren Augen. »Ich sollte jetzt wirklich gehen.«

»Ich lasse die Kutsche vorbereiten.«

Sie nickte. Mit einem Mal wurde ihr klar, was sie getan hatten und was sie nun tun mussten. Langsam drehte er sie um und schloss sie in die Arme. Sie atmete seinen Duft ein, nahm seine Kraft, seine Stärke in sich auf. Dann legte er den Finger unter ihr Kinn und hob es an. Ihr Blick traf den seinen. Sterling neigte den Kopf …

»Danke, *Euer Gnaden*«, sagte Frannie leise.

Er hielt inne. Sie sah, wie er schluckte. Langsam löste er die Arme von ihr. »Es war mir ein Vergnügen, Miss Darling.«

Frannie ließ ihn in der leeren Eingangshalle stehen. Sie lief zur Treppe, um hinauf in ihr Zimmer zu gehen, sich umzuziehen und wieder in ihre Welt zurückzukehren. Ihr Herz schmerzte so sehr, dass sie fürchtete, es könnte zerbrechen. Hier und jetzt würde sie nicht weinen. Doch später, in ihrer Wohnung, wo niemand sie hören konnte, würde sie ihren Tränen freien Lauf lassen. Und sie hoffte und betete, dass diese Tränen irgendwann versiegen würden.

Kapitel 19

Mit einem Seufzen stützte Frannie den Ellbogen auf den Schreibtisch und legte ihr Kinn in die Hand. Sie sollte eigentlich Zahlen addieren, aber stattdessen hatte sie in willkürlichen Winkeln *Greystone, Sterling* und *Duke* auf ein Stück Papier gekritzelt. Einmal hatte sie sogar *Duchess* geschrieben, doch sie hatte es wieder durchgestrichen. Sie würde nicht seine Duchess werden – niemals.

Es waren zwei Tage vergangen, seit sie bei ihm zu Hause gewesen war. Sie hatte mindestens ein halbes Dutzend Male den versteckten Balkon besucht, um vielleicht einen Blick auf Sterling zu erhaschen, der vielleicht an einem der Spieltische saß. Aber falls er dort gewesen war, hatte er sich genauso gut versteckt wie sie.

Wenn Jack ein Problem damit hatte, dass sie zwei Nächte lang weg gewesen war, so sagte er nichts dazu. Er war der Aristokratie gegenüber ein bisschen aufgeschlossener, seit er selbst in den Stand hineingeheiratet hatte, und er war auch nicht mehr ganz so voreingenommen. Jim war nicht mehr vorbeigekommen. Sie rieb sich über die Stirn. Sie fürchtete sich vor dieser Begegnung, wenn es einmal so weit sein würde – falls es je passieren würde. Möglicherweise hatte Jim Bedenken, ihr wieder gegenüberzutreten, weil er so viel von sich und seinen Gefühlen für sie preisgegeben hatte. Er hatte sich emotional vor ihr entblößt. Und sie konnte seine Zuneigung nicht in gleichem Maße erwidern.

Sie spielte mit dem Gedanken, zu Luke zu gehen und mit ihm zu reden. Er hatte sie früher einmal gefragt, ob sie seine Frau werden wolle, doch er hatte sie nicht wirklich geliebt. Jedenfalls nicht so, wie ein Mann eine Frau lieben sollte. Seine Liebe war die Liebe der Jugend gewesen. Glücklicherweise war Catherine in sein Leben getreten und hatte ihm gezeigt, wie falsch er gelegen hatte.

Vermutlich könnte sie auch mit Catherine reden. Immerhin war Sterling ihr Bruder. Doch Frannie spürte, dass die beiden sich nicht mehr so nahestanden, wie es früher einmal gewesen sein mochte.

Frannie war müde und konnte nicht gut schlafen, weil sie mit einem Mal begonnen hatte zu träumen, und sie konnte sich auch an diese Träume erinnern. Und in jedem dieser Träume machte Sterling unanständige Dinge mit ihr, und sie schrie seinen Namen. In einigen Träumen war sie genauso unanständig und frech, und er schrie ihren Namen.

Sie erhob sich aus ihrem Sessel und blickte sich noch einmal in ihrem spärlich möblierten kleinen Büro um. Sie sollte ihre Bücher wahrscheinlich ins Waisenhaus bringen. Dann könnte sie dort daran arbeiten und jeden Abend bei den Kindern sein, statt sie nur tagsüber besuchen zu können. Es spielte keine Rolle, wo sie die Buchführung machte, solange sie sie machte.

Sie ging den Flur entlang, zog ihren Dolch hervor und griff in die Tasche, um den Schlüssel hervorzuholen, der die Tür nach draußen öffnen würde. Sie hatte nicht vor, sich von einem von Sykes' Strauchdieben so weit einschüchtern zu lassen, dass sie den Kopf einzog. Sollte ruhig jemand versuchen, sie wieder anzugreifen. Sie war in der richtigen Stimmung für einen Kampf.

Als sie auf der Treppe im schummrigen Licht einer Laterne stand, die neben ihr hing, machte sie die Tür zu und schloss sie ab. Sie gab ihren Augen einen Moment, damit sie sich an die dunklen, nebligen Lichtverhältnisse gewöhnen konnten.

»Frannie?«

Sie hörte ein leises Flüstern, in dem das beinahe verzweifelte Bedürfnis mitschwang, zugleich gehört und nicht gehört werden zu wollen. Sie wandte sich um, hob den Arm und nahm die Laterne vom Haken. Weil sie die Stimme erkannte, hatte sie keine Angst, doch sie war unglaublich neugierig und auch wachsam. »Nancy?«

Eine Frau trat aus den Schatten. Sie war nur zwei Jahre älter als Frannie, aber die Zeit hatte es mit ihr nicht gut gemeint. Ihre Wangen waren eingefallen, ihre Augen lagen tief in den Höhlen und waren von Schatten umgeben. In ihrem Gesicht sah man Spuren – es hätte Schmutz sein können, doch es waren wohl eher Verletzungen und Blutergüsse. »Wie geht's dir?«

Auf der Straße waren sie Freundinnen gewesen, auch wenn sie zu unterschiedlichen Kidsmen gehört hatten. Mit zwölf Jahren war Nancy zu einem Jungen gezogen, der drei Jahre älter gewesen war als sie – Bob Sykes. Es war nicht ungewöhnlich für junge Mädchen, sich an Burschen zu hängen, die nur ein paar Jahre älter waren als sie. Sie boten ihnen Schutz. Für die Jungs war es ein Zeichen des Erfolgs, ein Mädchen zu haben. Frannie hatte immer schon sehen können, welcher Junge ein Mädchen bei sich aufgenommen hatte – er war dann durch die Gegend stolziert und hatte großgetan, weil sein Stand gegenüber den anderen Jungs sich durch den Beweis seiner Männlichkeit deutlich verbessert hatte.

Frannie hatte Nancy seit jener Nacht, in der sie entführt und an das Bordell verkauft worden war, nicht mehr gesehen. Die beiden hatten sich an dem Abend in ein Theater schleichen wollen, um sich ein Stück anzusehen, von dem Nancy damals unaufhörlich gesprochen hatte. Stattdessen hatte das Schicksal zugeschlagen, und Unheil war über sie hereingebrochen. Nancy war es zum Glück gelungen zu entkommen, doch Frannie war verschleppt worden, um die Hölle auf Erden zu erleben.

»Mir geht es gut, Nancy. Wie geht es dir? Bist du noch immer mit Sykes zusammen?«

»Verdammt, ja. Er is kein Mensch, den man einfach verlässt. Arbeitest du immer noch für Dodger?«

Nancy stand leicht gebückt vor ihr und mied anscheinend bewusst das Licht der Lampe. Frannie nahm die Laterne herunter. Sie wusste, wie es sich anfühlte, wenn man lieber nicht im hellen Licht gesehen werden wollte. Nancys Kleider waren abgenutzt und zerschlissen. Aber Frannie sah, dass sie erst vor Kurzem geplättet worden waren, als wollte sie einen guten Eindruck machen. Obwohl es Nacht war, trug Nancy einen Hut, der schief auf ihrem hochgesteckten Haar thronte.

»Ja, ich bin immer noch bei Dodger«, antwortete Frannie. »Wir haben einen Koch, der die ganze Nacht lang Speisen für die Herren im Club zubereitet – alles, damit sie noch länger an den Spieltischen sitzen bleiben. Komm mit in die Küche, dann gebe ich dir etwas zu essen.«

»Nein danke, mir geht's gut. Der alte Kerl hat dir beigebracht, wie man sich ausdrückt.«

»Er hat mir vieles beigebracht.«

»Also war alles, was in der Nacht passiert is, gar nich so schlimm, oder?«

Frannie war brutal vergewaltigt worden. Zu behaupten, dass es »nicht so schlimm« gewesen wäre, war, als würde man einen Dolchstoß ins Herz mit einem kleinen Nadelstich in den Finger vergleichen. »Ich habe es überlebt.« Sie sah sich um. »Es ist kalt und feucht hier. Nebel zieht auf. Komm doch wenigstens mit in meine Wohnung, damit wir nicht länger hier draußen in der Kälte stehen müssen.«

»Hab gehört, dass du Waisenkinder aufnimmst«, sagte Nancy schnell.

»Ja, ich …«

»Dann nimm den hier.« Nancy griff hinter sich in die Schatten und schob einen kleinen Jungen nach vorn. »Er is einer von Sykes' Jungs. Ich kann dir noch mehr bringen, wenn du den hier nur nimmst.«

»Nancy …«

»Bitte. Er is auch mein Junge. Ich wünsch mir was Bess'res für ihn als die Straße. Sein Name is Petey. Er is 'n guter Junge.«

Frannie schlang den Arm um den Jungen und zog ihn an ihre Beine. Zwar trug er eine Jacke, doch sie konnte trotzdem spüren, dass er nur aus Haut und Knochen bestand. Sykes war ein professioneller Dieb, und sie wusste, er achtete darauf, dass die Burschen möglichst schmächtig blieben. So konnten sie durch kleine Öffnungen kriechen und in ein Haus gelangen, um ihm dann die Tür zu öffnen.

»Du kannst auch mit uns kommen, Nancy. Ich kann dir und dem Jungen eine sichere Zuflucht bieten.«

Nancy schnaubte verächtlich. »Ich bin bei ihm, seit ich zwölf bin. Er wird mich wahrscheinlich nich so einfach gehen lassen.«

»Ich kann dir eine Stellung auf dem Land verschaffen …«

Sie sah, wie Nancys Miene sich veränderte. Nancy wirkte zerknirscht, beinahe … schuldbewusst. »Du warst immer so nett«, sagte sie leise. »Ich wollte das nich, weißt du? Das musst du mir glauben. Ich wollte das nich tun.«

»Wovon sprichst du?«, fragte Frannie.

»Es war Sykes. Er hat mich dazu gezwungen. Er meinte, wir

würden viel Geld verdienen, wenn wir dich an die Alte verkaufen. Ich hab nie auch nur einen Penny gesehen.«

Frannies Innerstes fühlte sich an, als würde ein Eissturm darin wüten. Die Alte? Die grauhaarige Frau, die das Bordell geleitet hat, in das sie gebracht worden war? Plötzlich ertappte sie sich dabei, wie sie sich an dem Jungen festhielt, um nicht umzufallen.

»Du siehst aus, als würdest du gleich dein Abendessen wieder ausspucken. Du wusstest es nich?«

Frannie schüttelte den Kopf. »Nein.«

»Du warst immer so klug, dass ich dachte, du wärst von selbst draufgekommen. Bitte laste es nich meinem Jungen an.«

»Ich würde ein Kind niemals für die Fehler und Sünden seiner Mutter verantwortlich machen. Weißt du eigentlich, was du mir damit angetan hast, Nancy?«

»Ich kann's mir vorstellen.«

»Nein, ich glaube nicht, dass du das kannst.«

»Ich glaub, dass es dem, was Sykes mir jede Nacht antut, ziemlich nahekommt. Er is 'n Tier. Das is er. 'n Hund. Jemand sollte ihn umbringen. Ich werd dir noch mehr Jungs bringen, wenn ich kann.«

Bevor Frannie etwas erwidern konnte, rannte Nancy in die Dunkelheit. Ihre schnellen Schritte wurden vom Nebel geschluckt, der immer dichter wurde. Frannie nahm die Laterne und erhellte damit das Gesicht des Jungen, den Nancy zurückgelassen hatte.

Es war der Junge, der auch unter dem Namen Jimmy bekannt war.

Wieder einmal saß der kleine Dieb in Sterlings Küche am Tisch der Bediensteten und stopfte sich das Essen in den Mund, als hätte er seit seinem letzten Besuch hier nichts mehr in den Magen bekommen.

Dass Frannie ihn hierher und nicht in das Waisenhaus gebracht hatte, sprach Bände. Unglücklicherweise sagte sie selbst nicht annähernd so viel, und Sterling spürte, dass das, was sie so beschäftigte, viel besorgniserregender war als die Erkenntnis, wer die Eltern dieses kleinen Kerls waren.

»Also ist er Sykes' Sohn?«, wiederholte Sterling.

»Wenn man Nancy glauben darf, ja.«

»Ich schätze, das erklärt, warum Sykes nicht zu würdigen weiß, dass du den Kleinen bei dir aufgenommen hast.«

»Ich fürchte, wenn ich ihn wieder ins Waisenhaus bringe, wird Sykes dorthin kommen, um ihn zu holen.«

Sterling blickte sie an. Sie sah ihm mit der absoluten Sicherheit in die Augen, dass er eine Lösung finden könnte.

»Wenn er hierbleibt und in einem meiner Betten schläft, muss er zuerst baden«, brummte Sterling schließlich. »Mir ist es egal, wie spät es schon ist.«

Frannie warf ihm ein Lächeln zu, das sein Herz erwärmte. *Verflixt und zugenäht.* Gab es irgendeinen Wunsch, den er ihr abschlagen könnte? Schon einmal hatte er sie gehen lassen, und er wusste nicht, ob er es überstehen würde, sie noch einmal zu verlieren. Zu sehen, wie sie gegangen war, war das Schwierigste und Schmerzvollste gewesen, was er je erlebt hatte.

»Ich glaube, du solltest heute Nacht auch hierbleiben.« Ihm gefiel die Vorstellung nicht, dass sie ganz allein dort draußen war. Im Übrigen würde sie, so wie er sie kannte, wahrscheinlich auf direktem Wege in die Elendsviertel gehen, um diesen Sykes zur Rede zu stellen. Auch wenn er ihre Freunde nicht besonders mochte, spielte er mit dem Gedanken, sie um Hilfe zu bitten. Nein, das würde sie als Verrat empfinden. Er sollte vielmehr Wachleute anstellen, die ihr von jetzt an auf Schritt und Tritt folgen würden.

»Wenn es dir nichts ausmacht ...«, begann sie.

»Ich hätte es nicht vorgeschlagen, wenn es mir etwas ausmachen würde. Du solltest auch nicht länger im *Dodger's* arbeiten.«

Sie stieß ein leises Lachen aus. »Im *Dodger's* verdiene ich das Geld, das ich brauche, um für die Waisenkinder sorgen zu können.« Mit einem Kopfnicken wies sie auf den Bengel. »Wir sollten ihm heute Abend besser nicht erlauben, so viel zu essen wie beim letzten Mal.«

»Ich stimme dir zu. Eine Pastete ist alles, was er heute bekommt.«

Sie drückte seine Hand. Für ihn fühlte es sich an, als hätte sie sein Herz berührt. »Ich weiß, dass du keine Langfinger in deinem Anwesen duldest. Aber ich werde dafür sorgen, dass er nichts klaut.«

Er legte seine Hand an ihre Wange. »Er hat dich zu mir zurückgebracht. Er kann alles klauen, was er will.«

Ihr Lachen klang weich, und für einen Moment vertrieb es ihre Sorgen. Doch er konnte sehen, wie sie im nächsten Moment mit voller Wucht zurückkehrten. Sobald sein kleiner Gast im Bett wäre, würde Sterling versuchen, aus ihr herauszukitzeln, was ihr wirklich so zu schaffen machte. Es ging um mehr als nur um den Jungen. Da war er sich sicher.

Er weckte den jüngsten seiner Diener und trug ihm auf, in der Küche ein Bad für den Jungen vorzubereiten. Während Frannie den kleinen Teufel kurz darauf sauber schrubbte, ging Sterling in das Zimmer seines Stiefelknechts und holte ein paar

Kleidungsstücke. Die Kleider würden dem Jungen vermutlich geringfügig zu groß sein, doch fürs Erste würde es reichen müssen.

Als er wieder nach unten in die Küche kam, hatte der Bursche sein Bad beendet, und Frannie trocknete ihn ab.

»Vorsicht, verdammt! Du schrubbst mir ja die Haut ab!«

»Hör auf zu jammern«, schimpfte Sterling, bevor Frannie etwas erwidern konnte. »Lass dir gesagt sein, dass ich viel Geld bezahlt habe, damit so wunderschöne Frauen mich abtrocknen.«

Abrupt wandte Frannie den Kopf und sah ihn an. Ihre Wangen erröteten zart.

Sterling grinste sie an. »In einigen fremden Ländern herrschen reizende Sitten.« Er hielt die Kleidung, die er besorgt hatte, hoch. »Er kann diese Kleider haben.« Mit der Fußspitze schob er die Lumpen, die der Kleine vorher getragen hatte, auf dem Fußboden zur Seite. »Diese hier sollten wir vermutlich lieber verbrennen.«

»Vermutlich.« Frannie griff nach den sauberen Kleidern und ließ das Handtuch auf den Boden fallen.

Sterling wollte den Jungen nicht anstarren, aber … »Er ist tatsächlich nur Haut und Knochen.«

»Ich fürchte, ja.«

Sterling konnte einige Spuren und Narben am Oberkörper und auf der Schulter des Jungen sehen. Er drehte ihn um.

»Hey!«, rief der Junge.

Ohne auf den Protest des Kleinen zu achten, betrachtete Sterling das Muster zum Teil verblasster Narben auf seinem Rücken. »Ist er ausgepeitscht worden?«

Frannie drehte den Jungen um und bedeutete ihm, die Arme zu heben, damit sie ihm das Nachthemd überstreifen konnte. »Ja, das waren die Behörden«, sagte sie leise. »Er ist offensichtlich verhaftet worden, weil er irgendeine Kleinigkeit gestohlen hat. Statt ihn ins Gefängnis zu stecken, hat er die Peitsche bekommen.«

»Aber … Er ist doch noch ein Kind.«

»Irgendeinem Gentleman war sein Kleingeld anscheinend noch lieber.«

»Worüber macht ihr euch Sorgen?« Der Junge verschränkte die dünnen Ärmchen vor seiner mageren Brust. »Ich hab nich mal geweint.«

»Wie alt bist du?«

»Dir sag ich gar nix, blöder Wichtigtuer.«

»Er ist acht«, sagte Frannie. »Haben wir denn ein Bett für ihn?«

Sterling nickte. »Ja.«

Das Zimmer, das er ausgewählt hatte, lag im selben Flur wie seines. Er hoffte, dass Frannie ab und zu mal vorbeikommen würde, um nach dem Kleinen zu sehen. Er hatte einen Diener abgestellt, der die Nacht über im Zimmer des Jungen bleiben und dafür sorgen sollte, dass er nicht verschwand.

Als der Junge so in dem riesigen Bett lag, wirkte er noch kleiner als ohnehin schon. Frannie hatte sich neben ihn auf die Bettkante gesetzt und strich ihm mit den Fingern durchs Haar.

»Du musst hierbleiben, Peter«, sagte Frannie leise. »Das ist der Wunsch deiner Mutter. Morgen gibt es ein ausgiebiges Frühstück, und dann besorge ich dir ein paar passende Kleidungsstücke. Alles wird gut. Hab keine Angst.«

»Ich hab vor nix Angst.«

»Lauf nicht weg, ja?«

In einer Bewegung zuckte er mit den Achseln, nickte und rollte sich auf die Seite.

Frannie erhob sich und lächelte Sterling an.

»Das klang nicht gerade wie ein Versprechen, oder?«, sagte er.

Frannie schüttelte den Kopf und ging aus der Tür. Sterling blieb neben dem Diener stehen und sagte mit gedämpfter Stimme: »Rechne damit, dass es Schwierigkeiten geben wird.«

»Ja, Sir.«

»Ruf mich, wenn es Ärger gibt.«

»Ja, Euer Gnaden.«

Sterling lief in sein Schlafzimmer und war dankbar zu sehen, dass Frannie dort auf ihn wartete. Sie saß auf dem Sofa vor dem Kamin, in dem ein kleines Feuer flackerte. Ihre nackten Füße hatte sie unter sich gezogen und rieb sich die Arme, als wäre ihr kalt. Er ging zu einem Tisch, wo sein Brandy stand, schenkte zwei Gläser ein und setzte sich zu ihr.

Sie nahm ihm einen der Schwenker ab und trank einen guten Schluck, bevor sie das Glas auf dem Oberschenkel abstellte und mit beiden Händen festhielt. Ihr Blick ging in die Ferne.

»Sag mir, was los ist«, bat er sie leise.

»Denkst du nicht, dass es normal ist, sich Sorgen um das Kind zu machen?«

Mit dem Daumen fuhr er zwischen ihren zusammengezogenen Augenbrauen entlang. »Dich beschäftigt doch noch irgendetwas anderes. Sag mir, was es ist.«

Sie schüttelte den Kopf. Tränen traten ihr in die Augen.

»Nichts, was du mir sagst, könnte etwas an der … Zuneigung ändern, die ich für dich empfinde«, sagte er leise.

»Du empfindest Zuneigung für mich, Sterling?«

Er fürchtete, dass er noch viel mehr als nur Zuneigung für sie empfand, doch dieses Eingeständnis würde in eine Richtung führen, in die er nicht gehen wollte – denn es würde alles nur noch viel komplizierter machen. »Ich mag dich sehr, Frannie. Es gefällt mir nicht, wenn du so unglücklich bist. Der Junge ist sauber, satt und liegt im Bett. Er befindet sich wieder in deiner Obhut. Das sollte ein Grund zur Freude sein. Aber, Frannie, mein Schatz, du siehst aus, als wäre dein Herz gebrochen.«

Sie nickte, schloss die Augen und nahm noch einen Schluck Brandy. Sie drehte sich zur Seite, damit sie ihn ansehen konnte. »Nancy … Sie war meine Freundin. Sie war keines von Feagans Kindern. Aber sie war da. Auf der Straße. Eine von uns. Sie war zwei Jahre älter. Als sie zwölf Jahre alt war, zog sie zu Sykes. Die Straßenmädchen machen so etwas. Man überlebt, so gut es geht. Aber wir waren Freundinnen. *Freundinnen.*«

Sie schien an diesem Wort hängen zu bleiben.

»Ihr wart Freundinnen«, wiederholte er. »Habt ihr zusammen gespielt?«

Sie lachte und schüttelte den Kopf. »Das Spiel, das wir gespielt haben, hieß *Lucifer Drop*. Ich hatte zwei Schachteln mit Streichhölzern, bin herumgelaufen und habe sie den Leuten angeboten. Natürlich hat mich niemand beachtet, weil ich nur eine Bettlerin war. Ich habe in einem geeigneten Moment geschickt jemanden angerempelt und dabei die Streichhölzer in den Schlamm fallen lassen. Dann habe ich angefangen zu weinen und Nancy hat geschrien, dass unsere Mum mich umbringen würde. Derjenige, den ich angerempelt hatte, hat uns daraufhin immer ein hübsches Sümmchen gezahlt, damit wir endlich aufhörten, herumzuschreien und so viel Aufsehen zu erregen. Mit dem so ergaunerten Geld sind wir gut zurechtgekommen.«

»Also fühlst du dich verpflichtet, dich um ihren Sohn zu kümmern?«

Eine Träne rann über ihre Wange. Mit dem Daumen fing

Sterling sie auf. Er legte die Hand in ihren Nacken. »Frannie …«

»Eines Tages erzählte sie mir von diesem wundervollen Theaterstück und meinte, sie würde einen Mann kennen, der uns durch die Hintertür ins Theater lassen würde. Feagan hat immer zu mir gesagt: ›Frannie, Darling, in der Nacht solltest du nicht da draußen sein. Komm immer zu mir zurück, bevor es dunkel wird.‹ Doch ich wollte das Theaterstück unbedingt sehen. Also blieb ich bei Nancy, bis es dunkel wurde. Und dann gingen wir eine schmale Gasse entlang … Jemand machte einen Satz auf mich zu und zerrte mir einen Sack über den Kopf. Ich rief Nancy zu, wegzurennen …«

Sie schluchzte unterdrückt auf. Tränen rannen ihr über das Gesicht. Er nahm ihr das Glas ab und stellte es zusammen mit seinem Schwenker auf den Tisch. Er wollte sie trösten, doch er wusste, dass sie noch mehr sagen wollte. Sie sah ihn so flehentlich an, als könnte er den Schmerz vertreiben. Und er wollte nichts lieber als das, aber bis er nicht wusste, was ihr diesen Schmerz bereitete …

»In all den Jahren dachte ich, ich hätte verdient, was mir zugestoßen ist, Sterling.«

»Niemand hat das verdient, was dir angetan worden ist«, entgegnete er.

Sie schüttelte den Kopf. »Ich war ein schlechter Mensch. Ich war an Orten, an denen ich nicht hätte sein sollen, und tat Dinge, die ich nicht hätte tun sollen. Feagan hatte mich noch gewarnt, mich nachts nicht mehr auf den Straßen herumzutreiben, aber ich schlug seine Warnung in den Wind. Als man mich mitnahm und mir all die schrecklichen Dinge antat, glaubte ich, es wäre meine Bestrafung. Und als Luke dann Geoffrey Langdon umbrachte und dafür verhaftet wurde, glaubte ich, sie würden ihn henken und es wäre allein meine Schuld. Du kannst dir nicht vorstellen, wie schuldig ich mich fühlte.«

»Frannie, du trägst an dieser Sache überhaupt keine Schuld.«

Sie wischte sich die Tränen von den Wangen. »Heute Abend hat Nancy ... Nancy hat mir erzählt, dass Sykes und sie das alles eingefädelt hätten. Sie haben damals alles arrangiert, damit ich verschleppt werden konnte.«

»O Gott, Frannie.« Er zog sie auf seinen Schoß und hielt sie fest in seinen Armen, während sie weinte.

»Sie haben gewusst, was geschehen würde, und sie haben es absichtlich getan.«

Er drängte die Wut zurück, die in ihm hochkochte. Jetzt war nicht der richtige Zeitpunkt, um Dinge kaputtzuschlagen oder seinem Zorn Luft zu machen. Er musste sich um sie kümmern. Er musste seine teure Frannie trösten.

»Man verschleppte mich damals an irgendeinen mir unbekannten Ort. Ich wusste nicht, wo ich war. Meine Kleidung wurde mir vom Leib gerissen. Ich wurde an ein Bett gefesselt. Dieser grauenhaft, grauenhaft kichernde Mann untersuchte mich. Ich musste noch Jungfrau sein, verstehst du? Jungfrauen haben noch keine ansteckenden Krankheiten. Einige Männer schlafen nur mit Jungfrauen.«

Er spürte, wie ihre Tränen sein Hemd durchnässten.

»Ich dachte, ich hätte das Grauen und den Schmerz verdrängt. Doch irgendwie ist es jetzt noch viel schlimmer, weil ich weiß, dass jemand es mir *genau so* gewünscht hat, dass jemand es *genau so* geplant hat.«

»Falls dieser Sykes mir jemals über den Weg laufen sollte, werde ich ihn umbringen.«

Sie zog sich zurück und sah ihn mit diesen wunderschönen grünen Augen an, in denen Tränen standen. »Sie würden dich henken, und das ist er nicht wert. Hilf mir, das alles zu vergessen, Sterling. Hilf mir, diese schrecklichen Erinnerungen in die tiefste dunkelste Ecke meines Kopfes zurückzudrängen – denn dort gehören sie hin. Gib mir etwas Schönes, an das ich mich gern zurückerinnere.«

Sie küsste ihn. Er war sich nicht sicher, ob es eine kluge Idee war, doch er hatte nicht die Kraft, um ihr zu verwehren, worum sie ihn gebeten hatte. Er stand vom Sofa auf, hob sie hoch und trug sie in sein Bett.

Frannie hätte sich keinen zärtlicheren Liebhaber als Sterling wünschen können. Als er sie vor einiger Zeit zum ersten Mal in sein Schlafzimmer gebracht hatte, war von den Schatten der Vergangenheit nichts zu spüren gewesen. Heute Abend war es so, als würde er sie wegwischen, wie man es vielleicht mit Spinnenweben machte. Behutsam und doch bestimmt, wenn sie an den Fingern kleben blieben.

Langsam zog er Frannie die Kleider aus und küsste sie überall dort, wo ihre Haut zum Vorschein kam. In seinem Blick standen Zärtlichkeit und Verlangen. Er wollte sie noch immer. Sie wusste das. Nach allem, was sie ihm offenbart hatte, begehrte er sie noch immer ... Dennoch schob er seine eigenen Bedürfnisse und Wünsche zur Seite, nahm sie ohne Eile. Mit seinen Händen und seinem Mund schien er sie beinahe anzubeten.

Sie berührte ihn mit der gleichen Sorgfalt. Nicht, weil er zerbrechlich gewesen wäre – denn das war er nicht –, sondern weil in dieser Nacht, in diesem Moment etwas anderes zählte als beim ersten Mal.

Er schien zu spüren, wann er sie streicheln, wann er sie küssen, wann er süße Worte in ihr Ohr flüstern sollte. Sie waren völlig im Einklang, und das hatte sie noch mit keinem anderen Menschen zusammen erlebt.

Heute Nacht gab es keinen Rausch, keine Eile.

Er drehte sie sanft auf den Bauch und hauchte eine Spur von Küssen ihren Rücken entlang. Er strich über ihren Rücken, streichelte ihre Pobacken und küsste ihre Kniekehlen. Er massierte ihre Füße, ihre Unterschenkel, ihre Oberschenkel … bis sie so locker und entspannt war, dass sie fürchtete, nie mehr aufstehen zu können.

Er zog sie hoch und auf seinen Schoß, sodass sie mit gespreizten Beinen auf ihm saß. Ihr wildes Haar bildete einen Vorhang, der sie beide umhüllte. Mit den Händen fuhr er hindurch. Dann zog er Frannie zu sich herunter, um sie bedächtig, innig und leidenschaftlich zu küssen. In ihrem Kopf gab es nur noch den Gedanken an ihn. Die Art, wie er sie berührte – beinahe ehrfürchtig –, die Art, wie er ihr das Gefühl gab, dass nichts und niemand sonst auf der Welt in diesem Moment eine Rolle spielte.

Sie waren in ihrer eigenen Welt. Nur sie beide. Keine Aristokratie, kein Straßenjunge. Nur Sterling. Nur Frannie. Keine Unterschiede. Einfach ein gemeinsames Ziel: Lust zu geben und zu nehmen.

Sterling packte ihre Hüften, hob sie an und setzte sie dann ab, bis sie ihn umschloss und er sie erfüllte. Sie lächelte ihn an, küsste seine Brust und spürte, wie es unter ihren Lippen vibrierte, als er tief knurrte. Sie stellte sich vor, dass er den Löwen nachahmte, den er skizziert hatte.

Dann bewegte sie sich auf ihm, ritt ihn, beobachtete den lustvollen Ausdruck, der über sein Gesicht ging, als er seine Finger in ihren Hüften vergrub. Die Lust wuchs an und wurde beinahe unerträglich. Sie schmiegte ihr Gesicht in seine Halsbeuge, um ihre Lustschreie zu dämpfen. Er hielt sie fest und zuckte und zitterte unter ihr.

Woher er die Kraft nahm, anschließend über ihren Rücken zu streicheln, wusste sie nicht. Als sie irgendwann einschlief, strich er noch immer zärtlich über ihren Körper. Sie nahm die liebevollen, ermutigenden Worte, die er ihr ins Ohr flüsterte, mit in ihre Träume.

Kapitel 20

Als die Sonne ihre ersten Strahlen durch einen schmalen Spalt im Vorhang schickte, beobachtete Sterling, wie Frannie die Augen aufschlug. »Guten Morgen«, sagte er und fuhr mit den Fingerspitzen um ihre nackte Brust.

Frannie seufzte und streckte sich genüsslich. »Dir auch einen guten Morgen.«

Er rollte zur Seite, legte sich auf sie und glitt tief in sie hinein. Er küsste ihren Hals. »Du fühlst dich so gut an.«

Bedächtig bewegte er sich in ihr und betrachtete das zufriedene Lächeln auf ihrem Gesicht. »Das ist eine wundervolle Art, den Morgen willkommen zu heißen«, brummte er.

Sie streichelte mit den Händen über seinen Rücken und umfasste seinen Po. »Ich liebe das Gefühl, dich in mir zu spüren.« Sie stöhnte leise auf und drehte den Kopf zur Seite. Erschrocken riss sie die Augen auf, erstarrte, schrie auf und vergrub die Fingernägel in Sterlings Rücken.

Sterling folgte ihrem entsetzten Blick.

»Was is das da auf deinem Rücken?«, fragte der kleine Dieb.

»Das geht dich verdammt noch mal nichts an. Was zum Teufel machst du überhaupt hier?«

»Hab Hunger.«

»Was ist mit dem Diener, der auf dich aufpassen sollte?«

Der Junge zuckte mit den knochigen Schultern. »Schläft. Du machst es übrigens nich richtig.«

»Wie bitte?«

»Wenn du sie nimmst, musst du sie zum Weinen bringen. Meine Mum weint jedenfalls immer.«

»Tja, diese Enthüllung überrascht mich nicht im Geringsten. Aber ich *nehme* sie ja auch nicht, sondern *liebe* sie, und das bedarf einer gewissen Gewandtheit und Zartheit. Ich bezweifle, dass dein Vater eine solche Zartheit ebenfalls an den Tag legen kann.«

Frannie fing an zu kichern, und was als einer der schönsten Morgen begonnen hatte, die er je erlebt hatte, war endgültig ruiniert. Er zog die Decke hoch, um wenigstens ein bisschen Anstand zu bewahren, rollte von ihr herunter und setzte sich auf. Seine Blöße bedeckte er mit dem Laken.

»Ist dir das nicht unangenehm?«, fragte er.

Frannie schüttelte den Kopf. »Die Kinder in den Elendsvierteln schlafen oft im selben Zimmer wie die Eltern. Manchmal sogar im selben Bett.«

Es war ein Wunder, dass sie nach dem ersten Kind noch weitere zeugten.

»Du da«, er zeigte auf den Jungen, »geh in die Küche. Hol dir etwas zu essen. Und wage es ja nicht, davonzulaufen. Ich werde das Biest auf meinem Rücken hinter dir herschicken, um dich zu finden, falls du es dennoch versuchen solltest.«

Die Augen des Jungen wurden groß. »Is es denn echt?«

»Denk einfach an das, was ich dir gesagt habe.«

»Kann ich das Biest mal treffen?«

»Das kommt darauf an, ob du immer noch da bist, wenn ich nach unten gehe, um zu frühstücken.«

»Ich werd da sein. Versprochen.«

Der Junge rannte los. Auf seinen dürren Beinchen war er erstaunlich schnell unterwegs.

»Woher willst du denn einen echten Drachen nehmen?«, wollte Frannie wissen.

»Darüber mache ich mir später Gedanken. Im Augenblick

müssen wir uns, glaube ich, keine Gedanken darüber machen, dass er weglaufen könnte.«

Sie ließ ihre Fingerspitzen über seinen Rücken wandern. »Hast du mich wirklich gerade *geliebt?*«

Er legte sich wieder auf sie. »Wenn du mich erst danach fragen musst, habe ich es offensichtlich nicht gut genug gemacht. Lass es mich noch einmal versuchen, bevor ich mich auf die Suche nach einem Drachen mache.«

Er liebte sie zweimal. Ja, er *liebte* sie. Anschließend ging Frannie in Catherines Zimmer und fing an, sich für den Tag vorzubereiten. Sie ließ sich ein Bad bereiten und entspannte sich in der Wanne.

Sie wollte nicht über Sykes nachdenken, doch sie machte sich Sorgen und befürchtete, er würde Rache üben, wenn er herausfand, dass sein Sohn wieder bei ihr war. Was Nancy betraf, so befand Frannie, dass sie bekommen hatte, was sie verdiente … Aber sie hatte den Gedanken noch nicht zu Ende gedacht, als sie ihre Meinung wieder änderte. Niemand verdiente Sykes.

Sein Sohn hatte vielleicht ein loses Mundwerk, aber sie glaubte nicht, dass der Kleine nicht mehr auf den richtigen Weg zu bringen wäre. Was sie überraschte, war die enge Beziehung, die sich zwischen Peter und Sterling zu entwickeln schien. Für einen Mann, der behauptete, Langfinger zu hassen, hatte er den Jungen schon ziemlich schnell ziemlich lieb gewonnen.

Nach ihrem Bad ließ sie sich von Agnes bei ihren Haaren helfen und wählte dann eines von Catherines Hauskleidern aus. Das Dunkelblau des Kleides wirkte zugleich gediegen und provokativ. Sie war sich ziemlich sicher, dass Sterling sich schneller für den Tag zurechtgemacht hatte als sie.

Und so war sie mehr als überrascht, als sie ins Esszimmer trat, um zu frühstücken, und bemerkte, dass er nicht da war. Sie erkundigte sich bei einem der Diener: »Hat Seine Gnaden bereits gefrühstückt?«

»Ja, Ma'am.«

»Können Sie mir sagen, wo ich ihn finden kann?«

»Es tut mir leid, Ma'am. Ich weiß es nicht. Mr Wedgeworth weiß es vielleicht.«

»Und wo kann ich Mr Wedgeworth finden?«

»Ich glaube, er wollte mit der Köchin über das Mittagessen reden.«

Tatsächlich fand Frannie ihn in der Küche.

»Miss Darling, war das Frühstück nicht zu Ihrer Zufriedenheit?«, fragte er.

»Es war sehr gut, danke«, antwortete sie, obwohl sie gar nichts gegessen hatte. Sie wollte viel lieber Sterling sehen. »Können Sie mir vielleicht verraten, wo ich den Duke finden kann?«

»Im Atelier. Soll ich Sie dorthin begleiten?«

»Ja, bitte.«

Das Atelier war im obersten Stockwerk in der Ecke eines Flügels, den sie bisher noch nicht gesehen hatte. Die Außenwände waren mit bodentiefen Fenstern ausgestattet. Sonnenlicht flutete in das Zimmer und tauchte Sterling, der hinter Peter saß, in goldenes Licht. Peter trug seine Hose, doch das Hemd, das jemand für ihn besorgt hatte, lag zusammengeknüllt auf dem Boden.

Sterling hielt eine Malpalette in der Hand und bemalte gerade den Rücken des Kindes. Es war ausgerechnet ein Drache.

»Er braucht viel Feuer«, sagte Peter.

»Ja. Aber du wirst dich mit dem begnügen müssen, was ich dir hier male, und wirst dankbar dafür sein«, entgegnete Sterling.

»Bitte, bitte, Sir?«

Sterlings Mundwinkel zuckten verdächtig, als wäre er amüsiert und als würde er sich über das bisschen Höflichkeit freuen, die er dem Jungen beigebracht hatte. »Reicht es dir denn aus, wenn die Flammen über deine Schultern züngeln?«, fragte er.

»Ja.«

Frannie durchquerte das Zimmer und trat neben Sterling. »Was machst du da?«

»Ich habe Master Peter hier gerade in den Orden des Drachens aufgenommen. Er hat geschworen, dass er dort bleiben wird, wo Miss Darling – die im Übrigen die Königin des Ordens ist – ihn haben will.«

»Ich hoff, ich kann hierbleiben«, sagte Peter und drehte den Kopf, um Frannie ansehen zu können.

»Du musst stehen bleiben und dich nicht rühren, Junge«, sagte Sterling streng und wich so der Antwort aus, die er ihm jetzt noch nicht geben wollte.

Frannie wollte in Tränen ausbrechen. Hierzubleiben war keine Option. »Ich muss erst einmal meine Buchhaltungsunterlagen prüfen«, sagte sie ruhig, um die Enttäuschung für den Kleinen noch eine Weile hinauszuzögern.

»Das ist übrigens ein sehr beeindruckender Drache«, bemerkte sie dann. »Ich wusste nicht, dass du neben Zeichnungen auch in Öl malst.« Sie sah sich die Bilder an den Wänden an. »Sind das alles deine Arbeiten?«, fragte sie.

»Ja.« Er legte die Malpalette zur Seite. »Setz dich hierher, Master Peter, während die Farbe auf deinem Rücken trocknet.«

»Ja, Sir.«

Sterling erhob sich und sagte zu Frannie: »Erstaunlich, wie ein Ritterschlag gute Manieren zutage fördern kann.«

»Ich denke, er ist ein guter Junge. Seine Herzensgüte ist nur noch nicht hervorgekitzelt worden.«

»Dir wird das gelingen.«

»Ich werde mich bemühen.«

»Du kannst dich gern einmal umsehen, wenn du möchtest.«

Er folgte ihr, als sie durch den Raum ging und sich alles ansah. Die Landschaftsmalerei schien er besonders zu mögen. Sie blieb vor einem Bild stehen, auf dem sanfte Hügel von Bäumen umgeben waren. Im Vordergrund war ein Teich. Das Gemälde war nicht ganz perfekt, doch es hatte irgendetwas, das es zu etwas Besonderem machte. »Das ist reizend.«

»Es ist der Besitz meiner Ahnen.«

Sie ging zum nächsten Bild. Es war dasselbe Motiv. »Ist das eines deiner Lieblingssujets?«

»Ist dir dieser Weidenbaum aufgefallen?«, fragte er und berührte einen Baum am gegenüberliegenden Ufer des Teiches. »Vater hat das Bäumchen gepflanzt, als Mutter gestorben war. Ich habe die Weide immer als ihren Baum betrachtet. Also fing ich an, das Wachstum der Weide festzuhalten. In jedem Jahr an ihrem Todestag stellte ich die Staffelei auf und malte den Ausblick auf den Teich mit dem Baum.«

Langsam ging sie an der Wand entlang, an der die Gemälde nebeneinander aufgereiht hingen. »Mir gefällt, was du hier gemacht hast«, sagte sie, als sie vor das letzte Bild trat.

»Ach, was denn?«

»Nun ja, bei den ersten Gemälden hast du immer die ganze Landschaft eingefangen. Aber im Laufe der Jahre hast du immer mehr von dem weggelassen, was den Baum umgibt, und dich stattdessen auf die Weide konzentriert, die immer größer geworden ist.«

»Genial, oder?«, entgegnete er ausdruckslos.

Etwas überrascht drehte sie sich um und sah ihm in die Augen. Sie war sich nicht sicher, wie sie seinen Tonfall deuten sollte. »Das ist es wirklich. Du musst noch sehr jung gewesen sein, als du damit begonnen hast, dieses Motiv zu malen. Inzwischen sind es ja über ein Dutzend dieser Bilder.«

»Ja, mehr als ein Dutzend. Und du hast recht mit deiner Vermutung. Meine Sicht der Welt hat sich im Laufe der Jahre tatsächlich verändert.« Er wandte sich von ihr ab. »Jetzt lass uns mal sehen, wie weit der Drache ist.«

»Ich sollte wahrscheinlich mal ins Waisenhaus fahren und dort nach dem Rechten sehen.«

»Wir werden dich begleiten.« Über die Schulter hinweg warf er ihr einen Blick zu. »Mir wäre es lieber, wenn du da draußen nicht allein bist.«

Sie hatte eigentlich nicht vor, eine Gefangene zu werden. Aber vermutlich könnte sie heute mal eine Ausnahme machen – immerhin konnte es nicht schaden.

Später am Abend klappte Frannie ihr Kontobuch zu. Die Zahlen schienen alle ineinander zu verlaufen. Wahrscheinlich lag es daran, dass sie unsagbar müde war. Wenn sie mit ihrem Herrenclub nicht so viel Geld verdienen würden, hätte sie die Buchführung auch später noch machen können, doch sie wusste, dass sie immer hinterherhinken würde, wenn sie nun die Sache schleifen ließ. Sie hatte sogar mit dem Gedanken gespielt, jemand anders damit zu beauftragen, aber, ehrlich gesagt, waren sie alle der Meinung, dass es besser war, wenn so wenig Außenstehende wie möglich über den wahren Wert des *Dodger's* Bescheid wussten.

Sie hatte den Großteil des Tages im Waisenhaus verbracht und dafür gesorgt, dass dort alles seinen Gang nahm. Sterling und Peter hatten sie begleitet.

»Wenn du ihn dazu zwingst, hierzubleiben«, hatte Sterling über Peter gesagt, »machst du aus diesem Waisenhaus ein Gefängnis.«

»Ich weiß, aber ich habe Nancy versprochen, dass ich mich um ihn kümmern werde.«

»Also, meinetwegen kann er auch so lange bei mir wohnen, bis du jemanden gefunden hast, der ihn bei sich aufnehmen will«, hatte Sterling vorgeschlagen.

Sein Angebot hatte sie tief berührt.

Sie blickte auf die kleine Uhr auf ihrem Schreibtisch und bemerkte, dass es schon beinahe Mitternacht war. Als Sterling sie widerwillig beim *Dodger's* abgesetzt hatte, hatte sie ihm versprochen, spätestens um Mitternacht wieder zu Hause, bei ihm auf dem Anwesen zu sein. Sie wusste, dass er ihr eine Kutsche geschickt hatte und dass der Fahrer wahrscheinlich schon in der kleinen Gasse hinter dem Herrenclub auf sie warten würde.

Zu Hause. Sie stockte bei dem Gedanken. Es war nicht ihr Zuhause. Es war ein Zufluchtsort für Peter, an dem er Unterschlupf finden konnte, bis er nicht mehr so viel Angst hätte. Wenn er zur Ruhe gekommen wäre, könnte er im Waisenhaus bleiben, während sie nach jemandem suchte, der ihn bei sich aufnehmen würde.

Aus den Augenwinkeln bemerkte sie eine Bewegung. Abrupt wandte sie den Kopf zur Tür und wäre fast zu Tode erschrocken. Sie holte tief Luft, um ihre Nerven zu beruhigen, schob den Schreibtischstuhl zurück und erhob sich. »Hallo, Jim. Wie lange stehst du schon dort?«

Seit dem Morgen, als er in das gemeinsame Frühstück mit Greystone geplatzt war, hatte sie ihn nicht mehr gesehen. Er sah grauenvoll aus. Beinahe wirkte er, als hätte er seit jenem Tag nicht mehr geschlafen.

»Seit ein paar Minuten erst. Ich weiß nicht, ob es noch einen Menschen auf dieser Welt gibt, der sich so auf seine Arbeit konzentriert wie du.«

»Und ich habe hier gesessen und gedacht, dass meine Konzentration gerade sehr zu wünschen übrig lässt. Wie ist es dir in der letzten Zeit ergangen?«

Er zuckte mit den breiten Schultern. »Ich wollte mich entschuldigen. Es tut mir leid, Frannie, was ich neulich gesagt habe ...«

»Nein, du musst dich nicht entschuldigen.« Sie kam um den Schreibtisch herum und stellte sich davor. »Ich weiß, dass du es nur gut gemeint hast. Ich weiß es zu schätzen, dass du bereit bist, mich zu heiraten, falls ich mal in Schwierigkeiten geraten sollte.«

»Und auch, wenn du nicht in Schwierigkeiten geraten solltest.« Er verzog das Gesicht. »Ich habe dich schon immer geliebt, Frannie. Du bist der Grund, warum ich bei Feagan geblieben bin. Aber mir war immer klar, dass du Luke und Jack lieber hattest als mich.«

»Sei nicht albern. Ich liebe euch alle gleich ... wie Brüder eben.«

»Ich empfinde allerdings viel mehr für dich, als ich für eine Schwester empfinden würde. Das tut mir auch leid, aber ich denke nicht, dass man etwas an seinen Gefühlen für einen anderen Menschen ändern kann. Liebst du ihn?«

Sie musste gar nicht fragen, auf wen er sich mit seinen Worten bezog. Sie legte die Hand auf den Mund und spürte, wie ihr die Tränen in die Augen traten. »Gott steh mir bei, Jim. Ja, ich glaube, ich liebe ihn. Mir ist bewusst, dass er mich nicht heiraten wird. Du hattest recht damit. Bitte, um Himmels willen, sprich mit niemandem darüber.« Sie schluckte. »Ich würde ihn nicht einmal heiraten, wenn er mich fragen würde. Er ist ein verdammter Duke, und ich wäre dann eine verdammte Duchess.« Sie sah ihn an. »Bitte bleib mein Freund. Ich habe das Gefühl, ich werde meine Freunde noch brauchen.«

»Ich könnte dich niemals im Stich lassen. Es tut mir weh, dass du überhaupt glaubst, ich wäre zu so etwas fähig.«

Sie ging zu ihm, stellte sich auf die Zehenspitzen und gab ihm einen sanften Kuss auf die Wange. »Danke.«

Betreten standen sie einen Moment lang voreinander. Ihr wurde klar, dass sie niemals wieder die gleiche Freundschaft, die gleiche Lockerheit füreinander empfinden würden, die sie früher verbunden hatte. »Tja, es ist schon spät. Ich muss jetzt auch los«, murmelte sie.

»Ja. Wir sehen uns dann.«

Damit drehte er sich um, um zu gehen, und sie griff nach ihrem Umhang.

»Ach«, sagte er und tauchte noch einmal in der Tür auf. »Erinnerst du dich noch an Nancy? Als Kinder kannten wir uns.«

Frannie erstarrte und drückte den Umhang an ihre Brust. »Nancy, die mit Sykes zusammengelebt hat?«

»Genau die. Wir haben sie in der Themse treibend gefunden.«

»Sie ist tot?«

Er nickte ernst. »Angesichts der Blutergüsse, die wir an ihrem Hals gefunden haben, würde ich sagen, dass jemand sie zu Tode gewürgt hat.«

Kapitel 21

Jack Dodger wollte gerade einschlafen, nachdem er seine Frau voller Leidenschaft geliebt hatte, als er einen Pfiff hörte. Weil Livy sich an ihn geschmiegt hatte, ihr rotbraunes Haar auf seiner Brust ausgebreitet, rührte sie sich, als er bei dem unerwarteten Laut plötzlich erstarrte.

»Was ist los?«, murmelte sie schlaftrunken.

»Ich muss nur kurz etwas nachsehen.« Er gab ihr einen Kuss auf den Scheitel und löste sich vorsichtig von ihr. »Schlaf weiter.«

»Jack?«

»Sch«, flüsterte er ihr ins Ohr. »Ich bin mir sicher, dass es nichts ist.«

Er tapste durch den Raum und zog sich schnell seine Hose und ein Hemd an, ehe er nach unten lief. Selbst jetzt, ein paar Monate nachdem er dieses große Anwesen in St. James geerbt hatte, hatte er noch Schwierigkeiten zu glauben, dass er tatsächlich das Glück hatte, Livy als Ehefrau zu haben. Als er die riesige Eingangshalle erreichte, spielte er kurz mit dem Gedanken, die Eingangstür zu öffnen und draußen nach demjenigen zu suchen, der gepfiffen hatte. Doch er vermutete, dass derjenige schon längst im Haus war.

Schlösser hatten Feagan noch nie aufhalten können.

Und wenn Jack den alten Feagan richtig einschätzte – und er kannte ihn sehr gut –, dann würde er ihn wahrscheinlich in der Bibliothek finden, wo Jack seinen Alkohol aufbewahrte. Er wurde nicht enttäuscht.

In seinem Mantel, der schon bessere Tage gesehen hatte, und

mit dem Kastorhut aus Filz, den er nur selten absetzte – nicht einmal im Haus –, schenkte Feagan sich gerade ein Glas Whiskey ein.

»Feagan.«

»Ach, mein Dodger. Das hat ja nich lang gedauert. Hoffe, ich stör nich während 'ner Nacht, die sehr angenehm hätt werden können.« Er blickte sich um. »Du hast wirklich 'n sehr schickes Haus hier.«

»Ein Haus, das du ohne Zweifel schon besichtigt hast, als ich nicht da war. Also, du ausgekochtes Schlitzohr, was machst du hier?«, fragte Jack und nahm das Glas Whiskey entgegen, das Feagan ihm reichte.

»Ich mach mir Sorgen um mein Schätzchen Frannie.« Er stürzte den Whiskey hinunter und füllte das Glas direkt wieder auf. »Sykes hat verlauten lassen, dass er jedem, der sie auslöscht, 'ne stattliche Summe zahlt.«

»Sykes will, dass sie getötet wird? Warum zum Teufel will er das?«

»Sie mischt sich in seine Angelegenheiten ein. Sie holt seine Jungs von der Straße.«

»Tja, dann kannst du ja mal verlauten lassen, dass jeder, der ihr auch nur ein Haar auf ihrem hübschen kleinen Kopf krümmt ... Verflixt und zugenäht, sie ist neulich Abend überfallen worden. Ich dachte, es wäre nur ein Zufall gewesen. Irgendein Nichtsnutz, der unbedingt eine Frau wollte. Frannie hat uns sogar in dem Glauben bestärkt, dass es so war.«

»Natürlich hat sie das getan. Sie hat sich immer schuldig gefühlt, weil Luke den Lord umgebracht hat und so. Sie wollte nich, dass ihr Jungs was tut, wofür ihr gehenkt werden könnt.«

Jack fluchte. Sie hätten es wissen müssen. Sie wollte alle Menschen beschützen – und achtete dabei einfach nicht auf sich selbst. »Also, lass verlauten, dass deine Jungs die Elendsviertel auseinandernehmen, falls ihr irgendetwas zustoßen sollte.«

»Hab ich schon. Fürchte allerdings, dass das nichts bringt. Ihr seid nich mehr in den Vierteln unterwegs. Sykes dagegen schon. Die neuen Burschen, die dort tätig sind, wissen, was für 'n Teufel Sykes is. Euch kennen sie aber nich.«

Wieder fluchte Jack. Egal, was sie auch anstellten, welchen Rang in der Gesellschaft sie erklommen, welche Erfolge sie feierten – ihre Vergangenheit in den Elendsvierteln würde sie immer wieder einholen und herunterziehen. »Also gut. Ich werde die anderen zusammentrommeln. Wir kommen morgen Abend in deinen Lieblingspub und werden den ›Neuen‹ mal einen Vorgeschmack darauf geben, wozu wir fähig sind.«

»Um ehrlich zu sein, fürcht ich, dass es dann schon zu spät sein wird.«

Jack spürte, wie sein Magen sich beinahe schmerzhaft zusammenzog. »Feagan, was ist dir zu Ohren gekommen?«, wollte er wissen.

»Sie wollen sie heut Nacht umbringen.«

Frannie wusste, dass sie mit Jim über ihren Verdacht hätte reden sollen. Sie hätte ihm erzählen sollen, warum sie glaubte, dass Sykes hinter dem Mord an Nancy steckte – denn sie hatte keinen Zweifel daran, dass Sykes sie umgebracht hatte. Doch am Ende war es nicht mehr als ein Bauchgefühl. Sie hatte keine Beweise, und es gab dringendere Probleme, die sie jetzt unbedingt angehen musste. Sie musste Peter und wenn möglich auch die anderen Kinder aus London fortschaffen und in Sicherheit bringen. Jim konnte ihr dabei nicht helfen, aber Sterling konnte es.

Außerdem würde Jim, falls er Wind von ihrem Verdacht bekommen würde, alles daransetzen, um sie zu beschützen. Er würde sie ausfragen und nicht mehr aus den Augen lassen. Im Moment hatte sie für solcherlei Unsinn allerdings keine Zeit. Die Kinder mussten an erster Stelle kommen. Für sie hatten sie immer oberste Priorität.

Sie öffnete die Hintertür zu der schmalen Gasse und stieß einen unterdrückten Schrei aus, als sie eine hochgewachsene dunkle Figur erblickte, die dort in den Schatten stand.

»Tut mir leid, mein Liebling. Ich wollte dir keine Angst einjagen«, sagte Sterling, kam näher und legte den Arm um Frannie.

»Ich habe nicht damit gerechnet, dich hier zu sehen.«

»Ich habe dir doch gesagt, dass ich dich lieber nicht mehr allein durch die Gegend streifen lassen würde. Geht es dir gut? Du zitterst ja.«

»Sykes hat Nancy umgebracht.«

»Was?«

Sie nickte, als sie die Ungläubigkeit in seiner Stimme hörte. »Jim hat es mir gerade erzählt. Er weiß nicht, dass Sykes dahintersteckt. Sie haben ihre Leiche in der Themse gefunden. Ich weiß, dass Sykes es getan hat. Ich hätte sie nicht zu ihm zurückkehren lassen dürfen. Ich hätte darauf bestehen sollen, dass sie ...«

»Frannie, Liebes, du bist nicht für alles Schlechte verantwortlich, was anderen Menschen widerfährt.«

»Ich weiß. Ich war nur ... Ich war so wütend auf sie.«

»Aus gutem Grund.«

»Trotz allem hat sie so ein Ende nicht verdient. Wo ist eigentlich Peter?«

»Er schlief, als ich ging.«

»Hast du jemanden bei ihm gelassen, der auf ihn aufpasst?«, wollte sie wissen.

»Nein. Er hat versprochen, nicht wegzulaufen.«

»Ach, Sterling. Ein Kind versteht nicht, was ein Versprechen bedeutet.«

»Dann komm mit. Wir fahren nach Hause und sehen nach ihm.«

Während seine Kutsche durch die Straßen raste, hielt Sterling Frannie an sich gedrückt.

»Sterling? Ich weiß, dass ich viel von dir verlange ... Aber könnten wir ihn vielleicht auf deinen Landsitz bringen?«

»Hältst du das wirklich für notwendig? Woher sollte Sykes wissen, dass der Kleine bei uns ist?«

»Nancy hat es ihm möglicherweise gesagt. Ich weiß es nicht. Ich glaube nur ... Ich denke nicht, dass er hier noch sicher ist«, sagte sie leise.

»Also gut. Dann bringen wir ihn aufs Land«, versprach Sterling.

Sie drückte seine Hand. »Und die anderen Kinder? Ich möchte sie lieber auch in Sicherheit bringen.«

»Von wie vielen Kindern sprechen wir denn?«

»Sechsunddreißig. Ich weiß, dass es viele Kinder sind, aber ich werde dafür sorgen, dass sie nichts aus deinem Haus stibitzen.«

»Ach, Frannie. Das ist mir doch vollkommen egal. Ich denke nur gerade über die Logistik nach. Also, ich habe noch zwei weitere Kutschen – ich glaube, die Plätze würden für deine Mitarbeiter reichen. Außerdem haben wir noch ein großes Fuhrwerk, mit dem wir alle nötigen Dinge zu Beginn der Saison in die Stadt und am Ende der Saison wieder auf den Landsitz transportieren. Ich denke, die Kinder hätten darin genug Platz.

Falls es regnen sollte, dürfte es für die Kleinen ein bisschen ungemütlich werden. Aber wenn wir bei Sonnenaufgang losfahren, dauert die Reise nicht länger als einen Tag.«

Sie schlang den Arm um seine Taille und drückte ihn. »Ich danke dir so sehr.«

»Warst du dir etwa unsicher, ob ich helfen würde?«

»Nein, ich wusste, dass du uns unterstützen würdest.«

Noch vor zwei Monaten hätte er nicht geholfen. Das war die Wahrheit. Die Waisenkinder auf der Straße waren ihm egal gewesen. Ihn hatten nur seine eigenen Bedürfnisse, nur sein eigenes Vergnügen interessiert, und er hatte keinen Gedanken daran verschwendet, wie andere Menschen überlebten. Für die anderen hatte er sich nicht verantwortlich gefühlt. Was für ein oberflächlicher junger Mann er doch gewesen war.

Als sie auf seinem Anwesen ankamen, rannte Frannie die Treppe zu Peters Zimmer hinauf, während Sterling mit Wedgeworth sprach, um den Einsatz der Kutschen und des Fuhrwerks zu organisieren.

»Sterling!«

Er blickte die Treppe hinauf zu Frannie und konnte an ihrer Haltung schon ablesen, was sie sagen würde.

»Er ist weg.«

Sie suchten überall. Sterling glaubte, dass Peter vielleicht ins Atelier gegangen wäre. Am Abend noch hatte er dem Kleinen erlaubt, ein Bild mit seinen Kohlestiften zu malen, ehe er ihn ins Bett geschickt hatte.

Einen Moment lang betrachtete Frannie das Bild, das Peter gemalt hatte. Harte Linien, dunkle Knopfaugen, spitze Zähne.

»Das scheint ihm Albträume zu bereiten«, sagte Sterling. Als er das Bild in diesem Augenblick sah, fühlte er sich genauso unbehaglich wie in dem Moment, als Peter es ihm gezeigt hatte. *Was für dunkle Gedanken gehen diesem Kind bloß durch den Kopf?*

Frannie warf Sterling ein trauriges Lächeln zu. »Das ist Sykes.« Sie wandte sich ab und ging Richtung Tür. »Ich möchte im Waisenhaus nach dem Rechten sehen.«

»Ich kann verstehen, dass er seinen Sohn holen will«, sagte Sterling, der ihr die Treppe hinunterfolgte, »aber die anderen ...«

»Du kennst Sykes nicht und kannst ihn nicht verstehen. Als ich zwölf Jahre alt war, wollte er unbedingt, dass ich sein Mädchen werde. Er hat versucht, mich zu küssen. Ich habe ihn daraufhin getreten. Ich habe ihm geantwortet, dass ich eher sterben würde, als mit ihm zusammenzuleben. Er hat erwidert, dass es Schlimmeres als den Tod gäbe. Ich schätze, das ist der Grund, warum er damals meine kleine Reise in die Hölle arrangiert hat.«

»Das hast du mir gar nicht erzählt.«

»Es ist mir erst heute Abend wieder eingefallen, als ich von Nancys Tod erfuhr.«

»Mir gefällt dieser Kerl immer weniger. Swindler kann doch mit Sicherheit etwas gegen ihn unternehmen.«

»Nicht ohne Beweise. Und Sykes ist schwierig zu finden. Er hält sich im Hintergrund, verbirgt sich in den Schatten.«

Was ihm noch einen klaren Vorteil gegenüber Sterling verschaffte.

Sie gingen hinaus und liefen die Treppe hinunter. Die Kutsche wartete auf sie, doch Sterling konnte den Fahrer oder den Diener nicht sehen. Wahrscheinlich waren sie in der Küche und tranken ein Tässchen Tee.

»Ich muss dem Fahrer Bescheid geben ...«

Frannie hatte vor ihm den Fuß der Treppe erreicht. Plötzlich wurde Sterling klar, dass es viel dunkler war als vorher noch. Zwei der Gaslaternen brannten nicht mehr.

Wo war Frannie? Gerade war sie noch in seinem Sichtfeld gewesen, und im nächsten Moment war sie hinter den Hecken verschwunden.

»Wedgeworth!«, brüllte Sterling, so laut er konnte, und eilte die restlichen Stufen hinab.

Er verfluchte die Dunkelheit, die sie verschluckt hatte. Er sah, was er für Schatten gehalten hatte … Sie bewegten sich … Dann hörte er, wie eine Frau unterdrückt aufstöhnte …

»Frannie!«

Im nächsten Moment hörte er eilige Schritte, die sich aus Richtung des Hauses näherten. »Euer Gnaden!«

Hektisch hin und her schwankende Lichtpunkte kamen näher. Jetzt konnte er die Umrisse erkennen. Zwei Männer beugten sich über jemanden …

»Frannie!«

Die Männer rannten davon.

»Schnappt sie euch!«, rief Sterling seinen Leuten zu und kniete sich neben die zusammengesackte Frau.

»Lieber Gott, es ist Miss Darling«, sagte Wedgeworth, als er die Lampe höher hielt.

Sterling konnte nichts sagen. Sein Hals war wie zugeschnürt, und er spürte Tränen in sich aufsteigen. Ganz behutsam nahm er Frannie auf die Arme und stand mit ihr auf. Er schluckte seine Angst hinunter. »Als Catherine ohnmächtig wurde, schickte Claybourne einen seiner Diener los, um einen Dr. Graves zu holen.«

»Ja, Euer Gnaden. Das muss wohl Jessup gewesen sein.«

»Schicken Sie ihn los, um Graves hierherzuholen. Sofort.«

Frannie lag so still und reglos da, dass Sterling immer wieder nach dem Puls an ihrem Hals tastete und unter seinen Fingerspitzen den schwachen Herzschlag spürte. Sie hatte eine grauenvolle klaffende Wunde am Kopf. Eines der Dienstmädchen hatte ihm dabei geholfen, ihr ein Nachthemd anzuziehen, damit sie es etwas bequemer hatte. An ihrem Körper zeigten sich bereits Blutergüsse. Es war offensichtlich, dass die Männer sie brutal zusammengeschlagen hatten. Wenn er sie doch nur gesehen hätte. Wenn er doch nur auf der Treppe nicht stehen geblieben wäre. Wenn er nachts doch nur besser sehen könnte. Wenn ...

Nach Graves zu schicken war, als würde man eine Nachricht per Telegraph verbreiten. Nach dem Arzt tauchten auch Claybourne, Catherine und Swindler kurz nacheinander auf. Gleich danach kam Dodger an, der einen schäbig aussehenden Kerl dabeihatte, den er als Feagan vorstellte. Der alte Mann stützte sich auf seinen Gehstock und betrachtete Frannie, die im Bett lag, das wundervolle rote Haar auf dem Kissen ausgebreitet. Das hier war also der Mann, von dem Frannie glaubte, er könnte ihr Vater sein. Wenn man bedachte, dass er sie ansah, als würde der Gedanke, sie verlieren zu können, ihn umbringen, lag sie mit ihrer Vermutung wahrscheinlich nicht ganz falsch.

»Sie hat einen ziemlich heftigen Schlag auf den Kopf bekommen«, sagte Graves, während er sich über sie beugte und zuerst das eine geschlossene Lid und dann das andere hochzog, um die Pupillen sehen zu können. Er richtete sich wieder auf und sah sich um. »Ich möchte bitte, dass alle bis auf Lady Catherine den Raum verlassen, damit ich sie näher untersuchen kann.«

Einige Anwesende öffneten den Mund ...

»Ihr habt ihn gehört«, sagte Catherine ernst. »Verlasst das Zimmer. Ihr tut ihr keinen Gefallen, wenn ihr die Untersuchung verzögert. Wir kommen zu euch in die Bibliothek, sobald wir Näheres wissen.«

Während Sterling hörte, wie die anderen gingen, blieb er dort stehen, wo er war – neben dem Bett. Er ließ Frannie nicht aus den Augen. Catherine berührte ihn sacht am Arm.

»Sterling, du musst auch gehen.«

»Ich brauche noch einen Moment.«

Mit einem Nicken zog sie sich mit Graves zusammen in die Sitzecke zurück.

Sterling beugte sich zu Frannie hinunter und flüsterte ihr ins Ohr: »Bitte, liebe Frannie, lass nicht zu, dass Sykes dich bekommt. Ich werde dafür sorgen, dass er dir nie mehr wehtun kann. Das schwöre ich dir.« Er gab ihr einen Kuss auf die Schläfe. Es war nicht genug, doch im Augenblick war es alles, was er ihr bieten konnte.

»Ich habe einfach nicht bemerkt, dass die Kerle in der Dunkelheit auf sie gelauert haben«, sagte Sterling zum mindestens hundertsten Mal. Er war es nicht gewohnt, sein Handeln rechtfertigen zu müssen. Er hatte versucht, sie in seiner Bibliothek willkommen zu heißen, und er hatte sich bemüht, dafür zu sorgen, dass sie sich den Umständen entsprechend wohlfühlten, indem er ihnen ein Glas starken Whiskeys oder sonstiges angeboten hatte. Es schien allerdings, als wollten sie lediglich herausfinden, inwieweit er für diese Tragödie verantwortlich war.

»Wie konnten Sie das nicht bemerken?«, fragte Swindler. Seine Wut war noch immer offensichtlich, und seine Befragung wurde allmählich ermüdend.

»Genug jetzt!«, rief Dodger. »Was passiert ist, ist passiert. Wir müssen uns jetzt überlegen, wie wir Frannie am besten und wirkungsvollsten beschützen können.«

»Sykes wird ihr wahrscheinlich nich vergeben«, sagte Feagan. »Es gibt nur einen Weg, um sicherzugehen, dass er ihr nie wieder was antut.«

»Und wie sieht dieser Weg aus?«, wollte Sterling wissen.

Swindler sah ihn an, als hätte Sterling seinen gesunden Menschenverstand irgendwo an der Garderobe abgegeben.

»Wir töten ihn«, antwortete Feagan im gleichen Tonfall wie jemand, der am Frühstückstisch sagte: »Reichst du mir mal bitte die Marmelade?«

Die nächsten Worte, die Sterling sagte, hätte er von sich selbst niemals zu hören erwartet: »Und wie sollen wir das anstellen?«

»Zuerst einmal müssen wir ihn überhaupt ausfindig machen«, sagte Claybourne.

»Können Sie nicht zu seinem Haus gehen? Und ihm dann in einer dunklen Ecke auflauern, wie er es mit Frannie gemacht hat?«, schlug Sterling vor.

»Jemand wie Sykes gibt seine Adresse für gewöhnlich nicht so einfach heraus«, erwiderte Swindler. »Er arbeitet im Verborgenen. Er heuert Leute an, die die Drecksarbeit für ihn erledigen. Es sei denn, es ist eine sehr persönliche Angelegenheit. Dann kümmert er sich möglicherweise selbst darum. Aber niemand hintergeht den Teufel, denn seine Rache ist die Hölle.«

»Wir müssen Sykes aus seinem Versteck locken«, sagte Jack. »Das Problem ist nur, dass er uns alle kennt und weiß, was wir für Frannie empfinden. Er würde uns nicht trauen, wenn wir ein Treffen arrangieren würden.«

»Mich kennt er nicht«, sagte Sterling.

Er glaubte, eine Nadel fallen hören zu können – so still war es auf einmal in dem Raum.

»Das könnt klappen«, sagte Feagan schließlich und kratzte sich am Bart.

Sterling konnte nur hoffen, dass in diesem Bart keine Läuse und Flöhe lebten. Obwohl er auch diese lästigen Dinger mit offenen Armen willkommen heißen würde, wenn das bedeuten würde, dass er Frannie nicht verlieren würde.

»Was könnte klappen?«, fragte Swindler. In seiner Stimme schwang Ungeduld mit.

»Sykes ist nich nur ’n Dieb, sondern bietet auch kleine Jungs an, die als Diebe arbeiten können. Stimmt’s? Stimmt. Also streuen wir das Gerücht, dass ’n Mr ...« Feagan musterte Sterling von Kopf bis Fuß, als würde er seinen Wert abschätzen. »... Knight? Ritter. Ich glaub, das geht. Also, ein Mr Knight braucht ’n kleinen Dieb. Und er wünscht ’n Treffen mit Mr Sykes.«

»Sykes wird sich nicht mit ihm treffen, ohne ihn vorher gründlich zu überprüfen«, wandte Claybourne ein.

»Natürlich macht er das nich. Er is ja kein Dummkopf. Ihr haltet euch im Hintergrund und beobachtet alles. Irgendwann wird Sykes auftauchen, weil unser Mr Knight drauf bestehen wird, das Geschäft nur mit Mr Sykes abzuschließen. Wenn Mr Sykes kommt, kümmert ihr euch um ihn.«

Swindler blickte Sterling eindringlich an. »Ich denke, wir müssen sicherstellen, dass Seine Gnaden hier genau versteht, worum es geht.«

»Ich kann Ihnen versichern, dass ich nicht der Einfaltspinsel bin, für den Sie mich offenbar halten. Ich werde als Köder dienen. Wenn die Beute angebissen hat, werden Sie den Kerl töten. Und ich nehme an, Inspektor, Sie leiten die Ermittlungen und werden herausfinden, dass es ein bedauerlicher Unfall war.«

Swindler zuckte mit den Achseln. »Oder Notwehr.«

Claybourne, der auf der Ecke des Schreibtischs saß, beugte sich leicht vor. »Sie müssen verstehen, Greystone, dass es nicht so leicht ist, mit der Gewissheit und vielleicht der Schuld weiterzuleben, einen Menschen umgebracht zu haben. Es ist keine Entscheidung, die man überstürzt oder aufgewühlt durch seinen Zorn treffen sollte.«

Sterling wandte seine volle Aufmerksamkeit dem alten Mann zu. »Dann gehen Sie los und verbreiten Sie die Nachricht.«

Sterling saß an Frannies Bett, hielt ihre Hand und streichelte mit dem Daumen über ihre Fingerknöchel. Sie war noch immer ohne Bewusstsein und musste aufwachen. Graves glaubte, dass sie wieder zu sich kommen würde ... irgendwann. Zwei ihrer Rippen waren gebrochen, und sie hatte schlimme Blutergüsse am ganzen Körper, doch glücklicherweise hatte sie keine inneren Verletzungen. Graves schrieb Sterling zu, dass es so »glimpflich« ausgegangen war, weil er so schnell und rechtzeitig bei ihr gewesen war.

Doch alle anderen in der Bibliothek hatten Graves' verzweifelten Versuch durchschaut, den namenlosen, gesichtslosen Fremden die Schuld an allem zu geben, obwohl jeder hier wusste, wer tatsächlich für Frannies schrecklichen Zustand verantwortlich war. Ein Mann, der seine eigene Hand nicht erkennen konnte, wenn er den Arm zur Seite streckte. Ein Mann, für den die Dunkelheit der Feind war. Sie kannten natürlich nicht die Einzelheiten. Und Sterling hatte auch nicht vor, sie darüber ins Bild zu setzen. Er musste Sykes nicht sehen, sobald er ihn hervorgelockt hätte. Außer er hatte vor, ihn selbst zu erschießen – was durchaus im Rahmen des Möglichen war. Meistens hatte er das Wild in Afrika mit dem Gewehr niedergestreckt, aber manchmal hatte er auch eine Pistole benutzt. Eine kleine Waffe ließ sich natürlich leichter verstecken.

Ab und zu kam einer der Männer ins Zimmer und bot an, ihn abzulösen, oder erzählte, dass sie bisher noch nichts von Sykes gehört hätten. Es würde wahrscheinlich noch vierundzwanzig bis achtundvierzig Stunden dauern, bis es zu einem Treffen kommen würde.

Sterling wusste, dass es leichtsinnig war, bei der Sache mitzumachen. Doch er hatte Frannie zuvor nicht beschützen können. Und jetzt würde er eben dafür sorgen, dass sie für immer in Sicherheit wäre und dass ihr nichts zustoßen könnte – egal, was es kostete.

Er hörte leise Schritte hinter sich. Er warf einen Blick über die Schulter und sah Catherine. Sie zog einen Sessel heran und nahm neben ihrem Bruder Platz. »Wie geht es ihr?«

»Sie ist noch immer nicht aufgewacht.«

»Sie wird schon noch aufwachen.« Sie drückte seine Hand. »Du kannst ihnen vertrauen, Sterling.«

»Das sehe ich ein bisschen anders. Es würde mich überhaupt nicht überraschen, wenn Swindler diese Gelegenheit nutzen würde, um mir etwas anzuhängen, damit mir der Prozess gemacht wird. Er hat keine besonders hohe Meinung von mir.«

»Sie lieben Frannie.«

»Sie ist ja auch liebenswürdig.«

»Liebst du sie?«

Er nickte. »Sie ist ein so guter Mensch, Catherine. Ich habe noch nie jemanden getroffen, der so selbstlos war wie sie. Ich würde mir wünschen, dass sie etwas mehr auf ihre eigenen Bedürfnisse hören würde. Ich könnte ihr das beibringen … ich meine, dass sie ihre Wünsche und Träume auch mal an die erste Stelle setzt.«

»Hast du mit Vater darüber gestritten?«

»Das war zumindest einer der Streitpunkte.« Er sah sie an. »Ich habe ihn besucht, Catherine. Als ich nach London zurückgekehrt bin. Aber er wollte nichts mit mir zu tun haben.«

»Warum hast du mich nicht besucht?«

»Du bist wunderbar ohne mich zurechtgekommen, und meine Anwesenheit hätte alles nur noch komplizierter gemacht.«

Sie strich mit der Hand über seinen Arm. »Das will ich dir jetzt mal so glauben.«

Eine ganze Weile saßen sie schweigend nebeneinander an Frannies Bett. Sterling spielte mit dem Gedanken, Frannie übers Haar zu streicheln. Er dachte darüber nach, sich neben sie zu legen und sie festzuhalten – ein letztes Mal. Nachdem die Männer sich um Sykes gekümmert hätten, würde sich alles ändern. Sterling würde dafür sorgen. Er wusste, was er zu tun hatte. Und auch wenn er es nicht wollte, würde er tun, was getan werden musste. Seltsam, dass diese zarte Frau ihn zu dem Mann gemacht hatte, von dem sein Vater nie geglaubt hätte, dass er es sein könnte.

»Sterling, ich weiß, dass du das hier unbedingt tun willst«, sagte Catherine leise. »Doch der Plan birgt unglaublich große Gefahren. Und falls dir irgendetwas passiert, hast du keinen Erben.«

»Wir haben noch unseren Cousin.«

»Wilson? Du kannst ihn nicht ausstehen.«

Er schwieg. Nichts, nicht einmal sein Titel, war wichtiger als die Frau, die hier in seinem Bett lag.

Catherine legte den Arm um ihn und schmiegte ihren Kopf an seine Schulter. »Weißt du, Sterling, ich habe das Gefühl, als wärst du jetzt endlich nach Hause gekommen.«

Kapitel 22

Sterling musste zugeben, dass er wirklich aussah wie ein Gauner. Sich nicht zu rasieren und nicht zu schlafen gab ihm ein verwegenes Aussehen. Sich nicht zu rasieren war Dodgers Idee gewesen. Geschlafen hatte er so gut wie gar nicht, weil er stundenlang an Frannies Bett gesessen hatte. Er wünschte sich so sehr, dass sie aufwachte, aber wenigstens musste er sie so nicht anschwindeln. Ihm war klar, dass sie niemals gutheißen würde, was er vorhatte, doch er musste es tun. Um ihretwillen. Und vielleicht auch ein bisschen um seiner selbst willen.

Er fragte nicht nach, woher die schmutzigen Kleider kamen, die Swindler ihm gebracht hatte. Als er sie angezogen hatte, hatte er das Gefühl, sich überall kratzen zu müssen. Er sah nicht aus wie ein Bettler, aber er sah auch nicht mehr aus wie ein Mann, dessen Kleidung für gewöhnlich von einem der exklusivsten Schneider Londons stammte.

Feagan hatte ihnen mitgeteilt, dass Mr Knight sich um zehn Uhr in dem zuvor ausgewählten Pub an einen Ecktisch setzen sollte. Jemand würde dort Kontakt mit ihm aufnehmen.

»Es wird wahrscheinlich nicht Sykes persönlich sein«, sagte Swindler, als er mit Sterling, Dodger, Claybourne und Feagan in einer dunklen Gasse stand. Sie warteten darauf, dass die Uhr endlich zehn schlug. »Es wird einer von seinen Handlangern sein. Sie müssen darauf bestehen, nur mit Sykes persönlich zu verhandeln. Versuchen Sie, den Tonfall und Stil Ihrer Sprache ein bisschen anzupassen, damit Sie nicht auffallen.«

»Ich hatte eigentlich vor, Sie nachzuahmen.«

»Wahrscheinlich sollten Sie noch ein bisschen rauer sprechen«, entgegnete Dodger. »Vergessen Sie nicht, dass wir alle ein gewisses Maß an Bildung genossen haben.«

»Ich kann verdammt noch mal reden, wie ich's verflucht noch mal will«, knurrte Sterling.

Dodger warf ihm ein zufriedenes Lächeln zu. »Nicht schlecht. Wir machen Sie am Ende doch noch zu einem von Feagans Burschen.«

»Nein danke. Das hier bleibt eine einmalige Sache.« Er wandte den Blick zu Swindler. »Im Übrigen ist Frannie davon überzeugt, dass Sykes die arme Nancy umgebracht hat. Nancy hat Frannie kurz vorher ihren Sohn geschickt, damit er gut versorgt ist.«

»Was Sie nicht sagen.«

»Wir haben ihn bei mir zu Hause untergebracht, aber der Junge ist davongelaufen. Sein Name ist Peter; er nennt sich selbst auch Jimmy – Gott weiß warum. Wenn das hier vorbei ist, sollten Sie versuchen, den Kleinen zu finden. Das bedeutet ihr alles.«

»Finden Sie ihn doch selbst.«

»Ich habe nicht vor, sie wiederzusehen, wenn die Sache hier überstanden ist.«

Unvermittelt packte Swindler den verdutzten Sterling an der geborgten Jacke und zog ihn von den anderen weg. Er neigte den Kopf, bis er nur noch Zentimeter von Sterlings Gesicht entfernt war, und sah ihn eindringlich an. »Sie liebt Sie.«

»Ja, das ist wohl ihr Pech. Wenn ich mich recht entsinne, haben Sie ihr erklärt, dass ich sie niemals heiraten würde und dass Sie sich nur allzu gern zur Verfügung stellen würden. Also passen Sie gut auf sie auf und tun Sie alles, was in Ihrer Macht steht, um sie glücklich zu machen.« Er drängte sich an Swindler vorbei und genoss die Schadenfreude ein bisschen, als dieser dadurch etwas ins Wanken geriet. Dann verließ er die Gasse, bevor irgendeiner der anderen etwas tun konnte.

Er hatte gerade die schwierigste Vorstellung des heutigen Abends gegeben – und überzeugt: Er hatte so getan, als würde Frannie ihm nichts bedeuten. Der Rest sollte ihm nun leichter fallen.

Frannies Kopf pochte furchtbar. Das helle Licht tat ihren Augen weh. Sie erkannte den Baldachin wieder. Sie befand sich in Sterlings Bett. Warum nur tat ihr alles so fürchterlich weh?

»Sie ist wach«, hörte sie eine leise Stimme sagen. Dann beugte sich Catherine über sie. »Hallo. Wie fühlst du dich, meine Liebe?«

»Wie eine zerbrochene Eierschale.«

»Kannst du dich an irgendetwas erinnern?«, wollte Bill wissen. Er hielt eine Lampe hoch und sah Frannie prüfend in die Augen. Sie versuchte, den Kopf zur Seite zu wenden, weil das Licht so schmerzte, doch er ergriff ihr Kinn und drehte ihren Kopf wieder zurück. »Halt still und antworte mir einfach.«

»Oh ... äh ...« Sie bemühte sich nachzudenken. »Wir haben nach ... Jimmy ... nach Peter gesehen.«

»Also ist das Letzte, woran du dich erinnerst, dass ihr im Waisenhaus wart?«

»Nein, wir waren hier.«

»Wo ist ›hier‹?«

»Weißt du denn nicht, wo wir gerade sind?«

Er grinste. »Ich weiß es, aber du hast einen heftigen Schlag auf den Kopf bekommen, und ich will sichergehen, dass du weißt, wo du gerade bist.«

»Bei Sterling. Wo ist er überhaupt?«

Bill räusperte sich geräuschvoll und stellte die Laterne auf das Nachttischchen. »Du hast beinahe vierundzwanzig Stunden geschlafen. Ich möchte gern, dass du probierst, ein bisschen heiße Brühe zu essen. Catherine, kannst du dich darum kümmern?«

»Ja, natürlich.« Catherine eilte aus dem Schlafzimmer.

Frannie spürte, wie Panik in ihr aufstieg. »Wo ist Sterling?«, fragte sie wieder.

Bill setzte sich auf die Bettkante. »Weißt du noch, was passiert ist?«

Sie setzte sich so schnell auf und packte Bills Hand, dass sie das Gefühl hatte, ihr Schädel würde auseinanderbrechen. »Ist er tot? Oh mein Gott. Nein. Nein!«

»Nein, nein. Es geht ihm gut.« Er drückte ihre Hand, steckte ihr ein paar Kissen in den Rücken und half ihr, sich wieder hinzulegen. »Es geht ihm gut. Du bist angegriffen worden. Weißt du das noch?«

Sie schüttelte den Kopf. »Nein.«

»Erinnerst du dich an Sykes?«

»Selbstverständlich. Wer könnte dieses Monster jemals vergessen?«

»Er will deinen Tod, Frannie.«

»Er hat Nancy umgebracht.« Mit einem Mal fiel ihr diese Tatsache mit überraschender Klarheit wieder ein.

»Davon weiß ich nichts. Ich weiß nur, dass er es auf dich abgesehen hat. Also wollen die anderen ihn aus seinem Unterschlupf locken.«

»Die anderen?«, murmelte sie. Sie kniff die Augen zusammen und versuchte, sich ihre Namen ins Gedächtnis zu rufen. Wie konnte es sein, dass ihr die Namen nicht mehr einfielen?

»Luke, Jack und Jim.« Nickend öffnete sie die Augen. Ja, die drei waren gemeint. Sie erinnerte sich daran, gedacht zu haben, dass Luke nicht mehr direkt zu ihnen gehören würde. Doch sie hatte sich geirrt: Sobald ein anderer in Schwierigkeiten steckte, war er immer noch einer von ihnen.

Sie blickte Bill an, der ungewöhnlich still geworden war. Sie hatte schon oft gesehen, wie er andere Menschen untersuchte. Er stellte dann immer sehr viele Fragen. »Also, sag es mir: Wo steckt Sterling?«

»Er ist bei den anderen.«

Das ergab überhaupt keinen Sinn. »Und wo sind die anderen?«

»Wie ich schon gesagt habe: Sie versuchen, Sykes ausfindig zu machen.«

»Auf den Straßen? In den Elendsvierteln?«

»Ja.«

»Nein.« Sie wollte aus dem Bett klettern, aber er hielt sie zurück.

»Vorsicht, Frannie. Du wirst dir noch wehtun.«

»Er ist keiner von uns. Er wird niemals ...«

»Genau aus dem Grund ist er perfekt für diese Aufgabe. Sykes wird ihn nicht erkennen.«

Sie boxte ihm mit der Faust gegen die Schulter. Er erhob sich vom Bett und machte einen Schritt zurück. »Ich merke, dass es dir schon sehr viel besser geht.«

»Was haben sie genau vor?«

»Frannie ...«

»Sag es mir.«

Entsetzt lauschte sie ihm, als er ihr den Plan erklärte. Sterling war anders als die anderen. Im letzten Moment würde er zögern ... Und dann würde Sykes ihn töten.

Sterling saß in einer dunklen Ecke am vereinbarten Tisch und hielt Ausschau. Zumindest war es unwahrscheinlich, dass sich jemand von der Seite nähern würde, ohne am Ende von ihm gesehen zu werden. Vielleicht würden sie von dort kommen, doch irgendwann mussten sie, um sich hinzusetzen, in sein Blickfeld treten.

Natürlich war es voll in dem Pub. Der blank polierte Tresen, der sich über die gesamte Breite des Lokals erstreckte, sah neu aus. Bedächtig nippte Sterling an seinem Ale, um nicht aufzufallen, doch er wusste, dass es unerlässlich war, seine Sinne beisammenzuhalten. Die Pistole hatte er in die Jackentasche gesteckt. Ihm schoss durch den Kopf, dass er, falls Sykes als Erster auftauchen sollte, die Sache einfach in die Hand nehmen und den Kerl erschießen könnte. Wenn es hier nicht so voll wäre, würde er genau das tun. Doch er durfte keine Unschuldigen in Gefahr bringen – auch wenn es in dieser schäbigen Kneipe vermutlich nicht sonderlich viele »Unschuldige« gab.

Als ihm dieser Gedanke durch den Kopf ging, schalt er sich innerlich für seine engstirnige Haltung. Er war der Meinung gewesen, Catherine hätte einen Mann geheiratet, der unter ihrer Würde war; doch stattdessen hatte sie einen Mann geheiratet, der bereit war, für ausgleichende Gerechtigkeit zu sorgen – egal, was es ihn persönlich kosten mochte. Er hatte gedacht, dass Claybournes drei Freunde nicht mehr waren als Diebe; aber nun begriff er, was auch Catherine schon wusste: Sie waren einander absolut treu ergeben. Würde Wexford alles tun, was in seiner Macht stand, um Sterling zu beschützen? Oder würde er sich nur bemühen, wenn es für ihn auch von Vorteil wäre?

Er wusste, dass es ungerecht war, Wexford und sein Verhalten an diesen Gaunern zu messen. In ihrem Leben würden niemals die gleichen Gefahren lauern. Sterling war um die Welt gereist und hatte den Nervenkitzel gesucht, doch sein Herz hatte niemals so heftig geschlagen wie in diesem Moment.

»Mr Knight?«

Er hob den Blick und betrachtete den blonden Mann, der vor ihm stand. Blond. Es war nicht Sykes.

»Wer will das wissen?«

»Ein Mitarbeiter von Mr Sykes.« Der Mann zog sich einen Stuhl heran und nahm Platz.

»Sie vergeuden Ihre Zeit. Ich unterhalt mich nich mit Mitarbeitern.«

»Und Mr Sykes unterhält sich nich mit Kerlen, die er nich kennt.«

»Das wird er aber, wenn er dran interessiert is, zehntausend Pfund zu machen.«

»Das is viel Geld.«

Sterling warf ihm ein großspuriges Lächeln zu und nahm noch einen Schluck von seinem Ale.

»Worum geht's?«

»Heißen Sie Mr Sykes?«

Der Mann blickte sich um. »Kommen Sie morgen wieder …«

»Nein.«

Der Mann starrte ihn an, als hätte Sterling plötzlich die Pistole gezückt und würde sie nun auf ihn richten. Sterling zuckte mit den Schultern. »Ich brauch den Jungen noch heut Abend. Ich muss 'n Zeitplan einhalten.«

»Sieht nich so aus, als hätten Sie besonders gut geplant.«

»Ich hab das alles sehr wohl gut geplant. Ich bin eben schnell. So is die Gefahr, entdeckt zu werden, geringer.«

»Sie sind 'n vorsichtiger Mann, Mr Knight.«

»Und bald auch 'n reicher.«

Grinsend nickte der Kerl und kratzte seinen zotteligen Bart. »Also gut. Wir treffen uns in der Gasse hinterm Pub. In zehn Minuten. Ich bring Sie dann zu Mr Sykes.«

Nachdem der Mann gegangen war, trank Sterling sein Ale aus. Aus Gewohnheit wollte er nach seiner Taschenuhr greifen, um nachzusehen, wie spät es war, als ihm einfiel, dass er die Uhr nicht mitgenommen hatte. Das Wappen hätte ihn verraten können. Vermutlich hätte er einfach behaupten können, die Uhr gestohlen zu haben, aber er hatte beschlossen, dass es besser war, dieses Risiko nicht einzugehen. Falls er überlebte, wollte er die Uhr an seinen Sohn weiterreichen. Und falls er nicht überlebte … Er hatte die Uhr zusammen mit einem Brief für Frannie auf seinem Schreibtisch liegen gelassen.

Seltsam, dass sie erst nach seinem Tod erfahren würde, wie sehr er sie geliebt hatte.

Als er glaubte, dass zehn Minuten vergangen wären, ging er hinaus. Einen Moment lang stand er vor dem Pub, als müsste er sich kurz orientieren, und schlug dann seinen Jackenkragen hoch. Das war das Zeichen, dass der Kontakt zu Sykes hergestellt und ein Treffen in die Wege geleitet worden war.

Er bog um die Hausecke und ging zwischen den Häusern entlang zu der schmalen Gasse. Er hatte kaum ein paar Schritte zurückgelegt, als er auch schon gepackt und mit dem Gesicht voran gegen die Ziegelsteinmauer des Pubs geschleudert wurde.

»Ganz ruhig, Mr Knight«, erklang eine Stimme, die er gleich wiedererkannte. Es war der Kerl, mit dem er sich im Pub getroffen hatte. »Wir durchsuchen Sie nur nach Waffen.«

»Und er hat eine.«

Sie drehten ihn um, und er erblickte einen wahren Riesen, der vor ihm stand. *Reizend, oder?*

»Sie glauben doch nich ernsthaft, dass ich unbewaffnet in dieses Viertel Londons komm, oder? Ich hätt gedacht, Sie wären klüger«, sagte Sterling.

Der Mann, der sich im Pub zu ihm gesetzt hatte, wies mit einem knappen Kopfnicken zur Seite. »Hier lang.«

Sterling folgte dem Kerl die Gasse entlang zu einer Treppe. Ein Unheil verkündend großer Mann saß leicht nach vorn gebeugt auf einer Stufe. Er trug schwarze Kleidung, und die schwarzen Haare fielen ihm in die Augen. Das Porträt in Sterlings Atelier war zwar nicht perfekt, aber kam dem Original schon sehr nahe. Hier war er nun, der niederträchtige Mr Sykes.

»Gib's her, Tiny.«

Der Riese, der Sterling durchsucht hatte, reichte Sykes die Pistole.

Tiny? Also Kleiner? Sterling vermutete, dass es ein Scherz unter ihnen sein musste – auch wenn Sykes nicht gerade wie ein besonders humorvoller Mensch wirkte.

Im schummrigen Licht der Laterne, die über seinem Kopf hing, betrachtete Sykes die Pistole und drehte sie in den Händen. »Nett.«

Er sah Sterling an. Ein teuflisch böses Grinsen erstrahlte auf seinem Gesicht. »Nehmen Sie den Hut ab, Mr Knight.«

Sterling verengte die Augen zu schmalen Schlitzen. »Und warum?«

»Weil ich das Gesicht eines Mannes gern seh, wenn ich Geschäfte mit ihm mach.«

Sterling zuckte mit den Schultern, als würde es ihm nichts ausmachen. Er nahm den Hut ab.

»Jimmy!«, brüllte Sykes.

Aus den Schatten unter der Treppe trat ein kleiner schmächtiger Junge hervor. Jimmy, auch bekannt als Peter.

So viel zu Sterlings Überzeugung, dass er die beste Wahl für diese Aktion war.

Als Jimmy näher kam, legte Sykes den Arm um ihn und zog ihn zu sich heran. »Hast du diesen Mann irgendwann schon mal gesehen, Junge?«

Jimmy blickte Sterling an, legte den Kopf zuerst auf die eine, dann auf die andere Seite und dachte anscheinend angestrengt darüber nach. »Nein, Sir.«

Sterling musste sich zusammenreißen, um sich die Erleichterung nicht anmerken zu lassen. Er wusste zwar, dass er sich äußerlich verändert hatte, doch sah er wirklich so verändert aus, dass der Junge ihn tatsächlich nicht mehr wiedererkannte?

»Kann ich jetzt gehen?«, fragte Jimmy.

»Ja«, entgegnete Sykes knapp, als wäre er mit Jimmys Antwort nicht zufrieden.

Der Junge rannte an Sterling vorbei, der zu Gott betete, dass Swindler ihn sehen und in Sicherheit bringen würde.

»Mein Junge. Ich nenn ihn Jimmy. Seine Mum hat ihn Peter genannt. Wusste, dass ich den Namen nich mag. Hat's trotzdem getan. Was macht man mit 'ner Frau, die nich tut, was man von ihr will?«

»Umbringen«, sagte Tiny und kicherte.

Sterling hatte noch nie einen Mann kichern hören – und erst recht keinen Mann von Tinys Ausmaßen.

»Schnauze, Tiny, sonst töt ich dich auch«, knurrte Sykes, bevor er seinen Blick wieder auf Sterling richtete. »Sie sehen ja, wie's is, Mr Knight. Ich bin kein Mensch, den man gegen sich aufbringen sollte. Also, erzählen Sie mir von dem Raub, den Sie planen.«

Sterling wünschte, er könnte im Dunkeln besser sehen. Er wünschte sich, er wüsste, ob die anderen in der Nähe waren.

»Kennen Sie den Koh-i-Noor-Diamanten, der gerade im Kristallpalast ausgestellt is? Den größten Diamanten der Welt?«

»Allerdings kenn ich den.« Grinsend erhob Sykes sich. »Haben Sie sich 'n Plan überlegt, um den Diamanten zu stehlen?«

»Ja. Hab ich.«

»Lassen Sie hören.«

»Schicken Sie die beiden hier weg.«

Sykes schien zu zögern.

»Sie haben doch meine Pistole. Sie können sie ja auf mich richten, wenn Sie wollen.«

Sykes nickte. »Ihr beide geht wieder rein.«

Sterling lauschte den Schritten, die sich entfernten.

»Und?«, drängte Sykes.

»Es ist ganz leicht. Sie wandern jetzt direkt in die Hölle.«

Sterling spürte das Feuer, noch ehe er den Donner hörte. Nicht, dass es eine Rolle spielte. Er hatte sich auf Sykes gestürzt und ihn zu Boden gerissen. Sein erster Schlag auf dessen Kinn hatte seine Wirkung offenbar nicht verfehlt, denn er wehrte sich kaum.

Sterling wusste nicht, wie oft er Sykes schlug, ehe jemand ihn von ihm herunterzog. »Warten Sie«, rief er. »Er ist doch noch nicht tot!«

»Sie müssen ihn nicht umbringen«, sagte Claybourne und kniete sich neben ihn. »Wir haben ihn belauscht. Swindler meint, es reicht, um ihn vor Gericht zu bringen.«

Sterling schüttelte den Kopf.

»Kein Grund, ihn zu töten, wenn das Gesetz das für Sie übernimmt«, sagte Claybourne ruhig. »Vertrauen Sie mir, Greystone. Sie möchten ihn nicht töten, wenn Sie es nicht müssen.«

»Er hat Frannie wehgetan.«

»Sie wird wieder auf die Beine kommen. Nachdem ich Geoffrey Langdon getötet hatte, hat sie mich nie mehr so angeblickt wie zuvor. Sie trägt die Schuld ebenso mit sich herum.«

Sterling nickte. Wenn es das Beste für sie war ...

Plötzlich spürte er den Schmerz, der in ihm wütete. »Wo ist Swindler?«

»Hier.« Er hockte sich neben Sterling. »Wir haben den Jungen.«

Sterling packte ihn am Hemd und fluchte unterdrückt, als er nach hinten sank und Swindler dabei mit sich zog. »Bringen Sie sie nie mehr zum Weinen.«

Er wusste nicht, ob Swindler nickte, denn in diesem Moment wurde die Welt um ihn herum in Dunkelheit getaucht.

Kapitel 23

Als Sterling mit weher Schulter und hämmernden Kopfschmerzen aufwachte, war das Erste, was er erblickte, James Swindler, der am Fuße seines Bettes stand. Swindler hatte die Arme vor der Brust verschränkt und sah nicht annähernd so misstrauisch aus wie sonst.

»Was ist mit Frannie? Geht es ihr gut?«, krächzte Sterling.

»Das kannst du sie selbst fragen«, erklang eine leise Stimme.

Er wandte den Kopf zur Seite. Da saß Frannie in einem Sessel neben ihm. Jeder Mensch mit einem uneingeschränkten Sichtfeld hätte sie dort sofort gesehen. Mit gespreizten Fingern fuhr sie ihm durchs Haar. Er hatte schon oft beobachtet, wie sie das bei den Jungs getan hatte, für die sie bereit war, ihr Leben zu geben. Sie ergriff seine Hand, hob sie an ihre Lippen und presste einen Kuss auf seine Fingerknöchel. Ihre Tränen benetzten seine Haut.

»Weine nicht«, brummte er.

»Du hättest tot sein können. Du dummer, dummer Mann.« Sie vergrub die Finger ihrer Hand, die zuerst so liebevoll und zärtlich gewesen war, in seinem Haar, als hätte sie vor, ihn nie wieder loszulassen. Dann wandte sie den Kopf zur Seite und sah den Mann an, von dem Sterling wusste, dass er sie liebte. »Bringst du ihn bitte herein?«

Swindler ging.

»Wen?«, fragte Sterling.

»Peter. Er hat sich solche Sorgen um dich gemacht.« Sie

schüttelte die Kissen in seinem Rücken auf und half ihm, sich aufrecht hinzusetzen.

»Wie lange?«, wollte er wissen.

»Drei Tage. Gestern Nacht hat dein Fieber endlich nachgelassen. Du hattest unglaubliches Glück. Du hast viel Blut verloren, als die Kugel deine Schulter durchschlagen hat. Aber glücklicherweise hat nichts Schaden genommen, was Bill nicht wieder reparieren konnte.«

Sterling nickte. Er war erschöpft. Frannie hielt seinen Kopf fest und setzte ein Glas Wasser an seine Lippen. Es fühlte sich so gut an, als es kühl seine Kehle hinunterrann.

Er hörte, wie die Tür geöffnet wurde. Dann erklang das Geräusch von Schritten, die schnell näher kamen. Der Junge kam in Sterlings Sichtfeld, und Frannie konnte ihn gerade noch abfangen, bevor er aufs Bett springen konnte.

»Wirst du wieder gesund?«, fragte Peter.

Sterling neigte den Kopf. »Du hast Sykes angelogen.«

Peter nickte. »Er is kein Drache.«

Sterling grinste. »Nein, das ist er nicht. Du darfst nicht einfach so wieder davonlaufen.«

»Hätt ich auch nich gemacht. Sie sind gekommen und haben mich geholt.«

»Es wird nie mehr einer von denen kommen, um dich zu holen. Oder, Swindler?«

Swindler hatte seinen Platz am Fußende des Bettes wieder eingenommen und sagte: »Nein. Wir haben Sykes ins Gefängnis gesteckt. Er wird nicht mehr rauskommen.«

Und Sterling hörte die Entschlossenheit in seiner Stimme. Selbst wenn das Gericht Sykes für nicht schuldig befinden würde, so würde er doch nie mehr unbehelligt die Straßen entlanggehen. Swindler würde dafür sorgen. Und falls er es nicht tat, würde Sterling das übernehmen. Er hoffte, er würde niemals bereuen, Sykes nicht umgebracht zu haben, als er die Gelegenheit dazu gehabt hatte.

Frannie schloss Peter in die Arme. »Verabschiede dich jetzt vom Duke.«

»Wiedersehen, Sir.«

»Sei brav, Peter.«

»Jim, nimmst du ihn bitte mit?«, fragte Frannie.

Jim nickte knapp, wandte sich zum Gehen und blickte dann noch einmal zu Sterling zurück. »Sie waren für einen Mann, der nicht auf der Straße groß geworden ist, gar nicht mal so schlecht. Es war mir eine Ehre, an Ihrer Seite kämpfen zu dürfen.«

Bevor Sterling das Kompliment zurückgeben konnte, drängte Swindler den kleinen Jimmy aus dem Zimmer und zog die Tür hinter sich ins Schloss.

Sterling wandte seine Aufmerksamkeit wieder Frannie zu. Sie war so wunderschön. Er wünschte sich, er könnte glauben, dass sie von jetzt an in Sicherheit sein würde. Doch seine Frannie würde weiterhin in einer sehr gefährlichen Welt leben. »Du wirst in Zukunft auch in die Elendsviertel gehen, habe ich recht?«

Sie sah auf ihre ineinander verschränkten Hände hinab und nickte. Dann hob sie den Blick und sah Sterling an. »Dort sind die Kinder nun einmal.«

Und dort konnte er sie nicht beschützen. Bei Sykes hatte er Glück gehabt, aber er hatte im *Dodger's* schon oft genug Karten gespielt, um zu wissen, wie verflucht launisch das Glück war.

Die Tage vergingen in seliger Zufriedenheit, während Sterling sich langsam erholte. Frannie brachte ihm sein Essen ans Bett.

Sie wusch ihn. Und jede Nacht schliefen sie eng umschlungen ein.

Als seine alte Kraft allmählich zurückkehrte, unternahm Sterling kurze Spaziergänge durch sein Anwesen. Später dann flanierte er durch den Garten des Hauses. Peter begleitete ihn oft.

Für gewöhnlich sprachen sie nicht besonders viel miteinander, und dennoch herrschte zwischen ihnen eine Verbundenheit und Freundschaft, die Sterling nicht erklären konnte. Wenn die Zeit gekommen wäre, würde er den Kleinen sicherlich vermissen. Und er wusste, dass die Zeit schneller kommen würde, als ihm lieb war.

Frannie saß an einem Tisch auf der Terrasse und beobachtete wehmütig, wie der unglaublich gut aussehende Lord und sein kleiner heimatloser Gefährte durch den Garten spazierten. Es war seltsam, wie zwischen den scheinbar unterschiedlichsten Menschen solche tiefen Bindungen entstehen konnten.

Sie wusste, dass ihre Zeit mit Sterling langsam zu Ende ging. Seit seiner Begegnung mit Sykes hatten sie nicht mehr miteinander geschlafen. Sie konnte spüren, wie er sich von ihr entfernte. Sie wusste, dass auch sie versuchte, sich von ihm zu lösen – sie kämpfte darum, ihr Herz zu schützen, und fürchtete, dass es dafür längst zu spät war.

Von Beginn an hatte sie gewusst, dass Sterling sie nur ein Stück auf ihrem Lebensweg begleiten und dann Abschied von ihr nehmen würde. Mit dieser Gewissheit hatte sie ihren Frieden geschlossen und es so akzeptiert. Manchmal, tief in der Nacht, im Dunkeln, wollte sie ihm sagen, dass sie sich in ihn verliebt habe. Aber dieses Geständnis würde die endgültige Trennung nur noch schwieriger machen, das war ihr klar.

An diesem Abend sagte sie während des Essens zu ihm: »Ich muss in die Elendsviertel. Ich hatte gehofft, dass du mich vielleicht begleiten könntest.«

Sterling blickte ihr in die Augen. »Ich glaube, ich habe eindrucksvoll unter Beweis gestellt, dass ich als Beschützer nicht gerade viel tauge.«

»Du hast vor allem unter Beweis gestellt, dass du für mich dein Leben aufs Spiel setzen würdest. Das kann man wohl kaum als unbedeutend abtun.«

Kopfschüttelnd richtete er seine Aufmerksamkeit wieder auf das Essen auf seinem Teller. »Du solltest lieber Swindler bitten.«

Sie wollte jedoch Sterling an ihrer Seite haben. »Ich möchte mit Feagan sprechen. Ich bin mir ziemlich sicher, dass ich ihn in seinem Lieblingspub finden werde. Es dauert auch nicht lange. Ich würde mir wirklich wünschen, du wärst dabei.«

Als hätte er in diesem Moment die Tragweite dessen, was sie vorhatte, verstanden, nickte er knapp. »Ich werde die Kutsche vorbereiten lassen.«

Die Fahrt in die Elendsviertel verlief schweigend – so, wie auch schon die letzten gemeinsamen Tage. Doch Frannie fand Trost darin, dass Sterling sie in den Armen hielt. Er schien immer zu spüren, wann sie diese Nähe besonders brauchte.

Mit einigem Drängeln, schnellem Anfahren und abrupten Stopps gelang es dem Fahrer, die Kutsche durch die Straßen zu manövrieren, bis sie ganz in der Nähe von dem Ort waren, an dem Frannie den alten Feagan zu finden hoffte. Die Kneipe war in den vergangenen Jahren ziemlich heruntergekommen. Damals hatte Frannie ihren Kidsman oft hierher begleiten müssen, weil er darauf bestanden hatte, sie nicht aus den Augen zu lassen.

Weil sie noch genau wusste, an welchem Tisch er am liebsten saß, brauchte sie nicht lange, um Feagan zu finden. Ihr Herz zog sich bei seinem Anblick zusammen. Allein saß er in der Ecke. Ein Mann, der früher einmal von vielen Kindern umgeben gewesen war.

Feagan blickte hoch und warf ihr ein schiefes Lächeln zu. »Frannie, Darling. Wie komm ich zu der Ehre?«

Sterling zog einen Stuhl für sie heran, und sie nahm neben ihrem ehemaligen Kidsman Platz.

»Euer Gnaden, spendieren Sie mir 'n Drink?«, fragte Feagan.

Sterling sah Frannie an, und sie nickte.

Während Sterling zur Bar ging, sagte Feagan: »Netter Kerl, schätz ich. Der mag dich.«

»Du hast zugelassen, dass er beinahe umgebracht worden wäre.«

»Das war nich meine Idee. War seine eigene. Dafür kannst du mich nich verantwortlich machen.«

Nein, ihr Feagan übernahm nie für irgendetwas die Verantwortung. Wenn einer von den Jungs früher verhaftet worden war, dann war es immer die Schuld des Burschen selbst gewesen, weil er zu leichtsinnig gewesen war. Feagan, der ihn ja genau genommen überhaupt erst in die Gefahrensituation gebracht hatte, hatte alle Schuld von sich gewiesen.

Sterling kam zurück an den Tisch, stellte einen Krug vor Feagan ab und setzte sich dann auf den Stuhl neben Frannie. Unter dem Tisch ergriff er ihre Hand. Diese kleine Geste gab ihr unglaublich viel Kraft.

Frannie schluckte schwer, holte tief Luft und brachte dann die Worte hervor, die sie schon so lange hatte aussprechen wollen: »Feagan, bist du mein Vater?«

Feagan lachte leise und fuhr sich mit der Hand über den

Mund. »Ach, Frannie, Darling. Wie kommst du denn auf diese dumme Idee?«

»Ich dachte immer … Ich weiß nicht. Ich dachte einfach immer, du wärst es.«

»Nein. Du bist viel zu gut, um von jemandem wie mir abzustammen. Hab dich in 'nem Korb auf meiner Türschwelle gefunden, also hab ich dich aufgenommen. Weißt ja, wie ich bin. Ich seh was, das ich leicht haben kann, und nehm es mir.«

Sie wusste nicht, ob sie enttäuscht oder doch erleichtert war. »Ich liebe dich trotzdem«, sagte sie und schenkte ihm ein leichtes Lächeln.

»Ich lieb dich auch, mein süßes Mädchen.« Er zwinkerte ihr zu, hob seinen Krug hoch und trank sein Bier.

Als hätte er verstanden, dass das Gespräch damit beendet war, erhob Sterling sich und half Frannie beim Aufstehen.

Als sie kurz darauf draußen vor dem Pub standen, ließ Frannie die kühle Nachtluft über ihr Gesicht streichen.

»Glaubst du ihm?«, fragte Sterling leise.

Sie sah ihn an. »Hast du es ihm geglaubt?«

»Ich weiß es nicht.«

Sie atmete tief durch. »Es spielt keine Rolle. Er will, dass ich genau das glaube.«

»Frannie?«

Der Tonfall seiner Stimme verriet ihr bereits, was er sagen wollte, noch ehe er die Worte ausgesprochen hatte.

»Ich werde morgen auf meinen Landsitz reisen.«

Sie nickte. »Dann ist das der Abschied?«

»Schon bald. Ja.«

»Was ist mit Peter?«

»Er gehört zu dir. Immerhin bist du ja auch die Königin des Ordens der Drachen.«

Er bemühte sich, etwas, das ihr das Herz brach, für sie leichter zu machen. »Er hat dich sehr gern. Hast du es ihm schon gesagt?«

»Er weiß es. Er versteht es«, entgegnete Sterling.

Dann war das Kind sehr viel klüger und verständiger, als sie es von sich behaupten konnte.

In dieser Nacht liebte Sterling sie zum ersten Mal seit langer Zeit wieder. Der Liebesakt war rauer, verzweifelter als sonst – es schien beinahe, als würden sie beide sich an etwas klammern, das sie nicht für immer festhalten konnten.

Anschließend eng umschlungen beieinanderzuliegen war ein bittersüßes Gefühl. Frannie hatte immer gewusst, dass der Moment kommen würde, von dem an sie kein Teil seines Lebens mehr sein würde. Sie hatte nur einfach nicht damit gerechnet, dass es so wehtun würde.

Als Sterling am nächsten Morgen aufwachte, war er allein. Er wusste, dass es zwecklos wäre, nach ihr zu suchen. Sie war nicht mehr hier in seinem Haus. Und auch Peter war gegangen. Er fühlte die Abwesenheit der beiden wie eine herzzerreißende Leere in sich.

Er schrie auf. Sein Schmerz hallte im Zimmer wider. Doch Trost brachte es ihm nicht.

Mit einem müden Seufzen klappte Frannie das Kontobuch zu. Ein Monat war vergangen, seit Sterling auf seinen Landsitz gefahren war. Immerhin gab es inzwischen eine halbe Stunde pro Tag, in der sie nicht an ihn denken musste. Morgen würde sie noch eine Minute länger nicht an ihn denken. Und so würde sie weitermachen, bis er irgendwann ganz aus ihrem Kopf verschwunden wäre.

Peter hatte sich gut im Waisenhaus eingelebt. Er brachte ihr so viel Freude. Sie wusste nicht, wie sie die letzten Wochen ohne ihn und seine Liebe zu ihr ausgehalten hätte.

Sie bemerkte, dass jemand in ihrer Tür stand. Als sie aufsah, war sie nicht überrascht, Jim zu erblicken.

Sie erhob sich von ihrem Stuhl. »Du weißt aber schon, dass du mich nicht jeden Abend ins Waisenhaus begleiten musst, oder?«

»Ich fahre einfach so gern in deiner schicken Kutsche mit«, entgegnete er.

Die Kutsche hatte plötzlich vor ihrer Tür gestanden – eine Woche nachdem sie still und leise Sterlings Anwesen verlassen hatte. Sie hätte es nicht ertragen können, sich von ihm zu verabschieden. Das war feige von ihr, doch so war es nun einmal.

Die Nachricht, die der Fahrer ihr gegeben hatte, war kurz gewesen.

Damit du immer sicher von A nach B kommst. Und mach dir keine Sorgen: Ich werde mich um den Unterhalt für die Pferde kümmern.

Greystone

Jim half ihr, den Umhang um ihre Schultern zu legen. »Hast du in letzter Zeit etwas von ihm gehört?«

»Nein«, entgegnete sie. »Und ich erwarte auch gar nicht, von ihm zu hören. Er ist aufs Land gefahren. Du weißt ja, wie es mit den Adeligen ist: Sie mögen London im Winter nicht besonders.«

»Ich halte selbst nicht viel davon.«

Sie lachte.

»Das habe ich schon lange nicht mehr gehört«, bemerkte Jim.

»Dann solltest du öfter ins Waisenhaus kommen. Dort lache ich sehr viel. Die Kinder bereiten mir so viel Freude.«

Als sie im Waisenhaus ankamen, half der Diener ihr beim Aussteigen, und sie ging auf das Gebäude zu. Unwillkürlich wurden ihre Schritte schneller. Es tat immer gut, nach Hause zu kommen.

Kapitel 24

Der Earl und die Countess of Claybourne
laden Sie herzlich ein,
am 15. Dezember 1851
einer Lesung
von Mr Charles Dickens
beizuwohnen.
Anschließend Empfang und Ball.
Über Ihre Spenden in Form von Spielzeug,
das am Weihnachtsmorgen zum
Feagan's Children's Home
gebracht wird,
freuen wir uns sehr.

Die »kleine Saison« fand immer im Dezember statt, wenn die Lords nach London zurückkehrten, um noch eine Sitzung im Parlament abzuhalten. Sterling freute sich zu sehen, dass Catherine die Gelegenheit beim Schopfe packte, um etwas Gutes zu tun – ohne Zweifel hatte Frannie sie auf diese Idee gebracht. Er war sich nicht sicher, ob er die Einladung, die er erhalten hatte, als Geschenk oder als Strafe betrachten sollte.

Er hatte sich ziemlich gut von seiner Verwundung erholt und war, sobald er wieder bei Kräften und stark genug gewesen war, auf seinen Landsitz gereist. Er hatte geglaubt, dass es ihm leichter fallen würde, Frannie zu vergessen, wenn er nicht in London wäre. Aber während er Tag für Tag bis zur völligen Erschöpfung durch den Garten seines Anwesens gelaufen war, waren die Gedanken an sie immer präsent gewesen und hatten ihn nicht losgelassen.

Schließlich hatte er Charles Beckwith, den Rechtsanwalt der Familie, doch noch kontaktiert und ihn gebeten, ein Papier aufzusetzen, das Catherine unterschreiben sollte und das Sterling die Erlaubnis gab, Catherines monatliche Unterstützung an das Waisenhaus zu spenden. So hatte seine Schwester es sich schließlich gewünscht. Seine eigenen Spenden machte er immer anonym – bis auf die Schuhe, die der Schuster für die Kinder anfertigte. Er bezahlte die Rechnungen des Mannes immer, sobald sie ankamen. Da der Winter vor der Tür stand, hoffte er, dass die Füße der Kinder warm und trocken bleiben würden.

Auch hier in London spukte Frannie ständig in seinem Kopf herum. Sterling hätte schwören können, in seinem Bett noch immer Frannies Duft auf seinem Kissen wahrnehmen zu können – auch wenn es vollkommen unwahrscheinlich war. Es war noch ein Geschenk in seinem Leben, bei dem er nicht wusste, ob er dafür dankbar sein sollte, denn dadurch vermisste er sie nur noch mehr.

Genauso ging es ihm mit der Einladung, die er gelesen und über die er ein Dutzend Male nachgedacht hatte, seit er sie bekommen hatte …

Als Sterling nun an diesem Abend in der Eingangshalle stand und seine weißen Handschuhe überstreifte, während seine Diener die einhundert Sets von Wasserfarben hinaustrugen, die er gekauft hatte, wusste er, dass es unmöglich war, *nicht* zu der Lesung zu gehen. Denn was hätte das für eine Botschaft vermittelt? Catherine war seine Schwester, und man konnte nicht einfach eine Einladung der eigenen Schwester ignorieren. Und wenn ein Mann darüber hinaus einen so ehrenvollen Titel wie

Sterling trug, war es wichtig, dass er zu Wohltätigkeitsveranstaltungen ging und den guten Zweck unterstützte. Das zeigte, dass gute Werke ihm viel bedeuteten und er bereit war, seine Zeit dafür zu opfern. Sein Engagement verlieh diesen guten Werken Glaubwürdigkeit. Und da Claybourne und er einen Gesetzentwurf zum Schutz von Kindern verfasst hatten, war es zwingend notwendig, der Gesellschaft zu zeigen, dass er an die Arbeit glaubte, die Claybourne und er machten. Gab es dazu eine bessere Gelegenheit als den Besuch dieses Empfangs?

Alles in allem würde er es kurz und schmerzlos machen: Er würde nicht lange bleiben, würde sich nur kurz blicken lassen, sich vergewissern, dass es Frannie gut ging, sich nach Peter erkundigen und dann wieder verschwinden. Das sollte er schaffen.

In der großen Eingangshalle begrüßte Frannie zusammen mit Catherine die Gäste, die sich für den Anlass schick gemacht hatten. Frannie selbst trug ein dunkelrotes Kleid, das sie einzig für diesen Abend genäht hatte – sie wollte dem Waisenhaus Ehre machen. Ihr Magen jedoch schmerzte, hatte sich zusammengezogen. Aber das hatte weniger mit der Tatsache zu tun, dass so viele adelige Gäste anwesend waren. Vielmehr fürchtete sie, dass sie, falls Sterling kommen sollte, nicht in der Lage sein würde, ihn anzusehen, ohne zu verraten, wie sehr sie ihn als Teil ihres Lebens vermisste.

Treu sorgende Schwester, die sie nun einmal war, hatte Catherine ihre Freundin Frannie darüber auf dem Laufenden gehalten, wie es Sterling auf dem Land ging. Doch die Dinge, die sie über ihn erzählte, kratzten nur an der Oberfläche. Frannie wusste nicht, wie es ihm wirklich ging. Ob er jemanden kennengelernt hatte. Ob er glücklich war. Sie wünschte sich so sehr, dass er endlich glücklich war.

Als die Gäste ankamen, brachten Diener das Spielzeug in den Salon, während Frannie die Leute ins Gesellschaftszimmer führte. Dort waren Stühle aufgestellt worden, und ein Lesepult stand vor den Stuhlreihen am anderen Ende des Raumes.

Plötzlich entdeckte sie in der Menschenmenge, die durch die Tür in das Zimmer drängte, ein bekanntes Gesicht und lächelte. »Mr Dickens. Es ist so schön, Sie zu sehen, Sir.«

»Miss Darling, Sie sehen so bezaubernd aus wie immer.«

»Sie sind zu nett. Gestatten Sie mir, Ihnen den Hut und den Mantel abzunehmen.« Sie führte ihn von den Gästen weg und bat den Butler, Hut und Mantel von Mr Dickens entgegenzunehmen.

»Ich weiß nicht, wie ich Ihnen danken soll, dass Sie heute Abend hierhergekommen sind. Es sind ziemlich viele Gäste erschienen«, erzählte sie Mr Dickens.

»Es freut mich, Ihre Sache unterstützen zu können.« Mr Dickens blickte über ihre Schulter hinweg und grinste breit. »Ach, Mr Dodger, ich hätte eigentlich erwartet, dass Sie schon längst mal überführt und verschickt worden wären.«

Mit seiner Frau und seinem fünfjährigen Stiefsohn Henry an seiner Seite trat Jack zu Frannie und Mr Dickens. »Ach, Mr Dickens, Sie unterschätzen wie immer meine Fähigkeit, meinen Kopf aus der Schlinge zu ziehen. Bitte, liebe Olivia, erlaube mir, dir Mr Charles Dickens vorzustellen.«

»Es ist mir eine Ehre, Sir«, sagte Livy.

»Und das hier ist mein Stiefsohn Henry, der Duke of Lovingdon«, fügte Jack hinzu. »Mr Charles Dickens.«

Mr Dickens verbeugte sich. »Euer Gnaden.«

»Ich weiß, dass Kinder eigentlich nicht eingeladen waren,

aber Henry ist von Ihrem Werk ziemlich angetan, und ich habe Catherine gebeten, eine Ausnahme zu machen«, sagte Jack.

»Also gefallen Ihnen meine Geschichten, junger Mann?«, wandte Mr Dickens sich an den Jungen.

Henry nickte. »Darf ich eine Frage stellen?«

»Selbstverständlich, Euer Gnaden.«

Er wies auf Jack. »Ist er der ›Artful Dodger‹, also das listige Schlitzohr?«

Mr Dickens bückte sich. »Ich schreibe Belletristik, Euer Gnaden. Die Figuren in meinen Büchern existieren nicht wirklich. Aber wenn es sie geben würde«, er zwinkerte ihm zu, »denke ich, dass *er* der Artful Dodger, das listige Schlitzohr, wäre.«

»Ich wusste es!«

»Und sehen Sie den Gentleman dort hinten?«

»Lord Claybourne?«

Dickens nickte. »Er wäre Oliver.«

»Und was ist mit Miss Frannie?«

»Sie ist jedes süße Mädchen, das in der Geschichte auftaucht.«

Henry lachte fröhlich, und Frannie hoffte, dass der Tag kommen würde, an dem alle Kinder in ihrem Waisenhaus so lachen würden – sorglos und unbekümmert.

»Es tut mir leid, unterbrechen zu müssen«, sagte Catherine, »aber wir sollten jetzt vielleicht beginnen.«

Frannie drückte Mr Dickens' Hand. »Ich werde Sie dem Publikum kurz vorstellen.«

»Das ist nett.«

Frannie ging neben Catherine her in das Gesellschaftszimmer. »Ist dein Bruder ...«

»Nein, es tut mir leid. Ich hatte gehofft ...«

»Er hat wahrscheinlich viel zu tun.«

»Vielleicht ist er schon wieder auf seinen Landsitz zurückgekehrt.«

»Natürlich.« Offensichtlich zog Sterling es vor, dort zu residieren.

Sie durchquerten den Raum und stellten sich vor die Stuhlreihen neben das Pult. Catherine klatschte in die Hände, um die Aufmerksamkeit der Zuschauer auf sich zu lenken.

»Ich möchte mich bei Ihnen für Ihr Kommen bedanken. Ich hoffe, Sie genießen den Abend genauso sehr, wie mein Mann und ich es genießen, Sie als unsere Gäste begrüßen zu dürfen. Wir sind begeisterte Unterstützer von *Feagan's Children's Home.* Wir werden den Kindern dort am Weihnachtsmorgen die Spielsachen überreichen, die Sie so großzügig gespendet haben. Für viele von den Kleinen wird es das erste Mal sein, dass sie an Weihnachten überhaupt ein Geschenk bekommen. Ich möchte Ihnen nun Miss Frannie Darling vorstellen, die die Besitzerin und Aufseherin des Waisenhauses ist.«

Die Gäste klatschten höflich Applaus, und Frannie wünschte sich, sie hätten es nicht getan. Dass nun die ganze Aufmerksamkeit auf sie gerichtet war, machte sie unglaublich nervös. Sie wollte die Kinder stolz machen.

»Danke«, brachte sie heraus und klang wie ein Frosch. Sie räusperte sich geräuschvoll ...

Und in dem Moment erblickte sie ihn. Er stand ganz hinten im Raum, direkt neben der Tür, und sah unglaublich gut aus. Sie wusste, dass ihre Angst sich in Luft auflösen würde, wenn sie nur zu ihm sprechen würde ...

»Ich wuchs auf den Straßen Londons auf. Ein Waisenkind, das nie erfahren hat, wer seine Eltern waren. Feagan war der Kidsman, der mir ein Zuhause gab. Im Gegenzug musste ich dafür Taschendiebstähle begehen, klauen und Leute belügen, damit sie mir ihr Geld gaben.« Sie blickte in die Runde. »Ich nehme an, es wirkt ungewöhnlich, ein Waisenhaus für Kinder nach einem Kriminellen zu benennen. Doch für mich war er kein Krimineller. Ich wusste es einfach nicht besser. Für mich war er vor allem derjenige, der mir zu essen, der mir Kleidung und einen Platz zum Schlafen gab. Als ich zwölf Jahre alt war, nahm der geschätzte Earl of Claybourne mich bei sich auf, und erst dort lernte ich, dass es falsch war zu stehlen. Der derzeitige Earl of Claybourne weiß davon nichts, aber ich habe kürzlich ein Grundstück erworben, auf dem ich ein weiteres Kinderheim errichten werde. Und dieses neue Waisenhaus möchte ich gern nach seinem Großvater benennen.«

Die Gäste applaudierten, und Luke, der sich bereits ein Glas Champagner genommen hatte, stand am anderen Ende des Raumes. Mit einem Kopfnicken erhob er sein Glas auf ihr Wohl, und sie wusste, dass er sich über ihre Worte und ihre Geste freute.

»Die Kinder, die auf der Straße leben müssen, sind nicht nur arm an materiellen Gütern, es fehlt ihnen an etwas viel Wichtigerem. Es ist meine Hoffnung, dass diese Waisenhäuser ihnen bieten können, was jedes Kind eigentlich verdient hat: eine liebevolle Umgebung. Also danke ich Ihnen auch im Namen der Countess of Claybourne für die Spielsachen, die Sie mitgebracht haben, und für die Freude, die die Kinder daran haben werden. Und nun präsentiere ich Ihnen zu Ihrer Unterhaltung und Freude Mr Charles Dickens.«

Wieder spendeten alle Anwesenden Beifall. Mr Dickens kam nach vorn und gab Frannie einen Kuss auf die Wange. Sie hatte einmal gehört, dass er sich im Kreise der Aristokratie genauso unwohl fühlte wie sie. Es bedeutete ihr sehr viel, dass er gekommen war. Als sie sich kennengelernt hatten, war sie noch ein

Mädchen gewesen und er ein junger Mann, der auf der Suche nach Geschichten durch die Elendsviertel gestreift war.

Frannie ging an den Stuhlreihen entlang nach hinten. Als sie zu Luke kam, schloss er sie in die Arme und drückte sie.

»Meinem Großvater hätte es gefallen«, sagte er ganz leise, um die Lesung von *A Christmas Carol* nicht zu stören, die bereits begonnen hatte.

Nickend blickte Frannie an Luke vorbei und sah sich in dem Saal um.

»Er ist schon gegangen«, flüsterte Luke.

Sie schenkte ihm ein Lächeln, von dem sie hoffte, dass es nicht zeigte, wie enttäuscht sie war. »Ich werde kurz im Ballsaal nach dem Rechten sehen. Und schauen, ob dort alles in Ordnung ist.«

Doch als sie kurz darauf in der Eingangshalle stand, nahm sie nicht den Flur, der sie in den riesigen Ballsaal führen würde. Sie ging stattdessen den Korridor zur Bibliothek entlang. An der Tür zögerte sie. Sie hatte ein bisschen Angst vor dem Schmerz der Erinnerungen, die sie dahinter erwarteten – vor allem die Erinnerung an ihre Begegnung mit Sterling an diesem grauen, regnerischen Tag vor langer, langer Zeit. Aber sie wollte sich daran erinnern, wollte sich an *ihn* erinnern.

Langsam öffnete sie die Tür, trat in die Bibliothek und schloss die Tür leise hinter sich. In dem Raum waren einige Lampen angezündet worden. Im Garten brannten die Gaslaternen. Die Vorhänge waren zurückgezogen – und am Fenster stand Sterling. Er hatte die Hände hinter dem Rücken verschränkt und blickte hinaus. Als er sie kommen hörte, sah er sie über die Schulter hinweg an und warf ihr ein leichtes Lächeln zu.

Ihr Herz pochte so heftig, dass sie fürchtete, er würde es hören. So ruhig und bedächtig, wie sie konnte, ging sie zu ihm und stellte sich neben ihn. Er wandte seine Aufmerksamkeit wieder dem Garten zu, wo dicke Schneeflocken lautlos zu Boden schwebten.

»Es hat angefangen zu schneien. Wir haben auf der Fahrt hierher angehalten, um jemandem zu helfen, der Schwierigkeiten mit seiner Kutsche hatte. Das ist der Grund, warum ich zu spät gekommen bin.«

»Ich bin froh, dass du hier bist. Ich war so nervös, als ich dort vorne stand – bis ich dich gesehen habe.«

»Ich kann nicht glauben, dass du Charles Dickens dazu überreden konntest hierherzukommen, um eine Lesung abzuhalten. Ich nehme an, du hast ihn durch den Earl of Claybourne kennengelernt?«

»Nein. Tatsächlich hat Feagan uns miteinander bekannt gemacht. Mr Dickens recherchierte gerade über das Leben in den Elendsvierteln, also war er bei uns, um sich mit einigen von uns darüber zu unterhalten. Er hat gesagt, er hätte uns in seine Geschichten eingearbeitet, doch ich kann da keine Ähnlichkeiten feststellen.«

»Ich habe die Geschichten bisher noch nicht gelesen. Vielleicht werde ich jemanden engagieren, der sie mir vorliest.«

»Bekommst du vom Lesen immer noch Kopfschmerzen?«

»Schlimmer denn je. Also, wie geht es Peter? Hast du eine Familie gefunden, die ihn bei sich aufnimmt?«

»Nein. Genau genommen habe ich beschlossen, dass er bei mir bleiben soll. Ich habe Nancy versprochen, mich um ihn zu kümmern. Dieses Versprechen will ich halten. Er und ich leben derzeit im Waisenhaus, aber ich werde auf dem Grundstück ein kleines Haus bauen lassen, wo wir dann zusammenleben werden. Er wird der Sohn sein, den ich niemals haben werde.«

»Swindler wird bestimmt eine eigene Familie mit dir gründen.«

»Ich werde Jim nicht heiraten.«

»Hat er dich noch nicht gefragt?«

»Er wird mich nicht fragen. Er weiß, wie die Antwort lauten wird. Ich liebe ihn nicht – jedenfalls nicht auf die Art, wie Mann und Frau sich lieben sollten. Es wäre ihm gegenüber ungerecht.« Sie wünschte sich so sehr, die Arme auszustrecken und ihn zu umarmen, ihn festzuhalten. Stattdessen holte sie tief Luft und atmete durch. »Und wie ist es dir ergangen?«

Endlich wandte er sich ihr zu und sah sie an. Endlich konnte sie in diese wundervoll blauen Augen blicken, die sie über Tage und Wochen hinweg in ihren Träumen verfolgt hatten.

»Ich stand nur gerade hier und musste an den Morgen von Catherines Hochzeit denken. Mir ging durch den Kopf, wie mühelos und unbemerkt du meine Taschenuhr an dich genommen hast«, sagte er viel zu ruhig.

»Ach, du lieber Gott. Bitte denk nicht mehr darüber nach. Ich weiß nicht, warum ich es getan habe. Es ist mir so unangenehm ...«

Sanft legte er einen Finger auf ihre Lippen und brachte sie damit zum Schweigen.

»Das Gleiche ist dir mit meinem Herzen gelungen, nicht wahr, Frannie? Du hast es gestohlen, und ich habe nicht einmal bemerkt, dass es passiert ist.«

Sie hatte Tränen in den Augen. Ihr Innerstes war aufgewühlt, als sie die Emotionen sah, die in seinem Blick standen, und ihr Herz machte einen Hüpfer, als sie über die Möglichkeit nachdachte, dass zwischen ihnen etwas Echtes und Wahres sein könnte – oder dass es das bereits war. »Ach, Sterling, ich ...«

Bevor sie ihm ihre Liebe gestehen konnte, legte er ihr wieder den Finger auf die Lippen. »Ich dachte, wenn ich Abstand zu dir halten würde, dann würde mein Herz irgendwann wieder zu mir zurückkommen.«

Sie schüttelte den Kopf. »Solange ich dein Herz habe, werde ich es nicht zurückgeben.«

»Aber du musst.«

Er richtete den Blick wieder zurück in den Garten, und sie hatte das Gefühl, bei dem Gedanken, ihn zu verlieren, zu zerbrechen. Seit er auf seinen Landsitz gefahren war, hatte sie sich so einsam gefühlt wie noch nie zuvor in ihrem Leben. Ihre Träume, den Waisenkindern zu helfen, traten hinter den Traum zurück, endlich wieder Teil seines Lebens zu sein und ihn bei sich zu haben. Sie wollte zu jeder Tages- und auch Nachtzeit mit ihm sprechen können. Sie wollte neue Träume haben und sie mit ihm teilen. Sie wollte den Blick heben und Sterling dabei ertappen, wie er sie beobachtete. Sie wollte morgens neben ihm aufwachen und abends neben ihm einschlafen.

»Sterling …«

»Ich werde erblinden, Frannie.«

Frannie spürte, wie ihr Herz stockte und wie sich ihr Innerstes schmerzhaft zusammenzog.

»Im Moment kann ich dich nicht sehen«, sagte er ruhig. »Blickst du gerade in den Garten hinaus?«

»Nein. Ich schaue dich an.«

»Sieh in den Garten hinaus.«

Sie wollte es nicht. Sie wollte lieber ihn anblicken. Dennoch tat sie, worum er sie gebeten hatte.

»Kannst du mich jetzt sehen?«, wollte er wissen.

»Aus den Augenwinkeln. Ja.« Sie richtete die Augen wieder auf ihn und bemerkte, dass er sie anschaute.

»Jetzt kann ich dich auch sehen«, erklärte er und hatte ein

selbstironisches Lächeln auf den Lippen. »Aber im Gegensatz zu dir kann ich aus den Augenwinkeln nichts erkennen. Die Sicht zur Seite hin ist eingeschränkt. Und wenn die Schatten kommen und es dunkel wird, dann nimmt mein Sehvermögen noch weiter ab.«

»Was ist passiert? Ist das alles eine Folge deiner Begegnung mit Sykes?« Der Gedanke daran war schrecklich …

»Nein. Die Verschlechterung meines Sehvermögens hat schon viel früher angefangen. Erinnerst du dich noch an die Zeichnungen des Weidenbaumes?«

»Ja. Du hast irgendwann angefangen, dich immer mehr auf den Baum zu fokussieren … Nur auf den Baum.«

»Eigentlich bin ich gar nicht so ein talentierter Künstler. Als ich einundzwanzig war, fiel mir auf, dass ich nicht mehr so viel von der Landschaft um den Baum herum malte wie früher, obwohl ich an derselben Stelle stand. Daraufhin holte ich die alten Zeichnungen hervor und fing an, sie zu vergleichen. Nebeneinandergelegt betrachtet waren die Unterschiede minimal. Aber als ich mein erstes Bild mit dem letzten verglich … Es ist mir unangenehm, zugeben zu müssen, dass meine erste Reaktion pure Angst war.«

Sie hob die Hand und wollte seine Wange, sein Haar berühren – doch würde er das wollen? Langsam ließ sie die Hand wieder sinken. »Das kann man dir kaum übel nehmen. Warst du denn schon bei einem Arzt?«

»Ich war bereits bei einem Dutzend oder noch mehr Ärzten. In verschiedenen Städten in ganz Großbritannien, in unterschiedlichen Ländern auf der ganzen Welt. Es gibt keine Hoffnung auf Heilung. Mein Sehvermögen wird sich immer weiter einschränken, bis ich vollständig blind sein werde.«

»Wann wird das sein?«

»Ich weiß es nicht. Es können noch Jahre vergehen.«

»Das ist der Grund, warum du den Wünschen deines Vaters nicht entsprochen hast und stattdessen deine Weltreise gemacht hast.«

Er nickte. »Ich weiß nicht, wie lange das Zeitfenster für solche Erlebnisse noch offen ist, während das Fenster meines Sehvermögens sich nach und nach schließt.«

»Weiß Catherine davon?«

»Nein. Ich bin mir ziemlich sicher, dass mein Vater die Scham über meine Schwäche, über mein Versagen mit ins Grab genommen hat.«

»Es kann unmöglich sein, dass er sich für etwas geschämt hat, über das du keine Kontrolle hattest.«

Er betrachtete wieder die Schneeflocken, die zu Boden fielen. »Da irrst du dich. Er hat mir sogar ins Gesicht gesagt, dass er sich gewünscht hätte, sein zweiter Sohn hätte überlebt und nicht sein erster. Ich habe Catherine das alles nie erzählt. Sie hat unseren Vater vergöttert und ihn für unfehlbar gehalten. Er hat sie ebenso vergöttert. Ich werde ihr diese Erinnerungen niemals nehmen.«

Und er hielt sich selbst für einen Menschen, der nur seine eigenen Bedürfnisse im Blick hatte?

»Du hast mir erzählt, dass du einmal geglaubt hast, eine Frau zu lieben, aber dass sie hinter deine Fehler gekommen wäre.«

»Angelina. Ich habe ihr damals den Hof gemacht. Sie hat unglaublich gern getanzt. Es ist allerdings fast unmöglich, eine Frau über die Tanzfläche zu führen, wenn das Sichtfeld so eingeschränkt ist wie bei mir. Deshalb vermied ich es, mit ihr zu tanzen. Irgendwann fing sie an, meine Weigerung persönlich zu nehmen. Schließlich erklärte ich ihr meine Gründe – und sie wandte sich recht schnell einem anderen Mann zu. Soweit ich weiß, hat sie mit niemandem über meine Krankheit gesprochen. Dafür bin ich ihr dankbar.«

»Sie hat dich nicht verdient.«

Er lachte rau. »Keine Frau hat jemanden wie mich verdient.«

»Das stimmt nicht.«

Er sah sie an und legte seine Hand an ihre Wange. »In der Nacht, in der wir Sykes die Falle gestellt haben, habe ich dir einen Brief hinterlassen. Im Falle meines Todes solltest du wissen, dass du mein Herz genauso mühelos gestohlen hast wie meine Taschenuhr. Während ich in den letzten Wochen über mein Anwesen spaziert bin, habe ich ständig gedacht, wie ungerecht es dir gegenüber gewesen ist, dir nicht zu sagen, wie sehr ich mich in dich verliebt habe.«

Sie legte ihre Hand auf die seine, drehte den Kopf und hauchte einen Kuss in seine Handfläche. »Sterling, ich liebe dich auch. Ich liebe dich so, so sehr.«

»Und deshalb, mein Schatz, werde ich dich nicht heiraten. Ich will dich nicht mit meiner angeschlagenen Gesundheit und dem, was ich bald sein werde, belasten.«

»Was für ein Unsinn! Du wirst einmal ein mächtiger Duke, ein liebender Ehemann, ein wundervoller Vater ...«

Er legte seinen Daumen auf ihre Lippen. »Frannie, du begibst dich an gefährliche Orte, um dort die Waisenkinder zu retten, und ich kann nicht einmal sehen, ob irgendjemand vorhat, dich aus dem Hinterhalt anzugreifen. Die Dunkelheit, mein Herz, ist mein Feind.«

»Dann höre ich eben damit auf, mich an gefährliche Orte zu begeben.«

»Und es wird nicht lange dauern, bis du anfangen wirst, mich dafür zu verachten.«

»Das werde ich nicht. Ich werde jemanden anheuern, der an die Orte gehen wird, an die ich nicht gehen kann. Es gibt kein Problem, das du dir vorstellen kannst, für das ich keine Lösung finden kann.«

»Du wolltest nie ein Teil der Aristokratie werden.«

»Aber heute Abend habe ich mich mit einigen der Damen unterhalten, und sie sind tatsächlich ganz nett. Ganz anders, als sie damals als dumme junge Mädchen waren.«

»Wenn wir wie heute Abend auf einen Ball gehen, muss ich mich damit zufriedengeben, dich beim Tanzen mit anderen Männern zu beobachten. Ich selbst werde dich nicht über die Tanzfläche wirbeln können.«

»Sei nicht albern. Natürlich kannst du das.«

»Hörst du mir nicht zu? Wenn ich führe, werden wir ständig mit anderen Tanzpaaren zusammenstoßen ...«

»Dann führe ich eben.« Sie streckte ihm die Hand entgegen. »Wir schaffen das, Sterling.«

Er blickte auf ihre ausgestreckte Hand.

»Ich liebe dich, Sterling. Von ganzem Herzen.«

Er sah ihr in die Augen. »Das hat Angelina auch getan.«

»Nein, das hat sie nicht. Denn wenn sie dich wirklich aufrichtig geliebt hätte, dann hätte sie dich nicht wegen etwas so Unwichtigem wie dem Tanzen aufgegeben. Lass es uns heute Abend ausprobieren, und wenn es nicht klappt, werden wir es nicht wieder versuchen. Ich kann ohne das Tanzen leben. Ohne dich kann ich allerdings nicht leben.«

Er schien darüber nachzudenken und verbeugte sich dann vor ihr. »Miss Darling, würden Sie mir die Ehre erweisen, den nächsten Walzer mit mir zu tanzen?«

Sie lächelte. »Es wäre mir ein Vergnügen, Euer Gnaden.«

Die Wirkung, die das Wiedersehen mit Frannie auf ihn hatte, traf Sterling vollkommen unvorbereitet. Ihr Haar war hochgesteckt, ihr Kleid umschmeichelte ihre Figur, und sie schien sich in ihrer Umgebung vollkommen wohlzufühlen. Er vermutete, dass es ihr tatsächlich nichts ausmachen würde, wenn er es nicht schaffte, mit ihr zu tanzen, doch er wollte es trotzdem probieren.

Die ersten Takte des Walzers erklangen, und er führte Frannie auf die Tanzfläche.

»Richte deine Augen einfach auf mich«, sagte sie leise.

»Das dürfte mir nicht schwerfallen. Du siehst heute Abend umwerfend aus.«

»Ich habe das Kleid genäht, weil ich gehofft habe, du würdest heute Abend hier sein. Ich wollte auf jeden Fall deine Aufmerksamkeit erregen, falls du da bist.«

»Du hast meine Aufmerksamkeit sogar auf Catherines Hochzeit erregt, obwohl du ein ganz schlichtes Kleid anhattest.« Es war ein seltsames Gefühl, sich von ihr führen zu lassen, und doch kam es ihm im selben Augenblick auch ... richtig vor.

»Das lag wahrscheinlich an meinen Haaren. Ich habe die Farbe nie besonders gemocht.«

»Mir gefällt sie sehr gut. Du führst übrigens sehr gut.«

»Ich beherrsche die Täuschung.«

Er sah sie einen Moment lang fragend an. »Die Täuschung?«

»Das bedeutet, man erschafft eine bestimmte Situation, um jemanden zu prellen. Es gibt alle möglichen Arten von Täuschungen. Für gewöhnlich hat man einen Partner, der einem dabei hilft. Man muss die Lage sehr schnell einschätzen und wissen, was der Partner tun wird. Luke und Jack als Partner in einem solchen Spiel gegen sich zu haben, ist nicht gut – die beiden wissen immer, was der andere denkt. Tanzen ist übrigens auch eine Art der Täuschung. Man folgt seinem Partner oder bringt den Partner dazu, einem zu folgen.«

»Über deine Schultern hinweg kann ich erkennen, dass sehr viele Leute auf der Tanzfläche sind.«

Sie lächelte strahlend. »Ja, das stimmt. Und wir sind noch mit niemandem zusammengestoßen.«

»Das wird sich gleich ändern.«

Verdutzt sah sie ihn an, als er unvermittelt stehen blieb. Er spürte, wie jemand an ihm vorbeistrich. Die anderen Tanzpaare versuchten, ihnen auszuweichen, ihnen Platz zu machen. Plötzlich kniete er vor ihr nieder. Frannie riss ihre wunderschönen grünen Augen erstaunt auf.

Er war sich bewusst, dass die anderen Menschen auf der Tanzfläche aufgehört hatten zu tanzen. Die Musik verklang, und die erwartungsvolle Stille im Raum war beinahe mit Händen greifbar.

Sterling ergriff Frannies Hand. »Miss Frannie Darling, würden Sie mir die Ehre erweisen, meine Frau, meine Duchess, meine Liebe zu werden?«

Ihr erschrockenes Keuchen war nicht der einzige überraschte Laut, den er hörte, aber es war der einzige, der zählte. Tränen schimmerten in ihren Augen. Sie nickte schnell und lächelte glücklich. »Ja! O ja!«

Er erhob sich, schloss sie in die Arme und küsste sie voller Leidenschaft.

Ohne sie an seiner Seite, ohne sie als Teil seines Lebens war das Leben nicht lebenswert. Das war ihm in den vergangenen Monaten klar geworden. Er war um die ganze Welt gereist und hatte nach etwas gesucht, das er nicht einmal hatte in Worte fassen können. Und heute Abend hatte er begriffen, was ihm gefehlt hatte: die Frau, die er in den Armen hielt.

Kapitel 25

Am nächsten Tag erhielt Sterling ein Schreiben von Claybourne, in dem er ihn um ein Treffen bat. Zum vereinbarten Zeitpunkt erschien Sterling auf Claybournes Anwesen. Er hätte nicht damit gerechnet, in der Bibliothek auf Claybourne, Dodger und Beckwith zu treffen. Beckwith war der Anwalt seiner Familie, aber es schien so, als würde der Mann auch noch für mindestens einen der anderen Herren arbeiten. Frannie war ebenfalls anwesend und sah etwas erschöpft aus.

»Ich nehme an, der Zweck dieses Treffens ist es, mir eindringlich klarzumachen, dass ich besser ein guter Ehemann sein sollte«, sagte Sterling lakonisch. »Allerdings bin ich mir nicht sicher, ob ein Anwalt dazu wirklich vonnöten ist.«

»Wir dachten, es wäre klug, sich über eine Vereinbarung zu verständigen«, sagte Claybourne.

»Eine Vereinbarung? Wollen die Herren eine Mitgift anbieten? Ich versichere Ihnen, dass das nicht nötig ist. Ich habe kein Problem damit, wenn Frannie mich heiratet, ohne eine Aussteuer mitzubringen.«

»Da. Seht ihr?«, meldete Frannie sich zu Wort. »Ich habe euch ja gesagt, dass der ganze Aufwand hier nicht notwendig ist.«

Claybourne seufzte schwer. »Es ist sehr wohl notwendig, Frannie. Immerhin heiratest du ihn ja eben nicht, ohne etwas mit in die Ehe zu bringen.«

»Einen Moment mal«, sagte Dodger, der mit verschränkten Armen dagestanden hatte. Er ließ die Arme sinken und stellte sich etwas entspannter hin. »Glauben Sie tatsächlich, Frannie würde kein Geld mit in die Ehe bringen, Euer Gnaden?«

»Ja. Nichts außer dem jämmerlichen Gehalt, das Sie ihr für ihre Tätigkeit als Buchhalterin zahlen. Ich weiß, dass sie gern gute Taten damit finanziert. Wie hoch auch immer ihr Lohn war, ich werde ihr stattdessen eine entsprechende monatliche Unterstützung zahlen. Mit dem Geld kann sie dann tun, was sie möchte. Wir können das gern schriftlich festhalten, wenn Sie möchten. Und falls sie es nicht schon getan hat, wird sie bei Ihnen kündigen. Zukünftig wird sie die Buchhaltung für Sie nicht mehr machen.«

Frannie trat vor und legte die Hand auf seinen Arm. »Sterling, ich werde nicht direkt dafür bezahlt, die Buchhaltung fürs *Dodger's* zu machen. Die Bücher liegen einfach in meiner Verantwortung.«

Er funkelte Dodger aufgebracht an. »Sie Mistkerl. Die ganze Zeit über haben Sie sie ausgenutzt ...«

»Nein, Sterling.« Sie drückte seinen Arm, bis Sterling sie endlich ansah. »Wir drei sind Partner. In verschiedenen Unternehmen. Ich mache die Buchhaltung, weil es ... nun ja, es ist meine Buchhaltung. Unsere Buchhaltung. Ich besitze ein nicht geringes Vermögen.«

»Das Ihnen gehören wird, sobald Sie sie heiraten – es sei denn, es gelingt uns, eine entsprechende Vereinbarung zu treffen«, sagte Claybourne.

»Ich schlage vor, dass ihr aktuelles Vermögen sowie alle zukünftigen Gelder, die sie aus den Unternehmen bekommt, in einen Fonds fließen, den sie selbst überwacht und verwaltet«, sagte Beckwith.

Sterling zuckte mit den Achseln. »Mit dem Vorschlag habe ich kein Problem. Ich heirate sie schließlich nicht des Geldes wegen.« Er hob ihre Hand und hauchte einen Kuss auf ihre Handfläche. »Ich heirate sie, weil ich sie liebe.«

Sie warf ihm ein wunderschönes Lächeln zu. »Fairerweise sollte ich dir noch mitteilen, um wie viel Geld es sich handelt.« Sie stellte sich auf die Zehenspitzen und flüsterte ihm eine Zahl ins Ohr, die ihn vollkommen verblüffte.

»Zwei Millionen?«, keuchte er.

»Plus minus ein paar Pfund.«

»Dir ist schon klar, dass du dich vor Heiratsanträgen von willigen Lords aus ganz England nicht hättest retten können, wenn das die Runde gemacht hätte, oder?«

»Deshalb haben wir dafür gesorgt, dass nichts davon an die Öffentlichkeit dringt«, sagte Dodger. »Auf diese Weise haben wir die Zahl der Mitgiftjäger eingedämmt.«

Sterling nickte. »Zeigen Sie mir einfach, wo ich unterzeichnen muss.« Er zwinkerte Frannie zu. »Obwohl ich die Höhe der Unterstützung, die ich dir eigentlich monatlich zahlen wollte, jetzt vermutlich noch einmal überdenken werde.«

Sie schlang die Arme um seinen Hals. »Ich werde nie aufhören, dich zu lieben. Das verspreche ich.«

Er hielt sie fest und flüsterte: »Solange ich dazu in der Lage bin, werde ich dir alles geben, was du dir wünschst.«

In einem weißen Kleid und mit einem Kranz aus Orangenblüten auf dem Schleier saß Frannie mit Luke zusammen in seiner offenen Kutsche, die sie durch Londons Straßen zu der Kirche brachte, in der sie heiraten würde. Catherine fuhr in der Kutsche vor ihnen. Ihren Sohn, der im Frühling auf die Welt gekommen war, hatten Catherine und Luke mit dem Kindermädchen zu Hause gelassen.

Frannie und Sterling hatten die Etikette gewahrt und mit ihrer Hochzeitsfeier bis zum Juni gewartet. Keine Sondergenehmigung war vonnöten, nichts war hastig für sie arrangiert worden. Es gab kein Getuschel über einen Skandal. Kein gemeinsames Kind war unterwegs – wenn es nach Frannie ging, würde der Stammhalter jedoch auf den Tag genau neun Monate nach ihrer Hochzeit das Licht der Welt erblicken. Es war eine Qual gewesen, monatelang nicht in Sterlings Armen liegen zu können. Sie wusste, dass er genauso unter der Situation gelitten hatte wie sie, und sie vermutete, dass keiner von ihnen in ihrer Hochzeitsnacht ein Auge zumachen würde.

»Du siehst wunderschön aus, Frannie«, sagte Luke.

Sie hatte keinen Vater, der sie zum Altar führen würde, also übernahm Luke diese ehrenvolle Aufgabe. Es erschien ihr seltsamerweise angemessen, auch wenn er der erste Mann gewesen war, der um ihre Hand angehalten hatte. Der Grund, warum sie seinen Heiratsantrag damals abgelehnt hatte, war heute schwer zu glauben: Sie hatte sich einfach vor der Einsamkeit gefürchtet, sich in der Welt der Aristokratie zu bewegen.

»Du siehst auch sehr gut aus. Vielleicht ein bisschen müde«, zog sie ihn auf.

»Ich wache jedes Mal auf, wenn mein Sohn anfängt zu weinen. Er schläft noch nicht durch.«

»Ich schätze, dass seine nächtlichen Aktivitäten dich in ein paar Jahren wieder um den Schlaf bringen werden.«

»Ich fürchte, dass du damit nicht ganz falschliegst. Catherine hat mich schon gewarnt, dass er etwas Spitzbübisches an sich hat.«

»Jack hat mir übrigens gesagt, dass er seine Tochter nicht aus dem Haus lassen wird, bis sie vierzig ist.« Emily, die nach seiner Mutter benannt war, hatte im Spätfrühling, kurz vor dem Sommer, das Licht der Welt erblickt. Und schon in den ersten Augenblicken nach ihrer Geburt hatte sie ihren Vater um den winzigen Finger gewickelt.

Luke lachte. »Gott, hast du jemals erlebt, dass er so vernarrt gewesen wäre? Man könnte denken, er wäre der einzige Mann, der je eine Tochter gehabt hätte.«

Sie verkniff sich die Bemerkung, dass Luke sich verhielt, als wäre er der einzige Mann, der je einen Sohn gehabt hätte.

»Er lässt alle Mädchen, die im *Dodger's* arbeiten, gehen«, erzählte Frannie. »Zwar hat er ihnen genug gezahlt, damit sie sich nicht verkaufen mussten, um ihren Lebensunterhalt zu bestreiten, doch er ist zu dem Schluss gekommen, dass die Vermutung immer nahelag und dass es nach außen hin eben anders aussah. Zukünftig werden die Frauen im Waisenhaus arbeiten, und er wird ihnen weiterhin ihren Lohn zahlen.«

»Für einen Mann, dem früher nur wichtig war, woher das nächste Geld kommt, hat er sich neuerdings in einen sehr großzügigen Menschen verwandelt.«

»Er kann es sich schließlich auch leisten. Wir alle können uns das leisten. Wir hatten alles in allem kein schlechtes Leben.«

»Da werde ich dir nicht widersprechen«, sagte Luke.

Doch so gut ihr Leben bis zu diesem Tag auch gewesen sein mochte, freute Frannie sich darauf, wie viel besser und schöner es mit Sterling an ihrer Seite noch werden würde. Sie freute sich darauf, jeden Tag und jede Nacht mit ihm zusammen sein zu können. Mit ihm reden zu können. Mit ihm schlafen zu können. Lange Spaziergänge mit ihm unternehmen zu können. Die Welt mit seinen Augen sehen und lernen zu können, wie sie ihm helfen könnte, sie durch ihre Augen zu sehen, sodass sich für ihn nichts verschlechtern würde, wenn die Zeit einst kommen würde.

Als sie sich nun der Kirche näherten, drückte sie Lukes Hand und atmete tief durch. Auf der Straße standen unglaublich viele

Kutschen, und unzählige Menschen hatten sich vor der Kirche auf dem Rasen versammelt.

»Die Kirche muss schon voll besetzt sein«, bemerkte Luke.

Es war nicht erlaubt, Kirchenzeremonien unter Ausschluss der Öffentlichkeit abzuhalten. Auch diejenigen, die nicht explizit eingeladen waren, konnten daran teilnehmen, wenn sie wollten. Und es schien so, als würde die Hochzeit eines Dukes sehr viele ungeladene Gäste anlocken.

»Du musst das hier nicht tun, Frannie«, sagte Luke leise. »Wir können einfach weiterfahren. Ihr könnt auch auf dem Land heiraten.«

Mit Tränen in den Augen sah sie ihn an und lächelte. »Er würde die ganze Welt einladen, wenn er könnte. Es ist seine Art zu zeigen, dass er keinen Zweifel daran hat, dass ich die Ehefrau bin, die er sich wünscht. Er ist ein Duke, Luke, und er hat mich erwählt. Ich liebe ihn mehr als alles andere auf der Welt. Ich würde für ihn durch die Hölle gehen.« Sie holte tief Luft. »Was sind schon ein paar Hundert Leute verglichen damit?«

Er umarmte sie und sagte leise: »Das ist überhaupt nichts.«

Halb hinter einer Ulme versteckt, grinste Feagan schelmisch. Die Oberschicht zog immer viele Schaulustige an. Es juckte ihn in den Fingern, unauffällig ein paar der Taschen zu plündern. Doch er riss sich zusammen und umklammerte seinen Gehstock noch ein bisschen fester. Er beugte sich vor und fluchte leise darüber, dass vor seinen Augen alles verschwamm. Er wollte nicht zugeben, dass es vielleicht Tränen sein könnten, die ihm in die Augen getreten waren, als er nun Frannie erblickte, die selbstbewusst die Leute begrüßte, während sie an Lukes Arm zur Kirche schritt.

Als Frannie sich den Treppenstufen zum Kirchenportal näherte, konnte Feagan erkennen, dass sie die Perlenkette trug, die einst seiner großen Liebe gehört hatte.

Er blickte kurz in den klaren wolkenlosen Himmel hinauf. »Kannst du sie sehen, Mags? Kannst du unser Mädchen sehen? Wunderschön, absolut wunderschön. Sie wird 'ne verdammt gute Duchess.« Er schüttelte verwundert den Kopf. »Ich hab dir versprochen, mich um sie zu kümmern. Vielleicht hab ich am Ende tatsächlich doch alles richtig gemacht.«

Sobald das Paar in der Kirche verschwunden war, ging Feagan davon, zurück in die Elendsviertel der Stadt. »Ich vermiss dich, Mags, meine Liebe. Ich vermiss dich sehr. Ich glaub, es dauert jetzt nich mehr lange, bis ich dich wiedersehe.«

Doch bis es so weit war ... Tja, es gab immer irgendwo eine Manteltasche, die ausgeraubt werden wollte.

Frannie stand am Bug des Schiffes, das die Wellen durchschnitt. Der Wind zerrte an ihren Haaren. Sterling wollte mit ihr ein paar Tage nach Südfrankreich fahren. Auf einem Schiff. Sie war tatsächlich auf einem Schiff auf dem offenen Meer!

Er hatte ihren Haarknoten gelöst, und ihr langes Haar flatterte in der Brise. Ab und zu packte sie es und hielt es fest, ehe sie es wieder losließ.

»Gefällt es dir?«, fragte Sterling und küsste ihren Hals.

»Es ist großartig«, entgegnete sie.

Nach der Trauung hatten der Empfang und die Feier auf Lukes Anwesen stattgefunden. So viele Gäste waren dort gewesen. Sogar Lady Charlotte war gekommen – ohne Marcus Langdon an ihrer Seite, der ihr offensichtlich nicht länger den Hof machte.

Der schwerste Moment war der Augenblick gewesen, als Jim gekommen war, um zu gratulieren. In seinen grünen Augen hatte Wehmut gestanden.

»Ich war nicht die Richtige für dich, Jim. Sie ist irgendwo dort draußen. Du wirst sie finden.«

Doch sie hatte ihm ansehen können, dass er ihr nicht geglaubt hatte.

Nach dem Empfang und der Feier hatte Sterling sie auf das Schiff gebracht.

»Warte, bis du es heute Abend siehst«, sagte er nun. »Wir haben Vollmond, und es werden unzählige Sterne am Himmel stehen.«

»Ich kann übrigens nicht schwimmen.«

»Wir werden hoffentlich auch nicht in die Verlegenheit kommen, schwimmen zu müssen. Wenn wir nach Hause kommen, werde ich es dir beibringen.«

Sie blieben noch eine Stunde an Deck, bevor sie sich in ihre Kabine zurückzogen. Es war so viele Monate her, dass sie miteinander geschlafen hatten. In ihrer Ungeduld, sich gegenseitig auszuziehen, landeten die Kleidungsstücke in einem wilden Durcheinander auf dem Boden. Eng umschlungen ließen die beiden sich anschließend auf das schmale Bett sinken.

»In Frankreich werden wir eine viel komfortablere Unterkunft haben«, versicherte Sterling ihr, während er ihren Hals küsste.

»Es spielt keine Rolle, wie die Unterkunft ist. Solange du da bist, ist es mir egal.«

»Du weißt, von dir als meiner Ehefrau erwarte ich, dass du in Frankreich Unmengen an Kleidern kaufen wirst.«

»Ich habe beim Schneider schon fünfzig neue Kleider in Auftrag gegeben.«

Er knabberte seitlich an ihrer zarten Brust. »Nicht für die Waisenkinder. Ich meine, für dich.«

Sie umfasste mit beiden Händen sein Gesicht. »Ich habe mir bisher nie Kleider gekauft, weil es niemanden gab, den ich damit beeindrucken wollte. Sei jedoch versichert, dass ich jede Absicht habe, dich zu beeindrucken.«

»Gut. Obwohl ich dich natürlich noch lieber ohne Kleidung sehe.«

Er küsste sie voller Leidenschaft. Neugierig, beinahe verwundert streichelten sie einander und lernten die Formen und Kurven des anderen wieder ganz neu kennen. Sterling hatte inzwischen mehr Narben bekommen. Frannie beugte sich vor und küsste die lange Narbe an seiner Seite, die er ihr zu verdanken hatte. Dann küsste sie die aufgeworfene Narbe, die an der Stelle war, wo Sykes' Pistolenkugel in seinen Körper eingedrungen war. Er küsste die Narbe auf ihrer Stirn. Doch keine dieser Veränderungen, die sie aneinander feststellten, konnte ihre Gefühle füreinander verändern ... Und falls sie die Gefühle veränderten, dann machten sie sie nur noch stärker. Sie hatten überlebt. Sie würden immer überleben.

Als er in sie drang, gab es nichts, was ihn von ihr getrennt hätte.

»Gott, du fühlst dich so gut an«, flüsterte er ihr ins Ohr. »So heiß, so glatt, so feucht. Ich habe noch nie ohne Schutz mit einer Frau geschlafen, weißt du?«

Sie nahm den Kopf ein Stück zurück und sah ihn fragend an. Er grinste. »Du bist die erste Frau, mit der ich ohne Präservativ schlafe, und ich muss sagen, dass es mir sehr, sehr gut gefällt. Ich fürchte, meine geliebte Duchess, dass du viele, viele Kinder von mir bekommen wirst.«

Lachend schlang sie die Beine um seine Taille und spannte

ihren Körper an, bis Sterling vor Lust aufstöhnte. *Duchess.* Sie hätte nie gedacht, dass es ihr einmal so sehr gefallen würde, so genannt zu werden. Doch noch besser gefiel ihr die Vorstellung, irgendwann seine Kinder auf die Welt zu bringen.

»Ich hoffe, sie kommen alle nach ihrem Vater«, sagte sie leise.

»Und ich hoffe, sie kommen alle nach dir.«

»Ich kann es kaum erwarten, Sterling. Ich kann es kaum erwarten, dir ein Kind zu schenken.«

»Du wirst aber warten müssen«, entgegnete er. »Mindestens neun Monate.«

»Nur neun Monate. Gott, ich bin so glücklich. Ich liebe dich so sehr.«

»Ich liebe dich von ganzem Herzen.«

Er fing an, sich in ihr zu bewegen, und führte sie auf den Gipfel der Lust, wo die Empfindungen sie beide mit sich rissen.

Danach hielt sie ihn fest umschlungen und genoss diesen kostbaren Moment.

»Ich liebe dich, Frannie, Darling«, murmelte er.

Sie lächelte. Auch wenn ihr Name sich geändert hatte ... diesen Namen würde sie für immer behalten.

Epilog

Aus dem Tagebuch von Frannie Mabry, Duchess of Greystone

Die wertvollste Erinnerung, die ich in meinem Gedächtnis bewahrt habe, ist die Erinnerung an Sterling, der unseren erstgeborenen Sohn nur Minuten nach seiner Geburt mit Tränen in den wunderschönen blauen Augen in den Armen hielt. Obwohl es sich eigentlich nicht schickte, dass ein Ehemann während der Geburt so nahe bei seiner Frau war, bestand er darauf. Er wollte keine Sekunde des Lebens versäumen, solange er noch die Möglichkeit hatte, es in all seiner Pracht zu sehen.

Sterling sah auch noch, wie unser zweiter Sohn und unsere einzige Tochter zur Welt kamen. Er tanzte mit ihr auf dem Debütantinnenball und auch am Tag, als sie den Duke of Lovingdon heiratete. Obwohl sein Sehvermögen schon stark nachgelassen hatte, als unser erstes Enkelkind das Licht der Welt erblickte, konnte er das kleine zerknautschte Gesicht doch immer noch erkennen und aus voller Seele lachen.

Nach der Verhaftung Bob Sykes' wurde vieles für uns leichter. Der Prozess lief alles andere als gut für Sykes. Es war sein Pech, dass einer der wichtigsten Zeugen in dem Fall nicht nur ein Duke war, sondern ein Duke, der aus einer sehr alten und mächtigen Familie abstammte, ein Duke, dessen Titel zu den einflussreichsten ganz Großbritanniens zählte. Ein weiterer Zeuge war ein angesehener Inspektor von Scotland Yard, der die verblüffende Fähigkeit besaß, einen Mord aufzuklären, auch wenn es nur wenige Spuren gab.

Jim hatte mich oft davor gewarnt, mir die Hinrichtung eines Menschen anzusehen. Doch da Hinrichtungen im Jahre 1852 noch öffentlich waren, mieteten Sterling und ich ein Zimmer, von dem aus man das Newgate-Gefängnis sehen konnte, und beobachteten von dort aus, wie der Gerechtigkeit Genüge getan und Sykes aufgeknüpft wurde. Vielleicht war es falsch von mir, aber ich empfand es als äußerst befriedigend zuzusehen, wie dieser schlechte, böse Mensch schon heulte und sich einnässte, bevor der Strang überhaupt um seinen Hals gelegt worden war. Ich habe nie wieder eine Hinrichtung besucht. Jim hatte recht. Es war furchtbar, so etwas mit anzusehen. Dennoch konnte ich nach Bob Sykes' Hinrichtung nachts besser schlafen, weil ich mir sicher sein konnte, dass er nie wieder einen Schatten auf unser Leben oder das Leben der Waisenkinder in unserer Obhut werfen würde.

Sterling und ich nahmen Nancys Sohn in unser Haus und in unsere Familie auf. Ich dachte nie darüber nach, dass Peter von Sykes abstammte, und der Junge zeigte glücklicherweise auch nie die Boshaftigkeit, die seinen Vater ausgemacht hatte. Ich erzählte ihm viele wundervolle Geschichten über seine Mutter. Über seinen Vater wusste er nur, dass er ein frühes und sehr tragisches Ende gefunden hatte. Peter brachte unglaublich viel Freude in unser aller Leben, und wir waren dankbar, ihn bei uns zu haben.

Im Laufe der Jahre bereiste unsere Familie die Welt. Sterling und ich bauten zwei weitere Waisenhäuser und noch ein Heim für Mütter in Not. Wir leisteten so viel wohltätige Arbeit, wie wir konnten, und in allem, was wir taten, spiegelte sich Feagans Vermächtnis, verlorenen Kindern ein Zuhause zu geben. Ob er nun mein leiblicher Vater war oder nicht, blieb ein Geheimnis – er leugnete es, doch ich war mir nicht sicher, ob ich ihm das glauben sollte. Seine Welt bestand aus Täuschungen, Tricks und Winkelzügen. Doch selbst wenn er nach dem Gesetz nicht mein Vater war, so sagte mein Herz mir etwas anderes.

Jim – oder Sir James, wie sein Name nach dem Ritterschlag lautete – behielt auch weiterhin einen besonderen Platz in meinem Herzen. Irgendwann einmal, als sich unsere Wege kreuzten, erzählte er mir, dass das Netteste, was ich je für ihn getan habe, die Ablehnung seines Heiratsantrages gewesen sei. Vielleicht, weil er leidenschaftlich in eine Frau verliebt war, die die Weisheit besaß, ihn so zu lieben, wie er es verdiente.

Als Sterling schließlich vollständig erblindete, waren wir schon alt, saßen zufrieden in unserem Garten und sinnierten darüber, was für ein erstaunliches und aufregendes Leben wir geführt hatten. Er sah nicht, wie mein Haar silbergrau wurde. Für ihn blieb es immer feuerrot. Ich beobachtete, wie er in Würde alterte. Er stützte sich mehr auf mich als auf seinen Gehstock – und so sollte es auch sein, denn wenn ich ihn am meisten brauchte, war er immer an meiner Seite. Jeden Tag dachte ich, ich könnte ihn nicht noch mehr lieben, als ich es schon tat. Doch schon am nächsten Morgen wurde mir das Gegenteil bewiesen, denn ich erwachte und liebte ihn noch ein bisschen mehr.

Ich hatte nie ein Teil der Aristokratie sein wollen, aber ich konnte nicht leugnen, dass es mit Sterling an meiner Seite genau der Platz war, an den ich gehörte.

»Das Leben is 'ne Reise, Frannie, Darling«, hatte Feagan mir einmal gesagt. »Wähl gut aus, mit wem zusammen du diese Reise erleben möchtest.«

Und wie immer habe ich Feagans Ratschlag befolgt.

– Ende –

Werde Teil der Bastei Lübbe Welt
You Tube
www.lesejury.de
Lesen, rezensieren, Bücher gewinnen
Lerne Autoren, Verlagsmitarbeiter und andere Leser kennen